THE TRIALS OF APOLLO
太陽神試煉
闇黑預言

Rick Riordan
雷克·萊爾頓 著
王心瑩 譯

【系列推薦文】

進入天神的幻想異域

暨南大學推理同好會指導老師　余小芳

【太陽神試煉】是暢銷書作家雷克．萊爾頓的新作，他以生動活潑的巧筆、流暢好讀的行文及天馬行空的想像力，不僅再現波西．傑克森的英姿，整個冒險歷程更著墨在太陽神阿波羅被貶爲凡人的故事上。

故事中娓娓道來過往樹敵無數，而今「有所不能」的天神在凡間所面臨的嚴峻考驗，並透露出儘管前身曾呼風喚雨，想在現實社會生存，「進步的唯一方法就是練習」，道出了現代人努力的不二法則。

全書採用第一人稱的視點，直探神祇內心的脆弱與掙扎。透過古老神話的現代詮釋與演繹，別出心裁的劇情發展，引領讀者進入幻想異域，【太陽神試煉】再度展現一代奇幻大師出眾的匠心及功力，別具意義。

【系列推薦文】

一部視覺和聽覺交織的幻奇故事

演員　**汪東城**

「唱歌對靈魂有益，你絕對不該錯過唱歌的機會。」這是太陽神阿波羅在這系列中最觸動我心的一句話。

我透過作者雷克．萊爾頓的妙筆引領，想像自己正在衝破現實次元壁，和希臘神話的眾神們徹頭徹尾奔馳出一段英雄冒險歷程，而這一切在視覺上是這麼理所當然的奇幻驚喜。

但我更想說的是，其實這是一本會唱歌的書，作者在情節中播放著一首首滿是寓意的歌曲，因著文字我在紐約街頭聆聽了一場情懷漫溢的演唱會，在聽覺上眞叫人出乎意料、美妙絕倫。

這是一部視覺和聽覺交織的幻奇故事，請大家跟著我和落入凡間的太陽神阿波羅一起放聲高歌吧！

【系列推薦文】

再見波西與太陽神的精彩結合

高雄市國教輔導團社會領域專任輔導員　蔡宜岑

希臘神話中的太陽神阿波羅墜入凡間只剩下一副十六歲男孩的軀殼，沒有俊俏的外表，以往引以為傲的神力通通消失，再也不是大家所熟悉掌管藝術、音樂、醫藥的陽光型男。

雷克．萊爾頓再度發揮奇幻創作，將神話中的阿波羅與創作出的人物波西．傑克森再度結合在【太陽神試煉】這部作品中，看著阿波羅如何與夥伴相互合作度過每一次的難關，如何運用現有資源與智慧在現代社會中找出自己的價值。作者大量運用青少年的用語，並巧妙插入貼近年輕人的話題，很自然地便能吸引年輕讀者的目光。而其生動、純熟的寫作筆法讓書中人物宛若躍然紙上，開啓讀者無邊際的想像空間。

獻給娥蘇拉・勒瑰恩（Ursula K. Le Guin）
是她教導我：規則逢墬區則變。

1

萊斯特（阿波羅）
仍是人，感謝你問
眾神哪，我恨

我們的巨龍在印第安納州宣戰時，我就知道這一天不會太好過。我們已經往西方飛馳了六星期，非斯都從來不曾對哪個州顯露如此強烈的敵意。新澤西州它不屑一顧。賓州它似乎很喜歡，儘管我們與匹茲堡的獨眼巨人大戰一場。俄亥俄州它忍受了，即使我們遇到波提娜，她是掌管童年飲料的羅馬女神，追逐我們的時候化身成巨大的紅色水壺，上面裝飾著大大的笑臉。

然而由於某種因素，非斯都認定它不喜歡印第安納州。它降落在印第安納州議會大廈的圓屋頂上，撲拍金屬翅膀，噴出圓錐形的火焰，把旗杆上的州旗燒個精光。

「哇，兄弟！」里歐．華德茲猛拉巨龍的韁繩。「我們已經談過這一點，不准對公共紀念物噴火！」

在他背後的巨龍背脊上，卡呂普索緊緊抓住非斯都的鱗片以便保持平衡。「拜託，我們可以下去地面嗎？這次輕一點好嗎？」

卡呂普索是前任的永生不死女巫，她以前可以號令風精靈，但是並不熱衷於飛行。冷風把她的栗色頭髮吹到我臉上，害我一邊眨眼一邊吐口水。

沒錯，各位讀者。

我呢，最重要的乘客，這個曾經是光榮天神阿波羅的青年，此刻卻被迫坐在巨龍的背脊上。噢，自從宙斯剝奪我的天神力量之後，我遭受了莫大的羞辱！也別提我現在是十六歲的凡人，有個嚇死人的化名叫做「萊斯特．巴帕多普洛斯」；更別提我必須在凡間從事辛苦的英雄任務（噁），直到找出方法重新獲得我父親的讚賞為止，否則我會有滿臉的青春痘，開架式的青春痘藥膏對它們一點效也沒有。雖然我有紐約州的青少年駕照，但里歐．華德茲不放心讓我操控他的青銅坐騎！

非斯都的爪子緊緊抓住綠色的銅圓頂；相對於巨龍的體型，這個圓屋頂實在太小了。回憶一閃而過，我想起以前曾經打造一尊真實大小的謬思女神卡莉歐碧雕像，裝設在我的太陽戰車上，結果多出來的頭巾裝飾太重了，害我在中國俯衝直下，製造出戈壁沙漠。

里歐往後瞥了一眼，他的臉上有一條條煤灰。「阿波羅，你有感應到什麼嗎？」

「我的工作為什麼是感應東西？只因為我以前是掌管預言的天神……」

「曾經看過一些影像的人是你耶。」卡呂普索提醒我。「你說你的朋友梅格會在這裡。」

光是聽到梅格的名字，我的心就一陣劇痛。「那不表示我可以透過內心標定她的位置啊！宙斯撤銷我使用GPS的權利！」

「GPS？」卡呂普索問道。

「天神定位系統（Godly positioning systems）(註)。」

「不是真的有這種東西吧！」

「兩位，冷靜一下。」里歐拍拍巨龍的頸部。「阿波羅，你就試試看，好嗎？這裡看起來像不像你夢到的城市？」

我環顧整個地平線。

印第安納州是很平坦的地方，許多公路交叉穿越低矮的棕色平原，冬天的雲影飄盪在雜亂延伸的城市上方。我們周圍聳立著許多瘦長的市中心高樓，以石材和玻璃堆疊而成，很像一層層黑白相間的甘草塊。（不是那種好吃的甘草塊，是像你繼母的咖啡桌上、擺在糖果碗好幾千萬年的那種噁心甘草塊。嗯，希拉，不是在說你，我幹嘛要提到你？）

在紐約市墜入凡間之後，我發現印第安納州渺無人煙，讓人提不起興致，彷彿把紐約的某個適合社區（也許是中城吧）延伸涵蓋整個曼哈頓地區，然後減少三分之二的人口，再用強力水柱沖刷過。

由古羅馬皇帝組成的邪惡三巨頭爲何會對這種地方感興趣呢？我實在想不出理由。我也無法想像他們爲何把梅格．麥卡弗瑞派來這裡抓我。然而，我曾看過很清晰的影像。我曾見到這段天際線，也曾聽到我的宿敵尼祿對梅格發號施令：「去西方。搶在他找到下一個神諭之前抓到他。如果不能把他活著帶回來，就殺了他。」

最令人傷心的事是什麼呢？梅格是我最要好的朋友之一。她也剛好是我的半神半人主人，眞多虧宙斯那種變態的幽默感。只要我繼續身爲凡人，梅格就可以命令我做任何事，甚至叫我自殺……不行，還是別思考這種可能性比較好。

我稍微調整我的金屬座位。飛馳了這麼多個星期，我覺得好累，而且屁股很痛，好想找

---

❶ 一般慣常稱呼的GPS，指的是全球定位系統（global positioning system）。

個安全的地方休息一下。這個城市絕對不安全，下方的景致包含某種因素，讓我和非斯都一樣焦躁不安。

好吧，其實我很確定這裡就是我們要找的地方。儘管危險，但如果有機會再見到梅格．麥卡弗瑞，有機會說服她遠離那個邪惡繼父的掌控的話，我非試不可。

「就是這個地方，」我說：「趁這個圓屋頂在我們底下垮掉之前，我建議降落到地面上。」

卡呂普索用米諾斯語咕噥著說：「我早就說過了。」

「嗯，女巫，抱歉喔！」我用同一種語言回答。「如果你自己也能看到有用的影像，也許我會更常聽你的話！」

卡呂普索又咒罵我好幾句，讓我回想起米諾斯語是多麼多采多姿的語言，可惜它失傳了。

「喂，你們兩個，」里歐說：「不要講古代方言。請講西班牙語或英語。或者機器語。」

非斯都發出吱嘎聲表示同意。

「小子，沒關係啦，」里歐說：「我很確定他們不是有意要排擠我們。好啦，飛下去街道，好嗎？」

非斯都的紅寶石眼睛閃閃發亮，金屬牙齒像鑽頭一樣快速旋轉。我猜它是這樣想：現在想起來，伊利諾州聽起來相當好啊。

不過它還是拍拍翅膀，從圓屋頂一躍而下。我們向下猛衝，降落在州議會大廈的正前方，力道大得把人行道都壓裂了。我的眼球像水球一樣拚命抖動。

非斯都左右甩甩頭，蒸汽從它的鼻孔裊裊上升。

沒有看到什麼立即的威脅。許多車輛沿著西華盛頓街悠閒行進。行人散步走過，有身穿花朵衣裳的中年婦女、拿著「帕塔丘咖啡店」的咖啡紙杯的壯碩警察，還有身穿藍色泡泡紗西裝的體面男子。

藍衣男子經過時很有禮貌地揮揮手。「早安。」

「嗨，老兄。」里歐喊了一聲。

卡呂普索歪著頭。「他爲什麼會那麼親切？難道他沒看到我們騎在一頭五十噸重的金屬巨龍背上嗎？」

里歐笑得燦爛。「寶貝，這是『迷霧』，它會蒙蔽凡人的眼睛，讓怪物看起來像流浪狗，讓刀劍看起來像雨傘，也讓我看起來比平常更帥！」

卡呂普索用兩手大拇指戳向里歐的腰際。

「啊喲！」他大聲抱怨。

「我知道迷霧是什麼啦，里歐尼達一世❷……」

「喂，我對你說過了，不要再那樣叫我。」

「……可是這裡的迷霧一定非常強大，才能掩蓋住非斯都這麼大隻怪物，讓它看起來接近正常。阿波羅，你不覺得這有點怪嗎？」

我仔細觀察路過的行人。

沒錯，我曾經見過一些「迷霧」特別重的地方。在特洛伊，戰場上方的天空密密麻麻都是天神，你的戰車一轉向，不可能不撞到其他天神，然而特洛伊人和希臘人幾乎都沒發現我

---

❷ 里歐尼達一世（Leonidas，540-480B.C.）是斯巴達國王，率領斯巴達三百勇士在第二次波希戰爭的溫泉關之役英勇戰死，成為古希臘時代的英雄人物。這裡是卡呂普索對里歐的戲謔稱呼。

們的存在。一九七九年，凡人的三哩島核電廠有一部分熔毀了，他們卻不知道起因是阿瑞斯[3]和赫菲斯托斯[4]之間的史詩電鋸大戰。（根據我的記憶，是赫菲斯托斯羞辱了阿瑞斯穿的喇叭牛仔褲。）

然而，我覺得這裡的重重迷霧不是什麼問題，本地人才讓我覺得怪怪的。他們的神情太平靜了，臉上的笑容很茫然，讓我聯想到古代雅典人即將舉行戴歐尼修斯[5]祭典的前夕……每個人心情都很好，注意力渙散，只想著即將到來的飲酒狂歡和縱情放蕩。

「我們應該避開眾人的目光，」我提議說：「也許……」

非斯都跌跌撞撞，像渾身溼透的狗兒一樣甩動身子。它的胸口傳來某種聲響，很像腳踏車落鍊的聲音。

「喔，別又來了，」里歐說：「所有人逃離！」

我和卡呂普索快速跳下。

里歐衝到非斯都的正前方，伸展雙臂，擺出典型的馴龍牛仔姿勢。「嘿，兄弟，沒事！我只是要把你關掉一下，好嗎？停工一陣子……」

非斯都以拋物線噴出一道火柱，吞沒了里歐。幸好華德茲具備防火體質，但他的衣服可沒有。里歐曾告訴我，他只能依靠專注力避免衣服燒個精光，通常行得通，然而萬一意外著火，這方法不會每次都管用。

等到火焰消散掉，里歐站在我們面前，全身什麼都沒穿，只剩下一條石棉材質的拳擊短褲、他的魔法工具腰帶，以及一雙仍然冒煙的半熔毀球鞋。

「見鬼了！」他抱怨說：「非斯都，這外面冷死了！」

巨龍腳步蹣跚。里歐衝向前，撥動巨龍左前腳後側的開關。非斯都開始倒下，翅膀、四肢、頸部和尾部都縮進身體裡面，青銅裝甲向內折疊收起。只消幾秒鐘的時間，我們的機器朋友已經縮得很小，變成一只大型的青銅手提箱。

實際上這當然應該不可能辦到，但就像所有厲害的天神、半神半人或工程師，里歐．華德茲拒絕受到物理定律的阻礙。

他對著自己的新行李沉下臉。「天啊……我還以爲把它的陀螺儀電容器修好了。看來我們被困在這裡了，除非我能找到一間機械工廠。」

卡呂普索皺緊眉頭。她的粉紅色滑雪外套閃閃發亮，上面滿是我們飛越雲層時凝結的水珠。「如果我們眞的找到那樣的工廠，要花多久時間才能修復非斯都？」

里歐聳聳肩。「十二小時？或是十五？」他在行李箱的側邊按下按鈕，彈出一個提把。「而且，如果有看到男士服裝店，可能也不錯。」

我想像我們一行人走進一間專賣過季服飾的連鎖店，里歐穿著拳擊短褲和熔毀的球鞋，後面還拉著一只青銅行李箱。我對這想法沒什麼好感。

就在這時，有個聲音從人行道的方向傳來：「哈囉！」

身穿花朵衣裳的女子繞回來。至少乍看像是同一個女子，不然就是印地安納波利斯市有很多女士都穿著紫色和黃色的忍冬花朵圖案衣裙，也梳著一九五〇年代的蓬鬆髮型。

❸ 阿瑞斯（Ares），戰神，統管所有戰爭相關事項，是野蠻、戰爭與屠殺的代表。
❹ 赫菲斯托斯（Hephaestus），希臘神話中的火神與工藝之神，是天神界的工匠與鐵匠，手藝超群。
❺ 戴歐尼修斯（Dionysus），希臘神話中的酒神，發明釀酒法。常因喝醉而喪失理性，惹出禍端。

她露出茫然的微笑。「眞是美好的早晨！」

事實上這是個悲慘的早晨，寒冷又多雲，還帶有暴風雪即將逼近的氣息；不過如果完全忽視她，好像感覺很沒禮貌。

我對她微微招手；以前信徒來到我的祭壇前面虔誠敬拜時，我常對他們做這種手勢。對我來說，要傳達的訊息夠清楚了：小小凡人，我看見你了；那就快走吧。天神在聊天。

眼前的女子沒有理解這份含意。她向前走來，在我們的正前方站定不動。她沒有特別高大，但是身材比例似乎有點怪。她的肩膀太寬了，與頭部不成比例，胸部和腹部突出一大塊，彷彿衣服底下塞了一大袋芒果，而且她的四肢好細長，讓我聯想到某種巨型甲蟲。萬一她跌倒在地，如果想要再站起來，我猜可能不太很容易。

「喔，哎喲！」她用雙手抓著手提包。「你們這些孩子豈不是太可愛了！」

她的唇膏和眼影都是強烈的紫色調。我開始擔心她的腦部是不是吸不到足夠的氧氣。

「夫人，」我說：「我們不是小孩子。」我大可加上一句，我已經超過四千歲了，而卡呂普索可能更老，但我決定不要提起。「好啦，如果你不介意，我們有個行李箱要修理，我的朋友也急需一件褲子。」

我試圖從她旁邊繞過去。她擋住我的路。

「親愛的，你還不能走啊！我們還沒有歡迎你們來到印第安納州！」她從手提包裡拿出一支智慧型手機。螢幕是亮著的，似乎有一通電話早已打進來。

「是他，沒錯，」她對電話說：「所有人都過來吧。阿波羅在這裡！」

我的肺在胸腔裡皺縮成一團。

回首舊日時光，每到一個小鎮，我都很期待有人認出我。當地人必定會衝過來歡迎我，他們會唱歌、跳舞加撒花，立刻開始幫我建造全新的神廟。

但是身爲萊斯特．巴帕多普洛斯，我不敢保證有這種待遇。我一點都不像以前光榮天神的模樣。一想到我有打結的頭髮、青春痘和鬆弛的肌肉，印第安納州民卻還認得出我，我只感覺到更加羞辱和害怕。萬一他們用我現在的模樣打造雕像，在他們城市正中央豎立一座巨大的金色萊斯特，那該怎麼辦？其他天神一定會對我嘲笑個沒完！

「夫人，」我說：「恐怕你認錯人了……」

「別那麼謙虛嘛！」女子把她的手機和手提包扔到旁邊去，用舉重選手的力氣抓住我的前臂。「把你監禁起來，我們的主人會很高興。還有，請叫我娜妮提。」

卡呂普索衝過來。她也許是想保護我（不太可能），不然就是很討厭「娜妮提」這個名字。她對著那個女子的臉揮出一拳。

這件事本身並沒有讓我覺得很驚訝。卡呂普索已經失去永生不死的力量，因此開始嘗試學習其他技能。到目前爲止，她已經失敗的項目包括長劍、戰戟、手裡劍、鞭子和即興喜劇（我很同情她的挫折感）。而今天，她決定要試試拳擊。

眞正讓我驚訝的是，她的拳頭在娜妮提臉上發出巨大吱嘎聲……那是指骨斷裂的聲音。

「噢嗚！」卡呂普索抓著自己的手，跌跌撞撞退開。

娜妮提的頭向後滑動。她放開我，企圖抓住自己的臉，但是太遲了。她的頭從肩膀掉下去，鏗啷一聲掉在人行道上，然後滾到旁邊，雙眼依舊眨呀眨的，紫色的嘴唇扭個不停。那顆頭的基部是平滑的不鏽鋼，貼了很多參差不齊的萬用膠帶，並黏著頭髮和髮夾。

「神聖的赫菲斯托斯啊！」里歐跑到卡呂普索旁邊。「女士，你的臉撞斷我女朋友的手耶。你到底是什麼？機器人？」

「不是，親愛的。」斷頭的娜妮提說。她那含糊不清的聲音並非來自人行道上的不鏽鋼頭顱，而是源自衣服裡面某處。就在她的領口上方原本應該是脖子的地方，有根細細的金髮露出來，還纏著一根髮夾。「而我得說，打我不是很有禮貌喔。」

我好遲鈍，直到現在才發覺那顆頭只是偽裝，就像羊男會用人類的鞋子遮住他們的羊蹄那樣，這傢伙也假裝有人類的臉孔而騙過凡人。它的聲音來自腹部，那就表示……

我的膝蓋開始發抖。

「無頭族。」我說。

娜妮提笑起來，腫脹的軀幹在忍冬花布底下扭來扭去。她撕開自己的上衣（有禮貌的美國中西部居民絕對不會想這樣做），露出她的眞實臉孔。

原本應該是女子胸罩的部位，只見兩個凸起的眼睛對我眨啊眨。她的胸骨突出一個油亮的大鼻子，腹部橫過一條捲曲的醜陋嘴巴，橘色嘴唇亮晶晶，牙齒則像空白紙牌一字排開。

「是的，親愛的，」那張臉說：「而我以三巨頭的名義逮捕你們！」

整條華盛頓街看似和藹可親的行人全部轉過身，開始朝我們這方向大步走來。

2

無頭的男女不愛中西部氛圍喔看，乳酪鬼

你可能會想：咦，阿波羅，你何不乾脆把弓箭拿出來射死她？或者彈奏你的戰鬥烏克麗麗，唱首歌迷死她？

眞的耶，我有這兩樣東西斜掛在背上，外加我的箭筒。可惜就算有了最棒的半神半人武器，也需要所謂的「維護」。離開混血營之前，我的孩子凱拉和奧斯汀曾向我解釋這件事。我不能像以前當天神的時候一樣，在稀薄空氣中隨便使用弓箭；我也不再能指望一把烏克麗麗在手，期待它彈出完美的曲調。

我的武器和樂器都用毯子仔細包裹住，否則飛越潮溼的冬季天空時，弓會變形，箭會壞掉，我的烏克麗麗琴弦也會彈奏出冥界的音樂。現在要把它們拿出來得耗費好幾分鐘，而我沒有這種時間啊。更何況，以它們來對付無頭族恐怕沒什麼用。

自從尤利烏斯．凱撒❻的時代以來，我還沒對付過無頭族；如果再過另一個兩千年都不必再看到他們，我會很開心。

---

❻ 尤利烏斯．凱撒（Jullius Caesar, 100-44B.C.）是羅馬共和政體末期的政治家。

一位掌管詩歌和音樂的天神，到底要怎麼有效對付這種耳朵塞在胳肢窩底下的怪東西呢？更別提無頭族不怕弓箭，根本不把箭術放在眼裡。他們憑著一身厚皮，是超耐打的混戰高手，甚至能夠抵擋大多數的疾病，那表示他們絕不會向我請求醫療協助，也不怕我的瘟疫飛箭。最糟糕的是，他們既沒有幽默感，也沒有想像力，而且對未來毫無興趣，因此認爲神諭或預言一點用也沒有。

簡而言之，無頭族對於像我這麼有魅力又多才多藝的天神毫無同情心，你不可能創造出更沒同情心的部族了。（相信我，阿瑞斯眞的試過，還記得他在十八世紀調教出來的黑森傭兵嗎？嗯。我和喬治．華盛頓與他們相處的經驗眞是糟透了。）

「里歐，」我說：「讓巨龍活起來。」

「我才剛讓它進入睡眠週期耶。」

「快點！」

里歐匆匆摸索行李箱的按鈕。毫無反應。「老兄，我對你說過了，就算非斯都沒有故障，它一進入睡眠狀態就很難叫醒啦。」

好極了，我心想。卡呂普索拱著背，護住骨折那隻手，嘴裡喃喃罵著米諾斯語的髒話。里歐穿著內褲簌簌發抖。而我……嗯，我是萊斯特。最重要的是，我們非但不能用巨大的噴火機器對付敵人，反而必須用幾乎扛不動的金屬行李箱面對他們。

我轉身面對無頭族。「走開啦，臭爛娜妮提！」我試著發出以前的神讚聲音。「你膽敢再碰我的天神身體一根寒毛，就等著被毀滅吧！」

回想起我仍是天神時，這樣的威脅就足以讓整支軍隊尿溼他們的迷彩褲，然而，娜妮提只是眨眨她的棕色巨大牛眼。

「好了，不用瞎忙了。」她說。她的嘴唇有種怪異的催眠效果，就像把腹部手術後的傷口拿來當成傀儡玩偶。「更何況，親愛的，你不再是天神了。」

大家幹嘛一直提醒我這件事啊？

又有更多本地人朝我們的位置聚集過來。兩名警官從州議會大廈的階梯小跑步下來。州議會大道的轉角處，三人一組的清潔隊員拋下他們的垃圾車，揮舞著大型的金屬垃圾桶緩步走來。而從另一個方向，六名身穿西裝的男子踏著重重的步伐越過大廈草坪而來。

里歐咒罵一聲。「這個城鎮的所有人都有『金屬頭』嗎？我說的不是那種好的重金屬搖滾樂迷喔。」

「甜心，放輕鬆，」娜妮提說：「投降吧，這樣我們就不需要讓你們太痛苦，那是皇帝的任務！」

卡呂普索儘管一隻手骨折，卻顯然無意投降。她挑釁地大叫一聲，然後再度衝向娜妮提，而這一次，她朝無頭族的巨大鼻子發動空手道的飛踢。

「不要啊！」我衝口喊出，但是太遲了。

我剛才提過了，無頭族超級耐打，你很難弄傷他們，要殺他們又更難。卡呂普索的腳才剛碰觸到攻擊目標，她的腳踝就彎了，隨即發出可怕的「啪」一聲。她頹然倒下，發出痛苦的呼嚕聲。

「卡呂！」里歐跑到她身邊。「胸臉婆，走開！」

「親愛的，注意你的用詞，」娜妮提斥責說：「現在呢，恐怕我得把你們踩扁了。」

她舉起穿著漆皮包頭鞋的一隻腳，但里歐動作更快，他召來一球火焰，當成棒球那樣投出去，正中娜妮提胸口的兩隻巨眼之間。火焰席捲了她，讓她的眉毛和花朵衣裳都陷入火海。

趁著娜妮提尖叫並跌跌撞撞時，里歐大喊：「阿波羅，幫幫我！」

我這才發現自己一直站在原地，驚嚇得動彈不得……假如我此時身在奧林帕斯山，坐在安全的王座上，看著這種情景在眼前上演，可能沒什麼問題。唉，可是我正與一些次等生物一起待在超底下的凡間壕溝內。我幫忙扶起卡呂普索（至少她沒斷的那隻腳可以站），把她的兩隻手臂架到我們肩膀上（伴隨卡呂普索的一大堆尖叫聲，因為我不小心抓到她骨折的那隻手），帶她一跛一跛走開。

越過草坪走了十公尺後，里歐突然停下腳步。「我忘了非斯都！」

「先別管它吧。」我厲聲說道。

「什麼？」

「我們不可能同時處理它和卡呂普索！等一下再回來。無頭族可能不會理它。」

「可是，萬一他們找出打開它的方法，」里歐憂心忡忡地說：「萬一他們把它弄壞了……」

「嗚喔喔喔哇哇哇哇！」在我們背後，娜妮提扯掉她身上的燃燒碎布。從腰部以下，她的身子覆蓋著金色粗毛，很類似羊男。她的眉毛繼續燜燒，但除此之外，她的臉看起來毫髮無傷。只見她拍掉嘴上的灰燼，朝我們的方向怒目而視。「這樣很不好！抓住他們！」

那些西裝男快要趕上我們，這下子要回去拿非斯都又不會束手就擒的希望破滅了。

我們挑了唯一可行的英勇選項：逃之夭夭。

自從上次與梅格・麥卡弗瑞一起參加混血營的兩人三腳死亡競賽後，我從沒覺得這麼累贅。卡呂普索努力想幫忙，她在我和里歐之間像彈跳棒一路單腳跳，但是只要撞到她的斷腳或斷手，她就會慘叫一聲，然後癱掛在我們身上。

「抱……抱歉，兩位，」她咕噥說著，整張臉滿是汗水，「看來我註定不能當混戰高手。」

「我也不行，」我坦白說：「也許里歐可以抵擋他們一陣子……」

「喂，別指望我，」里歐嘀咕說：「我只是擅長修理東西的傢伙，偶爾能丟顆火球而已。我們的打手困在那邊的行李箱模式啊。」

「走快一點。」我提議說。

我們之所以能夠活著走到街道，是因爲無頭族移動得好慢。我想，假如我也……呃，把一顆假的金屬頭穩穩頂在頭頂上，動作也會那麼慢吧。然而，無頭族即使卸除僞裝，也沒有因爲身強體壯而動作迅速。他們的深層知覺太差了，走起路來超級謹愼，彷彿整個地面是多層次的全像投影。要是能讓他們更加跛腳，那該有多好……

「早安！」一名警官出現在我們右邊，已經把手槍拔出來了。「停下來，否則我會開槍！謝謝！」

里歐從他的工具腰帶拿出一個開口塞緊的玻璃瓶，擲向警官的腳，只見警官周圍爆出綠色火焰。他扔掉手上的槍，開始扯掉身上燃燒的制服，顯露出那張「胸臉」，搭配胸口亂蓬蓬的粗眉和腹部的鬍子，看來需要好好修容一下。

「呼，」里歐說：「我正希望他是無頭族。兩位，那是我僅剩的最後一瓶希臘火藥，而且我不能一直召喚火球，除非我想昏過去，所以呢……」

「我們必須尋找掩蔽。」卡呂普索說。

明智的建議，但印第安納州似乎沒有「掩蔽」這種概念。這裡的街道又寬又直，四周景致一片平坦，人群稀少，視線一望無際。

我們轉而走議會大廈南街。我瞥了背後一眼，看到那群面露微笑的假頭本地人逐漸跟上我們的腳步。有個建築工人停下來，把一輛福特貨卡車的擋泥板扯下來，然後重新加入人群行列，把亮眼的新棍棒扛在肩上。

在此同時，一般的凡人（至少在這一刻，那些人對於殺死我們似乎不感興趣）忙著做自己的事，像是講手機、等紅綠燈、在附近的咖啡店啜飲咖啡等等，完全無視我們的存在。到了一個街角，有個渾身裹著厚毯子的街友坐在牛奶箱上向我討錢。我本來有股衝動想告訴他，錢就在我們後面，快要來囉，還攜帶了各式各樣的武器，但我忍住了。

我的一顆心怦怦跳，雙腿抖個不停。眞討厭這副凡人身軀！我經歷了很多討厭的事，像是恐懼、寒冷、作嘔，以及很想衝動說出：「拜託不要殺我！」要是卡呂普索沒有撞斷腳踝，我們就可以移動得快一點，但實在無法乾脆拋下她不管。這不是因爲我特別喜歡卡呂普索，而是我已經說服里歐放棄了他的巨龍，不想再賭上我的好運。

「那邊！」女巫說。她用下巴指著一間旅館後方，看起來像是工作後巷。

我忍不住發抖，回想起自己以萊斯特·巴帕多普洛斯的身分抵達紐約的第一天。「萬一那是死巷該怎麼辦？上一次我發現自己在一條死巷裡，情況實在不妙。」

「試試看啊，」里歐說：「我們也許能夠躲在那裡，不然的話……我不知。」

「我不知」聽起來像是很粗糙的B計畫，但我也無法提供更好的計畫。

好消息是，那條巷子不是死巷，我清楚看見另一端通往街口。壞消息是：旅館背後的卸貨台鎖住了，我們無處可躲，而巷子另一側的牆壁又放了一整排垃圾箱。噢，垃圾箱！我超討厭那個！

里歐嘆口氣。「我想，我們可以跳進……」

「不要！」我大聲叫著：「絕不要再來一次！」

我們盡可能以最快的速度穿越巷子。我努力讓自己冷靜下來，方法是默默構思一首十四行詩，描述一位憤怒的天神如何以各種方式摧毀垃圾箱。我實在太專心了，沒注意到眼前的狀況，直到卡呂普索倒抽一口氣。

里歐停下腳步。「那是什……？好傢伙。」

那個幻影散發出微弱的薑黃色光芒。他穿著傳統的古希臘長袍和涼鞋，配戴一把有劍鞘的劍，很像處於全盛時期的希臘戰士……只有一件事實除外：他的頭被砍掉了。然而這個人又不像無頭族，他顯然曾是人類，嚴重受傷的頸部滴下虛無縹緲的鮮血，潑灑在微微發亮的橘色束腰外衣上。

「這是乳酪色的鬼。」里歐說。

鬼魂舉起一隻手，召喚我們向前。

我生來不是凡人，因此不會特別怕死人。只要曾見識過一個痛苦的靈魂，你就什麼都看透了。不過，這個鬼魂有某種因素讓我很不安。他激起一段久遠以前的回憶，數千年前的某種罪惡感……

我們背後的無頭族聲響愈來愈大。我聽到他們對其他印第安納州民大喊「早安！」、「抱歉！」和「美好的一天！」。

「我們該怎麼辦？」卡呂普索問。

「跟著那個鬼。」我說。

「什麼？」里歐大叫。

「我們跟著那個乳酪色的鬼。就像你常說的那句：『願乳酪與你同在。』」

「哎，那是搞笑的啦。」

橘色鬼又召喚一次，然後飄向巷子的另一端。

有個男人的聲音在我們背後喊著：「你們在這裡！天氣眞好，對吧？」

我轉過身，及時看到一條卡車擋泥板朝我們旋轉飛來。

「趴下！」我撲向卡呂普索和里歐，害女巫又痛得尖叫好幾聲。卡車擋泥板從我們頭頂上飛過去，撞進垃圾箱，炸出熱鬧繽紛的五彩垃圾煙火。

我們掙扎著爬起來。卡呂普索渾身發抖，沒有再抱怨疼痛。我相當確定她快要休克了。

里歐從他的工具腰帶拿出一把釘槍。「你們兩個先走，我會盡可能拖住他們。」

「你打算怎麼辦？」我追問：「先分類再核對嗎？」

「我要對他們扔東西啦！」里歐氣呼呼地說：「除非你有更好的點子？」

「你……你們兩個都閉嘴，」卡呂普索結結巴巴地說：「我們不……不會丟下誰不管。快走。左腳，右腳，左腳，右腳。」

我們衝出巷子，來到一個寬廣的圓形廣場。唉，印第安納州民為何不建設一個恰當的城市呢？應該要有很多彎曲的窄巷、黑暗角落，也許應該再來點方便躲藏的防空洞或地下碉堡才對啊！

環形車道的正中央豎立一座噴泉，周圍是暫時休耕的花圃。北邊聳立著另一間雙塔式旅館，南邊則浮現一棟比較古老的紅磚與花崗岩氣派建築，也許是維多利亞時代的火車站。這棟雄偉建築的側邊有一座鐘塔，伸向天空約六十公尺高。大門上方有一道大理石拱門，拱門下面有個大型的玫瑰花窗，在銅綠色的窗框裡閃閃發亮，很像把我們奧林帕斯山每週遊戲之夜的標靶換成彩色玻璃。

想到這點，我因爲思念家園而心痛。我願意付出一切代價，只求能在遊戲之夜回到家，即使必須聆聽雅典娜得意洋洋炫耀她的拼字遊戲成績也無所謂。

我環顧整個廣場。我們的鬼導遊似乎不見了。

他爲何帶我們來這裡？我們該試試旅館嗎？還是火車站？

等到無頭族包圍我們，思考這些問題已經沒意義了。

那群無頭族從背後的巷子衝出來。一輛警車突然轉進火車站旁邊的車道，還有一輛推土機開進旅館的車道，推土機操作員揮揮手，興高采烈地大喊：「哈囉！我準備要把你們推倒剷平了！」

很快的，他們把廣場所有的出口都堵住。

一串汗珠在我的頸背冷凍乾燥。我的耳朵充斥著討厭的嗚咽聲，後來才發現那是我用幾乎聽不見的聲音輕輕說著：「拜託不要殺我，拜託不要殺我。」

「我不會死在這裡，」我對自己保證，「我太重要了，不可能掛在印第安納州。」

可是一雙顫抖的雙腿和格格打顫的牙齒似乎並不同意。

「有什麼點子嗎？」我問兩位夥伴。「拜託，隨便什麼厲害點子都好。」

此時此刻，卡呂普索最厲害的點子應該是努力讓自己不吐出來。里歐則是舉起手上的釘槍，但那東西似乎嚇不倒無頭族。

我們的老朋友娜妮提從人群中現身了，她的胸臉咧開笑容，腳上的漆皮包頭鞋和金色腿毛超不搭。「親愛的，哎呀眞糟糕，你們害我有點小生氣喔。」

她抓住街上最靠近的一支交通號誌牌，單手將它扯離地面。「好啦，請你們不要動，好嗎？我就要用這個猛敲你們的頭囉。」

3
我最終演出
某老太太放大絕
殺了所有人

我正準備啟動「防禦計畫奧米加❼」，也就是雙膝下跪、懇求饒命；就在這時，里歐救了我，讓我免於出糗。

「推土機。」他輕聲說。

「那是什麼暗語嗎？」我問。

「不是。我要偷溜去推土機那邊，你們兩個負責分散這些金屬頭的注意力。」

她把卡呂普索的重量轉移到我身上。

「你瘋了嗎？」她氣呼呼地說。

里歐以急切的眼神看著她，像是要說：「相信我！分散他們的注意力！」

然後他小心翼翼往旁邊跨出一步。

「噢！」娜妮提滿臉堆笑。「矮子半神半人，你自願率先赴死嗎？你剛才用火球丟我，所以這樣很合理。」

---

❼ 奧米加（omega）是希臘文的最後一個字母。這裡意指不得已的最後一招。

無論里歐的腦袋在想什麼，假如他開始與娜妮提爭辯身高的問題，我覺得他的計畫一定會失敗（里歐對於別人叫他「矮子」有點敏感）。幸好我天賦異稟，很擅長讓所有人的注意力都放在我身上。

「我自願先死！」我大喊。

所有人都轉過來看我。我默默咒罵自己幹嘛選這句話。我應該要自願做一些比較簡單的事，像是烤一塊派餅，或者負責處決之後的清掃工作等等。

我說話往往沒有先考慮後果。這樣通常很有用，有時會產生即興傑作，像是文藝復興時期，或者二次大戰後「垮掉的一代」文學運動。我得期盼這一次也像那幾次一樣。

「不過呢，首先，」我說：「噢，慈悲的無頭族，請聆聽我的懇求！」

剛才里歐燒過的那名警察放下手上的槍。他腹部的鬍子還有一點希臘火藥的綠色餘燼繼續燜燒。「『聆聽我的懇求』，這是什麼意思？」

「嗯，」我說：「按照慣例要聆聽垂死之人的遺言吧……或是垂死的天神，或垂死的半神半人，或者……卡呂普索，你認為自己是什麼？泰坦巨神？還是半泰坦巨神？」

卡呂普索清清喉嚨，那聲音疑似是說「白痴」。「阿波羅想要說的是，噢，慈悲的無頭族，在殺了我們之前，恩准我們陳述最後的遺言，算不算是一種禮儀呢？我敢說，你們絕對不希望自己沒禮貌吧？」

無頭族聞言驚呆了。他們失去原本愉快的笑容，猛力搖晃機器腦袋。娜妮提笨手笨腳走向前，雙手高舉成投降手勢。「不希望，眞的！我們非常有禮貌。」

「超級有禮貌。」警察附和說。

「謝謝你。」娜妮提說。

「不客氣。」警察說。

「那麼，聽著！」我大聲說：「各位朋友，各位敵友，各位無頭族……張開你們的胳肢窩，好好聆聽我的悲傷故事！」

里歐又偷偷往後溜一步，雙手放在工具腰帶的口袋裡。只要再溜五十七或五十八步，他就能到達推土機了。帥喔。

「我是阿波羅！」我開始說：「前任天神！我從奧林帕斯山掉下來，宙斯把我貶入凡間，說我們與巨人開戰是我造成的，太不公平了！」

「我快要吐了，」卡呂普索咕噥說著：「讓我坐下來。」

「你破壞了我的節奏。」

「你破壞了我的耳膜啦。讓我坐下！」

我把卡呂普索放在噴泉的側壁上。

娜妮提舉起她的交通號誌牌。「就這樣？我現在可以殺你了嗎？」

「不，不！」我說：「我只是，呃，讓卡呂普索坐下來，那麼……那麼她可以擔任我的合唱隊員。優秀的希臘戲劇一定需要合唱隊。」

卡呂普索的手看起來像壓爛的茄子，露出運動鞋的腳踝也腫脹得好厲害。我實在不懂，她怎麼有辦法保持神智清醒？更別提擔任合唱隊。不過她發著抖、吸口氣，然後點頭說：「準備好了。」

「瞧呀！」我說：「我以萊斯特．巴帕多普洛斯的身分抵達混血營！」

「是個可憐又可悲的凡人！」卡呂普索唱和著：「最沒用的青少年！」

我氣呼呼瞪著她，但是不敢再度中斷表演。「我克服了很多挑戰，搭配我的同伴，梅格．麥卡弗瑞！」

「他指的是他的主人！」卡呂普索補上一句。「十二歲的女孩！瞧瞧她可悲的奴隸，萊斯特，最沒用的青少年！」

警察很生氣，一副不耐煩的樣子。「這些我們全部知道。皇帝都說過了。」

「噓，」娜妮提說：「要有禮貌。」

我伸手按住胸口。「我們捍衛古老的神諭多多納樹林，並阻撓尼祿的各種計畫！可是，哎呀，梅格．麥卡弗瑞逃離我身邊。她的邪惡繼父毒害她的心靈！」

「毒害！」卡呂普索大聲喊叫。「宛如萊斯特．巴帕多普洛斯的口臭，最沒用的青少年！」

我好想把卡呂普索推去撞花圃，但努力克制這樣的衝動。

在此同時，里歐逐步往推土機前進，他假裝跳著說明故事的舞步，一下子旋轉、一下子喘氣，以啞劇手勢詮釋我說的話。他看起來很像身穿拳擊短褲的迷幻芭蕾舞者，但是無頭族都很有禮貌地讓路給他。

「瞧呀！」我大喊。「根據多多納的神諭，我們接收到一項預言……一段最可怕的五行打油詩！」

「超可怕！」卡呂普索合聲唱著：「就像萊斯特的各種技能，最沒用的青少年。」

「變化一下形容詞好不好？」我咕噥著說，隨即繼續面對我的觀眾。「我們向西飛馳，尋找另一個神諭，一路奮戰很多可怕的仇敵！我們撂倒了獨眼巨人！」

里歐跳上推土機的踏腳板。他以戲劇化的動作高舉釘槍，然後對準推土機操作員的胸口釘兩次，就是他兩隻眞實眼睛的所在位置。操作員當然不可能覺得很舒服，即使像無頭族這麼強悍的族類也一樣。他尖聲大叫，猛抓自己胸口。里歐把他從駕駛座上踢出去。

警官大喊：「喂！」

「且慢！」我懇求他們。「我們朋友只是以戲劇化的方法詮釋給你們看，看我們如何打敗獨眼巨人。講故事的時候完全允許這樣做！」

群眾猶豫地扭來扭去。

「這樣的遺言實在非常長，」娜妮提抱怨說：「我什麼時候才能打爛你的頭？」

「快了，」我保證說：「好，如同我剛才所說……我們向西飛馳！」

我再次拉著卡呂普索站起來，搭配她的一大堆哭叫抱怨（外加我的一小點）。

「你在幹嘛？」她嘀咕著說。

「跟我一起演。」我說：「瞧呀，敵友們！注意看我們如何飛馳！」

我們兩人跌跌撞撞走向推土機。里歐的雙手在控制台上飛舞。引擎轟隆啓動。

「這不是說故事！」警官抗議說：「他們要逃走！」

「不，完全不是！」我把卡呂普索推上推土機，然後跟在她後面爬上去。「你們瞧，我們像這樣飛馳了好多個星期……」

里歐開始倒車。嗶，嗶，嗶。推土機的推鏟慢慢舉起。

「想像你們在混血營，」我對群眾大喊：「而我們漸漸飛馳，遠離你們。」

我明白自己犯了錯。我要求無頭族發揮想像力，但他們就是沒有這種能力。

「阻止他們！」警官舉起他的槍。他的第一槍射中推土機的金屬鏟斗，彈飛出去。

「聽著，我的朋友！」我懇求道：「張開你們的胳肢窩！」

不過他們的禮貌耗盡了。一個垃圾桶從我們頭頂上飛過去。有個西裝男從噴泉角落拔下一個裝飾用的石甕，朝我們的方向扔過來，結果徹底擊潰旅館的正面窗戶。

「快一點！」我對里歐說。

「正在努力啦，老兄，」他嘀咕著說：「這東西又不是用來開快車的。」

無頭族逼近了。

「小心！」卡呂普索大喊。

里歐猛然轉彎，及時躲過一張鑄鐵長椅，它差點砸中我們的推土機鏟斗，可惜這樣一來就害我們暴露於另一種攻勢之下。娜妮提用拋擲魚叉的動作扔出她的交通號誌牌，金屬桿刺穿推土機的底盤，噴出大量的蒸氣和機油，我們的逃跑車輛抖動一陣，停下來了。

「好極了，」卡呂普索說：「再來怎麼辦？」

這會是我恢復天神力量的絕佳時刻。我可以精神奕奕地步入戰場，把敵人像破爛洋娃娃一樣扔到旁邊去。然而，我鞋子裡的骨頭卻癱軟成一團，雙手抖得好厲害，就算嘗試打開弓箭的裹布可能也辦不到。噢，我的光榮生涯竟然就此終結……竟然在美國中西部遭到有禮貌的無頭族徹底擊潰！

娜妮提跳上推土機的鏟斗，害我得直視她超級恐怖噁心的鼻孔。里歐企圖用火焰炸她，但這次娜妮提有所準備。她張開嘴巴，把火球吞下去，除了打個小嗝以外，一點都沒有痛苦難當的跡象。

「親愛的，心情不要太差喔，」她對我們說：「你們絕不可能到達藍洞。皇帝守護得太嚴密了！不過呢，你們非死不可眞是可惜。再過三天就要舉行命名慶祝活動，在他的奴隸隊伍裡，你和那個女孩本來應該是最主要的吸睛目標啊！」

我實在太過驚嚇，一時無法消化她說的這番話。那個女孩……她指的是梅格嗎？除此之外，我只聽到「藍……死……奴隸」，此刻看來，這樣描述我的存在似乎再精確不過了。

我知道沒希望了，但還是從肩膀取下弓箭，著手打開裹布。就在這時，一支箭從娜妮提的兩眼之間凸出來。她變成鬥雞眼，努力想看那個東西，隨即往後倒下，碎裂成一堆塵埃。

我瞪著自己仍層層包裹著的武器。沒錯，我是快手箭客，不過相當確定射出那一箭的人並不是我。

一陣尖銳的口哨聲吸引我的注意。在廣場正中央，有個女子蹲在噴泉頂上，身穿褪色的牛仔褲和銀色的冬季外套。一把白色的樺木彎弓在她手中閃閃發亮。她的背上有個箭筒，密密麻麻裝滿了箭。我的心臟噗噗狂跳，以爲我姊姊阿蒂蜜絲❽終於來幫我了！但不是……這名女子至少有六十歲了，一頭灰髮在腦後紮成髮髻。阿蒂蜜絲絕對不會以這種模樣現身。

因爲一些從未與我分享的原因，阿蒂蜜絲非常厭惡顯露老態，絕不能超過……大概二十歲吧。我對她說過無數次，美麗是不分年齡的。所有的奧林帕斯時尚雜誌都會告訴你，古代的四千年等於現代的一千年，但她就是聽不進去。

灰髮女子喊道：「發動！」

❽阿蒂蜜絲（Artemis），希臘神話中的月亮女神，也是狩獵女神。她和阿波羅是孿生姊弟。

廣場四周的柏油路面出現好多人孔蓋，每一個都像相機的快門從中間裂開，彈出一個個砲塔……全都裝了機械式十字弓，朝四面八方旋轉射出紅色的對焦雷射。

無頭族並沒有試圖尋找掩蔽。或許他們看不懂那是什麼東西吧，也說不定在等著灰髮女子說「請」。

然而，我即使不是掌管弓箭的天神，也知道接下來會發生什麼狀況。我在同一天第二次撲倒兩位朋友（事後看來，我得承認內心有非常少的一點點滿足感）。我們滾下推土機，只見那些十字弓轟然發射，發出一陣陣尖銳的咻咻聲。

等我終於敢抬起頭，那些無頭族已經一個都不剩，只留下成堆的塵埃和衣物。

灰髮女子從噴泉頂上跳下來。考慮到她的年紀，我很怕她會跌斷腳踝，但她優雅落地，緩緩走向我們，那把弓掛在身體側邊。

她的臉上有鮮明的皺紋，下巴的皮膚開始下垂，雙手的手背也出現老人斑。然而她仍維持女性的莊嚴與自信，不需要向別人證明什麼。她的眼神像水面上的月光一樣閃閃發亮。那雙眼睛有某種因素讓我覺得好熟悉。

她仔細端詳我好一會兒，然後不可置信地搖搖頭。「所以是眞的。你是阿波羅。」

她的語氣不是一般常見的：「噢，哇，阿波羅耶！」我以前很習慣這類態度。她說出了我的名字，彷彿本來就認識我。

「我……我們以前見過面嗎？」

「你不記得我，」她說：「是啊，我也覺得你不會記得。叫我艾米。而剛才你們見到的鬼魂……阿伽墨得斯。他帶你們來到我們的門口。」

阿伽墨得斯這個名字聽起來絕對很熟悉，但如同以往，我實在想不起來。我的人類大腦一直發出很討厭的「記憶體已滿」訊息，要求我刪除好幾個世紀的經歷，否則無法繼續運作。

艾米瞥了里歐一眼。「你爲什麼只穿內褲？」

里歐嘆口氣。「阿嬤，這個早晨很漫長啊，不過感謝協助。這些二十字弓塔眞是超讚的。」

「謝謝你……我想是吧。」

「是啊，所以也許你可以幫我們看看卡呂？」里歐繼續說：「她的狀況不太好。」

艾米蹲在卡呂普索旁邊，她的臉已經轉爲水泥的顏色。女巫閉著眼睛，呼吸聲急促粗啞。

「她傷得很嚴重。」艾米端詳卡呂普索的臉，不禁皺起眉頭。「你說她的名字是卡呂？」

「卡呂普索。」里歐說。

「啊。」艾米臉上的憂慮皺紋更加深了。「那就說得通了。她看起來好像柔伊。」

我心裡像是有把刀在用力扭轉。「柔伊．奈施德？」

卡呂普索在發燒狀態中喃喃說著我聽不清楚的話……也許是「奈施德」那個姓氏吧。好幾個世紀以來，柔伊一直是阿蒂蜜絲的副手，獵女隊的隊長，幾年前才在戰鬥中過世[9]。我不知道卡呂普索和柔伊是否碰過面，但她們確實是同父異母的姊妹，都是泰坦巨神阿特拉斯[10]的女兒。我倒是從來沒考慮過她們兩人長得有多像。

我注視著艾米。「如果你認識柔伊，那麼你一定是我姊姊獵女隊的成員。但是不可能啊，

---

[9] 柔伊的故事可參見《波西傑克森：泰坦魔咒》。

[10] 阿特拉斯（Atlas），希臘神話中的擎天神。泰坦巨神被奧林帕斯天神打敗後，他被宙斯懲罰必須永遠扛著天空。

你……」

我連忙住口，沒讓自己說出「很老又快死了」。獵女隊既不會老也不會死，除非在戰鬥中遭到殺害。這名女子顯然是凡人，我可以感受到她的生命力逐漸消失……像我一樣，很令人沮喪，完全不像永生不死的生命。很難解釋我是怎麼判斷的，但對我來說，那種感覺非常清晰……就像聽到完全五度和減五度音一樣容易分辨。

遠處傳來警笛呼嘯聲，我才意識到我們是在小型重災區的正中央進行這番對話。凡人，或者無頭族，可能很快就會到達。

艾米彈彈手指，只見廣場四周的十字弓塔全部收攏回去，所有的開口也都閉合起來，彷彿從來不曾存在過。

「我們必須離開街道，」艾米說：「來吧，我會帶你們進入『小站』。」

4 房子都不該隱瞞阿波羅祕密或者砸磚頭

我們不必走很遠。

我和里歐一人一邊架著卡呂普索，跟隨艾米走向廣場南端的巨大華麗建築。如同我的猜測，它以前曾是火車站，玫瑰花窗下方的花崗岩刻著「聯合車站」字樣。

艾米沒理會大門，逕自向右轉，停在一道牆壁前面。她伸出手指摸索磚塊之間，勾勒出一道門的形狀，只見灰泥裂開後消失，一道剛切開的門向內打開，露出一條狹窄的溝槽通往上方，很像附有金屬爬梯的煙囪。

「這招厲害，」里歐說：「但卡呂普索的狀況完全不適合攀爬牆壁。」

艾米的眉頭皺成一團。

「你說的對。」她面向門口。「小站，請給我們一條坡道好嗎？」

那些金屬梯階消失了。伴隨著輕柔的轆轆聲響，溝槽的內壁向後傾斜，磚塊自動重新排列，變成一條微微向上的坡道。

「哇，」里歐說：「你剛才對房子說話嗎？」

艾米的嘴角微微牽動一抹微笑。「小站不只是一棟房子。」

突然間，我沒那麼喜歡坡道的模樣了。「這是活的構造？就像代達羅斯⓫的『迷宮』？你希望我們進去裡面？」

艾米瞥了一眼，那絕對是獵女隊的眼神。只有我姊的隨從敢對我擺出這種極度反感的臭臉。「阿波羅陛下，小站不是代達羅斯的作品。它絕對安全……只要你一直是我們的客人。」她的語氣顯示我的受歡迎程度是有試用期的。我們背後傳來的警笛聲愈來愈響亮。卡呂普索的吸氣聲很不規律。我認定我們沒有太多選擇，於是跟著艾米走進房子裡。

照明沿著牆壁漸次顯現，溫暖的黃色燭光在銅製燭台上閃爍搖曳。沿著坡道往上走五、六公尺左右，左邊有一道門打開了，我瞥見裡面是一間醫療室，足以讓我的兒子阿思克勒庇俄斯⓬欣羨嫉妒。這裡的用品櫃囤滿藥品、手術用具和藥水的各種原料，還有一張病床內建監視器，使用圖形控制介面，甚至有磁浮式肥胖吊索。一排排藥草掛在牆上風乾，旁邊有一部可攜式磁共振儀器。而後面角落有個區域，四周以玻璃圍起，好多毒蛇在裡面翻騰騷動。

「噢，天啊，」我說：「你們的醫療室好先進。」

「是的，」艾米表示同意。「而小站告訴我，我應該要立刻治療你們的朋友。」

里歐探頭看醫療室。「你是說，這個房間才剛出現在這裡？」

「不，」艾米說：「嗯，也是。它一直在這裡，不過……需要用的時候比較好找到它。」

里歐若有所思地點點頭。「你認爲小站可以整理我放襪子的抽屜嗎？」

一塊磚頭從天花板掉下來，咚的一聲砸中里歐的腳。

「答案是『不行』，」艾米解釋說：「好了，請把你們朋友交給我。」

「呃……」里歐指著那個玻璃區。「你們那裡有蛇。只是提一下。」

「我會好好照顧卡呂普索。」艾米保證說。

她從我們手上接過卡呂普索，以兩隻手臂撐住女巫，看來一點困難也沒有。「你們兩人往前走，到了坡道頂端會找到喬。」

「喬？」我問。

「你們不會錯過她，」艾米打包票說：「由她來說明小站會比我更清楚。」

她帶女巫進入醫療室。門在她背後關上。

里歐對我皺著眉頭。「蛇？」

「噢，對啊，」我讓他放心。「把蛇放在象徵醫療的棍子上是有道理的，蛇毒是最早的療法之一。」

「唔。」里歐瞥了自己腳邊一眼。「你覺得，我至少可以保留這塊磚頭嗎？」

走廊隆隆作響。

「我會把它留在那裡。」我建議說。

「是啊，我也想把它留在那裡。」

走了幾步路之後，我們右邊又打開另一道門。

這是小孩子的房間，陽光透過粉紅色的蕾絲窗簾流洩進來，照在硬木地板上。裡面有張舒適的床鋪，上面堆了毛絨絨的長圍巾、枕頭和很多塡充動物玩具。蛋殼色的牆壁曾用來當

⓫ 代達羅斯（Daedalus）是希臘神話中的偉大發明家、建築師與工藝師。曾為克里特王米諾斯（Minos）建造迷宮。

⓬ 阿思克勒庇俄斯（Asclepius），希臘神話中的醫療之神，是阿波羅的兒子。

作蠟筆的畫布，畫了火柴人、樹木、房屋，以及一些嬉鬧的動物，看來可能是狗、馬或駱馬。床鋪面對著左手邊的牆壁，那裡用蠟筆畫了太陽，低頭對著一片開心的蠟筆花朵漾起微笑。正中央有個火柴人女孩，她站在兩個較大的火柴人雙親之間，三個人手牽著手。

牆壁上的這些蠟筆畫，讓我聯想到瑞秋．伊莉莎白．戴爾在混血營的預言洞穴。我的德爾菲神諭把她看過的一些影像畫在洞穴裡，畫得很開心……直到她的神諭力量停止運作爲止。（完全不是我的錯。你可以怪罪給那尾超級大蛇，匹松。）

這間房間的大部分圖畫似乎都是七、八歲小孩的典型畫風，不過在後側牆壁的最遠端角落裡，這位年輕藝術家決定要爲她的蠟筆世界增添一點惡夢般的可怕元素。那裡正在醞釀一團潦草的黑色風暴，皺眉的火柴人拿著三角形的刀子威脅駱馬，黑色的花體字樣塗掉一道彩虹。還有綠草原上亂塗一個巨大的黑球，很像黑色的池塘……或者某個洞穴入口。

里歐直往後退。「不知耶，老兄，覺得我們不該進去。」

小站爲什麼決定要讓我們看這個房間？我感到很好奇。誰住在這裡？或者說得更精確一點……誰「曾經」住在這裡？儘管有亮麗的粉紅色窗簾，以及仔細擺放絨毛動物玩具堆的床鋪，但這個房間依然有種遭到棄置的感覺，保存得像是博物館的展示室。

「我們繼續走吧。」我贊同說。

最後終於走到坡道頂端，我們進入一個宛如大教堂的大廳。頭頂上有圓弧狀的木雕天花板，正中央鑲有鮮豔的彩色玻璃，產生綠色和金色的幾何圖案。房間遠端有我剛才在外面看到的玫瑰花窗，將光影投射在水泥粉刷地板上很像標靶。我們左右兩側高處都有走道，附加了鍛鐵欄杆，四面牆壁各有一排維多利亞式優雅燈柱。欄杆後方有一整排門通往其他房間，另有六道樓梯向上通往天花板基部的華麗飾板，那裡的壁架塞了像乾草的鳥巢，看來是給很大的鳥用的。整個地方有淡淡的動物氣味……但比較會讓我聯想到狗舍而非雞舍。

大廳有個角落是一間明亮的專業廚房，大到足以同時舉辦好幾場名人烹飪比賽。有好幾套沙發和舒適的椅子散布各處。大廳的正中央有一張巨大的餐桌，是以粗獷的手法削切紅杉而成，座位可容納二十人。玫瑰花窗的下方有好幾間不同項目的工坊，似乎隨意配置，包括鋸台、鑽床、車床、窯、煉鐵爐、鐵鉆、3D列印機、縫紉機、大鍋，還有好幾種我叫不出名稱的工業設備。（別批評我，我又不是赫菲斯托斯。）

有個健壯的女子俯身靠近一座焊接台，正用焊槍處理一塊金屬板，火花四濺。她佩戴金屬面罩、皮革圍裙和手套。

我不確定她怎麼會注意到我們，也許是小站朝她背後扔擲磚塊吸引她的注意吧。無論如何，她望向我們這邊，關掉焊槍，抬起面罩。

「我一定會倒大楣，」她爆出一陣笑聲，「那是阿波羅嗎？」

她扯掉身上的安全裝備，緩緩走過來。像艾米一樣，這名女子也是六十多歲，不過艾米的體態像是退役的體操運動員，這名女子則是適合打架的體格。她的肩膀很寬，膚色深，手臂的肌肉線條相當漂亮，從褪色的粉紅色馬球衫袖口伸出來。扳手和螺絲起子壓得她的丹寧工作服口袋往下垂。襯在赭色頭皮上隨意快剪的灰髮如冰霜般閃閃發亮。

她用力伸出手。「阿波羅陛下，你可能不記得我了。我是喬，或叫我喬希，或者喬瑟芬，隨便哪個都行。」

每講一個名字，她就用力捏緊我的手。我絕不會向她挑戰腕力比賽（不過她的手指肉肉的，我猜沒辦法像我彈吉他彈得那麼好，所以，哈）。她那張國字臉令人望而生畏，卻有一雙開心閃亮的眼睛。她的嘴有點扭曲，彷彿盡了極大的努力才不至於爆笑出來。

「是的。」我以尖銳的聲音說，抽回自己的手。「我是要說，不，恐怕我不記得你。我可以介紹里歐給你認識嗎？」

「里歐！」她熱情地擠扁他的手。「我是喬。」

這些人的名字全都以「喔」的嘴形收尾，包括喬、里歐、卡呂普索、阿波羅，害我覺得自己的特色好像被沖淡了。我得感謝眾神，我們不是身在俄亥俄，我們的巨龍也不叫非斯托。

「我想，我叫你喬瑟芬好了，」我下定決心說：「這是個好名字。」

喬瑟芬聳聳肩。「我都可以。你們的朋友卡呂普索在哪裡？」

「等一下，」里歐說：「你怎麼知道卡呂普索的事？」

喬瑟芬用指尖敲敲她的左邊太陽穴。「小站告訴我的。」

「喔。」里歐瞪大雙眼。「好酷。」

我可不確定。一般來說，如果有人說某棟房子對他們說話，我都會盡可能遠離那種人。糟的是，我相信喬瑟芬說的話。我也有種感覺，我們很需要她的殷勤招待。

「卡呂普索在醫療室，」我表示，「她手斷了，還有腳。」

「啊。」喬瑟芬雙眼的神采黯淡了點。「是啊，你們遇到街坊鄰居。」

「你是指無頭族。」我想像所謂的「街坊鄰居」跑來借一把套筒扳手，或者來點一份女童軍餅乾，或者殺個人等等。「你們經常與他們發生衝突嗎？」

「以前不會。」喬瑟芬嘆口氣。「就他們自己來說，如果你以禮相待，無頭族對別人不太有害處。他們沒有足夠的想像力能夠發動攻擊。不過自從去年開始……」

「讓我猜猜看，」我說：「印第安納波利斯有了新皇帝？」

喬瑟芬的臉掠過一抹憤怒的神色，讓我得以一窺究竟，得知與她作對會有什麼下場。（提示：包含痛苦。）

「我們最好別談皇帝的事，等到艾米和你們朋友前來會合再說，」她說：「沒有艾米在旁邊讓我冷靜下來……我會大爆炸。」

我點點頭。不讓喬瑟芬大爆炸，聽起來像是絕佳的主意。「不過，我們在這裡安全嗎？」

里歐伸出手掌，彷彿準備迎接磚塊如雨點般掉落。「我也想問這個問題。我是說……我們算是把一群暴徒引到你們的門前耶。」

喬瑟芬把我們的憂慮揮開。「別擔心。皇帝的勢力已經花了好幾個月尋找我們。小站沒那麼容易找到，除非我們邀請你們進來。」

「唔。」里歐用腳尖點點地板。「所以，這地方是你設計的？因爲這裡相當厲害啊。」

喬瑟芬笑起來。「我也希望是。有個半神半人建築師的才能比我強多了。小站的建築時間可以回溯到一八八〇年代，那時候剛開始建設跨州鐵路。這裡的用意是作爲半神半人、羊男和獵女隊的避難所……差不多所有人在這個國家的正中央需要避難都可以來。我和艾米很幸運能擔任目前的管理員。」

「我怎麼從來沒聽過這地方？」我抱怨說。

「我們……啊，保持得很低調。這是女神阿蒂蜜絲的命令。只談必須知道的部分。」

身爲天神，我完全符合「必須知道」的定義吧，不過阿蒂蜜絲總是如此，像這樣的事情只有她自己知道。她爲世界末日積極備戰，總是對其他天神隱瞞很多事，例如藏匿很多必需品、緊急燃油、小型的單一民族國家等等。「我想，這地方再也不是火車站了。凡人認爲它是什麼地方？」

喬瑟芬笑開懷。「小站，請讓地板變得透明。」

我們腳下的有色水泥地板消失了。我連忙往後跳，活像站在熱騰騰的煎鍋上面，但地板其實沒有消失，只是變得透明，可以一眼看穿。在我們周圍，所有的地毯、家具和工廠設備似乎都懸浮在大廳眞實地面的兩層樓高處，地面層則有二十到三十張宴會桌，看似爲了某種場合而設置。

「我們的生活空間占據大廳的上層，」喬瑟芬說：「下方的區域曾經是車站大廳，現在凡人把它租出去，用來舉辦婚禮、派對等等之類的。如果他們抬頭看……」

「有適當的僞裝，」里歐猜測說：「他們看到天花板的影像，但是看不到你們。好耶！」

喬瑟芬點點頭，顯然很開心。「大多數時候，這附近都很安靜，不過週末就很吵。如果得再多聽一個婚禮翻唱樂團表演〈大聲思考〉⓭那首歌，我可能會想要拿鐵鉆往下面砸。」

她指向地板，只見地板立刻恢復成不透明的水泥。「好了，如果你們兩位不介意，我得去把手上正在忙的案子做完，不想讓那個金屬板還沒焊好就涼掉了。完成之後……」

「你是赫菲斯托斯的孩子，對吧？」里歐說。

「其實是黑卡蒂⓮。」

里歐瞇起眼睛。「不可能！不過你這裡的超棒工作區……」

「我的專長是魔法建設，」喬瑟芬說：「我爸爸，我的凡人爸爸，他是機械技師。」

「好耶！」里歐說：「我媽也是機械技師！嘿，不知我可不可以用你的機械工具，我把那隻巨龍留在州議會大廈那邊，而且……」

「嗯哼。」我插嘴說。我眞的很想取回非斯都，不希望那個幾乎堅不可摧、不可能打開的行李箱碰到立即的危險。我也很怕里歐和喬瑟芬萬一眞的聊起來，他們很快就會開始讚嘆鋸齒凸緣螺栓的美妙而不可自拔，害我無聊到死。「喬瑟芬，你剛才說完成之後怎麼樣？」

「對喔，」喬瑟芬贊同說：「給我幾分鐘，然後我帶你們去看幾間客房，而且，嗯，也許幫里歐在這裡找些衣服。說來不幸，我們最近有很多空房。」

我很好奇這樣爲什麼是不幸，接著想起剛才路過的那個小女孩空房間。我有種預感，最好不要開口問那件事。

「我們很感激你的協助，」我對喬瑟芬說：「不過我還是不懂。你說，阿蒂蜜絲知道這個地方，你和艾米是獵女隊嗎？或者以前是？」

在粉紅色馬球衫的領口周圍，喬瑟芬的頸部肌肉變得緊繃。「我們以前是。」

我皺起眉頭。我總以爲姊姊的隨從全都是少女，一旦加入就絕不能離開……除非是躺在漂亮的銀色棺材裡。「可是……」

「說來話長，」喬瑟芬打斷我的話，「可能應該讓赫米塞來說明。」

「赫米塞？」這名字活像是小站的磚頭那般擊中我。我覺得自己的臉好像往下滑到胸口中央，變成像無頭族那樣。突然間，我終於明白艾米爲何看起來很熟悉。難怪我會覺得那麼不

⓭〈大聲思考〉（Thinking out Loud）是英國歌手紅髮艾德（Ed Sheeran）的歌曲。

⓮ 黑卡蒂（Hecate），幽靈和魔法的女神，創造了地獄，代表世界的黑暗面。

自在。「艾米，是赫米塞的暱稱。就是那個赫米塞？」

喬瑟芬往左右看了看。「你眞的不知道？」她伸出一根手指，往自己的肩膀後面指一指。「那麼……我現在要回去焊接了。廚房有食物和飲料，請把這裡當成自己的家。」

她匆忙回到自己的工坊。

「該死，」里歐嘀咕著說：「她好厲害。」

「嗯哼。」

里歐挑挑眉。「你和赫米塞以前有什麼過節還是怎樣？你剛才聽到她名字的樣子，好像有人踢中你的胯下。」

「里歐．華德茲，這四千年來，沒有人膽敢踢我的胯下。如果你的意思是我看起來有點震驚，那是因爲我認識赫米塞的時候，她是古希臘的年輕公主。我們從來沒有什麼過節。不過呢，我是讓她永生不死的人。」

里歐的目光飄向工坊，喬瑟芬又開始在那裡焊接。「我以爲只要接受阿蒂蜜絲的誓約，所有的獵女隊成員都會變成永生不死。」

「你搞錯了，」我說：「赫米塞加入獵女隊之前，我就讓她永生不死。事實上，是我把她變成天神。」

5 告訴你故事？或我僅，如同，昏迷沙發上抽搐

這是給里歐的提示，這種時候就該坐在我腳邊，露出著迷的神情，好好聆聽我說故事。然而，他卻對著工坊含糊地揮揮手。「是喔，好吧。我要去看看那個煉鐵爐。」

他留下我自己一個人。

現在的半神半人都這樣，注意力太過短暫，我把這種狀況怪罪給社群媒體。如果你不能花時間聆聽天神滔滔不絕講故事，實在很悲哀。

糟的是，那個故事堅持不想被遺忘。三千年前的種種聲音、臉孔和情感排山倒海而來，以強大的力量控制我的感受，我幾乎癱倒在地。

過去幾週，我們向西方飛馳期間，這些清晰的影像一直冒出來，頻率驚人。或許是我那些有缺陷的人類神經元試圖處理天神記憶的結果吧，也說不定是宙斯正在懲罰我，用清晰逼眞的影像回顧我最驚人的錯誤，或者只是身爲凡人的時光漸漸把我逼瘋了。

無論如何，我及時靠到最近的沙發上以免癱倒在地。

我隱約意識到里歐和喬瑟芬站在焊接台旁邊，喬瑟芬穿戴著焊接裝備，里歐穿著拳擊短褲，兩人吱喳討論著喬瑟芬正在進行的案子。他們似乎沒發現我的悲痛。

接著，記憶吞沒了我。

我發現自己盤旋於古代地中海的上空，波光粼粼的藍色海水延伸到地平線。帶著鹹味的一道溫暖海風托著我。在我的正下方，納索斯的白色峭壁從海浪中高聳拔起，形狀很像鬚鯨嘴裡那排鯨鬚板。

兩名青少女從距離岸邊約三百公尺的城鎮跑出來逃命，一路跑向峭壁邊緣，後面緊跟著一群武裝暴徒。兩個女孩的白色衣裙鼓脹起來，黑色長髮隨風翻飛。儘管赤腳奔跑，岩石地面也沒有讓她們慢下來。她們有著古銅色皮膚和輕盈的肢體，顯然很習慣在戶外奔跑，然而此刻正跑向死路一條。

至於那群暴徒，爲首的是身穿紅色長袍的肥胖男人，他放聲尖叫，揮舞一個破陶罐的把手。他的眉頭上方有個金色王冠閃閃發亮，灰色鬍鬚黏了一條條乾硬的紅酒漬。

我想起他的名字：斯塔菲盧斯，納索斯國王。身爲戴歐尼修斯的半神半人兒子，斯塔菲盧斯遺傳了他父親所有最惡劣的缺點，卻完全沒有父親那種派對咖的輕鬆特質。現在他發著酒瘋，嘴裡喊說女兒打破了他最好的紅酒罐，於是，她們當然得死。

「我會殺了你們兩個！」他尖聲喊著：「我會把你們碎屍萬段！」

我是想說……如果兩個女孩打破了史特拉底瓦里製作的有名小提琴，或者鍍金口琴，我或許可以理解他的憤怒。可是一個紅酒罐？

兩個女孩繼續跑，哭喊請求眾神幫忙。

一般來說，這類事情不會是我的問題。人們一天到晚哭求天神幫忙，幾乎從來不會提供有趣的事情作爲回報。我可能只會在這番情景上空盤旋，心裡想著：「噢，親愛的，好遺憾啊。哎喲，那樣一定很痛！」然後去做我的正經事。

不過呢，剛好就是那一天，我並不是偶然間飛過納索斯的上空，而是正要去見顛倒眾生的羅伊歐，她是國王的大女兒，而我剛好愛上她。

下面那兩個女孩都不是羅伊歐。我認出她們是羅伊歐的妹妹，帕耳忒諾斯和赫米塞。然而，如果我在奔赴偉大約會的路上沒有幫助羅伊歐的妹妹，她恐怕不會欣賞我吧。「嘿，寶貝，我剛才看到你的兩個妹妹被追到懸崖上，筆直墜落而死。你想看場電影或做什麼嗎？」

可是，假如我在眾目睽睽之下幫助她的妹妹，違背她們殺人犯父親的期望……那可能需要天神介入吧。有很多種形式可以達成，而命運三女神[15]也會三倍質疑每一件事。

我還在仔細思考時，帕耳忒諾斯和赫米塞衝向斷崖。她們一定發覺無路可走，但即使如此也沒有慢下來。

「阿波羅，救救我們！」赫米塞大喊：「我們的命運都取決於你！」

接著，兩姊妹手牽著手，一起躍入空中。

竟然展現這麼大的信心……讓我無法呼吸！

她們將自己的性命託付到我手中，我實在不能眼睜睜看著她們嘩啦跳進海裡。換成是荷米斯[16]，他肯定讓她們去死，還覺得非常可笑。荷米斯是瘋狂的小流氓。可是阿波羅呢？不

---

⑮ 命運三女神（Fates），希臘神話中掌管所有生命長短的三位女神。她們手中的每一條線代表每個生命，當線切斷時，就是這個生命的死期到了。

⑯ 荷米斯（Hermes），商業、旅行、偷竊及醫藥之神，掌管所有使用道路及貿易的相關事宜，也是天神的使者，穿著有翅膀的飛鞋為眾神傳遞物件與信息。

行。我必須大肆表彰這樣的勇氣和神氣！

帕耳忒諾斯和赫米塞始終沒有撞上水面。我伸長雙手，以巨大的推力推動兩姊妹……並在其中注入我自己的一點天神生命力。噢，你該會多麼羨慕那兩個女孩啊！只見一道金光閃過，她們微微發亮，消失其中，渾身充滿讓人刺痛的暖流和新生的力量，像奇妙仙子一樣，伴著一大團晶光閃閃向上飄浮。

讓某人成為天神並不是小事。基本規矩是力量往下滲透，所以理論上某個天神可以創造出力量比本身小的新天神。不過這需要犧牲天神本身的一點神性，那是你之所以成為你的一小部分，所以眾神不會經常施予這樣的恩惠。如果眞要施予，我們通常只會創造最不重要的天神，正如同我對待帕耳忒諾斯和赫米塞的方式：只給予最基本的永生不死套裝內容，搭配一些花俏的配件。（不過我增添了延長保固，因為我是好人。）

帕耳忒諾斯和赫米塞眉開眼笑，滿心感激，飛上來與我團聚。

「阿波羅陛下，謝謝你！」帕耳忒諾斯說：「是阿蒂蜜絲派你來嗎？」

我的笑容倏然消失。「阿蒂蜜絲？」

「一定是她！」赫米塞說：「我們墜落時，我禱告說：『阿蒂蜜絲，救救我們！』」

「不對，」我說：「你是大叫：『阿波羅，救救我們！』」

兩個女孩面面相覷。

「呃……沒有啊，親愛的陛下。」赫米塞說。

我很確定她說的是我的名字。然而回想當時，我也懷疑是我自以為是，而非眞正聽見。

我們三個人就這樣面面相覷。你把兩個女孩變成永生不死，然後發現她們並沒有召喚你……

那一刻眞是超糗的。

「嗯，沒關係啦！」赫米塞興高采烈地說：「我們欠你很大的恩情，而現在，我們自由了，可以聽從自己內心的願望！」

我暗自期盼她說：「永恆服侍阿波羅，每餐之前幫他準備熱呼呼的檸檬香氣毛巾！」

結果，帕耳忒諾斯反倒說：「對呀，我們會加入阿蒂蜜絲的獵女隊！阿波羅，謝謝你！」

她們用自己剛得到的力量幻化消失，留下我孤零零一個人，以及一群憤怒的納索斯暴徒，他們一邊尖叫，一邊對著大海猛揮拳頭。

最糟的是什麼呢？大概一週之後，兩個女孩的姊姊羅伊歐就跟我分手了。

隨後的無數個世紀，我不時在阿蒂蜜絲的獵女隊見到赫米塞和帕耳忒諾斯。我們多半避開彼此。讓她們成爲次要天神算是一種善意的錯誤，我一點都不想把那種錯誤寫成歌。

我見到的影像改變了，改變得好微妙，很像從小站的玫瑰花窗照進來的光線。

我發現自己身在一間滿是黃金和白色大理石的廣大房間裡，有玻璃牆和延伸出去的露台，而在那之外，午後的暗影湧入曼哈頓高樓大廈之間的都市街道。

我以前來過這裡。無論這些影像帶我到何處，最後似乎總是回到這個惡夢般的可怕場景。

尼祿皇帝斜倚在鍍金的躺椅上，身穿紫色西裝、粉藍色襯衫和鱷魚皮的尖頭皮鞋，看起來華麗得令人害怕。他的大肚腩上面擺了一盤草莓，一次啪的一聲咬掉一顆，拎起草莓的時候翹起小指頭，秀出尾戒上面那顆一百克拉的大鑽石。

「梅格……」他搖搖頭，語氣悲傷地說：「親愛的梅格，你應該更興奮一點啊！親愛的，這是你補救的機會，你不會讓我失望，對吧？」

他的語氣既輕柔又溫和，很像一顆沉重的雪球……就是在電線上不斷累積、最後落下來砸破屋頂、壓死全家人的那種雪球。

站在皇帝面前，梅格·麥卡弗瑞看起來很像快要枯萎的植物。她的黑色及肩頭髮無精打采地垂在臉龐周圍，身上的綠色長T恤鬆弛皺摺，套著黃色緊身褲的膝蓋微微彎曲，一腳的紅色高筒球鞋懶洋洋地踢著大理石地板。她低著頭，不過我看得到她的貓眼鏡框依然是斷的，自從我們最後一次碰面斷到現在。眼鏡上鑲著水鑽的兩邊尖端都纏著透明膠帶。

她承受著尼祿的沉重目光，顯得好渺小、好脆弱。我真想衝到她身邊，把整盤草莓砸向尼祿那張沒下巴且脖子裹著鬍鬚的醜臉。唉，我只能眼睜睜看著，明知這番情景早已上演過。過去幾週，這畫面在我的夢境已經重複出現過好幾次。

梅格沒說話，但尼祿點點頭，彷彿梅格已經回答了他的問題。

「往西走，」他對她說：「搶在阿波羅找到下一個神諭之前逮住他。假如不能把他活著帶來見我，就殺了他。」

他伸出戴著沉重鑽石尾戒的小指頭，勾了勾。他背後站著一整排皇帝護衛隊，有人走向前。這個男人如同所有日耳曼人般身形龐大，健壯的手臂把皮革胸甲頂得鼓起來，一頭棕髮又亂又長，蛇紋刺青繞過他的頸部延伸到右臉頰，而那粗糙的臉皮即使沒有刺青也很嚇人。

「這位是沃蒂根，」尼祿說：「他會保護你的……安全。」

皇帝咀嚼著「安全」這個詞，彷彿它有很多種不同的意義，而且全是不好的意思。「你也會跟著皇室的另一名成員一起行動，以免萬一出現……嗯，困難的狀況。」

尼祿又勾勾小指頭。有個青少年從樓梯底下的陰影裡現身，似乎是很喜歡從陰影裡現身的那種男孩。他的黑髮蓋住眼睛，身穿寬鬆的黑長褲和很能凸顯肌肉的黑色緊身上衣（不過他缺乏肌肉就是了），脖子上掛了夠多的黃金首飾，很適合去擔任節慶的代言偶像。他的腰帶掛了三把有刀鞘的匕首，右邊兩把、左邊一把。他的眼睛射出掠奪成性的目光，讓我猜想那些刀子絕非只是掛著好看而已。

整體來說，這男孩有某方面讓我聯想到黑帝斯之子，尼克·帝亞傑羅，假使尼克的年紀稍微大一點、更邪惡凶狠些，而且由豺狼養育長大就更像了。

「啊，很好，馬可士，」尼祿說：「讓梅格看看你們的目的地，好嗎？」

馬可士露出淺淺的微笑。他舉起一隻手掌，指尖上方出現發亮的影像，是在鳥瞰一個城市，我認出那裡是印第安納波利斯。

尼祿又在嘴裡咬破另一顆草莓。他慢慢嚼食，任憑汁液沿著幾乎看不出來的下巴緩緩滴落。我下定決心，如果有機會回到混血營，我一定要說服奇戎把他們的經濟作物改成藍莓。

「梅格，親愛的，」尼祿說：「我要你成功，『請』不要失敗。假如『野獸』又對你發怒了……」他無可奈何地聳聳肩，語帶同情、誠懇和關切。「我實在不知道該怎麼保護你才好。找到阿波羅，讓他屈服於你的意志。我知道你辦得到。而且，我親愛的，你在我們朋友『新海克力士』的宮殿裡一定要小心喔，他不像我這麼彬彬有禮。他一心想要摧毀『網屋』，你可不要落入那裡。那只是餘興節目。快點完成，然後回來找我。」尼祿展開雙臂。「那麼，我們又是快樂的一家人了。」

男孩馬可士張開嘴，也許正想要發表惡毒的評論，但他傳出來的卻是里歐·華德茲的聲音，影像破碎了。「阿波羅！」

我倒抽一口氣。我回到了小站，整個人癱在沙發上。站在我的上方，皺著眉頭顯露出關切眼神的人，是招待我們的主人，喬瑟芬和艾米，旁邊跟著里歐和卡呂普索。

「我……我作了夢。」我虛弱地指指艾米。「你在那裡。而且……你們其他人，戲分沒有很多，不過……」

「作夢？」里歐搖搖頭。他現在穿著髒兮兮的工作服。「老兄，你是睜大眼睛耶。你躺在那裡，全身抽搐什麼的。我以前看過你見到影像的樣子，但不像這樣。」

我這時才發現自己的手臂在發抖。我用左手抓住自己的右手，但只讓情況更糟。「我……我聽到一些新的細節，或者以前不記得的事。關於梅格，還有那些皇帝，還有……」

喬瑟芬拍拍我的頭，活像我是一隻可卡獵犬。「小太陽，你確定你沒事嗎？你看起來一點都不帥。」

有一段時間，只要聽到有人叫我「小太陽」，我就會把那個人炸熟。我從老泰坦太陽神赫利歐斯的手中接過太陽戰車的韁繩之後，阿瑞斯就叫我「小太陽」叫了好幾個世紀。那是他極少數聽得懂的笑話之一（至少是極少數不黃色的笑話之一）。

「我很好，」我氣呼呼地說：「到……到底怎麼了？卡呂普索，你已經治好了嗎？」

「其實你失去意識好幾個小時。」她舉起最近斷掉的手，如今看起來像新的一樣好，然後她扭扭手指。「不過呢，對，艾米的醫術比得上阿波羅。」

「你一定要那樣說嗎？」我咕噥著說：「你是說，我已經在這裡躺了好幾個小時，沒有人發現？」

里歐聳聳肩。「我們有點忙著聊工廠的事。要不是……呃，這裡有人想要跟你講話，否則我們可能不會注意到你。」

「嗯，」卡呂普索表示同意，她的眼神看起來很憂慮，「他很堅持。」

她指向玫瑰花窗。

剛開始，我以爲自己看到橘色的斑點，接著才意識到有個幽靈向我飄來。我們的朋友，無頭鬼魂阿伽墨得斯，他回來了。

6 噢，神奇八球史詩敗給了預言里歐耳起火

鬼魂朝我們飄過來。他的情緒很難察覺，畢竟他沒有臉，但似乎很激動。他指著我，做出一連串我看不懂的手勢，包括搖動拳頭、交叉手指，以及彎著手掌彷彿捧著一顆球。他隔著咖啡桌停下來。

「乳酪，怎樣？」里歐問。

喬瑟芬哼了一聲。「乳酪？」

「對啊，他是橘色的，」里歐說：「爲什麼那樣？還有，他爲什麼沒有頭？」

「里歐，」卡呂普索斥責說：「不要那麼沒禮貌。」

「嘿，我眞的要問這問題啊，」

艾米仔細研究鬼魂的手勢。「我從沒看過他這麼激動。他發出橘光，是因爲……嗯，其實我不知道。至於他爲什麼沒有頭……」

「是他的兄弟砍掉他的頭。」我提供答案。

那段記憶從我凡人腦袋的黑暗境地浮現出來，但我依然想不起細節。「阿伽墨得斯的兄弟叫特洛佛尼烏，就是人稱『黑暗神諭』的幽靈。他……」還有別的事，那些事讓我充滿罪惡

感，然而我想不起來。

其他人盯著我。

「他的兄弟做了什麼事？」卡呂普索問。

「你怎麼知道？」艾米追問。

我不知道答案。我不確定自己的這些資訊來自何處。然而鬼魂指著我，似乎要說「這老兄知道發生什麼事」，或者可能要說更令人不安的話像是「那是你的錯」。接著，他又做出捧球的手勢。

「他想要神奇八號球，」喬瑟芬解釋說：「我馬上回來。」

她小跑步去工坊。

「神奇八號球？」里歐對艾米眉開眼笑。他身上那套借來的工作服上面有個名牌，寫著「喬吉」。「她是開玩笑的，對吧？」

「她絕對認眞，」艾米說：「呃……可以這樣說。我們也坐下來吧。」

卡呂普索和艾米坐在扶手椅上，里歐則跳上沙發坐在我旁邊。看他熱情地跳上跳下，我不禁對梅格．麥卡弗瑞興起一股念舊之情，感覺好心痛。等待喬瑟芬時，我努力挖掘記憶，希望能對這個鬼魂阿伽墨得斯得到更多細節。他的兄弟特洛佛尼烏爲何會砍掉他的頭？我又爲何有這麼強烈的罪惡感？但是我沒有成功……只得到模糊的不安感受，也覺得阿伽墨得斯儘管沒有眼睛，此刻卻凝視著我。

喬瑟芬終於快步走回來。她的一隻手抓著一個約哈蜜瓜大小的黑色塑膠球。那顆球的側邊有一道白圈，正中央畫著一個數字，是「8」。

「我熱愛這些東西！」里歐說：「已經有好幾年沒見過了。」

我繃著一張臉看那顆球，暗暗擔心那其實是某種炸彈，那就能解釋里歐爲什麼會這麼興奮了。「那有什麼用？」

「你在開玩笑嗎？」里歐問。「老兄，那是神奇八號球啊，你可以問它關於未來的問題。」

「不可能，」我說：「我是掌管預言的天神，我對占卜的每一種形式都很清楚，但是從來沒聽過『神奇八號球』。」

卡呂普索傾身向前。「我也對這種形式的巫術很不熟。它要怎麼用？」

喬瑟芬滿臉笑容。「嗯，它本來只是玩具，你搖搖它，然後上下顚倒，答案會浮現在底部的這個塑膠小窗裡。我做了一點改良。神奇八號球有時候會感應到阿伽墨得斯的想法，用文字傳達出來。」

「有時候？」里歐問。

喬瑟芬聳聳肩。「差不多，百分之三十的機會吧。這是我能達到的最佳效果。」

我還是搞不懂她在說什麼。

神奇八號球給我的印象是很不可靠的占卜方式，比較像荷米斯玩的那種碰運氣的遊戲，對我來說沒有神諭的價值。

「叫阿伽墨得斯把他想說的話直接寫下來，難道不會比較快嗎？」我問。

艾米對我投以警告的眼神。「阿伽墨得斯不識字。他對這件事有點敏感。」

那個鬼魂轉向我。他的靈光變暗了，變成血橙的顏色。

「啊……」我說：「那麼他比劃的那些手勢呢？」

「我們也搞不清楚那是哪一種手語，」喬瑟芬說：「我們已經試了七年，自從阿伽墨得斯來找我們到現在。神奇八號球是我們找到的最佳溝通方式。來吧，兄弟。」

她把魔法球扔給他。由於阿伽墨得斯輕盈縹緲，我預期那顆球會直直射穿他之後掉到地板上。然而，阿伽墨得斯輕而易舉地接住。

「好了！」喬瑟芬說：「那麼，阿伽墨得斯，你想要告訴我們什麼事？」

鬼魂劇烈搖晃神奇八號球，然後把它丟給我。我沒料到那顆球裡面裝滿液體，類似裝了水的寶特瓶，超級難控制。它擊中我的胸口，掉到我腿上，我差點來不及抓住它而滾到沙發下面。

「靈巧大師，」卡呂普索嘀咕著說：「趕快翻面。你沒聽到嗎？」

「噢，閉嘴啦。」我眞希望卡呂普索只有百分之三十的時間用來溝通。我把球翻到底部。

正如喬瑟芬的描述，球的底部設置一層透明塑膠，於是有個小窗可以看到內部的液體。一個大大的白色多邊形骰子漂進視線裡。（我知道這東西，有點像荷米斯那種低級賭博遊戲的意味！）骰子的一面抵著小窗，顯示用粗體字寫的一個句子。

「阿波羅必須帶她回家。」我大聲唸出來。

我抬起頭。艾米和喬瑟芬的臉彷彿戴了一模一樣的驚惶面具。卡呂普索則和里歐互看一眼，顯得很憂慮。

里歐才剛開口說：「呃，什麼……？」

同一時間，艾米和喬瑟芬異口同聲喊出一連串的疑問：「她活著嗎？她安全嗎？她在哪裡？告訴我！」

艾米猛然站起。她開始踱步，一邊啜泣，一邊發出巨大的乾嘔聲；喬瑟芬則是移到我面前，緊緊握著兩個拳頭，眼神宛如她那把焊接槍的尖細火焰一樣銳利。

「我不知道！」我把球扔給喬瑟芬，活像那是一顆燒燙燙的果仁蜜餅。「不要殺我！」

她接住神奇八號球，然後似乎查看一下，深吸一口氣。「抱歉，阿波羅。抱歉。我……」

她轉向阿伽墨得斯。「來吧，回答我們。告訴我們。」

她把球丟給他。

阿伽墨得斯彷彿用不存在的眼睛仔細端詳那顆魔法球。他垂著肩膀，似乎很不情願做這件事。他再一次搖晃那顆球，然後丟還給我。

「為什麼是我？」我抗議說。

「唸出來！」艾米厲聲說。

我把它翻過來。一條新訊息出現在液體裡。

「回覆很模糊，」我大聲唸出：「稍後再試。」

艾米絕望地哭起來。她陷入自己座位裡，用兩隻手摀著臉。喬瑟芬衝到她身邊。

里歐對鬼魂皺起眉頭。「喂，乳酪，那就再搖一次啊，老兄。」

「沒有用，」喬瑟芬說：「如果神奇八號球說『稍後再試』，它就是要表達那個意思。我們非等不可。」

她坐在艾米那張椅子的扶手上，捧著艾米的頭靠在自己身上。「沒關係，」喬瑟芬喃喃說著：「我們會找到她。我們會帶她回來。」

卡呂普索略顯遲疑，她伸出一隻手掌，彷彿不確定該怎麼提供協助。「我很遺憾。誰……

誰不見了？」

喬瑟芬以顫抖的嘴唇指指里歐。

里歐瞇起眼睛。「呃，我還在這裡啊……」

「不是你，」喬瑟芬說：「那個名牌、那套工作服……都是她的。」

里歐拍拍縫在他胸口的名字。「喬吉？」

艾米點頭，雙眼又腫又紅。「喬吉娜。我們收養的女兒。」

我好慶幸自己坐著。突然間有好多事都說得通了，那些事像另一番夢境淹沒了我：兩名不屬於獵女隊的年長獵女隊成員、小孩子的空房間、小女孩畫的蠟筆畫。喬瑟芬曾經提過，阿伽墨得斯大約在七年前闖入她們的生活。

「你們兩人離開獵女隊，」我說：「爲了彼此而離開。」

喬瑟芬凝視著遠方，彷彿建築物的牆壁就像神奇八號球的底部一樣透明。「我們沒有刻意計畫。我們離開的時間是……哪一年？一九八六年嗎？」

「八七年，」艾米說：「從那時候開始，我們一起變老。非常快樂。」她抹掉一滴淚，這一刻看起來一點都不快樂。

卡呂普索縮回她最近斷掉的手。「我不是很了解女神阿蒂蜜絲，也不太了解她對於隨從的規定……」

「沒關係啦。」里歐插嘴說。

卡呂普索瞪了他一眼。「不過，她們不是發誓要戒除男性的陪伴嗎？如果是你們兩人彼此相愛……」

「不，」我語氣苦澀地說：「所有的戀愛都禁止。我姊姊在這方面相當不講理。獵女隊的使命是生活中不讓任何戀愛形式分散注意力。」

我一想到姊姊和她的反戀愛想法就很生氣。兩姊弟怎麼會差這麼多？不過我也很氣赫米塞，她不只放棄獵女隊的身分，這樣做也等於放棄了我給予她的神性。

人類都這樣！我們賜予你永生不死和天神力量，然後你拿它去交換愛情，以及印第安納波利斯市中心的挑高開放式空間。可惡！

艾米沒有迎上我的目光。

她感傷地嘆口氣。「我們身為獵女隊成員非常高興，我們兩人都是。她們是我們的家人。可是……」她聳聳肩。

「我們更愛彼此。」喬瑟芬補充說。

我有種感覺，她們經常幫對方把話說完，兩人的想法有種非常自在的契合感。這對於降低我的氣憤程度毫無幫助。

「你們離開時，一定與阿蒂蜜絲維持很好的關係，」我說：「她讓你們活著。」

喬瑟芬點點頭。「女神的獵女隊經常在小站這裡停下來休息……不過我們已經有好幾十年沒見到阿蒂蜜絲本尊了。然後，七年前，我們獲賜喬吉娜。她……她是由阿伽墨得斯送到我們的門前。」

橘色鬼魂鞠個躬。

「他從哪裡帶她來？」我疑惑地問。

艾米攤開雙手。「我們一直沒辦法從他的身上問出這個訊息。神奇八號球始終不願意回答這個問題。」

里歐一定是思考得很認真……他的左耳尖端居然爆出一簇火焰。「等一下。阿伽墨得斯不是你們孩子的爸，對吧？還有……你們剛才說我穿的是七歲女孩的工作服，而且很合身？」

這番話害喬瑟芬爆笑出聲。「我也覺得很合身。而且，不，里歐，阿伽墨得斯不是喬吉娜的父親。我們的鬼朋友早在古代就死了。就像阿波羅說的，他是神諭幽靈特洛佛尼烏的兄弟。阿伽墨得斯帶著嬰兒喬吉娜出現在這裡，然後他帶我們去找神諭。那是我們第一次知道有神諭的存在。」

「所以你們知道它的位置。」我說。

「當然，」艾米喃喃說著：「它對我們做了什麼好事。」

我的腦袋塞了太多問題。

我好想把自己分裂成十幾個不同的分身，這樣才能同時探究每一個問題，但是哎喲，凡人沒那麼容易分裂。「不過，女孩和神諭一定有某種關聯。」

艾米閉上眼睛。我看得出來，她很努力忍住不哭。「我們不知道他們的關聯有多緊密，直到有人把喬吉娜帶走，我們才意識到。」

「是皇帝。」我猜測說。

喬瑟芬點頭。

我還沒有見到「三巨頭」的這個第二名成員，就已經開始討厭他了。我與尼祿交手，失去了梅格．麥卡弗瑞。還有另一名邪惡皇帝奪走另一名年輕女孩，我實在很不喜歡這種事。

「在我看到的影像裡，」我回憶說：「我聽到尼祿把這個皇帝叫作『新海克力士』。他是誰？他對喬吉娜做了什麼事？」

艾米搖搖晃晃站起來。「我……我需要用自己的雙手做點有生產力的事。過去兩週以來，只有這樣才能讓我維持神智正常。你們三個何不來幫我們做午餐？然後再來聊聊那個掌控我們城市的怪物。」

7 我剁碎洋蔥 用我前天神之手 你最好吞下

要有生產力。

呃。

這眞是人類的概念啊。這是要暗示你，時間很寶貴（哈），你必須努力奮鬥才能有所收穫（哈哈）。我的意思是，如果你奮鬥好幾年，寫出一齣描述阿波羅有多麼光榮輝煌的歌劇，我也許可以了解所謂「要有生產力」的訴求。可是透過準備食物，你怎麼可能得到滿足感和平靜感呢？我完全無法理解。

就算在混血營，也沒有人要求我自己準備三餐。確實沒錯，「熱狗」這種食物很可疑，我也從沒在「蟲汁」裡面找到什麼蟲，但那些食物至少是由一群美麗的精靈端送上來。

而現在，我被迫要洗萵苣、切番茄，還要剁碎洋蔥。

「這些食物到底是從哪裡來的？」我一邊問，一邊眨眼睛流眼淚。

我不是狄蜜特⓱，但就算看得出這些食材是由土地新鮮生產，可能也是因爲我得洗掉一大

⓱ 狄蜜特（Demeter），希臘神話中的農業女神，掌管大地農作物的豐收。她是宙斯的姊姊。

堆泥土。

想到狄蜜特，就讓我聯想到梅格，很可能害我又哭起來，即使還沒遭受洋蔥氣味的痛苦折磨也一樣。

卡呂普索在我面前倒出一籃紅蘿蔔，全都沾滿泥巴。「艾米在屋頂上有個菜園，是溫室，一整年都有收成。你應該去看看那些香草植物，有羅勒、百里香、迷迭香。眞是超棒的。」

艾米露出微笑。「親愛的，謝謝你。你肯定很了解園藝。」

我嘆口氣。現在這兩位產生連結了。過不了多久，我就會困在艾米和卡呂普索之間，聽她們討論羽衣甘藍的種植技巧，里歐和喬瑟芬則是討論幫汽化器上蠟的詩意。我輸了。

說到那個精力充沛的傢伙，里歐從食物儲藏室旁邊的門衝進來，手上高舉著一大塊圓形乳酪，活像拿著勝利者的桂冠。

「瞧瞧這塊切達乳酪！」他宣告著：「乳酪征服者萬歲！」

喬瑟芬提著金屬桶從他的後面慢慢走進來，和藹地咯咯笑著說：「那些母牛好像很喜歡里歐呢。」

「嘿，這位阿嬤，」里歐說：「所有的母牛都愛里歐。」他對著我咧嘴大笑。「而且啊，老兄，那些母牛是紅色的。類似……亮紅色。」

這番話眞的讓我好想哭。紅色的母牛是我的最愛。早在收集母牛蔚爲風潮之前，我就有一群神聖的鮮紅色牛隻，養了好幾世紀之久。

喬瑟芬一定是看出我臉上的表情很悲慘。

「我們只用牛乳，」她匆匆說道：「不會屠宰牠們。」

「希望不要啊！」我大叫：「殺死紅牛是褻瀆聖物！」

面對我的這番話，喬瑟芬沒有表現出恰當的驚恐。「是啊，不過主要是因為艾米讓我放棄吃肉，已經有二十年了。」

「那樣對你比較好，」艾米有點生氣地說：「你再也不是永生不死之身了，需要好好照顧自己。」

「不過好想念乳酪漢堡啊。」喬瑟芬咕噥著說。

里歐把那一大塊圓形乳酪用力扔到我的面前。「我的好哥兒，幫我從中間切一塊吧。切快點！」

我怒目看著他。「華德茲，你別考驗我喔。等我又恢復成天神，我會把你變成一個星座，取名叫『拉美爆炸小人星座』。」

「我喜歡！」他拍拍我的肩膀，害我手上的刀子抖來抖去。

再也沒有人害怕天譴了嗎？

艾米忙著烤麵包時（我得承認那眞是超香的），我拌出一份沙拉，內含紅蘿蔔、黃瓜、蘑菇、番茄，以及屋頂種出來的所有植物材料。卡呂普索用新鮮的檸檬和蔗糖製作檸檬特調，嘴裡哼著碧昂絲專輯的同名歌曲《檸檬特調》（*Lemonade*）。（我們向西飛馳期間，我自告奮勇幫卡呂普索惡補過去三千年來的流行音樂。）

里歐著手切乳酪（隨便你想怎麼解讀這件事都行）。結果那塊圓形的切達乳酪從裡到外都是亮紅色，而且相當美味。喬瑟芬做甜點，她說那是她的專長。今天她做的是自製的海綿蛋糕搭配新鮮莓果和紅色的甜奶油，頂上還裝飾了一層薄薄的蛋白霜，再用料理用噴槍微微燒炙上色。

至於鬼魂阿伽墨得斯，他飄進廚房的一個角落，手中握著他的神奇八號球，看起來很沮喪，彷彿那是三個人參加比賽的第三名獎品。

最後，我們坐下來吃午餐。我沒想到自己竟然這麼餓。自從吃完早餐到現在過了好長的時間，而非斯都的「飛龍餐」會讓你看到什麼都想吃。

就在我忙著往嘴裡塞食物時，里歐和卡呂普索對主人講述我們向西飛馳的經歷。趁著咬下一口新鮮麵包搭配亮紅色奶油的空檔，我會補充需要的註解，畢竟我的說故事技巧當然是超級厲害。

我們解釋我的古代宿敵匹松，以及牠如何重新奪取德爾菲的原址，阻斷了進入最強大神諭的管道。我們說明三巨頭如何破壞半神半人使用的所有通訊方式，包括伊麗絲訊息、魔法卷軸、腹語玩偶，甚至是神祕的電子郵件魔法。有了匹松的協助，現在三位邪惡的皇帝意圖控制古代以來的三大神諭，甚至把它們全部毀掉，徹底箝制這世界的未來發展。

「我們解開多多納樹林的束縛，」我總結說：「但那個神諭只能把我們送來這裡，目標是確保下一個預言來源的安全，也就是『特洛佛尼烏的洞穴』。」

卡呂普索指著我的箭筒，它就放在附近的沙發上。「阿波羅，讓他們看看你那一支會說話的箭吧。」

身為弓箭手，艾米聽了眼神發亮，顯露出極大的興趣。「會說話的箭？」

我抖了一下。我是從多多納會說話的樹上取得那支箭，到目前為止對我沒什麼幫助。我只能聽它說話，如果想尋求建議，它會用伊莉莎白時代的英語喋喋不休，講些沒意義的話，害我說起話來也被傳染，連續好幾個小時像蹩腳的莎劇演員一樣滔滔不絕。卡呂普索每次都笑個沒完。

「我才不要給她們看那支會說話的箭，」我說：「不過呢，我願意分享五行打油詩。」

「不要！」卡呂普索和里歐異口同聲大叫。他們扔下手中的叉子，用力摀住耳朵。

我開始吟誦：

以前有個天神名叫阿波羅
他奔進一個洞穴藍色而且中空
坐上三個座位的交通工具
青銅吞火怪客
被迫吞下瘋狂和死亡

一種不安的沉默籠罩於餐桌周圍。

喬瑟芬怒目而視。「阿波羅，在這棟房子裡，以前從來沒有人膽敢唸出五行打油詩。」

「那就讓我們期盼以後再也不會有人唸。」我表示贊同。「不過呢，就是這樣的多多納預言帶我們來到這裡。」

艾米的表情很緊繃，掃除了我僅剩的疑慮，我原本還懷疑她是不是我好幾個世紀前賜予永生不死的同一個赫米塞。我認得她的強烈眼神，同樣的決心促使她跳下懸崖，將她的命運託付給眾神。

「一個洞穴藍色而且中空……」她說：「好吧，那是特洛佛尼烏的神諭。它位於藍泉洞，大約在這個城鎮南方一百三十公里處。」

里歐一邊吃東西一邊笑，嘴巴像雪崩一樣噴出土色的食物顆粒。「那麼，這是有史以來最簡單的任務。我們把非斯都弄回來，然後在Google地圖上找到這地方，飛過去就成了。」

「很難說喔，」喬瑟芬說：「皇帝已經對周遭鄉間設下重兵看守。你駕著巨龍飛到藍泉洞附近，一定會在空中遭到射擊，不可能躲過掉下來的命運。就算躲得過，洞穴入口也絕對太小，巨龍不可能鑽進去。」

里歐噘著嘴。「可是那則五行打油詩……」

「可能是騙人的，」我說：「畢竟那是五行打油詩啊。」

卡呂普索往前坐一點。她在原本斷掉的手上包了一條餐巾……或許因爲還會痛，也說不定因爲她很緊張。那讓我聯想到火炬的塡塞物……自從上次遇到瘋狂皇帝尼祿之後，這樣的聯想實在不是很恰當。

「最後一行如何？」她問。「阿波羅會『被迫吞下瘋狂和死亡』。」

喬瑟芬盯著她的空盤子。艾米則是匆匆捏了她的手一下。

「特洛佛尼烏的神諭很危險，」艾米說：「以前我們可以自由去那裡，當時皇帝還沒有進駐，但即使如此，我們也只有非常緊急的狀況才去諮詢幽靈。」她轉向我。「你一定記得。你是掌管預言的天神。」

儘管檸檬特調超好喝，我還是覺得喉嚨很乾。我不喜歡別人提醒我以前是什麼身分。我也不喜歡自己記憶中的巨大空洞，裡面什麼都沒有，只有模糊的恐懼。

「我……我記得那個洞穴很危險，對，」我說：「我想不起來為什麼。」

「你想不起來。」艾米的語氣有種危險的尖銳感。

「我通常專心於天神方面的事務，」我說：「像是祭品的品質、祈求預言的人燃燒什麼樣的焚香、吟唱的讚美詩歌有多麼令人滿意等等。我從來沒要求過祈求預言的人必須通過什麼樣的考驗。」

「你從來沒要求過。」

我不喜歡艾米重複我說的話。我有種預感，她擔任希臘戲劇的合唱隊會比卡呂普索唱得更糟。

「我在混血營確實讀過一些資料，」我有點戒心地說：「提到特洛佛尼烏的部分並不多。奇戎也幫不上忙，他完全忘了神諭的事。據說特洛佛尼烏的預言很黑暗又可怕，有時候會把人逼瘋。也許他的洞穴是某種鬼屋？裡面，呃，掛著骨骸，女祭司還會跳出來大喊『啊啊啊』嚇你？」

艾米擺出一張臭臉，讓我得知這番猜測不太準確。

「我也讀到祈求預言的人要喝兩種特殊的泉水，」我不屈不撓地說：「我想，『吞下死亡和瘋狂』可能是象徵性地提到喝泉水。你也知道，詩的破格嘛。」

「不，」喬瑟芬咕噥說：「那不是詩的破格。那個洞穴確實把我們的女兒逼瘋了。」

一陣冷風吹過我的脖子，彷彿小站本身吐出一口淒涼的嘆息。我想起那個目前棄置的小孩臥房，剛才曾看到牆上用蠟筆畫了世界末日的圖樣。

「到底怎麼了？」我問，雖然不確定自己是否真的想知道……尤其那如果是某種徵兆，預示我即將面對的狀況。

艾米撕下一塊麵包皮，然後任憑它掉落。「皇帝一來到印第安納波利斯……這個『新海克力士』……」

卡呂普索正準備開口詢問，但艾米舉起一隻手制止。「拜託，親愛的，別要求我說出他的名字。別在這裡問。不要現在問。我很確定你們都知道，只要你說出很多天神和怪物的名字，他們都會聽到。而這人又比大多數的情況更糟糕。」

卡呂普索牽動嘴角，流露出痛苦的同情。「請繼續說。」

「剛開始，」艾米說：「我們不懂到底怎麼了。我們的朋友和同伴開始一個個失蹤。」她指著周圍寬廣的起居空間。「這裡本來隨時住了十幾個人，而現在……只剩下我們了。」

喬瑟芬向後倚靠著椅背。在玫瑰花窗的光線下，她的頭髮閃耀著鋼鐵般的灰色，工作服口袋裡的扳手也是同樣的顏色。「皇帝正在找我們。他知道有小站。他想要摧毀我們。不過就像我說的，這裡沒那麼容易找到，除非我們邀請你們進來。所以，他的勢力改變策略，等待我們的人自己出去外面。他們一次帶走我們好幾位朋友。」

「帶走他們？」我問：「活著帶走嗎？」

「噢，對。」喬瑟芬的語氣很陰森，聽起來好像覺得那些朋友等於是死了。「皇帝熱愛囚犯。他抓走我們的客人、我們的葛萊芬。」

一顆莓果從里歐的指間滑落。「葛萊芬？呃……海柔和法蘭克對我描述過葛萊芬，他們在阿拉斯加打過幾隻，說牠們像是有翅膀的兇猛鬣狗。」

喬瑟芬露出詭異的笑。「小隻的、野生的確實是那樣沒錯。不過我們這裡養的是最棒的。

至少……以前是。我們的最後一對，埃洛伊茲和阿貝拉爾，大概在一個月前不見了。我們讓牠們出去狩獵……牠們得要那樣才能保持健康，結果再也沒有回來。對喬吉娜來說，那是最後的刺激。」

一種不好的預感開始糾纏著我，感覺不只是表面上的「我們談論的可怕事物可能害我被殺」而已。葛萊芬在我們頭頂上方的壁龕裡築巢。有一段遙遠的記憶，是關於我姊姊的隨從。尼祿在我看見的影像裡說過新海克力士一心想要摧毀「網屋」，那聽起來像是「小站」的別名……我覺得此時好像有某人的陰影籠罩著餐桌，那是我應該認識的人，也許是我應該要逃避的人。

卡呂普索把裹在手上的餐巾解開。「你們的女兒，」她問：「她怎麼了？」

喬瑟芬和艾米都沒有回答。阿伽墨得斯微微欠身，他的血紅色短上衣散發出各式各樣的玉米片淋醬色澤。

「很顯然的，」我對著面前的沉默說：「女孩去了特洛佛尼烏的洞穴。」

艾米望向我背後的阿伽墨得斯，眼神像箭尖一樣尖銳。「喬吉娜陷入一種想法，覺得如果要挽救小站、找到俘虜，唯一的方法就是去找神諭商量。那地方一直把她吸引過去。她不像大多數人那麼怕它。有一天晚上，她溜出去。阿伽墨得斯幫她。我們不確定他們用什麼方法到達那裡……」

鬼魂搖晃神奇八號球，然後扔給艾米，她對底部的答案皺起眉頭。

「那是命中註定。」她唸出來。

「你這個又老又死的笨蛋，我不知道你這是什麼意思，不過她只是小孩子啊。如果沒有寶座，你很清楚她會怎麼樣！」艾米說。

「寶座？」卡呂普索問。

另一段記憶啵的一聲冒出我的八號球腦袋表面。

「噢，天神啊，」我說：「寶座。」

我還來不及說更多話，整座大廳突然開始震動，桌上的杯盤喀啦作響。眼前閃過一抹玉米片的橘光，阿伽墨得斯不見了。而在桶狀的天花板頂上，綠色和棕色的彩色玻璃鑲板變暗了，彷彿烏雲遮蔽了太陽。

喬瑟芬站起來。「小站，屋頂發生什麼事？」

我也感覺得出來，房子沒有回應。沒有磚塊從牆壁射出來，也沒有門板轟然打開和關上而打出摩斯密碼。

艾米把神奇八號球放在桌上。「你們其他人留在這裡，我和喬瑟芬去查看狀況。」

卡呂普索皺起眉頭。「可是……」

「這是命令，」艾米說：「我不要再失去任何客人。」

「不可能是『康』……」喬瑟芬自己住口。「不可能是他。也許是埃洛伊茲和阿貝拉爾回來了？」

「也許，」艾米聽起來不太確定，「爲了以防萬一……」

兩名女子快步走向廚房的金屬儲物櫃。艾米抓了她的弓和箭筒，喬瑟芬則拿出一把舊式的機槍，兩個握把之間附有圓形的彈鼓。

里歐差點把嘴裡的點心噴出來。「那是湯米衝鋒槍嗎？」

喬瑟芬充滿深情地拍拍武器。「這是『小柏莎』。讓我回想起過去的悲慘人生。我敢說沒什麼好擔心的。你們全都坐好。」

伴著此番令人安心的勸告，我們這兩位配備重型武器的主人大步走開，前去查看屋頂的情況。

8

情侶小鬥嘴
埃利西翁有麻煩？
我只刷盤子

對我來說，「坐好」的命令似乎夠清楚了。

然而，里歐和卡呂普索認爲我們至少可以幫忙清洗午餐的碗盤（請看我之前的評論回覆：對生產力很無言）。我刷洗。卡呂普索沖淨。里歐弄乾，那對他來說根本不花力氣，畢竟他只要讓雙手稍微發熱就行了。

「那麼，」卡呂普索說：「艾米提到的那個寶座是怎樣？」

我看著滿是肥皂泡沫的麵包烤模沉下臉。「記憶寶座。那張椅子是由掌管記憶的女神寧默心親自雕製而成。」

里歐手上的沙拉盤冒出蒸汽，他透過蒸汽斜眼看我。「你忘了記憶寶座？那是不是什麼不可饒恕之罪？」

「唯一的不可饒恕之罪，」我說：「就是等我一恢復成爲天神，卻沒有立刻把你燒成灰。」

「你可以試試看啊，」里歐說：「不過呢，那你要怎麼學習華德茲琴的祕密音階？」

我不小心噴了滿臉都是水。「什麼祕密音階？」

「你們兩個，閉嘴。」卡呂普索命令道。「阿波羅，記憶寶座爲何那麼重要？」

我抹掉臉上的水。談起記憶寶座，喚醒我內心更多的片段資訊，但是想起來的部分我都不喜歡。

「祈求預言的人進入特洛佛尼烏的洞穴之前，」我說：「應該要喝下兩種魔法泉水：健忘和記憶。」

里歐拿起另一個盤子，蒸汽從陶器裊裊升起。「那兩種泉水難道不會……呃，像是互相抵消之類的？」

我搖搖頭。「想來那種體驗不會殺了你，而是讓你的心靈準備好接受神諭。接下來，你會向下進入洞穴，體驗到……無法形容的恐怖事物。」

「例如？」卡呂普索問。

「我不是說『無法形容』嗎？我確實知道特洛佛尼烏會讓你的內心充滿一段段惡夢般的詩句，如果能以正確的方式組合起來，就會變成預言。等到你跌跌撞撞走出洞穴，假定你還活著，神諭也沒有把你逼到永久發瘋的話……祭司會讓你坐在記憶寶座上，那些詩句透過你的嘴巴說出來，由祭司把它們寫下來。好啦！這就是你的預言。運氣好的話，你的心智會恢復正常。」

里歐吹聲口哨。「那個神諭眞麻煩。我比較喜歡愛唱歌的樹。」

我努力壓抑顫抖的衝動。里歐並沒有跟我一起待在多多納樹林裡，無法體會那些不和諧的聲音究竟有多恐怖。不過他說對了一件事。很少人記得特洛佛尼烏的洞穴，這是有原因的。那些吹捧「非去不可的熱門神諭」的年度報導，絕對不會把這裡列進去。

卡呂普索從我手中接過麵包烤模開始沖淨。她似乎很了解該怎麼洗，不過她的雙手好漂亮，我無法想像她經常自己洗盤子。我得問問她都用哪個牌子的潤膚霜。

「萬一祈求預言的人沒辦法使用寶座呢？」她問。

里歐吃吃笑。「使用寶座[18]。」

卡呂普索瞪他一眼。

「抱歉。」里歐努力讓表情嚴肅一點，不過他每次都敗下陣來。

「如果祈求預言的人沒辦法使用寶座，」我說：「就無法從他的內心取出那些詩文片段。祈求預言的人會困在洞穴的那些恐怖事物裡，永遠無法擺脫。」

卡呂普索沖洗烤模。「喬吉娜……那個可憐的孩子。你覺得她到底怎麼了？」

我不願意想那件事，光是想到種種可能性就讓我起了雞皮疙瘩。「她一定用了某種方法進入洞穴，也通過神諭而活下來。她回到這裡，可是……不成人形。」我回想起她房間牆壁上的火柴人，皺著眉，手上持刀。「我猜想，皇帝緊接著掌控住記憶寶座。沒有記憶寶座，喬吉娜絕不可能完全恢復。也許她又離開這裡，想去找那張寶座……結果被抓走了。」

里歐用西班牙語低聲罵了一句。「我一直想起混血營的小老弟哈雷。如果有人企圖傷害他……」他搖搖頭。「這個皇帝到底是誰啊？我們多快可以踩扁他？」

我刷洗最後一些鍋子。至少這是一項史詩般的任務，我已經成功執行完畢。我盯著手上發出啵啵聲的泡沫。

「關於皇帝是誰，我差不多有概念了，」我坦白說：「喬瑟芬說了他名字的開頭。不過艾米說得對，最好不要大聲說出口。那個『新海克力士』……」我吞嚥口水。在我的胃裡，沙拉和麵包似乎正在舉行泥巴摔角大賽。「他不是好人。」

事實上，假如我猜對皇帝人選，這趟任務會很棘手。眞希望我猜錯了。也許我可以待在小站指揮各種行動，由卡呂普索和里歐執行眞正的戰鬥。那樣似乎很公平，畢竟我必須刷洗這麼多盤子。

里歐把餐盤都歸位擺好。他的目光掃視左右，彷彿讀著看不見的方程式。

「喬瑟芬正在進行的計畫，」他說：「她正在製作某種追蹤裝置。我沒問，不過……她一定是要嘗試尋找喬吉娜。」

「那當然，」卡呂普索的聲音很尖銳，「你能想像失去自己的孩子嗎？」

里歐的耳朵變紅了。「是啊。不過我在想，如果我們把非斯都拿回來，我可以運算一些數字，也許重新設定它那顆阿基米德球的程式……」

卡呂普索丟抹布認輸，這樣說一點都不誇張，不只是比喻。抹布掉進水槽裡，發出悶悶的啪啦一聲。「里歐，你不能把每件事都簡化成某種程式。」

他瞇起眼睛。「沒有啦。我只是……」

「你打算把它修好，」卡呂普索說：「彷彿每一個問題都是某種機器。喬瑟芬和艾米承受著很嚴重的痛苦耶。艾米對我說，如果可以救回女兒，她們考慮放棄小站，自己去向皇帝投降。她們才不需要什麼小玩意兒或笑話或修理。拜託好好聽人家說話。」

里歐兩手一攤，好像突然不曉得該怎麼辦。「嘿，寶貝……」

「不要叫我寶貝，」她厲聲說：「不要……」

⓲ 寶座（Throne）的英文也是「馬桶」的俚語俗稱。

「阿波羅?」喬瑟芬的聲音從大廳隆隆傳來，聽起來完全不驚慌，但肯定很緊繃……與廚房裡的氣氛一模一樣。

我離開那對快樂的情侶。卡呂普索的暴怒讓我很驚訝，不過再稍微細想，我回想起向西飛馳途中，她和里歐之間有另外六次小爭吵。我沒有特別去想那些事，只因爲……嗯，那些爭吵與我無關。哎呀，與天神情侶的吵吵鬧鬧比起來，里歐和卡呂普索的吵架根本不算什麼。

我指著自己肩膀後面。「我想，我乾脆就，呃……」

我離開廚房。

艾米和喬瑟芬站在大廳中央，武器拿在身體側邊。我不太能解讀她們的表情……期待，急切，像是宙斯的斟酒人甘尼梅德，他每次端新酒給宙斯品嘗就是這種眼神。

「阿波羅，」艾米指著我頭頂上方，那裡有好幾個葛萊芬巢，排列在天花板邊緣，「你有訪客。」

爲了看清楚艾米指的人是誰，我得向前走上一塊地毯，然後向後轉。事後看來，我根本不該那樣做。我才剛把雙腳踩上那塊地毯，心裡突然想到，等等，剛才有這塊地毯嗎?

緊接著又萌生一個想法：這地毯看起來爲何很像編織緊密的網子?

接著想：這是一張網子。

接著想：哎喲喂呀!

那張網子纏住我，把我射向空中。我重新得到飛行能力了。在那電光火石的一刻，我想像自己被召喚回到奧林帕斯山……在榮光中升天，坐在我父親的右手邊。(嗯，宙斯的右邊相隔三個王座，隨便啦。)

接著換成重力接手。我像溜溜球一樣彈上彈下。有那麼一刻，我的視線與里歐和卡呂普索同樣高度，他們站在廚房門口，目瞪口呆地看著我，而下一刻，我又幾乎彈到葛萊芬巢的高度，與我再熟悉不過的一位女神大眼瞪小眼。

你可能會這樣想：那是阿蒂蜜絲！這個網子陷阱只是姊弟之間的小小惡作劇。充滿愛心的姊姊絕不會讓自己的弟弟受苦這麼多又這麼久。她終於來救我們的英雄阿波羅了！

不。那不是阿蒂蜜絲。

那名年輕女子坐在裝飾壁架上，興味盎然地搖晃雙腿。我認得她那雙精緻的綁帶涼鞋，以及用層層網目編織成森林迷彩色的服裝。她的紅棕色頭髮編成一條髮辮，辮子好長，繞了脖子一圈，很像圍巾又像套索。她那雙凶狠的黑眼睛讓我聯想到山獅，彷彿從林下灌叢的陰影裡注視著獵物；那是一頭心懷瘋狂幽默感的山獅。

女神，沒錯。但不是我所期盼的那位女神。

「是你。」我咆哮著說。在網子裡彈上彈下的時候，你實在很難讓語氣聽起來飽含威脅。

「哈囉，阿波羅。」掌管網子的女神布里托瑪爾提斯[19]面露害羞的微笑。「我聽說你現在是人類。這樣一定很好玩。」

---

[19] 布里托瑪爾提斯（Britomartis）是希臘神話中掌管漁獵的女神，有著高超的捕獵技術，擅用網子與陷阱捕獵，也是克里特島的守護神之一。

9 當然是陷阱 有她永遠有陷阱 設陷阱小姐

布里托瑪爾提斯從壁架跳下，以跪姿落地，裙子在她周圍展開成一片網。（她很愛這種戲劇化的登場方式。她就是想要像漫畫角色一樣出名。）

女神站起來，拔出她的獵刀。「阿波羅，假如你很寶貝自己的身體，那就完全不要動。」我連抗議的機會都沒有，根本隨著搖晃的網子懸掛在空中，不可能完全不動！她持刀揮過我的鼠蹊部。那張網子破了，害我摔落地面。謝天謝地，我的身體完整無缺。

我的落地姿勢一點也不優雅。幸好里歐和卡呂普索衝過來幫忙，他們一人拉著我的一隻手臂，扶著我站起來。見到他們儘管剛吵架，卻還是能夠合力處理重要的事情，例如我的福祉，我就安心多了。

里歐伸手到他的工具腰帶裡，也許是要找尋某種武器。不過他反倒拿出一盒薄荷糖。我很疑惑，那對我們有什麼用處？

「這位女士是誰？」他問我。

「布里托瑪爾提斯，」我說：「網子女士。」

里歐一副半信半疑的樣子。「也包括籃球和網際網路嗎？」

「只有獵網和漁網，」我說：「她是我姊姊的屬下。」

「屬下？」布里托瑪爾提斯皺起鼻頭。「我不是屬下。」

喬瑟芬在我們背後咳了一聲。「呃，抱歉，阿波羅，這位女士堅持要用這種方式吸引你的注意。」

女神整張臉都亮起來了。「嗯，我得瞧瞧他會不會步入我的陷阱。他真的會耶，像平常一樣。赫米塞、喬瑟芬……請給我們一點空間。」

我們的主人彼此對看一眼，可能心想，等到布里托瑪爾提斯解決我們之後，該由誰來清理我們的遺體？接著，她們從大廳後面的一道門離開了。

卡呂普索打量網子女神。「布里托瑪爾提斯，唔？從沒聽過你。你一定是小神。」

布里托瑪爾提斯露出淺淺的微笑。「噢，但是我聽過你，卡呂普索。泰坦巨神戰爭之後，你被放逐到奧吉吉亞島，等待海浪把隨便哪個男人沖到你的岸上，然後再一次令你心碎，把你孤零零扔在那裡。那一定超老套的。」她轉向里歐。「這是你的救援人員，是吧？對於身穿閃亮盔甲的騎士來說，有點矮，有點邋遢。」

「喂，女士，」里歐搖搖他那盒薄荷糖，「我以前炸過力量比你強大很多的女神喔。」

「而且他不是我的救援人員。」卡呂普索補上一句。

「好耶！」里歐皺起眉頭。「等一下，我其實算是啊。」

「他也不是騎士，」卡呂普索若有所思地說：「雖然他又矮又邋遢。」

里歐的領口冒出一團煙。「總之，」他面對布里托瑪爾提斯，「你憑什麼對喬瑟芬和艾米發號施令，把這裡當成你自己的房子？」

我抓住他的薄荷糖，生怕布里托瑪爾提斯把那些糖果變成炸藥的材料硝化甘油。「里歐，恐怕這裡就是她的房子。」

女神對我露出賣弄風情的微笑，我超討厭那種微笑，害我覺得胃裡好像有熱呼呼的神飲沸騰冒泡。「哇，阿波羅，你做出正確的推論！你是怎麼辦到的？」

無論何時面對布里托瑪爾提斯，我都讓自己顯得比她高一點。唉，可是現在我不能隨心所欲改變身高，最多只能踮起腳尖。

「尼祿把這個地方稱為『網屋』，」我說：「我早該意識到『小站』是你的點子。每次我姊姊想要設計某種精緻的新奇裝置或某種既瘋狂又危險的東西，總是去找你。」

女神對我行屈膝禮，她的網裙也旋轉起來。「你太抬舉我了。好吧，我的朋友！坐下來聊一聊吧！」

她指著最靠近的一組沙發。

里歐小心翼翼走向那些家具。儘管他有那麼多缺陷，但他可不笨。卡呂普索正準備坐進一張扶手椅，里歐連忙抓住她的手腕。「別坐。」

他從工具腰帶拿出一條捲尺，把它拉長，戳戳扶手椅的椅墊。一個捕熊陷阱猛然夾起，從填塞物和布料底下刺穿出來，活像是裝潢版的風飛鯊[20]。

卡呂普索怒目瞪著布里托瑪爾提斯。「你這是開玩笑的吧？」

「哎喲！」布里托瑪爾提斯興高采烈地說。

里歐指著一張沙發，但我看不出哪裡有問題。「沿著那些椅墊的背後也有一條觸發陷阱的線。那是……那是要引發『彈跳貝蒂』嗎？」

布里托瑪爾提斯笑起來。「你很厲害！對，沒錯，那是改良過的壓力引爆式S型地雷[21]。」「女神，一旦觸發，它會彈跳到將近一百公分的高度，然後爆炸，砲彈碎片會把我們所有人都殺了耶。」

「完全正確！」布里托瑪爾提斯開心說道：「里歐．華德茲，你會做得很好。」

里歐目光灼灼瞪著她。他從腰帶拿出某種鋼絲鉗，走向沙發，解除地雷。

我好一陣子以來第一次恢復呼吸。「我想，我會坐在……這邊。」我指著對面的沙發。「那裡安全嗎？」

里歐咕噥一聲。「嗯，看起來可以。」

等我們全都安心坐下，沒有人遭到炸裂或砍殺後，只見布里托瑪爾提斯懶洋洋倚在先前設置捕熊陷阱的扶手椅上，面露微笑。「嗯，這樣不是很好嗎？」

「不好。」我們三人異口同聲說。

布里托瑪爾提斯玩著自己的髮辮，可能正在找她遺忘的觸發線吧。「你問我爲什麼請喬瑟芬和艾米離開。我非常愛她們，但我覺得她們無法體會我要指派給你們的任務。」

「任務？」卡呂普索挑高眉毛。「彈跳貝蒂，我相當確定自己的神性比你還古老，你有什麼權利派我去出任務？」

布里托瑪爾提斯閃過那種調情的微笑。「你眞不可愛。親親，古代希臘人還住在洞穴裡的

---

[20]《風飛鯊》（*Sharknado*）是美國電影，劇情講述一群海中鯊魚被龍捲風吹入洛杉磯作亂的血腥故事。

[21] 二次大戰期間，德國發展出著名的S型地雷，觸發後先引爆彈射裝置，讓雷體跳起（因此俗稱「彈跳貝蒂」），接著再引爆雷體，雷體本身宛如一發迫擊砲彈。

時候，我就到處趴趴走了。我是以克里特島女神的身分出道。等到我身邊的眾神都掛了，阿蒂蜜絲把我當成朋友。我加入她的獵女隊，所以我在這裡，過了數千年，依然繼續編織我的網子、設置我的陷阱。」

「對啦，」我嘀咕說：「你在這裡。」

女神伸展雙臂，她的刺繡衣袖垂掛著鉛錘和魚鉤。「親愛的阿波羅，你眞的成爲迷人的萊斯特・巴帕多普洛斯耶。來這裡。」

「不要戲弄我。」我懇求。

「我才沒有！現在你是無害的凡人了，我終於決定要給你那個吻。」

我知道她騙人。我知道她的衣裙會纏住我、傷害我。我從她那雙鏽紅色眼睛的惡意目光看得出來。

過去數千年來，她害我太多次誤入歧途了。

我曾以無恥的態度挑逗姊姊的所有隨從，但布里托瑪爾提斯是唯一以挑逗回擊的人，即使她與所有的獵女隊成員都一樣是公開宣誓的處女。她很樂於折磨我。不知道有多少次了，她對我惡作劇，提議要幫我和其他人作媒。哼！阿蒂蜜絲從來不知道她有這種幽默感，但這位好夥伴布里托瑪爾提斯還不只是這樣亂搞。她眞是令人難以忍受。長得很漂亮，但是難以忍受。

我承認自己有點動心。軟弱的凡人肉體！甚至比天神的肉體更軟弱！

我搖搖頭。「你在戲弄我。我才不要。」

她一臉傷心的樣子。「我何時戲弄過你？」

「在底比斯啊！」我大叫。「你答應我要在森林裡見面，來個浪漫的野餐，卻害我被巨大的野熊踩來踩去！」

「那是誤會啦。」

「那麼英格麗．褒曼[22]事件呢？」

「噢，她眞的很想見你啊。我怎麼知道有人在她的拖車外面挖掘緬甸式的獵虎坑？」

「那麼與洛赫遜[23]的約會呢？」

布里托瑪爾提斯聳聳肩。「嗯，我從來沒有眞正說過他會在地雷區的正中央等你喔，只是讓你以爲他會去。不過你得承認，你們兩個會是很可愛的一對啊。」

我滿腹牢騷，用力拉扯頭上的凡人捲毛。布里托瑪爾提斯太了解我了。我眞的是笨蛋，才會想要變成可愛的一對。

里歐來來回回看著我們兩人，彷彿碰巧發現一場扔擲希臘火藥的激烈比賽。（那在拜占庭帝國舉辦得很盛大。不要問。）

「洛赫遜，」他說：「地雷區。」

布里托瑪爾提斯眉開眼笑地說：「阿波羅眞是超可愛的，他匆匆穿越雛菊花海，最後就炸掉了。」

「怕你忘了，」我嘀咕著說：「我再也不是永生不死了。所以，拜託，別再挖緬甸式的獵

---

[22] 英格麗．褒曼（Ingrid Bergman, 1915-1982）是知名瑞典女演員。

[23] 洛赫遜（Rock Hudson, 1925-1985）是知名美國男演員。

虎坑了。」

「我才不會嚮往那種事！」女神說：「不，這趟任務的目的不是殺死你。你有可能會死，但那不是這趟任務的目的。我只希望我的葛萊芬回家。」

卡呂普索皺起眉頭。「那是你的葛萊芬？」

「對，」女神說：「牠們是有翅膀的獅鷹混合體，而且……」

「我知道葛萊芬是什麼，」卡呂普索說：「我知道喬瑟芬和艾米把牠們養在這裡。可是，牠們爲何是『你的』？」

我咳嗽一下。「卡呂普索，葛萊芬是女神的神聖動物。她是牠們的母親。」

布里托瑪爾提斯翻個白眼。「只是象徵性的比喻啦。我可沒有坐在牠們的蛋上面，把牠們孵出來。」

「你說服我孵過一次，」我回憶說：「爲了一個我從沒得到的吻。」

她笑起來。「對耶，我都忘了！總之，本地的皇帝抓走我的寶貝埃洛伊茲和阿貝拉爾。事實上，他已經從美國中西部各地抓了很多神話動物，準備要用在他的殘忍競技大賽裡。一定要把牠們救出來。」

里歐仔細端詳他腿上拆卸開來的地雷零件。「那個孩子，喬吉娜。那就是你不想讓喬瑟芬和艾米在場的原因。你把自己葛萊芬的安危放在她們女兒的前面。」

布里托瑪爾提斯聳聳肩。「喬瑟芬和艾米的優先事項非讓步不可。她們也許不能聽到這番話，不過必須先把葛萊芬救回來。我自有理由。身爲女神，我的需求有優先權。」

卡呂普索很不屑地嗤之以鼻。「你就和你那些『寶貝』一樣，既貪婪又自私。」

「我會假裝沒聽到，」女神說：「我答應阿蒂蜜絲會努力幫助你們三個，但是別考驗我的耐心喔。你看起來很適合當一隻大冠蠑螈。」

期盼與悲傷混合在一起，充塞我的胸臆。阿蒂蜜絲，我摯愛的姊姊，終究沒有拋棄我。宙斯也許禁止其他奧林帕斯天神幫我，但阿蒂蜜絲至少派來她的副手布里托瑪爾提斯。當然啦，布里托瑪爾提斯所謂的「幫忙」包括用地雷和捕熊陷阱考驗我們，不過在這個緊要關頭，只要能夠得到幫助，我都接受。

「如果我們找到那些葛萊芬呢？」我問。

「那麼，我會把潛入皇帝藏身處的方法告訴你們，」布里托瑪爾提斯保證說：「身爲掌管陷阱的女神，我對於祕密入口瞭若指掌！」

我盯著她。「我怎麼知道這樣的交易公不公平？」

「因爲呢，你這個可愛的萊斯特，你很需要潛入宮殿救出喬吉娜和其他囚犯。如果沒有他們，小站就完了，你們要阻止三巨頭的機會也完了。況且，你們能夠找到記憶寶座的地方就是宮殿。如果無法取回寶座，通過特洛佛尼烏的洞穴就會要了你們的命。那樣一來，你絕對無法拯救其他神諭。你永遠不會回到奧林帕斯山。」

我轉向里歐。「我對於『英雄出任務』這類事情很不熟。最後不該有獎品嗎？不會只有更致命的任務吧？」

「你說對了，」里歐說：「這還滿標準的。」

噢，眞不公平！一個次要的女神，竟然強迫我本尊，奧林帕斯十二天神之一，去幫她抓動物回來！我暗中發誓，只要恢復自己的神性，我絕對不會再派可憐的凡人去出任務。除非某件事眞的很重要。而且，除非我很確定凡人能夠勝任。而且，除非我覺得時間緊迫……或者我眞的很不想自己出手。我一定會比這個網子女神對待我的方式更加親切、更加慷慨。

「你要我們做什麼？」我問布里托瑪爾提斯。「那些葛萊芬不會關在皇帝的宮殿裡吧？我們不能在同一個地方把事情辦完吧？」

「喔，對呀，」布里托瑪爾提斯說：「眞正重要的動物，很稀有和很有價值的動物……皇帝把牠們關在特殊的設施裡，有適當的資源照顧牠們。印第安納波利斯動物園。」

我忍不住抖了一下。我覺得動物園是令人沮喪的地方，充滿了關在籠子裡的傷心動物、尖叫的小孩，以及難吃的食物。

「葛萊芬會受到完善的看守吧。」我猜測說。

「絕對是！」布里托瑪爾提斯對這種可能性有點太興奮了吧。「所以，拜託努力一下，趕在你們受傷或死掉之前救出葛萊芬。還有，你們一定要快點……」

「期限來了。」里歐用心領神會的眼神看著我。「永遠都有期限。」

「三天內，」布里托瑪爾提斯繼續說：「皇帝打算用所有的動物和囚犯舉辦一場盛大的慶祝活動。」

「命名儀式。」我想起來了。「娜妮提，差點殺掉我們那個無頭族提過一些相關的事。」

「沒錯。」布里托瑪爾提斯做了個鬼臉。「這個皇帝……他熱愛用自己的名字去命名。在儀式上，他打算幫印第安納波利斯重新命名。」

這件事本身沒有讓我覺得遭受悲劇般的打擊，畢竟你很難愛上「印第安納波利斯」這種名字吧。然而，如果這個皇帝就是我心裡想的那個，他的慶祝方式還會包括屠殺數以千計的人們和動物。你絕對不會想請這種人來籌辦你家小孩的生日派對。

「無頭族還提到其他事，」我說：「皇帝想要獻祭兩個特殊的囚犯。我和那個女孩。」

卡呂普索緊緊握住雙手，活像是捕熊陷阱的兩片夾子。「喬吉娜。」

「完全正確！」布里托瑪爾提斯聽起來又有點太高興了。「女孩現在安全得很。沒錯，她遭到監禁，神智瘋狂錯亂，但是活著。你們先專心救出我的葛萊芬。天一亮就去動物園，那時皇帝的守衛會結束夜班工作，他們很累而且不專心。」

我瞥了里歐手中的地雷零件一眼。與布里托瑪爾提斯交付的任務相比，「炸死」聽起來漸漸像是比較仁慈的命運了。

「至少我不會是一個人去。」我嘀咕著說。

「其實呢，」女神說：「里歐．華德茲必須留在這裡。」

里歐畏縮身子。「你說什麼？」

「你已經證明自己對陷阱很熟練！」女神解釋說：「艾米和喬瑟芬需要你幫忙。小站至今仍奮力抵抗，不讓皇帝找到這裡，但那不會持續很久。皇帝無法忍受任何的敵對力量，他一定會找到這個避難所，而且他的目的是要毀掉它。你，里歐．華德茲，你可以幫忙支撐住防禦力量。」

「可是……」

「高興一點嘛！」布里托瑪爾提斯面對卡呂普索。「親愛的，你可以跟阿波羅一起去。兩位前任的不死天神幫我出任務耶！太好了，我喜歡這個主意。」

卡呂普索臉色蒼白。「可是……不，我不行。」

「她不行。」我補上一句。

女巫熱切點頭。「我們處不來，所以……」

「那就說定了！」女神從椅子站起來。「等你們救出我的葛萊芬，我會回來這裡找你們。兩位凡人，別讓我失望喔！」她開心地拍拍手。「噢，我一直好想講這句話！」

她旋即轉身，宛如魚餌般一閃即逝，什麼都沒留下，只有幾個三本魚鉤卡在地毯上。

10 此時刷廁所至少有很棒獎品剩菜的豆腐

經歷了捕熊陷阱和壓力觸發的爆裂物後，我認爲這個下午不可能更糟了。結果當然更糟。我們找到艾米和喬瑟芬，說明後來與布里托瑪爾提斯交手的經過，兩位主人聽了陷入絕望。她們似乎無法確信葛萊芬任務能夠導向喬吉娜的營救工作，也不相信她們的小女孩會活到皇帝打算在三天後舉行的驚人殺戮慶典。

艾米和喬瑟芬實在太怨恨了，對象不只是布里托瑪爾提斯，也包括我們，於是指派更多家事給我們做。喔，對啦，她們宣稱所有的客人都得幫忙做家事。小站是公用的生活空間，而不是旅館，吧啦吧啦之類的。

我知道不只是這樣。如果刷洗小站二十六個已知房間的廁所不是懲罰，什麼才叫懲罰？

至少我不必更換葛萊芬棲息的乾草。等到里歐完成那部分，他看起來活像遭到稻草人持槍搶劫的受害者。至於卡呂普索，她整個下午都與艾米一起種綠豆。我問你，這樣公平嗎？

到了晚餐時間，我肚子好餓，很希望又有現煮的一餐，最好是特別爲我準備的。不過喬瑟芬無精打采，只對著廚房揮揮手。「我想冰箱裡有一點豆腐烤玉米捲餅剩菜。阿伽墨得斯會帶你們去房間。」

她和艾米讓我們想辦法餵飽自己。

那個發亮的橘色鬼先護送卡呂普索去她的房間。阿伽墨得斯透過神奇八號球和一大堆手勢告訴我們，女孩和男孩永遠都要睡在完全不同的廂房。

我覺得這實在太荒謬了，不過就像我姊姊和她的獵女隊的很多事，完全超乎邏輯之外。

卡呂普索沒有抱怨。離開之前，她轉向我們，猶豫一會兒之後說：「明天早上見。」彷彿這是極大的讓步。彷彿只要對我和里歐這樣說一句，她就超脫了，不必給我們應得的道歉。坦白說，我實在不懂，她種了整個下午的豆子，怎麼可以表現得如此傲慢自大？

幾分鐘後，帶著從冰箱找出來的剩菜，我和里歐跟著阿伽墨得斯去我們的房間。沒錯。我們得共用房間，我把它當成另一個徵兆，顯示我們的主人很不高興。

離開之前，阿伽墨得斯把他的神奇八號球扔給我。

我皺起眉頭。「我沒有問你問題啊。」

他熱切指著那個魔法球。

我翻到底部，讀出「阿波羅必須帶她回家」。眞希望那個鬼魂有臉，我才能解讀他的表情。「你已經說過了。」

我把球丟還給他，希望得到進一步的解釋。阿伽墨得斯萬分期待地飄來飄去，彷彿等待我領悟到某件事。接著，他肩膀一垮，轉過身，飄走了。

我沒有心情重新加熱豆腐烤玉米捲餅。我把自己的那一份給了里歐，他盤腿坐在床上，猛吃自己的食物。他仍穿著喬吉娜的工作服，身上沾了薄薄一層乾草。他似乎已經決定了，身穿七歲女孩的工作服能夠這麼合身是一種榮耀的表徵。

我躺在自己床上，盯著圓拱形的磚砌天花板，好奇想著這不知何時會崩落在我的頭頂上。「我想念混血營的吊床。」

「這地方沒那麼糟啦，」里歐說：「我住在寄養家庭之間的空檔，曾經在休士頓主街的陸橋下睡了大概一個月。」

我瞥了他一眼。他窩在那堆乾草和毯子之間，看起來確實相當舒適。

「你睡覺之前會換衣服吧？」我問。

他聳聳肩。「我早上會淋浴。如果睡到半夜覺得癢，反正放把火燒一燒就好了。」

「我沒有心情開玩笑。經歷過布里托瑪爾提斯之後不想。」

「誰在開玩笑？別擔心啦，我很確定喬瑟芬幫這個地方裝了防火設備。」

想到會被燒醒、全身滿是滅火器的泡沫，對我來說連一點吸引力也沒有，不過那種事可能也算正常吧。

里歐拿起叉子，叩叩敲著盤子。「這些豆腐烤玉米捲餅很好吃耶。得向喬瑟芬索取食譜。我的同鄉女孩派波會很愛。」

「你怎麼能這麼冷靜？」我質問他。「我明天要跟你的女朋友去出一趟危險任務耶！在正常狀態下，我對一個凡人男子說，要跟他的女朋友一起去某處，絕對足以令他心碎。」

里歐專心看著他的豆腐。「你們兩個會很順利啦。」

「可是卡呂普索沒有力量啊！她要怎麼幫我？」

「嗯，跟力量無關。你等著瞧。卡呂普索明天還是可以救你的可憐小命。」

我不喜歡這主意。我不想把自己的可憐小命託付給一個前任女巫，她參與街頭鬥毆和即興喜劇都失敗了，更別提她最近的心情。

「如果她到早上還在生氣呢？」我問：「你們兩個之間到底怎麼了？」

里歐的叉子在最後一塊烤玉米捲餅上面晃來晃去。「只是……我們跋涉了六個月，想要去紐約，但一直碰到危險狀況，從來沒在同一個地方停留超過一晚。然後又花了一個半月才到印第安納波利斯。」

我思考他這番話，試圖想像他們經歷了那麼多試煉，數量大概是我所經歷的四倍以上。「我想，那樣對剛建立的關係會造成壓力囉。」

里歐悶悶不樂地點頭。「老兄，卡呂普索在她的島上住了好幾千年，全部的生活就只有園藝、編織掛毯、讓周遭環境看起來很漂亮。如果沒有家，你就不可能過那種生活。然後，事實是……我帶她離開了她的家。」

「你救了她啊，」我說：「眾神完全不急著把她從牢籠裡釋放出來。再過一千年，她可能還在那個島上。」

里歐嚼著最後一口食物，吞嚥的模樣活像是豆腐已經變成黏土（依照我的看法，這不算是很戲劇性的變化）。

「就這件事來說，有時候她很高興，」他說：「其他時候，她失去力量，又失去永生不死之身……那就像……」他搖搖頭。「我會把我們的關係比喻成一部機器。她超討厭那樣。」

「我不介意機器。」

他把盤子放在床頭櫃上。「一具引擎設定成只能處理一定程度的壓力，你懂吧？運轉太快或太久，它就開始過熱。」

這點我懂。我駕駛太陽戰車的時候，如果用瑪莎拉蒂跑車模式駕駛一整天，連它也會變得有點暴躁。「你們需要時間好好培養關係。你們一直處於危險不斷、持續移動的狀況，沒機會脫離那種狀態，弄清楚你們是什麼樣的伴侶。」

里歐露出微笑，但眼神缺乏平常的促狹光彩。「對啊。不只是危險不斷和持續移動……也跟我的人生很有關係。我不……我不知道該如何修復關係，如果能夠修復的話。」

他從借來的工作服上抓起幾根乾草。「聊夠了啦。小太陽，可以的話你最好去睡一下。我要睡囉。」

「別叫我小太陽。」我抱怨著。

不過太遲了。里歐一關機，就像柴油發電機一樣有效率。他啪的一聲側睡倒下，立刻開始打呼。

11

四人遭斬首　惡夢這樣太超過　為何是我？哭

我當然又作了可怕的惡夢。

那是沒有月光的夜晚，我發現自己站在一座巨大堡壘的底部。在我面前，粗糙的牆壁向上拔高將近百公尺，閃閃發亮的一片片長石宛如星辰。

剛開始，我沒聽到半點聲響，只有背後的樹林傳來貓頭鷹如口哨般的叫聲，那種聲音總讓我回想起古希臘的夜晚。接著，堡壘底部的石頭相對滑動，憑空出現一條開口。有個年輕人爬出來，背後使勁拖著沉重的布袋。

「來吧！」他對著地道裡的某個人輕聲說。

男子跌跌撞撞站起來，布袋裡的東西匡啷作響。他要不是搬出回收物品（不太可能），就是剛偷出大量財寶。

他轉身面對我的方向。認出他所引發的巨大震驚，害我好想學貓頭鷹尖叫。

那是特洛佛尼烏。我的兒子。

你了解那種感覺吧。你懷疑某個人可能是你兒子，懷疑了好幾千年，但不是非常確定；然後，你看到那個孩子長大成人，望著他的雙眼，你知道他肯定是你的孩子。沒錯，我確定你們很多人都有同感。

我想不起他的母親是誰……也許是厄耳癸諾斯國王的妻子？她以前相當美，特洛佛尼烏的光亮黑髮讓我想到她。不過他的健壯體格和英俊容貌（那堅毅的下巴、完美的鼻子、玫瑰色的美好雙唇……），沒錯，特洛佛尼烏的美貌令人印象深刻，顯然遺傳到我。

他的眼神散發出自信，彷彿在說：「是的，我剛從地道爬出來，看起來依然很帥。」又有另一個年輕人從那條開口探出頭來。他的肩膀一定比較寬，因爲顯然很難擠出來。

特洛佛尼烏壓低聲音竊笑。「兄弟，我不是叫你別吃那麼多嗎？」

儘管百般掙扎，另一個人還是抬頭微笑。他長得與特洛佛尼烏一點都不像，一頭金色鬈髮，容貌像友善的驢子一樣眞誠、呆傻、醜陋。

我領悟到這位是阿伽墨得斯，特洛佛尼烏的同母異父兄弟。他不是我兒子。這可憐的男孩運氣不好，是厄耳癸諾斯國王和他妻子的親生孩子。

「我不敢相信眞的行得通。」阿伽墨得斯說，他掙扎半天，左手臂終於脫困。

「當然行得通啦，」特洛佛尼烏說：「我們是知名的建築師。我們在德爾菲建造神廟。許里俄斯國王怎麼會不信任我們建造他的藏寶庫呢？」

「再搭配一條祕密的竊賊地道！」

「嗯，他永遠都不會知道，」特洛佛尼烏說：「那個偏執的老笨蛋會以爲是僕人偷走他所有的財寶。好啦，快點，大塊頭。」

阿伽墨得斯忙著笑，差點忘了要脫困。他伸長手臂。「幫我一下。」

特洛佛尼烏翻個白眼，把藏寶袋扔到地上……於是觸動了陷阱。

我知道接下來會發生什麼事。我回想起來龍去脈了，然而事件在眼前一步步開展還是不忍卒睹。許里俄斯國王果然很偏執。幾天前，他把所有的財寶擦得晶亮，不想顯露任何缺點。他發現那條地道後，沒有告訴他的僕人、他的建築工人，也沒有告訴他的建築師。他沒有移動財寶，只設置了致命的陷阱，等著找出誰是準備搶劫他的人……

特洛佛尼烏剛好把那袋金銀財寶放在陷阱的觸動線上，那條線要等到竊賊離開地道才會啓動。國王想要抓到現行犯。

從最近的樹上，一把機械弓朝向天空射出呼嘯的火球，在黑暗中劃過一道紅色的火焰弧線。而在地道裡，有一根支撐的橫梁突然斷裂，石頭宛如雨點般落下，重重壓住阿伽墨得斯的胸口。

阿伽墨得斯喘著氣，拚命揮動脫困的那隻手臂，眼睛暴凸，同時咳出血來。特洛佛尼烏驚駭大叫，衝到兄弟身邊，企圖拉他出來，但這樣做只讓阿伽墨得斯尖叫不已。

「別管我。」阿伽墨得斯說。

「我才不會。」特洛佛尼烏滿臉淚痕。「這是我的錯，這是我的主意啊！我去找救兵……我去告訴警衛……」

「他們會連你也一起殺。」阿伽墨得斯以沙啞的聲音說：「快走，趁還能走的時候。還有，兄弟，國王認得我的臉，」他喘著氣，呼吸時發出咯咯聲，「等他發現我的屍體……」

「別那樣說！」

「他會知道你跟我在一起。」阿伽墨得斯繼續說。他確知自己即將死亡，眼神顯得清澈又冷靜。「他會追蹤你的下落。他會向我們父親宣戰。一定要確定我的屍體無法辨認身分。」

阿伽墨得斯伸出虛弱的手，抓住他兄弟腰帶上的刀子。

特洛佛尼烏嚎啕大哭。他了解自己兄弟要求的是什麼。他聽到遠處傳來警衛喊叫聲，他們很快就會到達這裡。

他對著天上提高音量。「用我代替他！父親，求求您，救救他！」

特洛佛尼烏的父親，阿波羅，選擇忽略他的祈禱。

「我給了你名聲，」阿波羅心想：「我讓你設計我的德爾菲神廟。然後你運用你的名聲和才能變成竊賊。這是你自找的。」

絕望之餘，特洛佛尼烏拔出刀子。他最後一次親吻兄弟的額頭，然後讓刀刃劃過阿伽墨得斯的頸部。

我的夢境變了。

我站在一個長條形的地下空間裡，很像小站那個大廳的替代影像。頭頂上是拱形天花板，白色的地下鐵磁磚閃閃發亮。沿著房間的兩側原本是火車站的鐵軌凹槽，現在則是流水潺潺的開放式運河。牆壁上有好幾排電視螢幕，全都閃爍著同一個鬍鬚男的影像片段，他有棕色鬈髮、完美皓齒和晶亮的藍眼睛。

看著那些影像，讓我聯想到紐約時報廣場廣告牆上的夜間脫口秀節目主持人。那個男人對著攝影機做鬼臉、大笑、親吻螢幕、假裝要跌倒等等。每拍一個鏡頭，他都穿著不同的服裝，有義大利西裝、賽車手制服，還有獵人的工作裝，每一套都是用獅皮縫製而成。

螢幕邊緣跳出一個頭銜，以顏色俗麗的字體寫著：新海克力士！

是的，回首羅馬時代，他很喜歡這樣自稱。他的驚人優異體格很類似那位英雄，但他不是眞正的海克力士。這點我理應知道，因爲我曾與海克力士交手過很多次。眼前這位皇帝比較像是某些人想像中的海克力士……很像用噴漆罐繪製的漫畫人物，肌肉超級發達。

他本人在大廳的正中央，懶洋洋斜倚在白色的花崗岩王座上，兩側有護衛和僕人團團包圍。只穿著獅皮泳褲卻看起來這麼有威嚴的皇帝並不多，但康莫德斯[24]就能駕馭這打扮。他的一條腿隨意跨在王座的扶手上，腹部的六塊肌簡直像一手六罐啤酒，我都以爲可以看到易開罐的拉環了。他帶著窮極無聊的神情，只用兩根手指旋轉著長達一百八十公分的戰斧，幾乎威脅到旁邊諮議元老的性命安危。

我好想啜泣，不只因爲歷經這麼多個世紀以後，我依然覺得康莫德斯很有魅力，也不只因爲我們曾有一段……呃，複雜的過往，還有因爲他讓我回想起自己原本的模樣。噢，好希望再一次站在鏡子前看著自己的完美模樣，而不是臉色很差的矮胖笨拙男孩！

我強迫自己專心觀察房間裡的其他人。皇帝的面前跪著兩個人，我以前夢到尼祿的閣樓時曾經看過他們：毫不閃亮的走狗男孩馬可士，以及野蠻人沃蒂根。

馬可士試圖對皇帝解釋某件事，雙手拚命揮舞。「我們試過了！陛下，您聽我說！」

皇帝似乎沒有聆聽的意願。他那漠不關心的目光掃過王座室的各種娛樂用品，包括一整個架子的刑求工具、一排電動遊戲機、一組重量訓練設備，還有一個獨立的標靶，上面貼的射擊目標是……噢，天哪，是萊斯特．巴帕多普洛斯的臉，上面插了好多把飛刀。

房間後面的陰影裡有很多奇怪的動物，全都在籠子裡焦躁走動。我沒看到葛萊芬，但有其他的神話野獸，我已經有好多個世紀沒看過牠們了。其中有個特大號的金絲雀籠子，裡面有六隻長了翅膀的阿拉伯巨蟒撲撲拍翅。還有一個黃金圍欄，關了一對很像公牛的動物，牠們頂著巨大的犄角嗅聞飼料槽，也許是歐洲的神話動物「耶魯」？天哪，這些動物即使在古代都很稀有。

馬可士繼續嘰哩呱啦講著藉口，到最後，皇帝左邊有個身穿暗紅色西裝的肥胖男子厲聲說：「夠了！」

諮議元老繞過很大的弧度，避開皇帝正在旋轉的戰斧。他的臉好紅，滿頭大汗；我身爲掌管醫療的天神，很想警告他可能有鬱血性心衰竭的危險。他走向那兩個哀求的人。

「你是要告訴我們，」他咆哮說：「你們弄丟她。三巨頭的兩個僕人，身強體壯又能幹，居然會弄丟一個小女孩。這怎麼可能？」

馬可士捧著兩隻手。「克里安德大人，我不知道啊！我們在代頓市郊區的便利商店停下來，她去洗手間，然後……然後她就不見了。」

馬可士瞥了他的同伴一眼，要他幫腔。沃蒂根咕噥一聲。

克里安德，那個身穿紅西裝的諮議元老滿臉怒容。「那個洗手間附近有什麼植物嗎？」

馬可士眨眨眼。「植物？」

「對，你這個笨蛋。會生長的那種。」

「我……嗯，有一叢蒲公英，從門邊的人行道裂縫長出來，可是……」

「什麼？」克里安德大吼：「你讓狄蜜特的女兒靠近一株植物？」

㉔ 康莫德斯（Commodus, 161-192）是羅馬皇帝馬可．奧里略（Marcus Aurelius）的兒子，十六歲即成為羅馬帝國統治者。公元一七七至一九二年在位，被認為是狂妄自大的暴君，熱衷參與羅馬競技場中的角鬥士或猛獸格鬥活動。

狄蜜特的女兒。我的心簡直像是從布里托瑪爾提斯的網子向上射出。剛開始，我以爲這些人講的是喬吉娜，但他們指的其實是梅格．麥卡弗瑞。她擺脫掉這兩名護衛了。

馬可士像一隻魚大口喘氣。「先生，那……那只是一株雜草啊！」

「她只需要那樣就可以傳送離開！」克里安德尖聲說道：「你應該很清楚，她的力量變得多麼強大。只有天神才知道現在她在哪裡！」

「事實上呢，」皇帝說著，他對整個房間傳送出一波寒意，「我是天神。連我都不知道她在哪裡。」

他不再旋轉那把長柄戰斧，開始掃視整個王座室，目光最後落在一個無頭族僕人身上，她正在整理茶點手推車上的蛋糕和開胃小點。她沒有僞裝，可以清楚看到她的「胸臉」，不過腹部兼下巴的下面穿了女僕的黑裙，搭配白色的蕾絲圍裙。

皇帝瞄準目標，漫不經心將戰斧射到房間的另一端，只見斧刃沒入女僕的雙眼之間。她搖晃幾步，努力說出「陛下射得好」，接著便碎裂成灰。

諂議元老和護衛很有禮貌地拍拍手。

康莫德斯作勢把他們的讚美揮開。「我厭倦這兩個人了。」他指著馬可士和沃蒂根。「他們失敗了，對吧？」

克里安德向他鞠躬。「是的，陛下。多虧他們，狄蜜特的女兒不再受到控制。假如她到達印第安納波利斯，可能會對我們造成無止盡的麻煩。」

皇帝面露微笑。「啊，不過呢，克里安德，你也失敗了，不是嗎？」

紅西裝男吞嚥口水。「陛下，我……我向您保證……」

「叫尼祿派這些白痴來，都是你出的主意喔。你認爲他們可以幫忙逮住阿波羅。現在呢，女孩背叛了我們，而阿波羅在我的城市某處，你卻還沒逮住他。」

「陛下，小站那些愛管閒事的女人……」

「對了！」皇帝說：「你也還沒找到她們啊。不要逼我開始檢討你在命名儀式犯下的所有錯誤喔。」

「可……可是，陛下！我們會有好幾千隻動物讓你屠殺啊！還有好幾百名俘虜……」

「無聊！告訴你，我想要比較有創意的。克里安德，你到底是不是我的禁衛軍司令官？」

「是……是的，陛下。」

「所以，你要爲所有的錯誤負起責任。」

「可是……」

「而且你讓我覺得好無聊，」康莫德斯補上一句：「這是可以處死的。」他朝向王座的兩側各瞥一眼。「指揮鏈的下一個人是誰？大聲答話。」

一個年輕人走上前。他不是日耳曼人護衛，不過絕對是戰士。他的一隻手輕鬆放在劍柄圓球上，整張臉滿是補綴般的疤痕。他的穿著很隨意，只穿了牛仔褲，紅白相間的T恤寫著「剝玉米人[25]」，另外以紅色的大手帕紮住他的黑色鬈髮……不過，他渾身散發出熟練殺手的從容與自信。

「陛下，我是下一個。」

---

[25] 剝玉米人（Cornhuskers）是美國內布拉斯加州的別名，內布拉斯加大學的所有球隊都叫「剝玉米人隊」。

康莫德斯微微歪著頭。「那就動手吧。」

克里安德尖聲喊著：「不！」

剝玉米人的移動速度快到看不清楚。只見劍光閃動，流暢地揮動三次，三個人就倒下死了，頭與身體徹底分離。從光明面來看，克里安德再也不必擔心鬱血性心衰竭。馬可士和沃蒂根也不必。

皇帝開心地直拍手。「喔，好耶！里提爾西斯，這真是太有趣了！」

「陛下，謝謝您。」剝玉米人把劍刃上的血跡輕輕彈掉。

「你的劍術幾乎快跟我一樣厲害了！」皇帝說：「我有沒有跟你說過我以前是怎麼砍掉犀牛的頭？」

「有，陛下，印象非常深刻。」里提爾西斯的語氣像燕麥一樣淡而無味。「您允許清走這些屍體嗎？」

「當然，」皇帝說：「啊，你是米達斯㉖的兒子，對吧？」

里提爾西斯沉下臉，感覺臉上似乎又多出幾條新的疤痕。「是的，陛下。」

「不過你沒有點石成金的能力？」

「是的，陛下。」

「可惜。不過你確實很會殺人，那很好。你的優先事項：找到梅格．麥卡弗瑞，還有阿波羅，把他們帶來見我，可能的話活捉他們，而且……唔……還有另一件事。」

「陛下，是命名儀式嗎？」

「對！」皇帝眉開眼笑地說：「對，對。我有些很棒的主意，能讓競賽更有樂趣。不過既然阿波羅和那女孩到處亂跑不受控制，我們應該要爲了葛萊芬而提前進行那個計畫。立刻去動物園，把那些動物帶來這裡保管。幫我完成所有的事，我就不會殺你。公平嗎？」

里提爾西斯的頸部肌肉變得緊繃。「當然，陛下。」

我聽著新任的禁衛軍司令官對衛兵大吼各種指令，叫他們把那些斷頭屍體拖走，這時突然聽到有人叫我的名字。

「阿波羅，醒醒。」

我的眼睛倏然睜開，卡呂普索低頭看著我。房間很暗，里歐仍在旁邊床上打呼。

「天快亮了，」女巫說：「我們得出發了。」

我眨眨眼，企圖清除掉殘餘夢境。阿伽墨得斯的神奇八號球似乎漂浮在我的內心表面，顯示著：阿波羅必須帶她回家。

我不禁感到疑惑，那個鬼魂指的是喬吉娜，還是我很想找到的另一個女孩？

卡呂普索搖晃我的肩膀。「快點！就太陽神來說，你清醒的速度非常慢耶。」

「什……什麼？要去哪裡？」

「動物園啊，」她說：「除非你想待在這裡等著做早上的家事雜務。」

㉖米達斯（Midas）是弗里吉亞國（Phrygia）的國王，以巨富聞名。希臘神話中與他相關的故事很多，其中以「點石成金」一則最為著名。

12

我歌頌薯球！
辣椒，甜薯，還有藍！
啥？問我的箭

卡呂普索很了解該怎麼激勵我。

想到要再次刷洗廁所，那絕對比我的夢境更恐怖。

我們走在冷冽清晨的昏暗街道上，隨時注意有沒有禮數周到的無頭族殺手暴徒，但沒人來煩我們。一路上，我向卡呂普索說明昨夜的惡夢。

我故意把名字唸成「咖魔多滋」，以免唸得太大聲會吸引「天神皇帝」的注意。卡呂普索從沒聽過他。那是當然的了，過去數千年來她一直困在那個孤島上。很多人都不曾沖刷到她的岸邊，我猜她也不認得他們。她根本不知道海克力士是誰，這眞是令人耳目一新，畢竟海克力士是那麼愛討拍的人啊。

「你本人認識這個皇帝嗎？」她問。

我說服自己沒臉紅，只是風勢刺痛了臉。「我們認識的時候，他比較年輕。我們的共同點多到令人吃驚。等到他變成皇帝……」我嘆口氣。「你也知道那是怎麼回事。他在不懂事的年紀就得到太大的權力和名聲，把腦袋搞壞了。就像小賈斯汀、小甜甜布蘭妮、琳賽蘿涵、亞曼達拜恩斯[27]、莫札特……」

「那些人我全都不認識。」

「我們需要多花一點時間幫你惡補流行文化。」

「不了，拜託。」卡呂普索與她的外套拉鍊努力搏鬥。

今天她穿著各式各樣借來的衣物，一定是因爲房間徹底黑暗，她只好隨便亂挑：皺巴巴的銀色毛皮外套，可能是艾米待在阿蒂蜜絲獵女隊時期穿的；藍色的「印第五百」[28]賽車T恤；長到腳踝的棕色長裙搭配黑色緊身褲；鮮豔的紫色和綠色訓練運動鞋。梅格．麥卡弗瑞一定會稱讚她的時尚品味。

「那個揮劍的剝玉米人怎麼樣？」卡呂普索問。

「里提爾西斯，米達斯國王之子。我對他了解不多，也不知道他爲什麼要服侍那個皇帝。我們只能希望趁他還沒出現時溜進動物園又溜出來。我可不想遇到他，然後打起來。」

卡呂普索彎彎手指，也許回想起上一次揮拳揍人的下場吧。「至少你的朋友梅格從護衛手上逃出來了，」她表示，「那是好消息。」

「也許吧。」我想要相信梅格眞的反抗尼祿。她終於看清那個怪物繼父的眞面目了，現在會衝過來站在我這邊，準備協助我完成任務，不再給我傷腦筋的指令。

可惜透過親身經歷，我深知要擺脫一段不健康的關係有多難。尼祿的鉤子深埋在女孩的靈魂深處。一想到梅格漫無目的地逃跑、滿心恐懼，而且兩個皇帝派出爪牙追捕她……那讓

---

[27] 這幾位都是小時候就出道的美國演員和歌手，都因為爆紅而有一段時間迷失自我。

[28] 全名是印第安納波利斯五百英里賽車（Indianapolis 500-Mile Race），簡稱「印第五百」（Indy 500）。

我無法安心。希望梅格至少有她的朋友「桃子」可以依靠，但放眼望去沒看到那個穀物精靈的半點蹤跡。

「還有特洛佛尼烏呢？」卡呂普索問。「你經常忘記誰是你的兒子嗎？」

「你不懂啦。」

「我們要尋找一個危險的神諭，它會逼得人們發瘋抓狂。這個神諭的幽靈剛好是你的兒子，而他很有可能對你充滿怨念，因爲你沒有回應他的祈求，迫使他砍掉自己兄弟的腦袋。知道這些事實還挺好的。」

「我的腦袋裡還有一大堆事！凡人的腦袋實在太小了。」

「至少我們對你的腦容量有共識。」

「噢，裡面根本裝了磚頭，」我嘀咕著說：「眞希望有人能建議我們該怎麼進行。你一點用處都沒有。」

「我的建議是別再那麼『gloutos』。」

這個希臘字的意思是「臀肌」，除非它在古希臘時代還有更粗魯的含意。我努力思索尖酸刻薄的回應，但實在想不起古希臘文的「我知道你是，不過我是嗎？」該怎麼講。

卡呂普索撥動我箭筒裡的箭尾羽毛砰砰作響。「如果你想尋求建議，何不問問你的箭？也許他知道該怎麼救出葛萊芬。」

「唔。」我不喜歡卡呂普索關於尋求建議的建議。我實在不懂，說話像莎士比亞戲劇演員的一支箭，能夠對我們眼前的任務提供什麼建議？但我除了會暴怒，其實也沒什麼損失。假如那支箭害我太抓狂，反正大可把他射進某隻怪物的臀肌。

我拿出多多納之箭。他的宏亮聲音立刻在我心裡說話，箭桿隨著每個字嗡嗡共鳴。

「瞧呀，」它說：「凡人終究顯現智慧。」

「我也很想念你啦。」我說。

「他在說話嗎？」卡呂普索問。

「說來不幸，對。喔，多多納之箭，我有問題要問你。」

「以汝最佳一擊射中我。」

我說明夢中看到的影像。我很確定自己的模樣很可笑，因爲一邊沿著西馬里蘭街走，一邊對著那支箭說話。在印第安納會議中心外，我絆了一跤，差點刺穿自己的眼睛，但卡呂普索根本懶得笑。我們向西飛馳期間，我曾以更多驚人的方式鬧過笑話，她早就見怪不怪。

實驗證明：如果想要讓一支箭跟上進度，用講的比較慢，還不如乾脆搭箭上弓把它射出去。但至少我成功了。

「嘖。」那支箭在我手中抖一下。「汝非給予問題，而是故事。」

我眞懷疑它根本在測試我，看看要把我逼到什麼程度，我才會氣得把它折斷成兩半。要不是擔心到時變成兩支會說話的箭，宛如唱雙簧給我一堆爛建議，我可能早就把它折斷了。

「那好吧，」我說：「我們可以用什麼方法找到葛萊芬？梅格．麥卡弗瑞在哪裡？我們要怎麼打敗本地的皇帝、救出他的囚犯，而且奪回特洛佛尼烏神諭的控制權？」

「如今汝之問題太多，」那支箭吟詠著說：「吾之智慧無法如同 Google 吐出答案。」

沒錯，這支箭絕對是要誘惑我用力折斷它。

「那就從簡單的開始，」我說：「我們要怎麼救出葛萊芬？」

「汝往動物園。」

「我們已經在路上了啊。」

「汝力尋葛萊芬欄舍。」

「好，可是到底在哪裡？不要告訴我在動物園喔。葛萊芬到底關在印第安納波利斯動物園的哪個地方？」

「汝必尋『傾鏘——傾鏘』。」

「傾鏘——傾鏘。」

「此處可有回聲？」

「好啦！我們去找『傾鏘』……是指火車對吧。等我們找到葛萊芬，要怎麼救出牠們？」

「瞧呀，汝應以『馬鈴薯之子』獲取野獸信任。」

「馬鈴薯之子？」

我等待說明，或至少另一番文謅謅的評論。那支箭保持緘默。我很不屑地哼了一聲，把它收回箭筒。

「你也知道，」卡呂普索說：「只聽到對話的一方實在很困惑耶。」

「否，兩方都聽到沒有比較好。」我向她保證。「與火車有關。還有馬鈴薯做的小孩。」

「那是指『薯球』㉙啦，是一種食物。里歐……」她講到里歐的名字停下來。「里歐喜歡吃那個。」

我對女性的豐富經驗告訴我，卡呂普索可能很後悔昨天與里歐吵架，不然就是對薯球這個主題很有感情。我不想找出正確的答案。

「無論情況何也，我極不知……」我把莎士比亞式的語氣從嘴唇上吐掉。「我不知道那支箭的建議到底是什麼意思。也許一到動物園就懂了。」

「因爲我們每次到新的地方常常那樣，」卡呂普索說：「突然間每一件事都懂了。」

「你說的有道理。」我嘆口氣。「不過呢，我那支會說話的箭提到的重點，對我們多半都沒用。可以繼續走了嗎？」

我們取道華盛頓街橋跨越白河，這條河一點都不白。兩岸有水泥牆，寬廣的河面呈現褐色，河水緩慢繞過河中央的低矮灌叢，那些中島活像是一塊塊青春痘疤（現在我對青春痘疤再熟悉不過了）。說也奇怪，這條河讓我聯想到羅馬的台伯河，那是另一條不會留下深刻印象的河流，長久以來遭人忽略。

然而，台伯河的兩岸發生了很多改變世界的歷史事件。雖然很不情願，但我想著康莫德斯爲這個城市設想的計畫。假如我在他的王座室裡看見的運河是由白河引水過去，那就表示他的藏身處距離這裡很近。那也表示他的新任司令官，里提爾西斯，可能已經到達動物園了。我決定走快一點。

印第安納波利斯動物園坐落於公園一隅，就在西華盛頓街旁。我們越過一片空蕩蕩的停車場，前往大門口的藍綠色遮篷。正前方有塊橫幅旗幟寫著：「野得可愛！」我一度以爲動物園的工作人員聽說我要來，決定熱烈歡迎我。接著才意識到那幅旗幟只是要廣告無尾熊。無尾熊還需要廣告喔？

㉙ 薯球（Tater Tots）的字面意思是「馬鈴薯小孩」，是把馬鈴薯切碎後捏成小塊油炸的薯球。

卡呂普索看到售票亭都關著，不禁皺起眉頭。「這裡沒人。整個地方鎖得好嚴密。」

「就是希望這樣啊，」我提醒她，「附近的凡人愈少愈好。」

「可是我們要怎麼進去？」

「要是有某個人能夠控制風精靈，載我們從圍牆上飛過去就好了。」

「要是有某個天神可以用意念傳送我們就好了，」她立刻回擊，「或者彈彈手指，把葛萊芬送來給我們也行。」

我交叉雙臂。「我開始回想起三千年前把你放逐到那個島上的原因了。」

「三千五百六十八年。要是完全照你意思，時間還可能更久。」

我原本不打算再吵這件事，但卡呂普索輕輕鬆鬆便挑起戰端。「你是在一座熱帶島嶼上，有潔白沙灘、空中僕人，還有設備豪華的洞穴耶。」

「那樣就讓奧吉吉亞島不算監獄嗎？」

我好想用天神力量把她炸掉，只不過……嗯，我連一點天神力量也沒有。「那麼，你不想念你的島囉？」

她瞇起眼，表情像是我拿沙子扔到她的臉。「我……不。那不是重點。我一直遭到放逐。我沒有人……」

「喔，拜託。你想知道眞正的放逐是什麼樣的感覺嗎？這是我第三次變成凡人。所有的力量遭到剝奪。永生不死之身遭到剝奪。卡呂普索，我可以死掉耶。」

「我也可以。」她厲聲說。

「對，但是跟隨里歐是你自己的選擇。你爲了愛情放棄了你的永生不死之身！你和赫米塞一樣壞！」

直到發洩出來，我才領悟到自己累積了這麼多的憤怒。我的聲音在整個停車場共鳴迴盪。有隻熱帶鳥類在動物園的某處突然驚醒，呱叫一聲以示抗議。

卡呂普索的表情很冷酷。「對啦。」

「我只是要說……」

「省省吧。」她低頭打量圍牆四周。「我們找個地方爬進去吧？」

我努力思考一篇風度翩翩的道歉文，同時徹底維護我的立場，但最後決定讓這番爭辯就此落幕。我的喊叫聲有可能不只吵醒巨嘴鳥。我們得快一點才行。

我們找到一個可以突破的地方，那裡的圍牆稍微比較低。即使穿著裙子，卡呂普索也證明她是比較敏捷的攀爬高手，毫不困難便從圍牆頂上翻過去，我則是一隻鞋子卡住有刺的鐵絲，結果變成倒栽蔥的姿勢。沒有跌進老虎的籠舍眞是萬幸。

「閉嘴。」卡呂普索拉我脫困後，我對她這樣說。

「我什麼話都沒說啊！」

老虎從欄舍玻璃的另一邊盯著我們，彷彿要說：「如果不是要拿早餐給我吃，你們幹嘛吵醒我？」

我一直覺得老虎是很明智的動物。

我和卡呂普索躡手躡腳穿越動物園，緊盯著凡人或皇帝護衛的動靜。除了一位動物園管理員拿著水管沖洗狐猴的展示區，我們沒看到半個人。

我們走到一個區域停下來，這似乎是公園的主要交叉路口。左邊有一座旋轉木馬，右邊則有紅毛猩猩懶洋洋倚在樹上，位於一大片裝設網子的圍籬裡。廣場周圍特地設置好幾間紀念品店和餐廳，全都還沒開門營業。有幾塊路標指向各個景點：海洋區、平原區、叢林區、異想天開區。

「異想天開區，」我說：「他們肯定把葛萊芬分配到異想天開區吧。」

卡呂普索環顧四周。她有一雙令人膽怯的眼睛……深褐色，極度專注，很像阿蒂蜜絲緊盯目標的眼神。我心想，在奧吉吉亞島上，卡呂普索有很多年的時間一直練習凝視地平線，等待某人或某種有趣的事物翩然現身。

「你的箭提到火車，」她說：「這裡有個路標指向『搭火車』。」

「對，不過我的箭也提到薯球。我覺得那有點反常。」

卡呂普索伸手指著。「那裡。」

那裡是最近的露天餐廳，點餐窗口緊閉著，而旁邊牆上貼了一張午餐菜單。我匆匆看著菜單上的選項。

「四種不同口味的薯球？」複雜的烹飪問題搞得我不知所措。「誰需要這麼多種口味？辣椒。甜薯。『藍色』？什麼樣的薯……」我突然呆住。

在這一剎那之間，我不確定到底是什麼因素嚇到我。接著，我意識到自己的耳朵很靈敏，捕捉到遠處傳來的某種聲音……是一個男人的說話聲。

「怎樣？」卡呂普索問。

「噓。」我更仔細聆聽。

我希望自己聽錯了。也許只是某種奇異鳥類的深沉呱叫聲，或者管理員沖洗狐猴大便時咒罵一聲。但不是。即使我處於衰弱的凡人狀態，聽力仍異常靈敏。

聲音又說話了，聽起來很熟悉，而且更靠近。「你們三個，往那邊。你們兩個，跟著我。」

我碰碰卡呂普索的外套袖子。「那是里提爾西斯，剝玉米人。」

女巫又低聲罵了一句米諾斯語的粗話，指名宙斯身體的一部分，那地方我連想都不願想起。「我們得躲起來。」

糟的是，里提爾西斯從我們的來時路逐漸靠近。從說話音量判斷，他再過不久就會抵達，我們的時間不多了。交叉路口提供很多條逃逸路線，但全都在里提爾西斯的視線範圍內。只有一個地方夠近，也能提供掩蔽。

「不確定的時候，」卡呂普索說：「就選薯球。」

她抓住我的手，拉著我繞到餐廳後面。

13

速食的餐廳
我領悟人生目標
要配薯條嗎？

以前我是天神時，如果有漂亮女子拉著我跑到房子後面去，我絕對很高興。但是身為萊斯特，身邊的人又是卡呂普索，我比較有可能被殺掉而非得到親吻。

我們蹲在廚房門口一疊牛奶箱旁邊。整個地方瀰漫著烹煮食物的油脂味、鴿子大便味，以及附近兒童戲水區的氯氣味。卡呂普索轉動上鎖的門把，然後盯著我。

「幫幫忙！」她輕聲說。

「我能怎麼辦？」

「嗯，現在會是爆發神力的好時機啊！」

我眞不該對她和里歐提起那件事。在混血營面對尼祿時，我的超人力量一度短暫回歸，讓我能夠打敗皇帝手下的日耳曼人。我曾把他們其中一人拋向天空某處，而就我所知，他目前仍然在近地軌道上。但那樣的時刻很快就消逝了，從那以後，我的力量還不曾回來過。

但無論如何，里歐和卡呂普索似乎認定我是前任天神，只要我願意，任何時候都可以召喚天神的驚人爆發力。我覺得這樣很不公平。

我給廚房門一次機會。我用力拉扯門把，結果差點害手指全部脫臼。

「噢！」我嘀咕一聲。「凡人很擅長做門嘛。嗯，回顧青銅時代……」

卡呂普索對我說：「噓。」

我們敵人的聲音變得更近了。我沒聽到里提爾西斯的聲音，但另外兩個人用一種喉嚨發音的語言彼此交談，聽起來像古代的高盧語。我猜他們不是動物園管理員。

卡呂普索手忙腳亂從頭髮取下一支波浪髮夾。啊哈，所以她那漂亮整齊的髮型不是用魔法固定住！她指著我，然後指指角落周圍。我以爲她是要我逃走自救，那是很明智的建議，然後我才意識到，她是要我幫忙把風。

我不知道那有什麼用，但是仍從牛奶箱的邊緣上方偷看外面，等待日耳曼人來殺我們。我聽到餐廳前方有動靜，他們撥動點餐窗口的隔板發出喀啦聲響，接著發出一大堆嘀咕聲和呼嚕聲短暫交談。你也知道他們是皇帝的護衛嘛，可能像這樣說：「要殺嗎？殺。要巴頭嗎？巴頭。」

我覺得很納悶，里提爾西斯爲何要把他的手下分成兩群？他們肯定早就知道葛萊芬關在哪裡，那爲什麼需要搜索公園？除非，當然啦，他們正在搜尋入侵者，特別是我們……

卡呂普索把她的髮夾用力折成兩半，將金屬髮夾的其中一半插入門鎖，開始扭轉。她緊閉雙眼，似乎非常專注。

好荒謬啊，我心想。這只有在電影和英雄史詩才會上演啊！

喀噠。門向內打開。卡呂普索揮手要我進去。她從門鎖拔出折斷的髮夾，然後跟著我跨過門檻，在我們背後輕輕關上門。她轉動插鎖，剛好搶在外面有人搖動把手之前。

有個粗魯的聲音咕噥說著高盧語，可能像是「運氣眞差，去其他地方巴頭」之類的話。

腳步聲遠離了。

我終於記得要呼吸。

我面對卡呂普索。「你到底怎麼撬鎖的啊？」

她盯著手上斷掉的髮夾。「我……我想到編織。」

「編織？」

「我還會編織。我花了幾千年在織布機上反覆練習。我心想，不知道耶，在門鎖裡控制髮夾，以及在織布機上編織絲線，兩者也許不會差太多。」

我覺得這兩件事聽起來差很多啊，但是對於結果沒什麼意見。

「所以，那不是魔法囉？」我努力隱藏自己的失望。如果有幾個風精靈聽從她的命令，可能很有用吧。

「不是，」她說：「如果我重新得到魔法，你一定會知道，因為你會發現自己被扔到印第安納波利斯的另一邊去。」

「好期待喔。」

我環顧小吃店的陰暗室內。基本設施緊貼著後牆，有水槽、炸鍋、爐台和兩部微波爐。櫃檯下方設置了兩個水平式冷凍櫃。

你會問，我怎麼知道速食餐廳廚房的基本設施是什麼？因爲我發掘搖滾歌手紅粉佳人的時候，她在麥當勞工作啊。我也是在漢堡王發掘那個演員和饒舌歌手皇后拉蒂法。我在那類地方耗費了不少時間。不要低估這類地方喔，任何地方都有可能找到才華洋溢的人。

我查看第一個冷凍櫃，裡面瀰漫著冰冷霧氣，一盒盒餐點都仔細標示好，隨時可以加熱，但沒有一盒標示「薯球」。

第二個冷凍櫃鎖住了。

「卡呂普索，」我說：「你可以編織這個把它打開嗎？」

「現在沒用的是誰啊？」

爲了讓事情能照我的意思發展，我決定不回答。我向後退，讓卡呂普索施展她的非魔法技能。她撬開這個鎖的速度比第一個更快。

「做得好。」我抬起冷凍櫃的蓋子。「啊。」

數百包東西用白色的肉鋪紙包住，每一包都用黑色字體做了標示。

卡呂普索瞇起眼睛看那些描述字樣。「食肉馬組合肉？戰鬥鴕鳥塊？還有……葛萊芬薯球。」她轉頭以驚駭的表情看著我。「他們絕對不是把動物剁碎成食物吧？」

我想起那個滿懷惡意的坦塔羅斯國王，很久以前他舉辦一場盛大宴會，用他自己的兒子做成燉菜拿給眾神吃。人類嘛，什麼事都有可能做得出來。不過以這個案例來說，我認爲餐廳不會把魔法野生動物放在菜單上。

「這些東西鎖起來，要有鑰匙才能打開，」我說：「我猜是事先預備好，要給動物園的稀有動物吃。那是給食肉馬吃的組合肉，不是用食肉馬做的組合肉。」

卡呂普索看起來只有稍微不噁心一點點。「戰鬥鴕鳥到底是什麼？」

這個問題觸動一段古老的回憶。一段影像吞沒了我，威力有如久未沖洗的狐猴籠舍氣味一樣強大。

我發現自己斜倚在一張沙發上，位於我朋友康莫德斯的作戰帳篷裡。他與父親馬可．奧里略㉚一同出征戰場，但帳篷裡一點都看不出羅馬軍團的艱苦生活。頭頂上有白色的絲質頂篷在微風中翻騰，帳篷一角有位音樂家正襟危坐，用他的七弦琴為我們彈奏小夜曲。我們腳下鋪著東方省份送來的最高級地毯，每一塊地毯都價值不菲，等同於羅馬的一整棟別墅。我們兩人的沙發之間有張桌子，擺滿了下午茶點心，包括烤豬、雉雞和鮭魚，還有一支純金打造的豐饒角裝滿了水果。

我把葡萄扔進康莫德斯嘴裡，以之自娛。當然啦，除非故意丟不準，否則我從不失手，但是看著葡萄從康莫德斯的鼻子彈開眞好玩。

「你好糟糕喔。」他取笑我。

「而你太完美了。」我心想，但只是笑笑。

他十八歲。我的凡人身形顯現成同齡的年輕人，但即使我有天神的增強效果，帥氣程度還是很難比得上這位「第一公民」。儘管生在帝王之家，出身優渥，康莫德斯依然是完美運動員的最佳表率；他的身體輕盈且健壯，面貌宛如奧林帕斯天神，金色髮辮環繞在臉孔周圍。他的體力早已聲名遠播，足以比擬傳奇英雄海克力士。

我又丟出一顆葡萄。他用單手接住，仔細端詳那顆小球。「噢，阿波羅……」是的，他知道我的眞實身分。我們已經是朋友，不只是朋友，到那時候差不多有一個月了。「我好厭倦這些戰爭。我父親的整個統治期間根本都在打仗！」

「你的人生好辛苦啊。」我作勢指著周圍的富麗堂皇。

「對啦，不過這好荒謬。踐踏多瑙河周圍的森林，毀掉野蠻人的部族，但他們對羅馬其實毫無威脅。身為皇帝，如果從來不在首都過得開心，到底有什麼意義呢？」

我咬了一小口豬肉。「為何不找你父親談談？請求休假如何？」

康莫德斯哼了一聲。「你也知道他會有什麼反應……又給我長篇大論，大談職責和道德。他是那麼正直，那麼完美，那麼受人尊敬。」

他一邊說這些話，一邊在空中畫圈圈（畢竟當時還沒有發明「空中引號」）。我確實很同情他的感受。除了我自己的父親宙斯以外，奧里略是全世界最嚴厲、最權威的父親。他們兩人都喜歡說教，都喜歡提醒自己的後代有多幸運、獲得多大的恩典，而且與父親的期待又有多大的落差。而他們當然都有極度優秀、才華洋溢卻沒有得到充分賞識的悲慘兒子。

康莫德斯捏爆葡萄，看著汁液從指尖緩緩滴落。「阿波羅，我十五歲時，父親讓我成為他的年輕共治皇帝。我很鬱悶啊。有那麼多職責，占用那麼多時間。然後，他讓我跟那個可怕的女孩布魯提亞．克莉絲琵娜結婚。誰會把自己的孩子取名叫『布魯提亞』？」

我不是有意要嘲笑他娶那位冷淡妻子的犧牲……但聽到他說妻子的壞話，我內心有一部分覺得很樂。我希望他把所有的注意力都放在我身上。

「嗯，總有一天你會成為唯一的皇帝，」我說：「那麼你就可以制訂規矩了。」

「我會與野蠻人締結和平，」他立刻說：「那麼我們就可以回家，用獵物大肆慶祝。當然要最棒的獵物，我會收集全世界最奇特的動物，親自在大競技場與牠們決鬥，包括老虎、大象和鴕鳥。」

我大笑起來。「鴕鳥？你到底有沒有看過鴕鳥啊？」

㉚ 馬可．奧里略（Marcus Aurelius, 121-180）是羅馬帝國最偉大的皇帝之一，也是斯多噶派的著名哲學家。

「噢，有啊。」他露出渴望的目光。「令人驚嘆的生物。如果訓練牠們戰鬥，也許可以設計某種盔甲，牠們會很驚人。」

「你眞是帥氣的白痴。」我扔出另一顆葡萄，從他的額頭彈開。

他臉上閃過一絲憤怒的神色。我知道我親愛的康莫德斯有臭脾氣。他有點太熱愛屠殺。不過我有什麼好在乎的呢？我是天神，我可以用別人不敢的方式對他說話。

帳篷突然打開，一名隊長走進來，俐落地敬禮，但臉色很難看，汗水閃閃發亮。「第一公民……」他的聲音顫抖。「您的父親。他……他已經……」

他始終沒有把「死了」說出口，不過那個詞似乎飄蕩在我們周遭的帳篷內，吸光了空氣中所有的熱度。七弦琴樂手停在大七和弦。

康莫德斯看著我，眼神充滿痛苦。

「去吧。」我說，盡可能顯得冷靜，努力壓抑我的不安與擔憂。「你永遠會得到我的賜福。你絕對沒問題。」

但我已經開始猜測接下來的發展：我認識、我摯愛的年輕人即將成爲皇帝，而那將會毀滅他。

他站起來，最後一次親吻我。他的呼吸充滿葡萄的氣味。接著，他離開帳篷……如同羅馬人的諺語：走入狼口[31]。

「阿波羅。」卡呂普索輕推我的手臂。

「不要走！」我懇求著。接著，我過去的人生消失了。

女巫皺著眉頭看我。「你說『不要走』是什麼意思？你又看到另一段影像嗎？」

我環顧小吃店的昏暗廚房。「我……我沒事。怎麼樣？」

卡呂普索指著冷凍櫃。「看那些標價。」

我嚥下葡萄和豬肉的苦澀滋味。在冷凍櫃裡，每一包白色肉鋪紙的角落都用鉛筆寫著價格。顯然最昂貴的是：葛萊芬薯球，每份一萬五千元。

「我對現代貨幣很不熟，」我坦白說：「不過，這樣的一餐有點貴吧？」

「我才要問你同樣的問題，」卡呂普索說：「我知道『S』符號上面畫一條線的意思是美元，但數字……？」她聳聳肩。

我的冒險同伴跟我同樣一無所知，這實在太不公平了。現代的半神半人很容易就會告訴我們答案，他們也身懷很多有用的二十一世紀技能。里歐．華德茲擅長修理機器，波西．傑克森會開車。我甚至勉強接受梅格．麥卡弗瑞和她扔垃圾袋的高超技術，雖然我知道梅格會怎麼批評我們現在的尷尬處境：「你們這些傢伙是笨蛋。」

我拿出一包薯球，打開包裝一角。裡面有切絲馬鈴薯組成的冷凍小方塊，金色的金屬表層閃閃發亮。

「薯球的表層通常會塗布貴重金屬嗎？」我問。

卡呂普索拿起一塊。「我想不會。不過葛萊芬喜歡黃金，很多年前我父親對我說過。」

我忍不住畏縮一下。我回想起她父親，「將軍」阿特拉斯；在泰坦巨神與天神的第一次大戰期間，他曾放出一群葛萊芬來對付我。一大群長著鷹頭的獅子把你的戰車團團圍住，那實

㉛ 義大利俗諺「走入狼口」（In bocca al lupo），意思是惹上麻煩。

在沒辦法輕易遺忘。

「所以，我們要拿這些薯球餵葛萊芬吃，」我猜測說：「如果運氣好，這有助於贏得牠們的信任。」我從箭筒裡拿出多多納之箭。「最令人挫折之箭，你心裡想說的就是這件事嗎？」

那支箭震動一下。「誠然，汝比戰鬥鴕鳥塊更加駑鈍。」

「他說什麼？」卡呂普索問。

「他說，對。」

卡呂普索從櫃檯抓了一張菜單，上面附有動物園的地圖。她指著一個橘色環圈，環繞著「平原區」的外圍。「這裡。」

那條環圈標示著「搭火車」，我想不出更沒創意的名稱了。底部圖示有比較詳細的說明：搭乘火車！瞧瞧動物園不為人知的部分！

「嗯，」我說：「至少他們公開說明動物園有個不為人知的祕密動物園。他們好佛心啊。」

「我想，咱們該去搭乘『傾鏘——傾鏘』了。」卡呂普索贊同說。

餐廳前方傳來碰撞聲，似乎是日耳曼人撞到垃圾桶而絆倒。

「別再來一次！」里提爾西斯咆哮說：「你，待在這裡，隨時監視。如果他們出現，一定要抓住……不要殺他們。你，跟我來。我們需要那些葛萊芬。」

我默默數到五，然後輕聲對卡呂普索說：「他們走了嗎？」

「讓我用我的超能力看穿這堵牆壁，檢查看看，」她說：「喔，還沒。」

「你這人的個性很差耶。」

她指著地圖。「如果里提爾西斯把一個護衛留在交叉路口，我們要離開這裡去搭火車就很難逃過他的視線。」

「嗯，」我說：「我想，我們可以回去小站，對布里托瑪爾提斯說我們盡力了。」

卡呂普索拿一顆冷凍黃金薯球丟我。「你以前是天神時，如果有某些英雄去出任務，結果空手回來對你說：『喔，阿波羅，抱歉，我們盡力了。』你能體諒嗎？」

「當然不行！我會把他們燒成灰！我會……喔。我懂你的意思了。」我搓搓雙手。「那我們該怎麼辦？我可不想被燒成灰。很痛耶。」

「也許有個方法。」卡呂普索的手指沿著地圖滑到一個區域，上面標示「狐獴、爬行類與蛇」，聽起來很像有史以來最爛的法律事務所名稱[32]。

「我有個點子，」她說：「帶著你的薯球，跟我來。」

---

[32] 美國有很多法律事務所都是以三個合夥人聯名作為事務所名稱。

14
耶，我們出招
假魔法外加射腳
教你弄鬆餅

我不想跟著卡呂普索走，無論有沒有我的薯球都一樣。

慘的是，其他選項只剩下躲在餐廳裡，直到皇帝的手下找到我為止；或者等到餐廳經理抵達，強迫我當快餐廚師。

卡呂普索在前面帶路，從一個掩蔽處衝向另一個，像是城市裡的忍者。我看到那個獨自站崗的日耳曼人，他在大約十五公尺外的廣場另一端，但忙著研究旋轉木馬。他拿著自己的長桿武器，小心翼翼指著色彩繽紛的木馬，一副覺得牠們可能是食肉馬的樣子。

我們成功抵達交叉路口的遠端，沒有引起他的注意，不過我還是很緊張。就我們所知，里提爾西斯可能派了好幾群人掃蕩公園。紀念品店附近有根電線桿，一具監視攝影機向下對準我們。如果三巨頭真像尼祿所宣稱的那麼強大，他們大可操控印第安納波利斯動物園內的監視器。也許就是因為這樣，里提爾西斯才會派人搜索我們。他已經知道我們在這裡了。

我考慮拔箭射向那個攝影機，但可能太遲了。攝影機很愛我。我的臉孔無疑遍布在警衛室所有的螢幕上。

卡呂普索的計畫是避開紅毛猩猩，抄近路穿越爬行類展示區，繞行公園的邊緣，最後到達火車站。然而我們經過紅毛猩猩區的入口時，有個日耳曼巡邏員逐漸接近，他的聲音嚇了我們一大跳，只好躲進紅毛猩猩中心尋求掩蔽。

好吧……只有我嚇了一大跳，衝進去尋求掩蔽。卡呂普索輕聲說：「不，你這白痴！」然後跟著我進去。我們一起蹲在擋土牆後面，等待兩名日耳曼人慢慢走過，他們輕鬆聊著巴頭的技術。

我瞥了右邊一眼，努力壓抑想要大叫的衝動。在一道玻璃牆的另一邊，有隻巨大的紅毛猩猩盯著我，琥珀色的眼睛充滿好奇心。牠做了些手勢……是手語嗎？這個問阿伽墨得斯可能就知道。從大猿的表情看來，牠看到我並沒有很高興。唉，在所有的大猿之中，只有人類對天神表現出恰當的敬畏。紅毛猩猩倒是有一方面很加分，牠們擁有驚人的橘色毛皮，人類完全比不上。

卡呂普索用手肘推推我的腿。「我們必須繼續前進。」

我們急急走進展示室內部。我們的動作很像大猿，一定讓紅毛猩猩覺得很樂。牠發出低沉的吼叫聲。

「閉嘴！」我壓低聲音對牠吼回去。

到了遠端的出口處，我們擠在一張偽裝網後面。我捧著薯球，努力讓呼吸平穩下來。

卡呂普索在我旁邊低聲哼著曲子……她一緊張就有這種習慣。真希望她別哼了。只要她哼的是我熟悉的曲調，我就有股衝動想要非常大聲跟著唱，那樣絕對會暴露我們的位置。

最後，我輕聲說：「我覺得危機解除了。」

我走出去，結果直直撞上另一名日耳曼人。唉，康莫德斯到底有多少野蠻人啊？是把他們大量買進來嗎？

有好一陣子，我們三人全都太過驚訝，說不出話也動彈不得。接著，野蠻人的喉嚨發出咕嚕聲，似乎準備大聲喊叫尋求支援。

「接住這個！」我把整包葛萊芬的食物塞進他懷裡。

出於反射，他接住了，畢竟在很多文化裡，一個男人放棄他的薯球就代表他投降了。他皺眉看著薯球包，我則趁機往後退，取下肩膀的弓箭，把一支箭射進他的左腳。

他大聲怒吼，將薯球包扔在地上。我撈起那包薯球拔腿就跑，卡呂普索緊跟在後。

「做得好。」她表示。

「只不過，他其實很有可能發出警報……向左轉！」

另一個日耳曼人從爬行類區衝出來。我們匆匆繞過他，跑向一塊牌子，上面寫著「空中纜車」。

遠處浮現一道空中纜車，纜索從突出樹冠層之上的一座高塔連至另一座，只有一個綠色吊椅懸掛在十五公尺高處。我不禁心想，不知能不能搭乘纜車到達動物園的祕密區域，或至少得到一點高度方面的優勢也好；然而纜車的搭乘口以柵欄圍起，而且上了鎖。

我還來不及請卡呂普索用她的髮夾變戲法，日耳曼人就繞過轉角而來。從爬行類區前來的那個比較快，他把長桿武器打橫，指著我們胸口。從紅毛猩猩館來的那個則是一邊咆哮、一邊拖著跛腳，我的箭仍插在他血跡斑斑的皮靴上。

我搭好另一支箭，但還沒把他們兩人都撂倒，我們就會先死吧。我以前看過日耳曼人的胸口插著六、七支箭，依然能繼續戰鬥。

卡呂普索低聲說：「阿波羅，我罵你的時候，你假裝頭暈沒力。」

「什麼？」

她推了我一把，然後大喊：「奴隸，你這是最後一次讓我失望了！」

她做了一連串手勢，我認得那種手勢來自古代……是施展魔法和咒語的手勢，以前從來沒有人敢對著我施展。我好想打她一巴掌，不過還是按照她的指示：我倒抽一口氣，然後癱軟倒下。

透過半睜的雙眼，我看到卡呂普索轉身面對我們的敵人。

「笨蛋，現在輪到你們了！」她開始對日耳曼人做出同樣的粗魯手勢。

第一個停下腳步，臉色好蒼白。他瞥了一眼躺在地上的我，然後轉身就逃，衝過他朋友身邊。

帶著腳傷的日耳曼人顯得猶豫。從充滿敵意的眼神看來，他很想針對射傷他左腳的投射式武器報一箭之仇。

卡呂普索不屈不撓，揮舞雙臂開始施咒。她的語氣聽起來像是從塔耳塔洛斯深淵喚醒最可怕的惡魔，其實只是用腓尼基語述說製作鬆餅的食譜。

受傷的日耳曼人大吼一聲，跛著腳逃開，只留下一條髒兮兮的紅色腳印。

卡呂普索對我伸出一隻手，拉我站起來。「走吧。我只能爭取一點點時間。」

「你怎麼……你的魔法恢復了嗎？」

「希望是啦，」她說：「我假裝的。魔法有一半是演的，假裝真的有作用，另一半則是透過迷信的影響。他們會回來。帶著援軍回來。」

我承認眞的是刮目相看。她的「魔法」確實讓我勇氣盡失。

我很快做了個除魔的手勢，只是以防萬一，免得卡呂普索比她自以爲的更厲害。接著，我們一起沿著邊緣的圍籬往前跑。

到了下個交叉路口，卡呂普索說：「走這邊去找火車。」

「你確定？」

她點頭。「我很擅長記憶地圖。以前我在奧吉吉亞島做了一張地圖，重現島上每一平方公尺的土地。那是我讓自己保持神智正常的唯一方法。」

聽起來像是讓自己保持神智正常的可怕方法，不過我讓她帶路。我們後方傳來更多日耳曼人的叫喊聲，但似乎前往我們剛離開的空中纜車閘門。我暗自期盼火車站可能沒有人。

哈，哈，哈。果然不是。

軌道上有一列迷你火車，亮綠色的蒸汽引擎拖著一整排開放式的乘客座位。在它旁邊的月台上，在攀爬常春藤的遮陽棚下，里提爾西斯穩穩站著那裡，他的長劍從劍鞘裡拔出來，靠在肩膀上，很像扛著流浪漢的鋪蓋捲。一件破舊的皮革胸甲套在他的「剝玉米人」上衣外面，幾縷黑色鬈髮從他的紅色印花頭巾底下露出來，看似一隻大蜘蛛趴在他頭上，隨時準備躍起。

「歡迎。」要是沒有臉上縱橫交錯的傷疤，他的完美笑容看起來或許很友善。他摸摸耳朵上的某個東西……也許是藍牙裝置。「他們在火車站這裡，」他朗聲說道：「過來與我會合，不過慢一點，保持冷靜。我很好。我要這兩個活著。」

他對我們聳聳肩，一副充滿歉意的樣子。「有機會殺人的時候，我的手下會熱心過頭。特別是你們讓他們看起來像笨蛋之後。」

「那是我們的榮幸。」我本想用充滿自信、虛張聲勢的語氣說話，但我想根本沒成功。我的聲音好沙啞，臉上滿是汗水。我把弓拿在側邊，很像拿著電吉他，但那並非恰當的射箭姿勢；另一隻手拿的也不是可能有用的箭，而是一包冷凍薯球。

恐怕也沒差了。在夢境裡，我曾經見識到里提爾西斯揮劍的速度有多快。如果我嘗試對他射箭，可能還來不及拉動弓弦，我們的腦袋就已經在路面上滾動。

「你能用電話，」我指出，「或者對講機，或者隨便什麼都行。看到壞傢伙能夠彼此聯絡，我們卻不行，感覺爛透了。」

里提爾西斯的笑聲很像用銼刀刮過金屬的聲音。「是的。三巨頭喜歡擁有某些優勢。」

「我猜，你不會說出他們是怎麼辦到的……如何封鎖半神半人的通訊之類的？」

「你們不會活太久，所以那就不重要了。好啦，放下你的弓。至於你的朋友呢……」他打量卡呂普索。「兩隻手都放在側邊。不准突然施咒。想到要砍掉你那顆漂亮的頭，我會覺得很遺憾。」

卡呂普索露出甜笑。「我的想法剛好跟你一樣耶。放下你的劍，那麼我就不會毀滅你。」

她真是優秀的演員。我在心裡默默記住，以後要推薦她去參加我舉辦的奧林帕斯山夏令營，那是獲得邀請才能參加的「與繆思女神一同探討方法演技」……假如我們能活著逃出這裡的話。

里提爾西斯笑起來。「很好啊，我喜歡你。不過大約在六十秒內，十幾個日耳曼人將會包圍這個車站，他們可不像我一樣講求禮貌。」他向前跨一步，把劍揮向側邊。

我企圖想出超棒的計畫，可惜唯一浮現腦海的計畫是害怕大哭。就在這時，在里提爾西斯的頭頂上方，遮陽棚上的常春藤嗖嗖抽動。

劍客似乎沒發現。我眞好奇紅毛猩猩是不是跑到那上面去玩，或者某些奧林帕斯天神聚集在那裡野餐，準備觀賞我死掉。或者說不定……這樣的期盼實在太超過了，不過爲了爭取一點時間，我放下手中的弓。

「阿波羅，」卡呂普索輕聲說：「你在幹嘛？」

里提爾西斯幫我回答。「他要當聰明人。好啦，你們小組的第三名成員在哪裡？」

我眨眨眼。「只……只有我們兩個。」

里提爾西斯臉上的疤痕陣陣抽動，他的褐色皮膚有那些白色線條，看起來很像沙丘上的一條條稜脊。「得了吧。你們駕著巨龍飛進這個城市，總共三名乘客。我非常想要再見到里歐．華德茲。我們還有事情沒解決。」

「你認識里歐？」儘管身處險境，我還是覺得稍微鬆了一口氣。終於有個壞蛋比較想要殺里歐而不是殺我。這是一大進步！

卡呂普索似乎不太開心。她走向那位劍客，兩手緊緊握拳。「你找里歐有什麼事？」

里提爾西斯瞇起眼睛。「你不是以前跟他在一起的那個女孩，她名叫派波。你不會剛好是里歐的女朋友吧？」

卡呂普索的臉頰和脖子冒出很多紅點。

里提爾西斯眼睛一亮。「噢，你眞的是！太棒了！我可以利用你來傷害他。」

卡呂普索咆哮說：「你根本傷不了他。」

里提爾西斯頭頂上的遮陽棚又搖動一下，彷彿有一千隻老鼠衝過橫梁。爬藤似乎正在抽長，枝葉變得更厚也更暗了。

「卡呂普索，」我說：「退後。」

「我爲什麼要退後？」她質問著。「這個剝玉米人剛才威脅……」

「卡呂普索！」我抓住她的手腕，把她從棚子的陰影底下拉出來，說時遲那時快，棚子倒塌在里提爾西斯的頭頂上。劍客消失在一百多公斤重的屋頂板、木材和常春藤底下。

我低頭看著那一大團不斷抖動的藤蔓，沒看到紅毛猩猩，沒有天神，沒有任何人要爲倒塌事件負起責任。

「她一定在這裡。」我嘀咕著。

「誰？」卡呂普索瞪大眼睛看著我。「剛才到底是怎樣？」

我想要懷抱希望。我很怕懷抱希望。無論是哪一種情形，我們都不能停留於此。里提爾西斯在殘骸底下大吼大叫、拚命掙扎，那就表示他沒死。他的日耳曼人可能隨時都會抵達。

「我們先離開這裡。」我指著那列綠色火車。「我來駕駛。」

15

駕駛綠火車
我很像，傾鏘、傾鏘！
抓不到！……噢，蠢！

像這樣用慢動作逃走，完全不在我的預料之中。

我們都跳上隨車服務員的位置，那裡的寬度光是一個人坐都嫌窄，結果兩人一邊推擠，一邊忙著猛踩踏板、亂轉開關。

「我說過了，我來駕駛！」我大吼：「如果我能駕駛太陽，就能駕駛這個！」

「這又不是太陽！」卡呂普索用手肘頂撞我的肋骨。「這是模型火車。」

我找到啓動開關。火車突然搖晃一下，開動了。（卡呂普索會宣稱是她找到的。那是公然說謊。）我把卡呂普索從座位推下去摔到地上。既然火車的時速只有零點八公里，她只要站起來、拍掉裙子上的灰塵，就能走到我旁邊怒目瞪視。

「這樣是極速？」她質問。「再壓下更多開關啊！」

在我們後方，在遮陽棚的殘骸底下某處，突然傳來巨大的「噗啦！」一聲，里提爾西斯企圖掙脫出來，常春藤隨之抖動。

六、七個日耳曼人出現在月台遠處（康莫德斯購買這些野蠻人時，絕對是選擇「皇家家庭號」超大包裝）。那群護衛瞪著尖叫不已的大堆屋頂殘骸，然後望著我們「傾鏘、傾鏘」離開。他們竟然沒有追趕，而是開始清理支架和藤蔓，把他們的老闆救出來。衡量我們的行進速度，他們可能猜想絕對有足夠的時間追上我們。

卡呂普索跳上側邊的踏腳板。她指著控制面板。「試試藍色的踏板。」

「藍色踏板絕對不是正確選擇！」

她用腳踢那個踏板。我們突然以三倍的速度向前衝出，這表示我們的敵人得用相當快的跑步速度才追得上了。

軌道彎來彎去，我們也持續加速，輪子貼著外側軌道吱嘎作響。車站消失在一排樹後面。我們左側的地勢豁然開朗，可以看到非洲象的巨大屁股，牠正捲起一堆乾草。非洲象的管理員看到我們行駛經過，不禁皺起眉頭。「喂！」他大喊：「喂！」

我揮揮手。「早安！」

然後我們就開走了。火車逐漸加速，車廂隨之劇烈搖晃，我的牙齒格格打顫，膀胱也快爆了。這時，前方竟然出現鐵軌的分岔口，幾乎隱藏在一片竹林後面，旁邊有標示牌用拉丁文寫著「BONUM EFFERCIO」。

「那邊！」我大喊。「那裡寫『好東西』！我們得向左轉！」

卡呂普索瞇起眼睛看著操控台。「怎麼轉？」

「應該有個開關，」我說：「可以控制鐵軌的岔線。」

然後我看到了……不是在我們的操控台上，而是在前方鐵軌旁邊，是老式的把手開關。我們沒時間讓火車停下來，也沒時間跑到前方徒手轉動開關。

「卡呂普索，拿好這個！」我把薯球扔給她，然後取出我的弓，搭上箭。

以前像這樣射出一箭，對我來說根本是小孩子玩的遊戲，現在則幾乎是不可能的任務：從移動的火車上瞄準一個點，射出一箭，讓飛箭射中的撞擊力道有最大的機會啟動開關。

我想起住在混血營的女兒凱拉。我想像她的冷靜聲音，她教導我突破令人挫折的凡人箭術。我記得在沙灘上的那一天，其他學員鼓勵我，後來我射出一箭，撂倒了尼祿巨像。

我把箭射出去。那支箭啪的一聲射中開關，迫使它向後轉。軌道的接點移動了。我們歪歪斜斜開上支線。

「完成！」卡呂普索大叫。

我們衝過竹林，搖搖晃晃開進一條隧道，寬度剛好可讓火車開過。糟的是，我們的速度太快了。「傾鏘、傾鏘」向側邊傾斜，摩擦牆壁濺出火花。等到衝出隧道末端時，我們已經完全失去平衡。

火車發出吱嘎聲，歪向一邊……這種感覺我再清楚不過了，太陽戰車曾經很多次變成這樣，必須立刻轉向，以免撞上正在發射的太空梭或中國的神龍（那些東西都超討厭的）。

「跳車！」我猛推卡呂普索（是的，又一次），從火車的右邊跳出去，只見整列火車摔向左邊，翻覆到鐵軌外，發出的聲音活像是巨大的拳頭用力搥扁一整支青銅裝甲部隊。（回首舊日時光，我曾經用那種方法搥扁好幾支軍隊喔。）

等到回過神來，我發現自己四肢趴地，耳朵緊貼地面，彷彿正在聆聽大群水牛的聲音，雖然我不懂為何要這樣。

「阿波羅。」卡呂普索拉拉我外套的袖子。「起來。」

我的頭陣陣抽痛，感覺整顆頭好像變成原本的好幾倍大，但全身骨頭似乎都沒骨折。卡呂普索的頭髮鬆垂在肩膀上，銀色毛皮外套沾滿沙子和一點碎石，除此之外她看起來毫髮無傷。或許是以前的天神體質救了我們而不至於受傷，但也可能只是運氣好而已。

我們摔在一個圓形競技場的正中央。火車歪歪扭扭側躺在砂礫地上，活像是死掉的毛毛蟲，而再過幾公尺就是鐵軌的末端。周圍環繞著一個個動物圍欄，是以石材框住的樹脂玻璃牆壁。在那之外則聳立著體育館式的座位，總共有三層看台。整個環形劇場的頂部延伸出頂篷，由偽裝網構成，很像之前在紅毛猩猩館看到的那種……不過在這裡，我猜想網子的作用是要避免有翅膀的怪物趁亂飛走。

競技場周圍的地面有閒置的鐐銬和鎖鍊，固定在地面的尖釘上。附近還掛了好幾排看似邪惡的工具，包括趕牛的尖頭棒、套索竿、鞭子和魚叉。

我的喉嚨彷彿凝結成冰冷的硬塊，好像吞下一顆葛萊芬薯球，只不過那包東西仍在卡呂普索的臂彎裡，奇蹟似地完整無恙。「這是個訓練場地，」我說：「我以前見過好幾個類似的地方。這些動物接受訓練，準備參加競技大賽。」

「接受訓練？」卡呂普索沉下臉，盯著武器架。「到底怎麼訓練？」

「激怒牠們，」我說：「用誘餌逗弄。餓肚子。訓練牠們殺死任何會動的東西。」

「好野蠻。」卡呂普索轉身看著最近的圍欄。「他們怎麼對待那些可憐的鴕鳥？」

透過樹脂玻璃看去，四隻鳥盯著我們看，牠們的頭一陣陣抽搐，不時猛然歪向一邊。剛開始看像是奇怪的動物，其實只是鴕鳥的脖子套了幾個有鐵釘的頸圈，頭戴德意志皇帝威廉二世式樣的尖刺頭盔，腳上也環繞有刺鐵絲，活像耶誕節燈飾。最靠近的一隻鳥對我厲聲大叫，顯露出參差不齊的鋼牙，安裝在嘴喙內側。

「皇帝的戰鬥鴕鳥。」我覺得內心好像有一片屋頂崩垮下來。這些動物的困境讓我心情低落……但是想到康莫德斯，我的心情也一樣糟。他從年輕時當上皇帝，後來致力於這種討厭的競技大賽，現在又轉變成更糟的模式。「他以前很喜歡用牠們進行射擊練習。只要射出一支箭，他就可以把全速奔跑的鴕鳥射斷頭部。等到連那樣也不夠有趣……」我指著那些進階版的戰鬥鴕鳥。

卡呂普索的臉色變成像黃疸一樣的蠟黃色。「所有這些動物都會被殺？」

我因爲太沮喪而沒有回答。我的腦中閃過一段往事，那是康莫德斯統治期間的弗拉維競技場……競技場地板的紅色沙子閃閃發亮，散置了數千隻奇異動物的屍體，全都是爲了運動和展示目的而遭到屠宰。

我們移動到下一個圍欄。一隻巨大的紅色公牛不安地跺步，牠的牛角和牛蹄都閃耀著青銅光澤。

「那是埃塞俄比亞公牛，」我說：「所有的金屬武器都無法刺穿牠們的外皮，就像奈米亞獅子一樣，只不過，呃……牠的體型比較大，而且是紅色的。」

卡呂普索又遊蕩經過好幾個欄舍，有幾隻來自阿拉伯的有翅膀巨蛇；還有一匹馬，我判斷是食肉性的噴火品種。（我曾想用那些馬來拉我的太陽戰車，但是保養維修費實在太貴了。）

女巫在下一個窗戶前站定不動。「阿波羅，來這裡。」

玻璃後面是兩隻葛萊芬。

艾米和喬瑟芬說得很對。牠們眞的是很壯觀的傢伙。

過去幾世紀以來，野生葛萊芬的天然領域逐漸縮小，因此變成瘦巴巴的，體型比古代小一點，也變得更好鬥（很像瀕臨絕種的三眼白鼬或巨型的草原獾）。只有少數葛萊芬的體型夠大，能夠搭載人類的體重。

然而，我們正前方的雌雄葛萊芬眞的是獅子的體型。淡棕色的毛皮閃閃發亮，很像紅銅鍊甲的色澤。黃褐色的翅膀折疊在背後，姿態莊嚴，鷹頭則覆蓋了金色和白色的羽毛。回首舊日時光，古希臘國王爲了飼養這樣的一對葛萊芬，絕對願意支付一整艘裝滿紅寶石的三槳戰船。

謝天謝地，我在這兩隻動物身上看不出凌虐的跡象。然而，兩隻葛萊芬的後腳都以鎖鍊固定住。葛萊芬若受到監禁，或遭到任何方式限制行動，牠們的脾氣會非常暴躁。雄性的阿貝拉爾一看到我們，立刻憤怒聒叫、猛拍翅膀。牠將爪子刺入沙子，拉扯著腳鐐，努力想靠近我們。

雌的那隻則退入陰影裡，發出低沉的咯咯聲，很像飽受威脅的狗兒發出低聲吼叫。她左右搖晃，腹部低垂到地面，彷彿……

「噢，不。」我好怕自己虛弱的凡人心臟會爆掉。「難怪布里托瑪爾提斯這麼急著想救回這兩隻。」

卡呂普索似乎對這些動物深深著迷，花了點工夫才能定睛看著我。「你是什麼意思？」

「雌的那隻有蛋。牠立刻需要鳥巢。如果我們沒有把她弄回小站……」

卡呂普索的眼神變得像鴕鳥的鋼牙一樣銳利。「埃洛伊茲能從這裡飛出去嗎？」

「我……我想可以。我姊姊比較是野生動物的專家，不過，可以。」

「懷孕的葛萊芬可以載人嗎？」

「我們沒有選擇的餘地，只能試試看了。」我指著競技場上方的迷彩網。「要逃出去，那是最快的途徑，假設我們可以解開葛萊芬、移除那張網子的話。問題是，埃洛伊茲和阿貝拉爾不會把我們當朋友。牠們受困於鎖鍊，監禁於籠內。牠們期待生寶寶。只要靠近，牠們會把我們撕成碎片。」

卡呂普索交叉雙臂。「音樂怎麼樣？大部分動物都喜歡音樂。」

回想上次在混血營，我曾用一首歌催眠邁爾米克。可是，我再也不想把自己所有的失敗唱成歌了，特別是在我的夥伴面前。

我回頭瞥了火車隧道一眼。還沒有里提爾西斯或他手下的蹤影，但這樣並沒有讓我比較好過。他們應該隨時都會抵達……

「我們得快一點，」我說。

第一個問題是最簡單的：樹脂玻璃牆。我推測在某個地方一定有開關，可以把隔板降下來，釋放出各式各樣的動物。我踩著名叫卡呂普索的踏腳梯，在她的幫忙下爬進觀眾席，發現競技場唯一有椅墊的座位旁邊果然有個控制台，顯然是爲了皇帝本人而設置，他有時會想看這些殺戮野獸的訓練情形。

每一個開關都用貼條和麥克筆做了清楚標示。其中一個寫著「葛萊芬」。

我對下面的卡呂普索叫道：「你準備好了嗎？」

她站在葛萊芬欄舍的正前方，雙手伸出，彷彿隨時準備接住射出來的蛋。「像這樣的情況，什麼才叫作『準備好了』？」

我撥動開關。一陣沉重的「卡碰」聲響，葛萊芬的樹脂玻璃往下降，消失在窗框的一條縫隙裡。

我與卡呂普索會合，她正哼著某種搖籃曲，兩隻葛萊芬似乎不怎麼欣賞。埃洛伊茲大聲咆哮，緊貼著欄舍的後側牆壁。阿貝拉爾則是兩次用力拉扯鍊條，企圖向前逼進，咬掉我們的頭。

卡呂普索把那包薯球遞給我。她用下巴指指欄舍。

「你一定是開玩笑吧，」我說：「如果我靠近餵食，牠們會把我吃了。」

她停止哼唱。「你不是掌管投射式武器的天神嗎？拿薯球用丟的啊！」

我抬眼看著受到網子遮擋的天空……附帶一提，我認爲那是比喻我被逐出奧林帕斯山，但是這種比喻既粗魯又完全沒有必要。「卡呂普索，你不了解這些動物對吧？要贏得牠們的信任，你必須親手餵食，要把你的手指放在牠們的嘴喙裡。這樣會強調食物來自於你，就像親鳥一樣。」

「呼。」卡呂普索咬著下唇。「我聽懂問題在哪裡了。你會是很糟糕的親鳥。」

阿貝拉爾撲向我且呱呱叫。每個人都要批評一下就對了。

卡呂普索點點頭，一副得到結論的樣子。「我們要同心協力。我們要唱一首二重唱。你的聲音還不錯。」

「我的聲音……」我的嘴巴震驚到完全痲痺。我是掌管音樂的天神耶，她居然說我的聲音「還不錯」，那就像是說俠客．歐尼爾打籃球的防守還不錯，或者說神槍手安妮．歐克麗的準頭還不錯。

但另一方面，我確實不是阿波羅。我是萊斯特．巴帕多普洛斯。回顧在混血營時，我對自己超弱的凡人能力實在太絕望，於是曾對冥河發誓，除非我再度成為天神，否則再也不使用弓箭或音樂。結果我立刻打破誓言，對邁爾米克唱歌……提醒你喔，我有很正當的理由。從那以後，我一直活在恐懼中，深怕冥河的精靈不知何時會用什麼方法懲罰我。也許沒有什麼盛大的懲罰時刻，而是用一千次羞辱造成慢性死亡。掌管音樂的天神有多少機會聽到別人說「他的聲音還不錯」，結果自我嫌惡得太嚴重，最後碎裂成一堆塵埃？

「好啦。」我嘆口氣。「我們該唱哪一首二重唱？〈流水中的島嶼〉㉝？」

「不知道那首歌。」

「〈我擁有你，寶貝〉㉞？」

「沒聽過。」

「老天爺，我很確定你的流行文化課程涵蓋了一九七〇年代啊。」

「宙斯以前唱的歌怎麼樣？」

我眨眨眼。「宙斯……唱歌？」我覺得這概念稍微有點嚇人。我父親會打雷，會懲罰，會嘮叨責罵，他像冠軍一樣睥睨眾生，但他不唱歌啊。

卡呂普索的眼神有點迷濛。「在奧特里斯山的宮殿裡，那時候宙斯是克羅諾斯的斟酒人，他經常唱歌帶動宮殿的氣氛。」

我不安地扭動身子。「我……我那時還沒出生。」

我當然知道卡呂普索比我老，但從沒眞正想過那代表什麼意義。回溯到泰坦巨神統治宇宙的時代，那時天神尚未發動叛變，宙斯也還沒成為眾神之王，卡呂普索無疑是無憂無慮的孩子，阿特拉斯將軍的女兒，在宮殿裡跑來跑去，不斷騷擾空中的僕人。眾神哪。卡呂普索的年紀足以當我的保母！

「你一定知道這首歌。」卡呂普索開始唱起來。

我的頭骨底部感覺到觸電般的刺痛。我確實知道這首歌。一陣早期的回憶浮現腦海，我和阿蒂蜜絲小時候住在提洛斯島時，宙斯來探望我們，他和麗托就是唱這首歌。我的父親和母親，他們彼此註定永遠分離，因爲宙斯是已婚的天神；他們快樂地唱著這首二重唱。我的眼裡滿是淚水。我接唱起合唱的低音部分。

這首歌比所有的帝國更加古老……是關於一對愛侶分隔兩地，渴望相聚。

卡呂普索緩緩走向葛萊芬。我跟在她後面……提醒你喔，不是因爲我害怕帶頭。每個人都知道，向危險情境挺進時，女高音打頭陣，那像是你的步兵團；女低音和男高音是你的騎兵隊，男低音則是砲兵。我嘗試向阿瑞斯解釋這點大概有一百萬次，但他對於和聲編寫連一點概念也沒有。

阿貝拉爾不再拉扯鎖鍊。牠走來走去，用嘴喙整理羽毛，發出低沉的咯咯聲，很像雞舍裡的雞。卡呂普索的聲音十分哀傷，充滿愁緒。我明白她很同情這些野獸，牠們受困於籠子和鎖鍊，渴望著開闊的天空。或許吧，我心想，只是或許，卡呂普索被流放到奧吉吉亞島上，那樣的處境遠比我現在的困境更加悽慘。至少我有很多朋友能夠分擔苦惱。我深感罪惡，以前竟然沒有提議把她從那個島嶼早點釋放出來，但如果我現在表達歉意，她又爲何要

33〈流水中的島嶼〉（Islands in the Stream）由樂團「比吉斯」（Bee Gees）創作，鄉村歌手桃莉芭頓（Dolly Parton）和肯尼羅傑斯（Kenny Rogers）合唱。

34〈我擁有你，寶貝〉（I Got You, Babe）由桑尼波諾（Sonny Bono）和雪兒（Cher）合唱。

原諒我呢？那就像是流過厄瑞玻斯[35]門戶底下的冥河河水，一去再不復返。

卡呂普索伸手放在阿貝拉爾的頭上。牠大可輕鬆咬掉她的手臂，但牠竟然蹲下，變成像小貓一樣接受撫摸。卡呂普索跪在地上，取下另一支髮夾，開始對葛萊芬的鐐銬動手腳。

她努力撬鎖時，我嘗試讓阿貝拉爾的目光注視我。我盡力唱得「還不錯」，透過歌詞傳達內心的悲傷與同情，希望阿貝拉爾能夠了解我也是痛苦的同路人。

卡呂普索突然打開了鎖。匡啷一聲，鐵銬從阿貝拉爾的後腳掉落。卡呂普索移向埃洛伊茲……那是更難對付的對象，因爲要接近一個懷孕的母親。埃洛伊茲發出懷疑的吼叫聲，但沒有發動攻擊。

我們繼續吟唱，現在兩人唱著完美的合音，彼此融合成最棒的和聲……創造的成果遠比兩人個別聲音的總和更加強大。

卡呂普索釋放了埃洛伊茲。她向後退，與我併肩站著，一起唱出歌曲的最後一句歌詞：只要眾神不滅，我對你的愛也永不止息。

葛萊芬盯著我們。牠們現在似乎比較好奇而非憤怒。

「薯球。」卡呂普索提議。

我往她的雙手掌心倒出半包。

我可不想失去自己的手臂，那是很有用的附肢耶。然而，我捧了一把黃金薯球遞給阿貝拉爾。牠小跑步向前，嗅聞一番。牠張開嘴喙時，我伸手到牠嘴裡，將薯球放在溫暖的舌頭上。而牠如同眞正的紳士，等到我的手移開才把點心吞下肚。

牠豎起頸部的羽毛，然後轉過身，對著埃洛伊茲呱呱叫：「好耶，很好吃。過來吧！」

卡呂普索將她手上的薯球餵給埃洛伊茲吃。雌葛萊芬把頭靠在女巫身上，顯然是喜愛的表現。

有那麼一會兒，我覺得鬆了口氣。得意洋洋。我們成功了。接著，我們背後傳來拍手聲。站在窗框上，全身血跡斑斑、不成人形，但仍然活得好好的人，正是里提爾西斯，他獨自一人。

「做得好，」劍客說：「你們找到完美的葬身之所。」

35 厄瑞玻斯（Erebos），黑暗之神，象徵陰陽界中的絕對黑暗。在晚期神話中，厄瑞玻斯也是冥界的代稱，或代表冥界最黑暗的空間。

16

米達斯之子
你，先生，是呆頭鵝
這，有隻鴕鳥

這四千年的生涯，我曾經尋求過很多事物，包括美麗的女子、英俊的男士、最棒的複合弓、完美的海濱宮殿，以及一九五八年的吉布森 Flying V 電吉他。但我從未尋求完美的葬身之所。

「卡呂普索？」我虛弱地問。

「怎樣？」

「如果我們死在這裡，我只想說，你沒有像我原先想的那麼糟。」

「謝謝喔，可是我們不會死啦。那樣會剝奪我以後殺死你的機會。」

里提爾西斯笑起來。「噢，你們兩個這樣談笑風生，好像還有未來似的。對於前任的永生不死天神來說，一定很難接受死亡是眞實的吧。我呢，曾經死過。讓我來告訴你們，那並不好玩。」

我好想對他唱歌，就像剛才對葛萊芬唱歌那樣。或許我能夠說服他，我也是受苦的同路人。但有某種因素告訴我，那是行不通的。而且，哎呀，我所有的薯球都用完了。

「你是米達斯國王之子，」我說：「你是趁著『死亡之門』打開時回到凡人世界嗎？」

我對那個事件不是很了解，不過最近與巨人大戰期間，冥界爆發大規模的越獄行動。黑帝斯[36]曾經喋喋不休，怒罵蓋婭[37]偷了他所有的死人，叫他們爲她效命。坦白說，我不怪大地之母。優秀的廉價勞力實在超難找的啊。

劍客噘著嘴。「沒錯，我們穿越死亡之門。然後，多虧那個亂入的里歐．華德茲和他的組員，我的白痴父親又立刻害自己送命。我活了下來，只因爲有人把我變成一座黃金雕像，而且用毯子蓋住我[38]。」

卡呂普索後退到葛萊芬旁邊。「那……眞的好神奇啊。」

「那不重要，」劍客咆哮著說：「三巨頭給我工作機會。他們看出『收割男』里提爾西斯的價值！」

「這頭銜眞讓人印象深刻。」我勉強說。

他舉起手上的劍。「這是我自己爭取來的，相信我。我的朋友都叫我『里提』，但我的敵人叫我『死神』！」

「我會叫你『里提』，」我下定決心說：「雖然我覺得你沒什麼文學氣息[39]。你也知道，我和你父親曾是很要好的朋友。有一次，我還讓他長出驢子耳朵。」

---

[36] 黑帝斯（Hades），冥界之王，掌管整個地底世界，是宙斯與海神波塞頓的兄弟。

[37] 蓋婭（Gaea），希臘與羅馬神話中的大地之母，是眾神和萬物的起源。她孕育出天空之父烏拉諾斯，並與他製造出泰坦巨神等許多子女。

[38] 此段故事參見《混血營英雄：迷路英雄》三四六頁。

[39] 里提爾西斯（Lityerses）簡稱里提（Lit），「Lit」也是文學（literature）的簡稱。

這番話一說出口，我就明白這也許不是兩人友誼的最佳寫照。

里提對我露出冷酷的微笑。「是啊，我從小就聽說過，你叫我爸去當那場音樂比賽的評審。他宣布你的對手獲勝，你就給他驢子耳朵？呵。自從那件事之後，我父親對你恨之入骨，害我差點想要喜歡你。但我沒有。」他拿劍劃破空氣，試揮一下。「能夠殺了你，是我的榮幸。」

「等等！」我尖叫說：「原本說的『活捉他們』那些話呢？」

里提聳聳肩。「我改變心意了。首先，那屋頂壓垮在我身上，然後又出現一片竹林，把我的護衛全部吞掉。我想，你對那些事應該完全不知情吧？」

我的脈搏活像是定音鼓，在耳朵裡狂打猛敲。「對，不知道。」

「好。」他打量卡呂普索。「我想，我會讓你活得夠久，等到在華德茲面前殺了你，那樣會很好玩。但是，眼前這位前任天神呢……」里提聳聳肩。「我只要對皇帝說他拒絕束手就擒就行了。」

就這樣了。歷經四千年的榮耀時光之後，我即將死在印第安納波利斯的葛萊芬籠舍裡。我承認從沒想過會以這種方式死去。我完全沒想過這種事，但如果真要死去，我希望有更大量的爆炸和燦爛輝煌的聚光燈，還有大批的美麗天神和女神哭哭啼啼大喊：「不要！讓我們代替他死！」外加大幅減少動物的排泄物。

宙斯一定會插手干預吧。他不可能讓我貶入凡間的懲罰包含眞正的死亡！或者，也許阿蒂蜜絲會用死亡之箭殺了里提。她大可對宙斯說，那是因爲長弓發生怪異的故障。最起碼，我希望葛萊芬會助我一臂之力，畢竟我餵牠們吃東西，還唱了那麼美妙的歌曲給牠們聽。

這一切都沒有實現。阿貝拉爾對里提爾西斯嘶聲威嚇，但那隻葛萊芬似乎沒有意願要發動攻擊。也許里提爾西斯曾對牠和牠的配偶用上邪惡的訓練工具。

劍客以令人目眩的速度向我衝來。他以水平方向揮劍，直取我的頸部。我的最後一個念頭是：整個宇宙將會多麼想念我啊。我聞到的最後一絲氣味是烤蘋果的氣息。

接著，從上方某處，一個小小的人形墜落在我和攻擊者之間。只聽見匡啷一聲，再爆出一陣火花，里提爾西斯的劍刃就完全定住不動，卡在金色X形交叉的彎曲處……那是梅格·麥卡弗瑞的交叉雙刃。

我都快哭了。我這輩子看到其他人從來不曾這麼興奮過，就連雅辛托斯[40]在我們約會的晚上穿著正式晚禮服那時都沒有，所以你知道我是真心這麼說。

梅格拿著她的雙刀往前推，只見里提爾西斯跌跌撞撞向後退。她的黑色及肩短髮裝飾著細枝和草葉，身上穿著平常的紅色高筒球鞋、黃色緊身褲，以及莎莉·傑克森在我們見面的第一天借她的綠色洋裝。我發現這一切有種溫暖人心的奇異效果。

里提爾西斯對她冷笑一聲，但看起來沒有特別驚訝。「我正想知道呢，威脅這個白痴天神會不會把你從藏身處引出來。你已經簽下你的死亡同意書了。」

梅格分開她的雙刀。她以平素的詩意風格予以反擊。「不。」

卡呂普索瞥了我一眼，以嘴形提問：這就是梅格？

---

[40] 雅辛托斯（Hyacinthus）是阿波羅十分鍾愛的俊美男子，相關故事參見《混血營英雄：冥王之府》第二八四頁。

這就是梅格，我贊同地說。極度簡短的交流之中包含大量的解釋。

里提爾西斯走向旁邊，擋住出口。他稍微有點跛，可能是頂棚倒塌事件造成的。「你讓那個覆蓋常春藤的屋頂壓在我身上，」他說：「又用竹子攻擊我的手下。」

「對，」梅格說：「你們好蠢。」

里提氣得嘶吼一聲。我很了解梅格對人們產生的這種效果。然而，我的心還是發出完美中央C音的開心嗡嗡聲。我的年輕守護者回來了！（對啦，對啦，嚴格來說她是我的主人，不過先別那麼計較嘛。）她看出自己做錯了。她已經背叛尼祿。現在她會待在我身邊，幫我留住自己的神性。對宇宙下訂單的功能已經恢復了！

接著，她回頭瞥了我一眼，沒有散發喜悅之情，沒有擁抱我，或者道歉。她只說：「離開這裡。」

這番命令刺入我的骨子裡。我向後退，彷彿有人推我一把。我的內心突然充滿想逃走的欲望。之前要分開時，梅格曾對我說，我不再需要服侍她了。但現在情況很清楚，我們的主僕關係沒有那麼容易打斷。宙斯的用意就是要我聽從她的指令，直到我死掉，或者重新變成天神為止。我不確定他想要的是哪一種結果。

「可是，梅格，」我懇求著：「你才剛到。我們一定要……」

「快走，」她說：「帶著葛萊芬，離開。我會拖住這個呆頭鵝。」

里提笑了起來。「麥卡弗瑞，我聽說你是個還不錯的劍客，可是沒有任何一個小孩能夠比得上收割男。」

他旋轉自己的劍刃，活像彼特．湯森㊶用旋轉風車的方式轉動吉他。（彼特那種動作是我教的，不過接下來，我從未允許他拿吉他砸爛喇叭那一招……超浪費的！）

「狄蜜特也是我的母親，」里提說：「她的孩子都成爲最優秀的劍客。我們很了解收割的需要，那正是播種的反面，對吧，小妹？咱們來看看你對於收割生命有什麼樣的理解！」

他撲向前。梅格擋住了他的攻勢，逼他後退。他們彼此兜圈子，三把劍旋轉跳著死亡之舞，就像果汁機的葉片正在攪打一杯空氣果昔。

在此同時，我不得不遵照梅格的命令走向葛萊芬。我盡可能放慢動作。我很不想把視線從打鬥場面移開，因爲感覺只要看著梅格，我就可以把自己的力氣借給她。以前我還是天神時，這是有可能辦到的，但現在，旁觀的萊斯特究竟能幫上什麼忙呢？

卡呂普索站在埃洛伊茲面前，用身體護住那位準媽媽。

我也到達卡呂普索旁邊。「你的體重比我輕，」我說：「你騎埃洛伊茲。小心保護她的肚子。我會騎阿貝拉爾。」

「梅格怎麼辦？」卡呂普索追問。「我們不能丟下她。」

卡呂普索受傷只是昨天的事，當時我漫不經心，竟然考慮把她扔給無頭族。我大可說自己不是眞心那樣想，但儘管短暫，我還是想過。而現在，卡呂普索拒絕扔下梅格，她幾乎不認識梅格啊。這件事幾乎讓我質疑自己是不是好人。（我很強調是「幾乎」。）

「當然，你說得對。」我匆匆環顧整個競技場。在對面的欄舍裡，戰鬥鴕鳥正透過樹脂玻璃窺伺外面，以專業的關注眼神看著劍術格鬥。「我們讓這場派對有點進展吧。」

---

41 彼特．湯森（Peter Townshend）是英國吉他手和詞曲創作者。

我轉身對阿貝拉爾說話。「我事先道歉。我很怕騎上葛萊芬。」

那隻葛萊芬呱呱叫，彷彿是說：「老兄，你該做什麼就做吧。」牠讓我爬到背上，接著我把兩條腿塞進牠的翅膀基部底下。

卡呂普索跟著我的示範如法炮製，小心跨坐在埃洛伊茲的背脊上。

兩隻葛萊芬迫不及待想離開，牠們蹦跳繞過鬥劍現場的旁邊，衝進競技場。我經過里提爾西斯旁邊時，他撲過來，本來有可能拉住我的右手臂，但梅格用一把刀擋住他的攻擊，再用另一把刀掃向里提的腳，迫使他再度後退。

「你們帶走那兩隻葛萊芬，以後只會面臨更大的痛苦！」里提警告說：「皇帝的所有囚犯都會慢慢死去，特別是那個小女孩。」

我的雙手因爲憤怒而抖個不停，但仍奮力搭箭上弓。「梅格，」我大喊：「來吧！」

「我叫你離開！」她抱怨說：「你這個爛奴隸。」

至少，針對這一點，我們有共識。

里提爾西斯再度欺近梅格，又砍又刺。我不是劍術專家，但即使像梅格這麼厲害，我還是怕她會敗下陣來。里提爾西斯有很多方面的優勢，包括力氣、速度和手長腳長，而且練習了無數次、多練了好幾年。假如剛才沒有屋頂砸在身上害他受傷，我猜這場鬥劍可能早已結束了。

「來啊，阿波羅！」里提嘲笑著說：「對我射出那支箭！」

我已經見識到他的動作有多快。他無疑會使出雅典娜的一招，趁我的箭射中他之前把它從空中擊落。好不公平啊！然而，用箭射他根本不在我的計畫之內。

我傾身倚著阿貝拉爾的頭，對牠說：「飛！」

葛萊芬縱身飛入空中，彷彿我沒有增添半點重量。牠環繞競技場的觀眾席飛了一圈，同時尖聲大叫，要牠的配偶過來會合。

埃洛伊茲的狀況比較麻煩。牠在競技場的地上搖搖晃晃走到中間，拍拍翅膀，不安地咆哮幾聲，然後才起飛。卡呂普索拚命抓住牠的頸部，埃洛伊茲也開始跟在阿貝拉爾的後面繞著小圈飛行。我們無處可去……只要頭頂上有網子就飛不出去，但是我立刻要面對的問題還更多。

梅格腳步踉蹌，快要無法抵擋里提的攻擊了。里提的下一劍劃過梅格的大腿，把她的緊身褲割裂了。鮮血流出，黃色的布料很快變成橘色。

里提咧嘴笑著。「小妹，你很厲害喔，但是你累了。你的耐力不足以對付我。」

「阿貝拉爾，」我喃喃說著：「我們必須去接那個女孩。俯衝！」

葛萊芬聽從命令，但有點太過熱情，害我差點射歪。我不是要讓箭飛向里提爾西斯，而是射向皇帝座位旁邊的控制台，瞄準我剛才注意到的一個開關：那上面寫著「總開關」。

「轟！」那支箭正中目標。隨著一連串令人滿意的「卡碰」聲，所有欄舍的樹脂玻璃隔板全都降下來。

里提爾西斯太過忙碌，無暇了解到底發生什麼狀況。身為葛萊芬俯衝炸彈，我的用意就是要吸引某人的注意力。里提連忙退後，任憑阿貝拉爾用爪子抓住梅格．麥卡弗瑞，再度往上飛升。

里提張口結舌瞪著我們，既驚慌又沮喪。「阿波羅，這個把戲厲害。可是你們要去哪裡？

你們……」

就在這時，一整群戰鬥鴕鳥從他身上碾壓過去。劍客就這樣消失在宛如波浪般的羽毛、有刺鐵絲和粉紅瘤狀長腿之下。

里提爾西斯像鵝一樣呱呱叫、全身縮成一團保護自己，這時旁邊又有噴火馬、有翅膀的巨蛇和埃塞俄比亞公牛跑出來，加入歡樂的行列。

「梅格！」我伸長手臂。阿貝拉爾的爪子抓住她，看起來固然危險，但她仍用意志力把自己的雙刀縮回成金色戒指。她抓住了我的手。我賣力把她拉到阿貝拉爾的背上，讓她坐在我前面。

會飛的巨蛇振翅飛向埃洛伊茲，牠呱呱大叫、奮力抵抗，用力拍打牠的巨大翅膀，朝向網子努力飛升。阿貝拉爾跟在後面。

我的心臟猛力搥打胸口。我們絕對無法衝破網子，它的設計一定能夠抵擋粗野的蠻力、嘴喙和利爪。我想像我們撞上那片障礙物，反彈回到競技場的地面上，活像撞到上下顛倒的彈簧床。那種死法似乎毫無尊嚴。

即將撞上網子的前一刻，卡呂普索伸出兩隻手臂，往上推出去。她憤怒狂吼，網子應聲噴出，從一個個綑綁處撕扯開來。隨著一陣狂風吹襲，網子像一張巨大的衛生紙拋飛到空中。毫無阻礙且毫髮無傷，我們振翅翱翔，飛出了競技場。我滿臉驚愕地瞪著卡呂普索，她似乎像我一樣驚訝萬分。接著，她整個人往旁邊歪斜癱倒，幸虧埃洛伊茲有所反應，牠改變自己的傾斜度，讓女巫維持在牠背上。

卡呂普索看起來意識不清，只能勉強抓住葛萊芬的毛皮。

等到我們兩隻高貴的坐騎都飛進空中高處，我低頭瞥了競技場一眼。那些怪物忙著進行凶惡的大混戰，但我沒看見里提爾西斯的半點蹤影。

梅格扭轉身子面對我，嘴巴顯露出凶狠的怒容。「你應該要離開才對！」

接著，她伸出兩隻手臂，縱身環抱住我，她的熊抱實在太緊，我覺得自己的肋骨都出現新的骨折裂痕了。梅格哭起來，整張臉埋在我的衣服裡，全身不停顫抖。

至於我呢，我沒有哭。不，我很確定自己的眼睛相當乾。我完完全全沒有像小嬰兒那樣嚎啕大哭。我最多能承認的是：隨著她的眼淚浸溼我的上衣、她的貓眼鏡框戳進我的胸口很不舒服、她身上的烤蘋果味和泥土味和汗水的氣味充塞我的鼻孔，我竟一而再、再而三，因爲遭到梅格·麥卡弗瑞的胡亂騷擾而感到心滿意足。

17

到達了小站
梅格吃我的麵包
我流天神淚

埃洛伊茲和阿貝拉爾很清楚該去哪裡。牠們在小站屋頂上方盤旋繞圈，直到一塊屋頂板滑開，讓兩隻葛萊芬飛旋進入大廳。

牠們降落在壁架上，並肩站在巢裡，而喬瑟芬和里歐七手八腳爬上樓梯迎接我們。

喬瑟芬先緊摟著埃洛伊茲的脖子，然後摟摟阿貝拉爾。「噢，我的甜心！你們活著！」

兩隻葛萊芬發出輕柔的咕咕叫聲，倚在她身上打招呼。

喬瑟芬滿臉笑容望著梅格．麥卡弗瑞。「歡迎！我是喬瑟芬。」

梅格瞇起眼睛，顯然不習慣這麼熱情的打招呼方式。

卡呂普索則是半攀爬、半從埃洛伊茲的背部跌下來。要是里歐沒有及時抓住，她可能已經從壁架摔下去了。

「哇，媽媽咪呀，」他說：「你還好嗎？」

她瞇著眼，昏昏欲睡。「我很好，別大驚小怪。還有，別叫我……」

她癱倒在里歐身上，里歐手忙腳亂扶她站好。

他瞪著我。「你對她做了什麼好事？」

「什麼都沒有啊！」我抗議著。「我相信卡呂普索施了某種魔法。」

我說明動物園發生的狀況：我們遇到里提爾西斯，然後逃離，以及競技場的網子如何突然射入空中，簡直像高壓水砲把烏賊轟出去（水砲是波塞頓㊷研發的一種原型武器，結果不太成功）。

梅格的補充說明毫無幫助。「超瘋狂的。」

「里提爾西斯，」里歐喃喃說著：「我恨死那傢伙。卡呂普索沒事吧？」

喬瑟芬檢查卡呂普索的脈搏，然後伸手按住她的額頭。女巫倒在里歐的肩膀上，像母野豬一樣打鼾。

「她有線路燒掉了。」喬瑟芬朗聲說道。

「線路燒掉？」里歐大喊：「我不喜歡線路燒掉！」

「只是一種表達方式啦，兄弟，」喬瑟芬說：「她過度施展魔法。我們應該帶她去醫務室找艾米。來吧。」

喬瑟芬一把抱起卡呂普索。她無視於梯子的存在，直接從壁架跳下，輕輕鬆鬆落在六公尺下方的地板上。

里歐沉下臉。「我辦不到啦。」

他轉向梅格。他顯然早就從我說的很多悲傷故事認識她，畢竟身穿紅綠燈顏色的衣裳、戴著貓眼鏡框的年輕女孩並不多見。

㊷ 波塞頓（Poseidon），希臘神話中的海神，掌管整個海域，力量象徵物是三叉戟。

「你是梅格．麥卡弗瑞。」他終於說。

「是啊。」

「酷喔。我是里歐。而且，呃……」他指著我。「我知道你可以……有點像是……控制這傢伙？」

我清清喉嚨。「我們只是『合作』！沒有誰可以控制我。梅格，對吧？」

「打你自己一巴掌。」梅格命令道。

我打我自己一巴掌。

里歐大笑。「噢，這實在太棒了。我要去看看卡呂普索的狀況，不過等一下我們需要談談。」他滑下梯板，留下我懷著很深的不祥預感。

葛萊芬安頓在巢中顯得心滿意足，對著彼此咕咕叫。我不是葛萊芬的助產士，不過感謝天神，埃洛伊茲歷經這趟飛行似乎沒有出狀況。

我面對梅格。剛才打自己巴掌的地方陣陣刺痛，我的自尊心遭到踐踏，就像里提爾西斯遭到一群戰鬥鴕鳥的踐踏一樣。然而，我見到這位年輕朋友還是非常開心。

「你救了我。」接著我補上兩個字，這種話永遠無法從天神之口輕易說出：「謝謝。」

梅格托著雙手手肘。她的兩隻中指都戴著金色戒指，閃耀著她母親狄蜜特的新月標誌。

剛才在飛行過程中，我盡可能幫她把大腿砍傷包紮好，但她的兩條腿看起來還是有點抖。

我以為她可能又會哭起來，但她迎上我的目光時，顯露出平常的任性眼神，彷彿準備要叫我「大便臉」，或者命令我陪她玩公主與巨龍的遊戲（我絕對不會當公主）。

「我那樣做不是為了你。」她說。

我努力理解這句沒意義的話。「那爲什麼……」

「是那個傢伙。」她的手指在臉上做著波浪狀的揮動，意指里提爾西斯臉上的傷疤。「他很壞。」

「嗯，這一點我沒什麼好爭論的。」

「還有逼我從紐約來的那些人。」她做了厭惡的表情。「馬可士、沃蒂根，他們說了一些事，關於要在印第安納波利斯進行的事。」她搖搖頭。「都是壞事。」

我感到很好奇，梅格知不知道因爲她的逃跑，馬可士和沃蒂根已經遭到斬首？我決定還是別提起的好。如果梅格眞的很好奇，可能會查看他們的臉書最新動態吧。

兩隻葛萊芬在我們旁邊依偎在一起，牠們眞的應該好好休息。牠們把頭塞進翅膀底下，發出低沉的嗚嗚聲，要不是聽起來像鏈鋸聲，否則應該顯得很可愛吧。

「梅格……」我聲音顫抖。

感覺我們之間好像隔了一道樹脂玻璃牆，但我不曉得那是要保護誰不受誰的傷害。我有好多事想對她說，但不確定該如何訴說。

我鼓起勇氣。「我打算試試看。」

梅格謹慎地打量我。「試什麼？」

「告訴你……我心裡的感受。消除誤會。如果我說錯了就打斷我，不過我認爲，我們顯然還是很需要彼此。」

她沒有回話。

「我完全沒有怪你，」我繼續說：「關於你把我單獨留在多多納樹林，還有你繼父的事，你沒有對我說實話……」

「別說了。」

我等著她的忠心僕人卡波伊「桃子」從天上掉下來，把我的頭皮扯掉。結果沒發生。

「我的意思是，」我又試一次，「對於你經歷的一切，我覺得很遺憾。那全都不是你的錯。你不該怪你自己。那個惡魔尼祿玩弄你的心情，扭曲你的想法……」

「別說了。」

「也許我該把自己的感受唱成歌。」

「別說了。」

「或者我可以說故事給你聽，關於以前發生在我身上的類似事情。」

「別說了。」

「用我的烏克麗麗簡單即興彈一下？」

「別說了。」不過這一次，我察覺到梅格的嘴角微微牽動一絲微笑。

「至少同意我們再度合作吧？」我問。「這個城市的皇帝正在尋找我們兩個，如果我們不阻止他，他會做更多壞事。」

梅格抬起左肩碰碰左耳。「好吧。」

葛萊芬的巢裡傳來輕微的吱嘎聲。乾草冒出綠色嫩芽，也許是梅格心情變好的徵兆吧。

我回想起克里安德在我的惡夢中說的話：「你應該很清楚，她的力量變得有多強大。」梅格不知用什麼方法追蹤我到動物園。她讓常春藤不斷生長，最後壓垮屋頂。她讓竹子吞沒了一整群日耳曼人。而在代頓市的時候，她甚至利用一叢蒲公英把自己用意念傳送走，逃離她的護衛。很少有狄蜜特的孩子擁有這種能力吧。

然而，我不會誤以爲自己可以和梅格手挽著手逃離這裡，將所有問題拋到腦後。她遲早必須重新面對尼祿。她的忠心會受到檢驗，她的恐懼也會遭到利用。我無法讓她擺脫那些過往，即使用最棒的歌曲或最即興的烏克麗麗都無法。

梅格揉揉鼻子。「有食物可以吃嗎？」

直到此刻放鬆下來，我才意識到剛剛自己有多緊繃。如果梅格現在想著食物，我們就回到正軌了。

「有食物。」我壓低聲音。「提醒你喔，沒有像莎莉．傑克森做的七層沾醬那麼好吃，不過艾米的現烤麵包和自製乳酪相當可以接受。」

我背後傳來一個乾乾的聲音。「得到你的稱讚還眞高興啊。」

我轉過身。

在梯子的頂端，艾米瞪著我，眼神像葛萊芬的爪子一樣銳利。「女神布里托瑪爾提斯在樓下。她有話對你說。」

女神沒有向我道謝。她沒有對我說一大堆讚美的話、給我一個吻，甚至沒有給我免費的魔法網。

布里托瑪爾提斯只朝餐桌對面的座位揮揮手，並說：「坐吧。」

她穿著黑色紗裙，裡面套著漁網做的緊身褲，那模樣讓我想起搖滾女王史蒂薇．妮克絲，大約一九八一年前後。（我們唱過超棒的二重唱〈別再拉扯我的心〉㊸，雖然專輯上面完全沒有感謝我。）她穿著皮靴，兩隻腳翹在餐桌上，彷彿這裡是她的地盤（我想也真的是），手指頭玩弄自己的紅褐色髮辮。

我檢查自己的座位，然後看看梅格的，查看有沒有彈簧觸發的爆裂裝置。但缺少里歐的專家之眼，我實在無法確定。我唯一的希望是：布里托瑪爾提斯看起來有點心煩意亂，或許太不專心了，也就沒有玩她平常的遊戲。我坐下去。開心，我的「臀肌」沒有爆掉。

桌上擺著簡單的餐點，有更多的沙拉、麵包和乳酪。我一直沒發現已經是午餐時間了，但是一看到食物，肚子馬上咕嚕叫。我伸手想拿那條麵包，艾米卻把它拿走，遞給梅格。

艾米露出甜笑。「阿波羅，這只是『可以接受』的食物，我不希望你勉強自己吃。不過有很多沙拉喔。」

我可憐兮兮看著那碗萵苣和小黃瓜。梅格抓起整條麵包，撕下一大塊，嚼得津津有味。嗯……「嚼」是我說的。梅格把那麼多的麵包塞進嘴裡，實在很難確定她的上下排牙齒有沒有互相咬到。

布里托瑪爾提斯的雙手在面前交握。即使是這麼簡單的姿勢，看起來也像精心安排的陷阱。「艾米，」她說：「女巫怎麼樣？」

「安心休息，女神，」艾米說：「里歐和喬瑟芬正在照顧她……啊，他們來了。」

喬瑟芬和里歐大步走向餐桌，里歐展開手臂，很像巴西里約熱內盧基督雕像的動作。「你們全都可以放心了！」他大聲說：「卡呂普索沒事！」

網子女神咕噥一聲，一副很失望的樣子。

我腦中突然爆出一個想法。我對布里托瑪爾提斯皺起眉頭。「競技場上方的網子。網子是你的管轄範圍。是你幫忙把它炸開的，對吧？卡呂普索光靠自己根本沒辦法施展那種魔法。」

布里托瑪爾提斯得意地嘻嘻笑。「我可能稍微幫忙啓動她的力量。如果她可以控制以前的能力，對我會更有用。」

里歐放下手臂。「不過你也可能會殺了她啊！」

女神聳聳肩。「可能不會，不過很難說。魔法啊，是很微妙的東西，你永遠不知道它會何時或如何跑出來。」她以厭惡的語氣說著，彷彿魔法是某種很難控制的身體功能。

里歐的耳朵開始冒煙。他走向女神。

喬瑟芬抓住他的手臂。「兄弟，算了吧。只要有我和艾米在，我們可以照顧你的女孩。」

里歐對布里托瑪爾提斯搖搖手指頭。「你很幸運喔，有這些女士負責管事。喬瑟芬對我說，只要有足夠的時間和訓練，她有可能幫助卡呂普索完全恢復以前的魔法力量。」

喬瑟芬扭動身子，她的扳手在工作服的口袋內匡啷作響。「里歐……」

「你知道她是黑幫份子嗎？」他對我咧嘴大笑。「喬瑟芬認識艾爾．卡彭[44]！她有很厲害的祕密身分，而且……」

「里歐！」

他瑟縮一下。「那個……我沒有立場講那種事。噢，看哪，食物。」

---

[43]〈別再拉扯我的心〉（Stop Draggin' My Heart Around）是由史蒂薇．妮克絲（Stevie Nicks）和二〇一七年過世的美國男歌手湯姆．佩蒂與他的傷心人樂團（Tom Petty And The Heartbreakers）合唱。

[44]艾爾．卡彭（Al Capone, 1899-1947）是美國芝加哥知名的黑手黨老大。

他找個位置坐下來，開始切乳酪。

布里托瑪爾提斯把雙手壓在桌面上。「不過女巫的部分談夠了。阿波羅，我得承認，你取回我的葛萊芬做得相當不錯。」

「相當不錯？」我回敬了幾句難聽的評論。面對這麼忘恩負義的天神，我真好奇半神半人是否覺得需要努力壓抑情緒。不，絕對不需要。我這麼特殊又與眾不同，而且我值得更好的對待。

「得到你的稱讚還眞高興啊。」我咕噥著說。

布里托瑪爾提斯的微笑既淺薄又冷酷。我覺得好像有網子纏住我的腳、用力勒緊，讓腳踝的血液完全不流通。「我答應過了，我會給你獎勵。我會把所需的資訊告訴你，那會帶領你直接前往皇帝的宮殿。到了那裡，你要不是讓我們感到驕傲……就是碰到某種很可怕但很有創意的方式遭到處決。」

18

親愛的康康，馬桶是以你為名耶，凱撒衛浴

大家爲何一直要干擾我用餐呢？

首先，他們給我食物吃。接著，他們說明我可能會在不久的將來死掉。我渴望回到奧林帕斯山，在那裡我就可以擔心一些比較有趣的事，例如高科技流行電音的當紅趨勢、碰碰車尬詩大會、用我的復仇之箭摧毀一些亂搞的團體等等。如今身爲凡人，我從這樣的經歷學到一件事：如果你思考的是別人的死亡，思考死亡這件事才會比較有趣。

布里托瑪爾提斯給我們「獎勵」之前，堅持要先聽喬瑟芬和艾米的簡報，她們在里歐的協助下，花了一整天幫小站鞏固防禦措施。

「這傢伙很厲害。」喬瑟芬充滿感情地搥搥里歐的手臂。「他對於阿基米德球的了解……眞的很令人刮目相看。」

「球？」梅格問道。

「對啊，」里歐說：「它們是圓圓的東西。」

「閉嘴啦。」梅格回頭猛吞碳水化合物。

「我們重新設置所有的十字弓塔，」喬瑟芬繼續說：「裝塡投石器。關閉所有的出口，並

把小站的監視系統設定成二十四小時不間斷模式。如果有人嘗試闖入，我們一定會知道。」

「他們會嘗試，」布里托瑪爾提斯保證說：「只是時間早晚的問題。」

我舉起手。「還有，呃，非斯都呢？」

我希望自己的渴望語氣沒有太明顯。我不希望其他人認爲我打算騎著青銅巨龍逃之夭夭，任憑小站解決自己的問題。（雖然我就是打算要這樣做。）

艾米搖搖頭。「我昨天晚上去州議會大廈附近找到很晚，今天早上又去找過一次，什麼都沒找到。無頭族一定是把你們的青銅手提箱帶去宮殿了。」

里歐彈了彈舌頭。「我敢打賭一定是里提爾西斯拿走的。等我親手抓到那個厚顏無恥的剁玉米人……」

「這就來到我們的重點了，」我說：「里歐要怎麼……我是說，我們要怎麼找到宮殿？」

布里托瑪爾提斯把翹在桌上的兩隻腳放下。她往前坐。「通往皇帝宮殿的大門，位於『士兵與水手紀念碑』下面。」

喬瑟芬咕噥一聲。「早該知道才對。」

「爲什麼？」我問。「那是什麼？」

喬瑟芬翻了個白眼。「從這裡往北走幾個路口，有個裝飾華麗的超巨大柱狀物，位於廣場的正中央。就是很浮誇、過度華麗、你預期會在皇帝的大門口看到的那種雄偉建築物。」

「那是城市裡最巨大的紀念物。」艾米補充說。

我努力壓抑自己的痛苦感受。士兵和水手全都沒問題，然而如果你的城市裡最巨大的紀念物不是獻給阿波羅，很抱歉，你絕對做錯了。「我猜宮殿有重兵看守囉？」

布里托瑪爾提斯笑起來。「就連以我的高標準來看，那個紀念物也是個死亡陷阱。機槍塔，雷射，怪物。沒有獲得邀請卻想從大門走進去，後果絕對很悲慘。」

梅格吞下一大塊麵包，似乎連嚼都沒嚼一下。「皇帝會讓我們進去。」

「嗯，是啦，」布里托瑪爾提斯表示同意，「他會很樂意看到你和阿波羅去敲他的大門，把自己送上門。不過我只提到大門，是因為你們應該要不惜一切代價避開那裡。如果你們想進入宮殿，又不想遭到逮捕而且折磨致死，其實有另一種可能的方法。」

里歐把一片乳酪咬成微笑的形狀。他把那塊乳酪放在嘴邊。「里歐沒有遭到折磨致死的時候，他很高興。」

梅格哼一聲。一小塊麵包從她的右鼻孔噴出來，但她向來沒規沒矩，也就不顯得尷尬。我看得出來，里歐和梅格對彼此產生不健康的影響。

「所以，要進去裡面，」女神說：「你們必須利用供水系統。」

「管道系統，」我猜測說：「根據我看到的皇帝王座室影像，那裡有開放式的流水溝渠。你知道要怎麼進去嗎？」

布里托瑪爾提斯對我使個眼色。「你該不會還怕水吧？希望不會。」

「我從來沒有怕水啊！」我其實不想喊出這麼尖銳的聲音。

「唔，」布里托瑪爾提斯若有所思地說：「那麼，每次希臘人到了危險水域，為什麼總是向你祈求平安靠岸呢？」

「因……因為，我母親準備要生我和阿蒂蜜絲的時候，她受困在一艘船上！我能體會想要好好靠岸的心情！」

「那麼關於你不會游泳的八卦呢？我記得在崔萊頓㊺的泳池派對上……」

「我絕對會游泳！只因爲我不想跟你們在深水區玩捉迷藏遊戲，還用觸發地雷……」

「嘿，你們這些老神，」梅格插嘴說：「供水系統怎樣？」

「對呀！」梅格的缺乏耐心難得讓我鬆口氣。「布里托瑪爾提斯，我們到底要怎麼進入王座室？」

布里托瑪爾提斯對梅格瞇起眼睛。「老神？」她似乎在考慮如果拿鉛錘鉤網纏住梅格．麥卡弗瑞，再整個扔進馬里亞納海溝，不知道會怎樣。「嗯，麥卡弗瑞小姐，要進入皇帝的供水系統，你需要尋找城市的『運河步道』。」

「那是什麼？」

艾米拍拍手。「我來說明給你聽。那是流經市中心的一條古老運河。他們整修那個地區，建了很多新的公寓和餐廳等等諸如此類。」

里歐突然把他的微笑乳酪扔進嘴裡。「我超愛諸如此類。」

布里托瑪爾提斯面露微笑。「里歐．華德茲，你運氣眞好，因爲你的技能派得上用場喔，可以用來尋找入口、解除陷阱等等諸如此類。」

「等等。『尋找』入口？我以爲你會告訴我們入口在哪裡。」

「我剛才說了啊，」女神說：「運河邊的某個地方。找一塊格柵。你們一看到就會知道。」

「嗯哼。然後那就是陷阱。」

「當然！但是絕對沒有像大門口那麼厲害，而且阿波羅必須克服他對水的恐懼。」

「我沒有什麼恐懼……」

「閉嘴啦。」梅格對我說，害我的聲帶變得像冰冷的水泥凝固起來。她拿著一根紅蘿蔔指著里歐。「如果我們找到格柵，你可以把我們弄進去嗎？」

里歐的表情看起來既認眞又危險，很像矮小的半神半人身穿小女孩的工作服可能會有的模樣（提醒你一下，是一件乾淨的工作服，他刻意找來穿上）。「女孩，我是赫菲斯托斯之子。我可以解決問題。里提爾西斯那傢伙以前企圖殺死我和我的朋友，而現在他居然威脅卡呂普索？是的，我會把大家弄進那個宮殿，然後我要找到那個里提……」

「把他點燃？」我建議說，這才發現自從遭到勒令閉嘴後，我又可以說話了，雖然驚訝但很高興。「這樣他就是理所當然的『燃燒里提』㊻了。」

里歐皺起眉頭。「我不是要說那個。好像太老掉牙了。」

「我那樣說的時候，」我向他保證，「是很有詩意的。」

「嗯。」布里托瑪爾提斯站起來，她衣裙上的魚鉤和鉛錘匡啷作響。「阿波羅一開始談詩，就是提示我該離開了。」

「眞希望我能比較早參透這點。」我說。

她對我來個飛吻。「你的朋友卡呂普索應該要留在這裡。喬瑟芬，看看你能不能幫助她重新控制魔法。爲了未來的戰役，她需要那樣的能力。」

喬瑟芬的手指在桌上咚咚敲著。「我已經很久沒有用黑卡蒂的方式訓練別人了，不過我會

㊺ 崔萊頓（Triton），相貌為半人半魚，是海神波塞頓和妻子安菲屈蒂所生的兒子，也是海神王位繼承人。

㊻ 里提的 Lit 也是「點燃」（light）的簡稱。

盡力。」

「艾米，」女神繼續說：「你好好照顧我的葛萊芬。埃洛伊茲隨時都會生蛋。」

艾米的頭皮沿著銀色的髮際線變成深紅色。「喬吉娜怎麼樣？你把進入皇帝宮殿的方法告訴我們了，現在你又期待我們待在這裡，而不是去救我們的女孩？」

布里托瑪爾提斯舉起一隻手作勢警告，彷彿要說：親愛的，你太靠近緬甸式獵虎坑囉。

「相信梅格、里歐和阿波羅。這是他們的任務：找到那些俘虜，把他們救出來，並取回寧默心的寶座……」

「還有帶走非斯都。」里歐補充說。

「還有特別是喬吉娜。」喬瑟芬補充說。

「我們也可以挑一些食品雜貨，」里歐提議說：「我注意到你們的辣醬快吃完了。」

布里托瑪爾提斯選擇不摧毀他，不過從她的表情看來，我知道她快要出手了。「明天早上天一亮就去尋找入口。」

「為什麼不更早一點？」梅格問。

女神露出詭異笑容。「你很大膽，我敬佩你。不過你們一定要休息，準備迎接皇帝的武力。你的腳傷需要護理。我猜你也有很多晚上沒有好好睡覺。況且，動物園事件會讓皇帝的防禦措施提升到高度警戒，最好讓塵埃落定一下。梅格．麥卡弗瑞，如果他抓到你……」

「我知道。」她的語氣聽起來並不害怕，很像大人已經第五次提醒她要把房間打掃乾淨。只有一個跡象透露出梅格的焦慮：她手上拿的最後一塊麵包已經開始冒出小麥的綠色捲鬚。

「同一時間，」布里托瑪爾提斯說：「我會嘗試找到阿蒂蜜絲獵女隊的下落。不久前她們來這個地區出任務，也許還沒有離開很遠，可以幫忙防禦這個地方。」

一連串歇斯底里的咯咯笑聲從我的嘴巴蹦出來。一想到我身邊會有二十到三十名厲害的弓箭手，即使她們發誓守貞又沒有幽默感，我還是覺得安全多了。「那樣會很棒。」

「但如果找不到，」女神說：「你們一定要準備好，自己迎戰。」

「那還滿典型的。」我嘆口氣。

「而且要記住，皇帝的命名儀式是在後天舉行。」

「好感謝你喔，」我說：「我需要這個提醒。」

「噢，阿波羅，別這麼陰沉嘛！」布里托瑪爾提斯最後又調戲我一次，露出令人火大的可愛微笑。「如果你活著全身而退，我們就一起去看電影。我保證。」

女神的薄紗黑裙在她周圍旋轉成網狀的龍捲風。接著她就不見了。

梅格轉身看我。「命名儀式？」

「對。」我盯著她那塊毛茸茸的綠色麵包，好想知道還能不能吃。「那個皇帝是個超級自大狂。他就像古時候一樣，打算用自己的名字幫這個首府重新命名。可能也會重新命名這個州、這裡的居民，還有一年的每個月份。」

梅格哼了一聲。「康莫德斯市？」

里歐對她露出猶豫的微笑。「現在是怎樣？」

「他的名字是……」

「梅格，不要。」喬瑟芬警告說。

「……康莫德斯，」梅格繼續說，然後皺眉頭，「我爲什麼不能說他的名字？」

「他會注意到這些事，」我解釋說：「不能讓他知道我們在討論……」

梅格深吸一口氣，然後大喊：「康莫德斯，康莫德斯，康莫德斯！康莫德斯市，康莫德斯城，康莫德斯日，康莫德斯月！馬桶男[47]！」

大廳搖晃起來，彷彿小站本身採取了防禦行動。艾米臉色蒼白。站在棲木上的葛萊芬也緊張地咯咯叫。

喬瑟芬嘀咕說：「親愛的，你真不該那樣。」

里歐只聳聳肩。「嗯，如果馬桶男沒看過這個頻道，我想他現在也看到了。」

「那很蠢耶，」梅格說：「不必把他當成力量很強的人。我的繼父……」她停頓一下。「他……他說康莫德斯是三人之中最弱的。我們可以拿下他。」

她的字字句句就像阿蒂蜜絲的鈍箭，撞擊著我的五臟六腑（而且我可以向你保證，那真的很痛）。

我們可以拿下他。

我老朋友的名字，一次又一次被大聲喊出。

我搖搖晃晃站不穩，覺得噁心想吐，舌頭拚命想離開我的喉嚨。

「哇，阿波羅，」里歐衝到我旁邊，「你還好嗎？」

「我……」又一陣乾嘔。我跌跌撞撞走向最近的廁所，這時有一個影像吞沒了我……引領我回到犯下謀殺罪的那一天。

[47] Commode（馬桶）這個字源自拉丁文的Commodus（字意為方便），與康莫德斯的名字同一字。

19

喚納奇蘇斯
今日我乃訓練師
亦會殺死你

我知道你心裡怎麼想：「可是，阿波羅！你是天神啊！你無法犯下謀殺罪。你所造成的任何死亡都屬於天神的意旨，完全無法斥責。如果你殺了我，那也是我的光榮！」

好讀者，我喜歡你的想法。確實，我曾用我的燃燒飛箭毀滅整個城市。我曾對人類施加無數的瘟疫。有一次我和阿蒂蜜絲殺死一大家子十二個人，因爲他們的媽媽說了我們媽媽的壞話，無恥！那些我全都不會視爲謀殺。

不過我跌跌撞撞走向廁所，準備對著我昨天才刷乾淨的馬桶大吐特吐時，可怕的記憶耗盡我的力氣。我發現自己身在古羅馬，一個寒冷的冬日，我眞的做了恐怖的行爲。

一道刺骨寒風吹過宮殿的走廊。火盆裡的火焰搖曳不定。禁衛隊員的神情沒有透露出半點不適，但我經過每一道門，走過他們身邊時，都會聽到盔甲隨著他們的顫抖發出匡啷聲。

我大步走向皇帝私人寢室，沒有人攔我。他們怎麼會攔我呢？我是納奇蘇斯，凱撒[48]所信

---

[48] 羅馬共和時期末期的獨裁者尤利烏斯．凱撒死後，繼位的幾任皇帝都冠上「凱撒」（Caesar）之名，以強調合法繼承地位，於是「凱撒」成為許多古羅馬皇帝的眾多頭銜之一。

任的個人訓練師。

今天晚上，我穿著凡人的彆腳僞裝，肚子激烈翻攪，汗水沿著頸背涔涔流下。那天競技大賽的震驚畫面依然淹沒我的感官。競技場地板的屍臭味。嗜血群眾吶喊著：「康莫德斯！康莫德斯！」皇帝身穿華麗的黃金盔甲和紫色長袍，將砍斷的鴕鳥頭扔進元老的座席，並以劍尖指向那些老人，示意說：「接下來就是你們！」

才不過一個小時前，禁衛軍司令官里圖斯曾把我拉到旁邊說：「我們午餐的嘗試失敗了。這是我們最後的機會。我們可以拿下他，但唯有你出手幫忙才能成功。」

康莫德斯的情婦瑪西亞也曾拉著我的手臂流淚哭泣。「他會殺了我們所有人。他會毀滅羅馬。你很清楚得要怎麼做！」

他們說得對。我曾看過名單，眞正的敵人或想像的敵人，康莫德斯想在明天處決他們。瑪西亞和里圖斯位於名單之首，後面跟著眾多元老、貴族，還有阿波羅神殿的幾位祭司。我無法寬恕這種事。康莫德斯會把他們砍死，就像他砍殺鴕鳥和獅子一樣漫不經心。

我推開皇帝房間的青銅大門。

在陰影中，康莫德斯大吼：「滾開！」

一只青銅水罐飛過我的頭旁邊砸中牆壁，力道十分驚人，把馬賽克磁磚都砸破了。

「我也對你說哈囉，」我說：「我從沒弄過那種壁畫。」

皇帝眨眨眼，試圖定睛看著我。「啊……納奇蘇斯，原來是你啊。那麼進來吧。快點！把門關上！」

我遵照他的要求。

康莫德斯跪在地板上，攀住沙發邊緣支撐身子。華麗的臥房裝飾著絲質簾幕、鍍金家具和色彩繽紛的壁畫，但皇帝看起來和這地方很不搭調……他像是從郊區蘇博拉的某條巷子抓來的乞丐。他眼神狂亂，鬍子沾了亮晶晶的唾液，樸素的白色短上衣噴濺了嘔吐物和血跡；這沒什麼好驚訝的，因爲他的情婦和禁衛隊長在他的午餐紅酒摻入毒藥。

但如果不看這些表面事物，康莫德斯自從十八歲至今其實沒有太大改變，仍是當年斜倚在多瑙河森林作戰帳篷裡的模樣。如今他三十一歲，但歲月幾乎沒有在他身上留下痕跡。看在羅馬時尚達人的眼裡，他的模樣頗爲駭人，留著一頭長髮和蓬亂的鬍子，模仿他的偶像海克力士。除此之外，他正是完美羅馬男子漢的寫照，人們幾乎以爲他是永生不死的天神，他也經常如此宣稱。

「他們企圖殺我，」他咆哮說：「我知道是他們下的手！我不會死，我會表現給他們所有人看！」

看到他這樣，我好心痛。才不過昨天，我還曾懷抱很大的希望。

我們整個下午練習格鬥技巧。他強壯而自信，把我摔到地上，如果我是普通的凡人，脖子早就摔斷了。他讓我站起來之後，我們接下來整天說說笑笑，宛如回到往昔時光。並不是因爲他知道我的眞實身分，不過還是……我很確定自己僞裝成納奇蘇斯能夠喚回皇帝的好心情，最終把以前認識的那個優秀年輕人的餘燼重新點燃起來。

然而，今天早上他醒來，卻變得比以往更加嗜血、瘋狂。

我小心翼翼走近，彷彿他是一隻受傷的動物。「你不會被毒死的。你太強壯了，能夠抵擋住毒藥。」

「完全正確！」他拖著身子坐上沙發，手指關節都因爲用力而變白。「我到明天就會好多了，只要砍掉那些叛徒的腦袋就會變好！」

「也許休息個幾天會比較好，」我建議說：「花點時間好好休息，考慮一下。」

「考慮一下？」他因爲疼痛而瞇起眼睛。「納奇蘇斯，我才不需要考慮。我會殺了他們，聘請新的諮議元老。說不定是你？你想要這份工作嗎？」

我不知道該哭還是該笑。康莫德斯專心玩著他摯愛的競賽，把國家的力量轉而對付各級長官和密友……他們所有人的平均壽命都非常短暫。

「我只是你的個人訓練師。」我說。

「有誰在乎？我會讓你成爲貴族！你會統治康莫德斯城！」

聽到這名稱，我瑟縮了一下。在宮殿外面，沒有人接受皇帝幫羅馬城重新取的名字。市民拒絕稱自己爲康莫德斯人。軍團也很憤慨，他們現在的名稱是康莫德斯軍團。對於受苦已久的諮議元老來說，康莫德斯的瘋狂公告是最後一根稻草。

「拜託，凱撒，」我懇求他：「處決和競賽都休息一下吧，您需要時間療養，需要時間考慮後果。」

他齜牙咧嘴，嘴唇沾了斑斑血跡。「別連你也開始這樣！你說起話來像我父親。考慮後果，我眞是受夠了！」

我的情緒崩潰了。我知道接下來幾天會發生什麼狀況。康莫德斯會從下毒事件存活下來。他會下令對敵人進行殘忍的肅清行動。整個城市會裝飾著插在長竿上的一個個頭顱。亞壁古道會排列著釘死在十字架上的人。我的祭司會死，半數元老會遭到殺害，而羅馬本身，奧林帕斯眾神的堡壘，其核心也會遭到撼動。而且康莫德斯終究會遭到暗殺……再過幾個星期或幾個月後就會，透過其他某種暗殺方式。

我低頭表示順從。「當然，凱撒。我能幫您洗個澡嗎？」

康莫德斯咕噥一聲表示贊成。「我應該要擺脫這些骯髒的衣物。」

如同訓練課程結束後的慣例，我幫他的巨型大理石浴缸放滿了熱氣蒸騰的玫瑰香水浴。我幫他脫掉髒汙的束腰上衣，扶著他小心進入浴缸。他一度放鬆下來，閉上雙眼。

我回想起年輕時，他躺在我旁邊睡著的模樣。記得當時我們奔跑穿越樹林，他好愛笑，還有我把葡萄扔到他鼻子上彈開，他整張臉皺起來的樣子好可愛。

我用海綿幫他洗掉鬍子上的唾沫和血液。我輕輕洗淨他的臉。接著，我用雙手握住他的頸部。「我很抱歉。」

我把他的頭壓入水下，開始用力掐緊。

康莫德斯很強壯。就算處於虛弱的狀態，他也奮力掙扎反抗。我必須傳送天神的力量才能讓他保持在水下，而爲了如此，我非得顯露出眞面目不可。

他怔住不動，一雙藍眼睛睜得好大，飽含著驚訝與背叛。他無法說話，但以嘴形說出：「你。賜福。我。」

聽到這番指責，我的喉嚨忍不住迸出一聲嗚咽。他父親過世那天，我曾答應康莫德斯：「你永遠會得到我的賜福。」而現在，我正在結束他的統治時期。我正在干預凡人的事務……不只爲了拯救生命，或者拯救羅馬，更因爲無法忍受我美麗的康莫德斯死在其他人手中。

他的最後一口氣穿透鬍鬚飄出氣泡。我趴在他身上哀哀哭泣，雙手握著他的喉嚨，直到浴缸裡的熱水漸漸冷卻。

布里托瑪爾提斯說錯了，我並不怕水，只是看到任何一片池水的表面，心裡無法不浮現康莫德斯的臉龐，他受到背叛的傷害，抬頭凝視著我。

影像逐漸淡去。我嘔吐不止。我發現自己趴在另一個水盆上……是小站裡的馬桶。

我不確定自己在那裡跪了多久，顫抖、嘔吐，衷心希望能夠擺脫這副令人厭惡的凡人軀殼，就像吐出胃裡的東西一樣容易。最後，我漸漸意識到馬桶水中有個橘色倒影。阿伽墨得斯站在我背後，握著他的神奇八號球。

我發牢騷抗議。「你一定要趁我嘔吐的時候偷溜過來嗎？」

無頭鬼遞出他的魔法球。

「拿點衛生紙可能比較有用吧。」我說。

阿伽墨得斯伸手去拿捲筒衛生紙，但他的飄逸手指直直穿過衛生紙。怪的是他可以拿著神奇八號球，卻不能拿一捲衛生紙。也許我們的主人還沒有研發出超級柔軟、雙層厚度、友善鬼魂的捲筒衛生紙。

我拿著球，不太確定該問什麼，只好說：「阿伽墨得斯，你想說什麼？」

答案從暗色液體裡浮現出來：「我們不能逗留。」

我抱怨一聲。「別又來一個死亡警告。『我們』是誰？逗留在哪裡？」

我拿著球再搖一次。它提供的答案是「前景不太好」。

我把神奇八號球放回阿伽墨得斯手上，感覺像是在移動的交通工具上面頂著逆風。「我現在沒辦法玩猜謎遊戲。」

他沒有臉，不過姿態顯得很孤獨。他那遭到砍斷的頸部滴出血來，沿著束腰上衣緩緩往下流淌。我想像把特洛佛尼烏的頭調換到他的身體上……我兒子用極度痛苦的聲音對上天哭喊：「用我代替他！父親，求求您，救救他吧！」

這副景象與康莫德斯的臉孔融合在一起，凝視著我，透露出受傷和遭受背叛的神情，他的頸動脈在我手中怦怦敲打。「你。賜福。我。」

我哭著抱住馬桶……那是整個宇宙唯一沒有旋轉的東西。有哪個人是我沒背叛過、也沒讓他失望的呢？有哪一段關係是我從來不曾毀掉的呢？

我獨自吟誦著悲慘的廁所詩文，彷彿永無止盡，這時背後突然傳來一個聲音。「嘿。」

我眨掉淚水。阿伽墨得斯不見了。他原本站立的地方，現在換成喬瑟芬倚著洗臉槽。她拿一捲新的衛生紙給我。

我虛弱地擤著鼻涕。「你可以進入男生的廁所嗎？」

她笑起來。「不會是第一次，不過我們這裡的廁所是各種性別都通用。」

我擦擦自己的臉和衣服。除了用衛生紙幫自己擦一擦，我無力更進一步。

喬瑟芬扶著我坐到馬桶上。她向我保證這樣會比抱著馬桶好，雖然在眼前此刻，我看不出兩者有什麼差別。

「你怎麼了？」她問。

我完全沒考量自己的尊貴地位，一股腦兒全部告訴她。

喬瑟芬從她的工作服口袋拿出一塊布，在洗臉槽裡弄溼，開始清理我的側臉，把我沒擦到的地方清乾淨。從她對待我的方式，感覺我是她的七歲喬吉娜，或者她的一座機械十字弓塔……總之是某種很寶貴但很難伺候的東西。「小太陽，我不會批評你。我這輩子也做過一些壞事。」

我仔細端詳她的國字臉，深色皮膚襯出一頭灰髮的金屬光澤。她顯得好溫和、好慈祥，我對巨龍非斯都的感受也是這樣，不過有時候也得退後一步想，噢，對耶，這是一部巨型的致命噴火機器。

「里歐提過幫派的事，」我回想起來，「艾爾．卡彭？」

喬瑟芬笑得很詭異。「對呀，卡彭。還有鑽石喬。還有強尼老爹[49]。我認識他們所有人。我是艾爾的……你會怎麼稱呼？聯絡窗口，負責聯絡非裔美國人的私酒販子。」

儘管心情鬱悶，但忍不住覺得有點入迷。爵士時代是我最喜歡的時期之一，因爲……嗯，爵士樂嘛。「對一個生在一九二〇年代的女性來說，實在令人刮目相看。」

「重點是，」喬瑟芬說：「他們始終不知道我是女性。」

我突然浮現一個畫面，喬瑟芬穿戴黑色皮鞋加鞋套、細條紋西裝、鑲鑽的領帶夾、軟呢帽，然後把她的衝鋒槍「小柏莎」架在肩膀上。「是喔。」

「他們叫我『大喬』。」她凝視著牆壁。也許只是我的心理狀態使然，不過我把她想像成康莫德斯，用很大的力道扔擲水罐，把磁磚都撞裂了。「那種生活方式……很興奮，很危險。那把我引領到黑暗的地方，差點毀了我。然後，阿蒂蜜絲發現我，提供方法讓我逃出來。」

我回想起赫米塞和帕耳忒諾斯兩姊妹從峭壁縱身跳下，當時女性的生命竟比酒罐更加無足輕重。「我姊姊救了很多年輕女子，讓她們脫離可怕的情境。」

「對，她眞的是。」喬瑟芬的微笑略顯感傷。「然後艾米又拯救我的人生。」

「你們兩人還是可以保持永生不死啊，」我嘀咕說：「你們可以擁有青春、力量、無窮的生命……」

「是可以，」喬瑟芬表示同意，「不過那樣一來，我們在過去的數十年間就不會一起變老。我們在這裡擁有很棒的生活。我們救了很多半神半人和其他遭到拋棄的孩子……在小站照顧他們、送去上學，讓他們多多少少擁有正常的童年，等到長大成人、學到生存所需的技能，再送他們去外面的世界。」

我搖搖頭。「我不懂。那樣的生活完全比不上永生不死啊。」

喬瑟芬聳聳肩。「如果你無法理解也沒關係。不過我想要讓你知道，艾米並不是隨隨便便就放棄你所給予的神性天賦。與獵女隊共同生活六十多年後，我們發現一些事。重點並不是你活了多久，而是你爲了什麼目的而活。」

我皺起眉頭。那實在是非常不敬神的思考方式，簡直像是你可以擁有永生不死之身，或者擁有生命的意義，但兩者不可兼得。

「你爲何告訴我這件事？」我問。「你想要說服我留下來，安於……安於這副臭皮囊？」

我指著自己可憐兮兮的凡人身體。

「我沒有要告訴你該怎麼做。不過呢，外面那些人，里歐、卡呂普索、梅格，他們需要你。他們都仰賴你。我和艾米也是，仰賴你把我們的女兒帶回來。你不必身爲天神就辦得

---

❹❾ 鑽石喬（Joseph "Diamond Joe" Esposito, 1872-1928）是芝加哥政客，參與許多非法生意，後來命喪艾爾・卡彭之手。強尼老爹（Papa Johnny, 1882-1957）於一九二〇年代建立芝加哥犯罪集團，後來由徒弟艾爾・卡彭接手。

到，只要爲你的朋友盡心盡力就行了。」

「喔。」

喬瑟芬笑起來。「很久很久以前，這種空話也會讓我很想吐。我以前認爲友誼是一種陷阱，每個女人都要爲自己的人生好好打算。不過等我加入獵女隊，女神布里托瑪爾提斯給了我很大的啓發。你知道她最初是怎麼變成女神的吧？」

我想了一會兒。「她是年輕的處女，想要逃離克里特國王的魔掌。爲了躲藏，她跳進港口的一張漁網，對吧？她沒有淹死，反倒轉變身分。」

「對。」喬瑟芬的手指互相交錯，宛如玩著編繩遊戲。「網子可以做成陷阱，也可以成爲安全網。你得好好掌握跳進去的時機。」

我凝視著她，等待天啓降臨的一刻，屆時每一件事都會有意義，我的靈魂也會提升。

「抱歉，」我終於說：「我完全不懂這樣到底有什麼意義。」

「沒關係。」她向我伸出一隻手。「我們離開這裡吧。」

「好，」我同意說：「明天早上出發之前，我想好好睡一覺。」

喬瑟芬展露她那種和藹可親的殺手級微笑。「噢，不行，還不能睡覺。我的朋友，你還有下午的家事要做。」

20
氣派踩踏板
腳鐐是時尚配件
喚尖叫天神

至少我不必掃廁所。

整個下午，我都在葛萊芬的巢裡彈奏音樂給埃洛伊茲聽，讓她保持平靜的心情好好生蛋。她喜歡聽愛黛兒和瓊妮．蜜雪兒[50]的歌，她們都把人類的聲帶扯到相當的程度；但她討厭我模仿貓王。葛萊芬的音樂品味是個謎。

有一次，我看到卡呂普索和里歐在下面大廳跟著艾米走，他們三人認真交談。我也好幾次看到阿伽墨得斯緊握著雙手飄過大廳。我努力不去想他那顆神奇八號球的訊息：「我們不能逗留。」我正在努力提供生蛋情調音樂，那種訊息對我來說既不愉快也沒幫助。

我的第二段進行了大約一小時，喬瑟芬繼續在工坊裡製造她的追蹤裝置，於是我必須找到適當的曲調去配合焊槍的聲響。幸好埃洛伊茲很喜歡佩蒂．史密斯[51]。

整個下午唯一沒看到的人是梅格。我猜她在屋頂上，讓菜園以正常速度的五倍生長。我

[50] 愛黛兒（Adele）是英國女歌手，以鐵肺著稱。瓊妮．蜜雪兒（Joni Mitchell）是加拿大女歌手，二十世紀最重要的音樂人之一。

[51] 佩蒂．史密斯（Patti Smith）是美國女歌手與詩人，獲譽為「龐克教母」。

偶爾抬起頭，想著屋頂會不會垮下來把我掩埋在蕪菁甘藍底下。

到了晚餐時間，我的手指因爲彈奏戰鬥烏克麗麗而起了水泡，喉嚨也像加州的死谷一樣乾涸。不過呢，埃洛伊茲坐在剛生出來的蛋上面，心滿意足地咯咯叫。

我意外覺得心情好多了，畢竟音樂和治療沒有那麼大的差異。我不禁心想，喬瑟芬派我到巢裡，除了是爲埃洛伊茲好，同時也爲我自己好。這些小站女子眞是足智多謀。

那天晚上，我睡得像死人一樣，是眞正的死人，而非永不瞑目、沒有頭顱、發出橘光的異類。天色一亮，憑著艾米指點前往運河步道的路徑，我、梅格和里歐準備出發探索印第安納波利斯的街道。

離開之前，喬瑟芬把我拉到旁邊。「小太陽，眞希望我能跟你們一起去。今天早上，我會盡力訓練你的朋友卡呂普索，看能不能重新控制她的魔法。你們在外面的時候，如果你能戴上這個，我會比較安心。」她遞給我一副鐵腳鐐。

我仔細端詳她的臉，但她似乎不是在開玩笑。「這是葛萊芬的鐐銬吧。」我說。

「不！我絕不會給葛萊芬戴上鐐銬。」

「可是你要給我戴。居家軟禁的犯人才會戴這個吧？」

「這個目的不同。這是我一直努力做的追蹤裝置。」

她在腳銬邊緣按下一個小小的凹口，發出喀噠一聲，兩側都延伸出金屬翅膀，發出類似蜂鳥頻率的嗡嗡聲。腳銬差點從我手中跳出去。

「噢，不行，」我抗議說：「別要求我配戴飛行配件。荷米斯有一次騙我穿上他的鞋子，我在雅典的一張吊床上睡午覺，醒來卻發現自己在阿根廷。絕不再來一次。」

喬瑟芬把翅膀關起來。「你不必飛。我原本想做兩個腳鐐，但是沒有時間。我打算派它們去……」她停下來，顯然努力控制自己的情緒，「尋找喬吉娜，帶她回家。既然我不能去找她，如果你們遇上麻煩，如果你們找到她……」喬瑟芬指著腳鐐上的第二個凹口。「這個用來啓動歸航信標，讓我知道你們在哪裡，而你們最好相信我們會派出援軍。」

我不知道喬瑟芬要怎麼實踐諾言，她們沒有什麼騎兵隊啊。原則上我也不想配戴追蹤裝置，這完全違反我身為阿波羅的天性。我永遠都應該是全世界最醒目、最燦亮的光源，假如你還得尋找我，一定是出了什麼差錯。

另一方面，喬瑟芬的眼神好像我的母親麗托，每次怕我忘了寫新歌當作母親節禮物，麗托就會露出這種表情。（那算是一種傳統吧。而且，對，我是超棒的兒子，感謝稱讚。）

「好吧。」我把腳鐐固定在腳踝上。它非常貼身，但至少可以藏在牛仔褲的褲管裡。

「謝謝你。」喬瑟芬用前額貼著我的頭。「不要死。」接著她轉過身，以堅定的步伐走回她的工坊，無疑是急著想幫我做出更多的約束裝置。

半小時後，我發現一件重要的事：如果要踩腳踏船，絕對不該配戴鐵腳鐐。

我們的運輸模式是里歐的主意。到運河岸邊時，他找到一個租船碼頭，這季節關閉沒營業。他決定解開一艘水鴨造型的塑膠腳踏船，還堅持要我們叫他「恐怖海盜華德茲」52。（梅

---

52 源自小說《公主新娘》（*The Princess Bride*）的海盜角色「恐怖海盜羅勃茲」（Dread Pirate Robert），近來又因地下交易網站「絲路」（Silk Road）的網站管理員以「恐怖海盜羅勃茲」為代號而為人所知。

格很愛，我則拒絕。）

「要找到祕密入口格柵之類的東東，這是最好的方法。」他一邊踩踏一邊向我們保證。「從水面的高度看，我們不可能錯過。外加一點，這種行動方式很氣派！」

我們對於氣派行動的觀點眞是南轅北轍。

我和里歐坐在前方踩踏板。戴著鐵鐐，我覺得好像有隻杜賓犬慢慢咬我的腳踝，小腿彷彿燒了起來。眞不懂凡人爲何會花錢經歷這種體驗？如果是由馬頭魚尾怪幫忙拉船也許還可以，但是體力勞動？呃。

同時，梅格坐在後座面對相反方向。她宣稱要「偵查我們的六點鐘方向」，尋找地下水道的祕密入口，但她看起來非常像是閒閒沒事做。

「所以，你和那個皇帝到底是怎樣？」里歐問我，他的雙腳踩踏得興高采烈，彷彿那樣出力對他來說完全不是問題。

我抹掉眉頭的汗水。「我不知道你是什麼意思。」

「得了吧，老兄。晚餐的時候，梅格不是開始喊什麼馬桶嗎？你直直跑去廁所大吐特吐耶。」

「我才沒吐。比較像是喘息。」

「從那以後，你一直都好安靜。」

他說到重點了。很安靜又是另一個不像阿波羅的特徵。通常我有很多有趣的事情可說、很多愉快的歌可唱。我領悟到自己應該要把皇帝的事情告訴夥伴，他們應該要知道我們的踩踏所爲何來。然而要組合那些字句實在很困難。

「康莫德斯認爲他的死都要怪到我頭上。」我說。
「爲什麼？」梅格問。
「可能因爲是我殺了他。」
「喔。」里歐睿智地點頭。「那就說得通了。」
我勉強把來龍去脈告訴他們。那並不容易。我凝視前方，想像自己看到康莫德斯的屍體就漂浮在運河河水下方，隨時準備從冰冷的綠色深處爬起來，指控我的背叛舉動。「你。賜福。我。」
我講完故事時，里歐和梅格保持緘默。他們都沒有尖聲大喊：「殺人犯！」他們也都沒有迎向我的目光。
「老兄，那很難受，」里歐終於說：「不過聽起來像是馬桶皇帝需要走。」
梅格發出的聲音很像貓打噴嚏。「是康莫德斯啦。附帶一提，他很帥。」
我回頭瞥了一眼。「你見過他？」
梅格聳聳肩。昨天不知什麼時候，她的鏡框有顆水鑽掉了，那就像是有顆星星消失不再閃亮。我很討厭自己注意這種小細節。
「見過一次，」她說：「在紐約。他去拜訪我繼父。」
「尼祿，」我強力要求說：「叫他尼祿。」
「好啦。」她的臉頰出現紅點。「康莫德斯很帥。」
我翻了個白眼。「他也很虛榮、自大、自我……」
「所以，他像是你的競爭對手囉？」里歐問。

「噢，閉嘴。」

有好一陣子，運河上唯一的聲音是我們腳踏船的嘎嘎聲。聲音在三公尺高的堤岸間迴盪著，也傳到岸上的磚造倉庫側邊，那裡正要轉型成為各式公寓和餐廳。建築物的暗色窗子向下凝視著我們，讓我同時感到既幽閉又暴露。

「有一件事我不懂，」里歐說：「為什麼是康莫德斯？我是要說，如果這個『三巨頭』是三位最強大也最惡劣的皇帝，是羅馬超級大壞蛋的夢幻一隊……尼祿有道理，但是馬桶男？為什麼不選其他更邪惡、更有名的傢伙，例如殺人狂馬克西穆斯[53]，或者匈人阿提拉[54]？」

「匈人阿提拉不是羅馬皇帝啦，」我說：「至於殺人狂馬克西穆斯……嗯，這個人選還不錯，但他不是眞正的皇帝。至於康莫德斯為何是三巨頭的一份子……」

「他們認為他很弱。」梅格說。

她繼續凝視我們的船尾水波，彷彿看到自己臉孔的各個部位從水面下浮起來。

「你知道是怎麼選的嗎？」我問。

「我的繼……尼祿對我說過。他和第三個，西邊的那個皇帝，他們想讓康莫德斯位在他們之間。」

「第三個皇帝，」我說：「你知道他是誰？」

梅格皺起眉頭。「我只見過他一次。尼祿從來沒說過他的名字，只稱呼『我的親戚』。我覺得連尼祿都很怕他。」

「棒極了！」我嘀咕說。連尼祿都害怕的皇帝，我絕對不想見這種人。

「所以，尼祿和西邊那個老兄，」里歐說：「他們要康莫德斯當作他們之間的緩衝。夾在中間的跳梁小丑。」

梅格揉揉鼻子。「是吧。尼祿對我說……他說，康莫德斯很像他的『桃子』。凶惡的寵物，但是可以操控。」

提到卡波伊夥伴的名字，她的聲音微微發抖。

我很怕梅格可能會命令我打自己一巴掌，或者叫我跳進運河裡，不過我還是開口問：「桃子在哪裡？」

她嚙著下唇。「『野獸』……」

「尼祿。」我小心更正。

「尼祿把他帶走了。他說……他說除非我表現良好，否則不該有寵物。」

憤怒害我踩踏得更快，也差點欣然接受腳踝的發炎疼痛。我不知道尼祿如何把穀物精靈囚禁起來，但我很了解他為何那樣做。尼祿希望梅格完全依賴他，不准她擁有自己的物品、她自己的朋友。她人生的每一件事物都必須沾染尼祿的毒害。

如果他染指到我，無疑也會對我採取同樣的舉動。但無論他打算對萊斯特．巴帕多普洛斯施行何種可怕的折磨，都不會像他折磨梅格的方法那麼糟糕。他會讓梅格覺得要為我的痛苦和我的死亡負起全責。

「我們會把桃子救回來。」我向她保證。

---

53 馬克西穆斯（Petronius Maximus, 396-455）是羅馬貴族，曾經發動政變，當上兩個半月的皇帝。

54 匈人阿提拉（Attila the Hun, 406-453）是古代匈人最有名的領袖，多次率軍攻打羅馬帝國，使之名存實亡，建立幅員廣大的匈人帝國。

「是啊，女孩，」里歐贊同地說：「恐怖海盜華德茲絕對不會拋棄任何一名組員。你不要擔心……」

「兩位。」梅格的聲音變得很尖銳。「那是什麼？」

她指著右舷。一排尖尖的東西在綠色水面漾起陣陣漣漪……很像一支飛箭沿著水平表面射過去。

「你看得出那是什麼嗎？」里歐問。

梅格點頭。「也許是……魚鰭？運河裡面有魚嗎？」

我不知道答案，但我不喜歡那些波紋的大小。我覺得喉嚨好像有小麥剛剛萌芽。

里歐指向船頭。「那邊。」

在我們的正前方，大約水面下一、兩公分處，綠色的鱗片隨著波浪起伏，然後又沉下去。

「那不是魚。」我說，眞討厭自己的感覺這麼敏銳。「我想，那都是同一種生物的另一個部位。」

「那邊也一樣？」梅格又指著右舷。那裡出現兩道擾流，彼此至少相距十幾公尺遠。「那就表示有某種東西比這艘船更大。」

里歐掃視水面。「阿波羅，對那東西有什麼想法嗎？」

「只有預感，」我說：「希望我猜錯了。踩船的速度快一點，我們得找到格柵。」

21

給我一軍團以及約六噸岩石要殺一尾蛇

我不喜歡巨蟒。

自從與匹松打過著名戰役後，我對於滿身鱗片的爬行類便有恐懼症。（特別是把我繼母希拉包括在內的話。炸！）我幾乎無法忍受荷米斯權杖上的那兩尾蛇，喬治和瑪莎。牠們算是夠友善了，但一直纏著我幫牠們寫歌，要我歌詠吃老鼠的快樂……我無法分享那種快樂啊。

我告訴自己，中央運河裡的生物並不是水生巨蟒。水溫實在太低，運河也沒有夠美味的魚可以吃。

但另一方面，我很了解康莫德斯。他熱愛收集各式各樣的奇異怪物，可以想見他很愛這種生活在河流裡的特殊巨蟒，可能只要吞下美味的踏板船就能輕易存活……

「壞阿波羅！」我對自己說：「專心想著你的任務！」

我們繼續穩定前進大約十五公尺遠，我都快要懷疑剛才的威脅是否純屬想像。也許那根本不是什麼怪物，只是人家丟棄的某種寵物鱷魚。美國中西部有鱷魚嗎？也許是很有禮貌的鱷魚？

里歐用手肘推推我。「看那邊。」

在遠處的堤岸牆上，剛好在水線的上方，那裡有個以前下水道幹管的紅磚拱道，入口處用金色柵欄封住。

「你看過多少下水道是用黃金做的格柵封起來？」里歐問。「我敢打賭，那裡會直直通往皇帝的宮殿。」

我皺起眉頭。「那也太簡單了吧。」

「喂。」梅格戳戳我的頸背。「還記得波西是怎樣對我們說的嗎？絕對不要說『我們辦到了』或者『那很簡單』之類的話。你會帶衰我們！」

「我的整個存在就超衰的。」

「踩快一點啦。」

既然這是來自梅格的直接命令，我別無選擇。我覺得雙腿好像已經變成兩袋燒燙燙的木炭，不過仍然加快步調。里歐掌控方向，讓我們的塑膠水鴨海盜船駛向下水道入口。

約莫到達三公尺外，我們啓動了「波西·傑克森第一定律」。我們的衰事由水中躍起，呈現的形式是閃亮的弧狀巨蟒身軀。

我可能尖叫了。里歐則是大聲喊出完全沒用的警告：「小心！」

船身往側邊傾斜。蛇身的弧形又在我們周圍衝出水面更多次，綠色和棕色的背脊宛如起伏的山丘，附有鋸齒狀的背鰭。梅格的雙刀刃一閃而現，她試圖站起，但腳踏船翻覆了，把我們拋進不斷湧現的冰冷綠色泡沫和翻騰的身軀裡。

唯一的安慰是，運河並不深，我的雙腳探到河底，發現自己能夠站起來。我一邊喘氣一邊發抖，河水淹到肩膀高度。在附近，直徑將近一公尺的蛇身捲住我們的腳踏船，用力擠壓。船身爆開了，塑膠水鴨發出類似鞭炮的聲音四散碎裂，一塊碎片刺中我的臉，差點擊中左眼。

里歐從水中冒出來，水淹到他的下巴。他涉水走向下水道格柵，遇到擋路的高凸蛇身還爬上去。感恩梅格，她發揮英雄氣概，用力揮砍怪物的身軀，但牠的表皮太滑溜，刀刃只往旁邊滑開。

接著，怪物從運河中抬起頭來，原本我希望及時回家吃豆腐烤玉米捲餅晚餐的念頭徹底煙消雲散。

怪物的額頭呈現三角形，寬度足以容納一輛小轎車停在上面。牠的眼睛閃耀著橘光，與鬼魂阿伽墨得斯一樣。牠張開巨大的血紅咽喉時，我想起自己厭恨巨蟒的另一個原因了：牠們的口臭遠比赫菲斯托斯的工作服更加難聞。

巨蟒對梅格猛力咬去。儘管水淹到梅格的頸部，她還是能往旁邊閃開，再以左手的刀刃直直砍向巨蟒的眼睛。

怪物的頭往後甩，嘶聲威嚇。蛇身讓河水激烈翻騰，我腳一滑，再次滅頂。

等我浮出水面時，梅格．麥卡弗瑞站在我旁邊，胸口劇烈起伏，拚命喘氣，她的眼鏡不但歪了，也讓河水弄得模糊不清。巨蟒的頭左右揮動，彷彿這樣就能把受傷眼睛的盲目感用力甩掉。牠的上下顎猛力撞擊附近的公寓建築，擊碎了窗戶，也讓磚牆產生蜘蛛網般的裂痕。建築物的屋頂掛了一條橫幅旗幟，上面寫著：「即將出租！」希望那表示整棟房子空無一人。

里歐終於抵達格柵。他的手指沿著黃金柵欄摸索，也許是尋找按鈕、開關或陷阱。我和梅格現在與他的距離約十公尺，在超大巨蟒的地盤中，那似乎是很遙遠的距離。

「快點！」我對他大叫。

「哇，多謝喔！」他吼回來。「我還沒想到哩。」

巨蟒捲起身軀，河水隨之激烈翻騰。牠的頭在我們上方抬起兩層樓高，右眼變暗了，但看著牠晶亮的左眼和和駭人的血盆大口，仍讓我想起凡人在萬聖節雕刻的南瓜……是叫「傑克南瓜燈」嗎？眞是愚蠢的傳統習俗。我還寧可在二月的「淨化節」披著山羊皮跑來跑去，那樣有尊嚴多了。

梅格再度刺向巨蟒的下腹部。她的黃金刀刃只碰撞出一點點火花。

「這到底是什麼東西啊？」她質問著。

「迦太基巨蟒，」我說：「羅馬部隊遇到的駭人怪獸之一。牠曾在非洲害得雷古魯斯55的一整個軍團差點淹死……」

「那不重要，」梅格與巨蟒彼此小心翼翼對望，彷彿一隻巨大怪物與一位十二歲的女孩戰力相當。「我要怎麼殺牠？」

我的思緒轉得飛快。我在驚慌狀況下無法好好思考，這表示我最近大部分時候都處於這種狀況。「我……我想，軍團最後是以成千上萬的岩石把牠壓扁。」

「我沒有軍團，」梅格說：「也沒有成千上萬的岩石。」

巨蟒嘶聲威嚇，將毒液噴得整條運河到處都是。我取出肩上的弓，但再度陷入那個惱人的「維修」議題。溼答答的弓弦和箭矢都是大問題，特別是我打算要射的目標非常小，幾乎像巨蟒的另一隻眼睛一樣小。此外，要在水深及肩的地方射箭也是困難重重。

「里歐？」我叫道。

「快好了！」他拿著扳手猛敲格柵。「繼續讓牠分心！」

我呑嚥口水。「梅格，也許你可以刺牠的另一隻眼睛，或者嘴巴。」

「那你要幹嘛？躲起來嗎？」

眞是恨透了，這個年輕女孩怎麼老是能鑽進我的腦子。「當然不是！我只是，呃……」

巨蟒發動攻擊，我和梅格分別撲往相反方向。巨蟒的頭在我們之間造成一道海嘯，害我在水中翻筋斗。我呑下好幾加侖的運河水，爬起來嗆個不停，接著驚駭到窒息，因爲看到蛇尾捲住了梅格。巨蟒把她抬離水面，舉到與牠僅剩的那隻眼睛相同高度。梅格瘋狂揮砍，但是怪物維持著她攻擊不到的距離。巨蟒打量著她，彷彿心想：「這個紅綠燈顏色的東西到底是什麼？」

接著，牠開始擠壓。

里歐大喊：「我辦到了！」

匡啷。格柵的黃金柵欄向內打開。

里歐轉過身，得意洋洋笑著，然後才看到梅格的危險處境。

「嗯啊！」他舉高一隻手到水面上，企圖召喚火焰，但是努力了老半天只冒出一團蒸汽。

他用力丟出扳手，但是從巨蟒側邊彈開，完全沒造成傷害。

---

55 雷古魯斯（Marcus Atilius Regulus, 299-248 B.C.）是古羅馬統帥，曾率領羅馬海軍擊潰迦太基艦隊並登陸非洲，威脅迦太基本土。後來反遭迦太基擊敗而遭俘。

梅格大叫。巨蟒的尾部勒緊她的腰，害她的臉脹得像番茄一樣紅。她不斷用自己的雙刀猛敲怪物的外皮，但是徒勞無功。

我整個人呆若木雞，無法幫忙，也無法思考。

我深知這種巨蟒的力氣有多大。我回想起匹松的身軀曾經纏繞住我，害我的天神肋骨劈啪裂開，我的神血也被擠進腦袋裡，幾乎要從耳朵噴出來。

「梅格！」我大喊：「撐住！」

她往下方瞥了我一眼，看來雙眼暴凸、舌頭腫脹，彷彿想著：「難道我有其他選擇嗎？」

巨蟒沒理會我，牠一副興味盎然的樣子，顯然很想看著梅格像腳踏船一樣爆掉。蛇頭的後方聳立著一棟公寓大樓的受損磚牆，下水道入口剛好在那裡的右邊。

我回想起羅馬軍團的故事，他們曾讓石頭宛如雨點般落下，擊垮了這種東西。要是那道磚牆屬於小站的一部分，而我可以號令它，那該有多好……

這個念頭宛如怪物的身軀纏住我。

「里歐！」我大喊：「進去地道！」

「可是……」

「快點！」

我的胸口開始有某種東西腫脹起來。希望那是某種力量，而不是我的早餐。

我吸一大口氣，用平常唱義大利歌劇的男中音大吼：「小蛇，退散！我是阿波羅！」

頻率非常完美。

倉庫的磚牆開始震動、龜裂，三層樓高的磚塊整片剝離開來，倒塌在巨蟒的背上，把牠的頭壓進水裡。捲曲的蛇尾鬆開了，梅格掉進運河。

我無視於雨點般落下的磚塊，連忙涉水向前（相當勇敢吧，我想），把梅格拉出水面。

「兩位，快點！」里歐大喊：「格柵又要關上了！」

我拖著梅格衝向下水道（因爲這就是友情啊），里歐則拿著一根撬胎棒，用盡全身力氣卡住格柵。

幸虧有凡人的瘦巴巴身材！趕在柵欄重新關閉之前，我們勉強擠了進去。

而在外面，巨蟒使勁衝出那片磚頭雨。牠發出可怕的嘶嘶聲，用半盲的頭部猛撞格柵，但我們沒有逗留在那裡品頭論足，而是趕緊繼續挺進，前往皇帝供水系統的黑暗深處。

22

我賦予詩意
針對下水道之美
真正短詩。完

在冰凍的下水道涉水而過，水深及肩，讓我不禁懷念起印第安納波利斯動物園。噢，躲避嗜殺的日耳曼人、撞爛迷你小火車、爲憤怒的葛萊芬獻唱小夜曲，那些事情多麼單純、多麼快樂啊！

漸漸地，巨蟒猛撞格柵的聲響在我們背後愈來愈微弱。我們走了好久，很怕一行人還沒到達目的地就因體溫過低而死。接著，我看到地道側邊有個升高的凹室，也許是舊時的維修平台。我們從凍死人的綠色淤泥爬上去休息一下。我和梅格兩人縮成一團，里歐則嘗試讓自己點火燒起來。

試到第三次，他的皮膚發出劈啪聲和嘶嘶聲，終於冒出火焰。

「孩子們，聚攏過來。」橘色火焰漫過他的臉，咧嘴的笑容看起來很像惡魔。「熱烈燃燒的里歐最能溫暖你的身心！」

我很想要叫他白痴，但是我的下巴抖得好厲害，最後只能吐出：「白……白……白……白……白……」

過沒多久，我們的小凹室就瀰漫著重新加熱的梅格和阿波羅的氣味，包括烤蘋果味、霉味、體臭，只有一點點令人敬畏的意味（我會讓你猜猜我貢獻的是哪種氣味）。我的手指從青色轉變成粉紅色，也再度清楚感覺到雙腿的存在，於是又要煩惱鐵腳鐐造成的擦傷。我甚至講話不再結巴，不再像喬瑟芬的湯米衝鋒槍了。

里歐判斷我們都已經夠乾燥了，於是熄滅他的人體營火。「嘿，阿波羅，你剛才在那裡很厲害喔。」

「哪一部分？」我說：「溺水？還是尖叫？」

「不，老兄……你讓磚墻倒塌的方法啦。你眞應該更常發揮一下。」

我從外套拔起一塊塑膠水鴨碎片。「就像一個討厭的半神半人曾經對我說：『哇，我爲什麼沒想到？』我以前解釋過了……我沒辦法控制那種爆發力量。在那一刻，不知道用什麼方法，我找回自己的天神聲音，而磚牆的灰泥以特定頻率與它共振。最好是用男中音，控制在一百二十五分貝……」

「你救了我，」梅格插嘴說：「我都快死了。也許就是因爲那樣，你才找回自己的聲音。」

我很不願意承認這點，但她可能說對了。上一次我體驗到天神的爆發力量是在混血營的樹林裡，當時我的孩子凱拉和奧斯汀面臨危險，快被活活燒死。要啓動我的力量，關心其他人是很合理的開關，畢竟我是無私、有愛心又萬能的好人。然而我也發現，我自身的福祉並不足以啓動天神力量，這點很令人惱怒。我的性命也很重要啊！

「嗯，」我說：「梅格，很高興你沒有被壓死。有什麼地方骨折嗎？」

她摸摸自己的肋骨。「沒。我很好。」

她的僵硬動作、蒼白臉色，還有眼睛周圍的緊繃模樣，在在都訴說著相反的事實。梅格所承受的痛苦遠超過她願意承認的程度。然而，除非我們回去小站醫務室，否則我沒辦法爲她做什麼。要幫一個差點遭到擠壓致死的女孩包紮肋骨，就算我有適當的醫療用品，也有可能對她造成更大的傷害，而非帶來好處。

里歐凝視黑暗的綠水。他看起來比平常更憂愁，也說不定只因爲不再著火了。

「你在想什麼？」我問。

他匆匆瞥了一眼……沒有機靈的回嘴，也沒有戲謔的嘻笑表情。「只是在想……里歐和卡呂普索修理廠：修理汽車和機械怪物。」

「什麼？」

「我和卡呂以前開玩笑說的。」

聽起來不像是很好笑的笑話。然而，凡人的幽默感永遠達不到我的天神標準。我回想起昨天的事，卡呂普索和里歐跟著艾米走過大廳，彼此認眞交談討論。

「與昨天艾米告訴你的事有關嗎？」我大膽猜測。

他聳聳肩。「與未來有關。沒什麼好擔心的啦。」

身爲前任的預言天神，我永遠都覺得未來是非常好的擔心來源。但我決定不要催逼這個議題。眼下此刻，未來唯一重要的目標是把我弄回奧林帕斯山，全世界才能再度沐浴於我的神聖榮光之下。我必須著眼於更重要的益處。

「嗯，」我說：「現在我們溫暖又乾燥，我想又該進入水裡了。」

「好玩。」梅格說。她率先跳進去。

里歐在前面帶路，把一隻燃燒的手掌伸出水面照亮前路。每隔一陣子會有一些小東西從他的工具腰帶漂出來，流過我旁邊，像是魔鬼氈、保麗龍填充粒、各種顏色的鐵絲紮帶等等。

梅格監視我們背後的動靜，她的雙刀在黑暗中熠熠發亮。我很感激她的戰鬥技巧，不過也眞心期盼能有更多幫手。眞的很歡迎下水道女神克羅阿西娜的半神半人小孩前來……這是我有史以來第一次萌生這麼令人沮喪的念頭。

我在他們兩人之間涉水前進，努力不去回想許久以前的片段記憶，那時在美國密西西比州的比洛克西市，我意外穿越汙水處理設施。（那天眞是徹底的大災難，幸好最後與列貝里[56]來上一場爵士即興演奏會。）

水流變得比較強勁，阻礙我們前進。我感受到前方有電燈的光線，也有說話的聲音。里歐熄滅他手上的火焰，轉過來看我們，將手指按壓在嘴唇上。

再走個六、七公尺，我們抵達第二道黃金柵欄。在那後面，下水道開展成較大的空間，水流變成橫向流動，有些水轉而流進我們的地道。外面水流強勁，很難站立。

里歐指著黃金格柵。「這個裝了水鐘型扣環鎖，」他以剛好能聽見的音量說：「我想，我可以輕聲打開它，但隨時幫我把風，以免……我不知道……會出現巨蟒什麼的。」

「華德茲，我們對你有信心。」我對於水鐘型扣環鎖毫無概念，但是透過與赫菲斯托斯的相處經驗得知，你最好表現出很樂觀和有禮貌的興趣，否則工匠會惱羞成怒，再也不做一些閃亮的小玩具給你玩。

過沒多久，里歐打開了格柵。沒有聽見警報聲響，也沒有地雷在我們面前被觸發爆炸。

---

[56] 列貝里（Lead Belly, 1888-1949）是美國民謠歌手和藍調音樂家。

我們進入了我在夢中看過的王座室。

幸好我們身在水深及頸的一條開放水道裡，位於房間的側邊，所以猜想沒有人能夠輕易看到我們。沿著背後的牆壁，康莫德斯的影像在眾多巨型電視螢幕上一次又一次反覆播放。

我們涉水前往水道的對側。

如果你曾嘗試在急流中涉水行走，就會知道那有多難。再者，假如你眞的試過，那麼我想問，你爲什麼要這樣涉水啊？超累人的。每走一步，我都很怕水流害我腳底一滑，把我沖進印第安納波利斯的下水道深處。但我們終究奮力走到對側。

我從水道的邊緣往外偷看，結果立刻後悔。

康莫德斯就在那裡。感謝天神，我們涉水而過的地方差不多在他的王座背後，所以他或他的日耳曼人護衛都看不到我。而我最不喜歡的剝玉米人，里提爾西斯，他跪在皇帝前面，正對我的方向，不過低著頭。趁他看到我之前，我連忙躲進水道邊緣底下。我對朋友們比著：「安靜。哎呀。我們要死了。」或者是有同樣效果的手勢。他們似乎看懂了我的意思。我渾身抖得很慘，只能讓身子緊貼牆壁，聆聽頭頂上的對話。

「……部分計畫，陛下，」里提爾西斯正說著：「我們現在知道小站在哪裡了。」

康莫德斯咕噥一聲。「是啊，是啊。舊日的聯合車站。不過克里安德以前搜索過那地方好幾次，什麼都沒找到。」

「小站就在那裡，」里提爾西斯堅定地說：「我裝設在葛萊芬身上的追蹤裝置運作得非常好。那地方一定受到某種魔法的保護，不過面對無頭族的大批推土機，它無法屹立不搖。」

我的一顆心爬升到水面高度，感覺好像跑到我兩耳之間的某處。我不敢看兩位朋友。我又一次搞砸了，無意中洩露了我們安全避難所的位置。

康莫德斯嘆口氣。「很好。對。不過我想要抓到阿波羅，用鎖鍊綑綁他全身，送到我面前來！明天就要舉辦命名儀式，我們的彩排，好像，就是現在吧？你什麼時候能夠摧毀小站？」

里提爾西斯猶豫一會兒。「我們需要偵查防禦措施，然後召集武力。兩天後？」

「兩天後？我不是要你翻越阿爾卑斯山！我要它現在立刻毀掉！」

「那麼，陛下，最晚明天，」里提爾西斯說：「絕對要到明天。」

「嗯哼。米達斯之子，我開始懷疑你的能耐了。假如你沒有發動……」

一陣電子警報聲響徹整個房間。我一度以為是有人發現我們了。我可能在水道裡清空膀胱，也可能沒有。（別告訴里歐。他在下游處。）

接著，從房間的另一端，有個聲音以拉丁文大喊：「大門遭遇襲擊！」

里提爾西斯大吼著說：「陛下，我會處理。別怕。護衛，跟我來！」

沉重的腳步聲逐漸遠去。

我瞥了梅格和里歐一眼，他們也都拋給我同樣的無聲問題：「那是什麼鬼黑帝斯啊？」

我可沒有安排大門的襲擊行動，甚至沒有啓動腳踝的鐵腳鐐。眞不知道誰那麼蠢，竟然對這個地下宮殿發動正面攻擊，不過布里托瑪爾提斯曾經允諾要去找阿蒂蜜絲的獵女隊。我突然想到，這確實有可能是她們安排的轉移注意力策略，嘗試轉移康莫德斯手下安全部隊的注意，以免我們洩露行蹤。我們有這麼幸運嗎？可能沒有。比較有可能是雜誌的訂閱推銷員來按皇帝的門鈴，準備迎接非常不友善的接待。

我再次從運河的邊緣上方冒險窺伺。這時康莫德斯獨自一人，只留下一名護衛。

也許我們可以拿下他……三對二？

只不過，我們全都可能因爲體溫過低而昏倒，梅格甚至可能斷了幾根肋骨，而我自己的力量也完全無從預測。至於敵方隊伍，我們要面對一名受過訓練的野蠻人殺手，還有一位半神皇帝，他素有當之無愧的超人力氣，還以此聲名遠播。我決定按兵不動。

康莫德斯瞥了他的護衛一眼。「亞拉里克。」

「陛下？」

「我想，你的機會來了。我對我這位司令官愈來愈不耐煩。里提爾西斯得到這份工作有多久了？」

「大約一天，陛下。」

「簡直像永遠那麼久！」康莫德斯用拳頭搥打椅子的扶手。「等他處理完這場襲擊，我要你殺了他。」

「是的，陛下。」

「最晚明天早上，我要你掃蕩小站。你辦得到嗎？」

「當然，陛下。」

「很好！等你處理完，我們立刻在大競技場舉行命名儀式。」

「運動場，陛下。」

「沒差吧！還有預言洞穴呢？那裡安全嗎？」

我的背脊射過一道強勁電流，我都開始懷疑康莫德斯是否在水道裡養了電鰻。

「陛下，我已經遵照您的命令，」亞拉里克說：「那些野獸都在恰當的地方。入口受到嚴密看守，沒有人能越雷池一步。」

「太好了！」康莫德斯從椅子上跳起來。「我們現在去試穿彩排的競賽服裝，好嗎？我等不及要用自己的影像改造這個城市！」

一直等到他們的腳步聲逐漸遠去，我往上窺探，發現房間裡沒有人。

「好了。」我說。

我們拖著身子爬出運河，全身溼答答，站在黃金王座前瑟瑟發抖。我依然能聞到康莫德斯最喜歡的潤膚油香氣，混合了小荳蔻和肉桂的氣味。

梅格在四周踱步暖暖身子，她的雙刀在手上閃閃發亮。「明天早上？我們必須去警告喬和艾米。」

「是啊，」里歐贊同說：「不過我們困在這個計畫裡。首先，我們要找到俘虜，然後是那個什麼碗糕寶座……」

「記憶寶座。」我說。

「對，就是那個。接著，我們要離開這裡，趕去警告喬和艾米。」

「可能沒什麼用，」我覺得苦惱，「我見識過康莫德斯改造一個城市，絕對會造成驚人的混亂，滿城的大火和屠殺，而且到處都有大批大批的康莫德斯肖像。如果外加大批的無頭族推土機……」

「阿波羅。」里歐很激動地做著「時間到」手勢。「我們這時候要用上華德茲法。」

梅格皺起眉頭。「什麼是華德茲法？」

「就是不必想太多。」里歐說：「那樣只會讓你覺得很沮喪。事實上呢，你試試看，什麼都別去想。」

梅格考慮了一會兒，然後似乎意識到自己正在想，顯得很難爲情。「好吧。」

里歐笑起來。「懂了吧？很簡單！現在我們去燒毀一些東西吧。」

23

大驚！好名字！叫莎莎莎莎拉仍等於莎拉

剛開始，華德茲法運作得相當好。

我們沒有找到什麼東西可以燒毀，但仍然不必想太多，因爲我們同時擁抱麥卡弗瑞法，其中包含了奇亞籽[57]。

走出王座室後，面對要走哪一條走廊的抉擇，梅格從她的紅色高筒球鞋裡拿出一包溼答答的種子（我沒問她爲何把種子藏在鞋子裡）。她用手掌捧著奇亞籽，讓它們發芽，而這片綠色的迷你森林指向左手邊的走廊。

「那邊。」梅格宣布說。

「驚人的超能力，」里歐說：「等我們離開這裡，我要幫你弄個面具和斗篷。我們會叫你『鼠尾草女孩』。」

希望他只是開玩笑。不過梅格看起來很高興。

鼠尾草綠芽帶我們進入一條走廊，然後再走另一條。這個地下藏身處位於印第安納波利

---

57 奇亞籽（chia seed）是芡歐鼠尾草（*Salvia Hispanica L.*）的種子。

斯的下水道系統，以這樣的標準來說，這座宮殿相當富麗堂皇，地板是粗糙的石板，灰石牆壁交替裝飾著掛毯和電視螢幕，播放著（你也猜得到）康莫德斯的影片。大多數的桃花心木房門都掛著青銅門牌，雕刻著這些字樣：康莫德斯三溫暖、康莫德斯客房一到六號、康莫德斯員工餐廳，以及，對，康莫德斯馬桶。

我們沒看到護衛、員工和客人，只遇到一個女僕，她從「康莫德斯皇帝護衛營房」搬了一籃髒衣服走出來。

女僕看到我們，驚駭地瞪大雙眼（可能因爲我們看起來比日耳曼人洗衣籃裡的每一件衣服都更骯髒也更潮溼）。她還來不及尖叫，我就跪在她面前，唱起電影《喵女當家》的歌〈你沒看見我〉[58]。女僕的眼神變得迷濛且茫然，她充滿留戀地吸吸鼻子，往回走進營房，然後關上門。

里歐點點頭。「阿波羅，這招好喔。」

「不難啦。那首歌超適合引發短期的記憶缺失。」

梅格嗅聞一下。「直接打她的頭還比較體貼。」

「喔，得了吧，」我抗議說：「你明明很喜歡聽我唱歌。」

她的耳朵變紅了。我想起之前在混血營的巨蟻巢穴裡，我掏心掏肺地唱歌，那時年輕的麥卡弗瑞哭得多慘啊。我對自己的演出相當自豪，但我猜梅格不想再經歷一次。

她用力搥我肚子一拳。「走了啦。」

「哎喲。」

奇亞籽帶我們更深入皇帝的建築構造。我開始覺得寂靜顯得好沉重，感覺像是有昆蟲爬過我的肩胛骨。這時，康莫德斯的手下肯定去處理大門口的襲擊事件。他們早晚都會回到原本的崗位，也許會查看保全監視器，尋找其他入侵者。

最後，我們繞過轉角，看到一名無頭族守護一道金屬打造的金庫門。守衛穿著黑色西裝褲和閃亮黑鞋，但完全沒有企圖掩蓋他的「胸臉」。蓋住他肩膀（其實是頭皮）的頭髮修剪成軍人式平頭，保全耳機的線路從他的胳肢窩延伸出來，連到褲子口袋裡。他看似沒有武裝，但我見狀並沒有比較安心。他的拳頭肉肉的，看來相當有能力打爛一艘腳踏船，或者一名萊斯特・巴帕多普洛斯。

里歐壓低聲音咕噥說：「別又來這些傢伙。」接著他擠出微笑，大步走向那名守衛。「哈囉！今天眞美好！你好嗎？」

守衛轉過身，滿臉驚訝。我想，他的正式處理程序應該是向長官警告有人入侵，但現在有人問他問題，不理會似乎會顯得很無禮。

「我很好。」守衛似乎無法決定究竟該露出友善的微笑，還是令人生畏的怒視。他肚子上的嘴巴一陣抽動，看起來很像在做腹肌運動。「我認爲你們不該在這裡。」

「眞的嗎？」里歐繼續大步前進。「謝謝你！」

「不客氣。現在最好請你雙手舉高。」

「像這樣嗎？」里歐點燃雙手，燒炙無頭族的胸臉。

58《喵女當家》（Josie and the Pussycats）原本是漫畫，陸續改編成動畫、影集和電影，二〇〇一年的音樂電影版有一首歌是〈你沒看見我〉（You Don't See Me）。

守衛踉蹌幾步，火焰嗆得他猛咳嗽；他也用力拍打巨大的睫毛，活像是棕櫚葉著火了。

他伸手摸索耳機的麥克風按鈕。「十二號崗哨，」他啞著嗓子說：「我遭遇……」

梅格的黃金雙刀剪過他的身軀，把他消滅成一堆黃色灰燼，只剩下熔融耳機的殘餘物。

有個聲音從迷你擴音器唧唧傳出：「十二號崗哨，請回答。」

我抓起那個裝置。這東西曾經放在無頭族的胳肢窩裡，所以我一點都不想配戴，只把擴音器舉到耳朵旁邊，並對著麥克風說話：「錯誤警報。一切都超秒的。謝謝你。」

「不客氣，」擴音器裡的聲音說：「請說每日通關密碼。」

「哇，當然！那是……」

我扔掉麥克風，用腳跟把它踩爛。

梅格盯著我。「超『秒』的？」

「聽起來很像無頭族會說的話啊？」

「根本不是那樣講吧。超『妙』的。」

「會講『老神』這個詞的女孩竟然糾正我的表達方式。」

「兩位，」里歐說：「我處理這道門時，幫忙把風一下。這裡一定有重要的東西。」

他處理金庫鎖時，我緊盯著四周。梅格不擅長遵守指令，她沿著我們的來時路往回走，蹲下身子，把掉在地上的鼠尾草綠芽撿起來，那是剛才她召喚雙刀時掉的。

「梅格。」我說。

「怎樣？」

「你在幹嘛？」

「鼠尾草。」

「我看得出來，可是……」我差點說「那些只是嫩芽」。

接著我想起一件往事，有一次我曾對狄蜜特講類似的話，結果女神詛咒我穿的每一件衣服都立刻發芽又開花。沒有什麼事比那樣更不舒服了，你的棉質內褲突然冒出真正的棉鈴，而且附帶完整的莖枝、棘刺和種子，就位在你的……嗯，我想你們了解那意思。

梅格把最後一點嫩芽都撿起來，接著拿起一把刀，劈開石板地面，仔細將鼠尾草嫩芽種在裂縫裡，然後從依然溼漉的裙子擠水出來灌溉小苗。

我看得入迷，眼看那一小片綠意逐漸變厚、變得繁茂，迫使石板產生新的裂痕。有誰知道鼠尾草能長得這麼茁壯呢？

「它們在我手中沒辦法撐很久。」梅格站起來，露出挑釁的神情。「每一種活的東西都應該有機會好好生長。」

我內心屬於凡人萊斯特的部分覺得這番話好值得讚賞，但屬於阿波羅的部分則不是很確定。這麼多個世紀以來，我遇過很多生命似乎不值得生長，或甚至沒有能力生長。我也親自扼殺過其中一些生命……

然而，我猜梅格是對自己喊話。她經歷了可怕的童年，包括她父親之死，接著是尼祿的虐待，扭曲了梅格的心智，將他同時視爲和藹的繼父和可怕的野獸。儘管如此，梅格活下來了。我想，這些小綠苗擁有驚人的強壯草根讓她深有同感。

「好了！」里歐說。金庫鎖發出喀啦一聲，門向內打開。里歐轉過身，咧嘴而笑。「誰是最棒的？」

「我嗎？」我問，但志氣很快就消退了。「你指的不是我，對吧？」

里歐沒理我，逕自走進房間。

我跟在後面。剎那之間，一陣似曾相識的不悅感受攫住了我，感受好強烈。裡面是個圓形空間，排列著許多玻璃隔板，很像皇帝設置在動物園的那些訓練設施。然而，這裡的牢籠關的不是動物，而是人。

我實在太驚駭了，幾乎無法呼吸。

在我左手邊最近的牢房裡，兩名極度瘦削的少年擠在角落怒目瞪著我。他們衣衫襤褸，鎖骨和肋骨的凹陷處深可見影。

隔壁牢房有個女孩身穿灰色迷彩服，宛如美洲豹一般來回踱步。她的及肩頭髮是純白色，但是看起來不超過十五歲。從她的精力和憤怒程度看來，我猜她最近才遭到俘虜。她手上沒有弓，但我判斷她是阿蒂蜜絲獵女隊的一員。一看見我，她大步走向前，用兩隻拳頭猛搥玻璃，憤怒狂吼，但是聲音太模糊了，我聽不清她說些什麼。

我打量另外六間牢房，每一間都有人。整個空間的正中央有一根金屬桿，上面掛著鐵鉤和鐵鍊，就是可以把奴隸關起來等待販賣的那種地方。

「眾神之母啊。」里歐喃喃說著。

我以爲多多納之箭在我的箭筒裡抖動，然後才意識到抖動的人根本就是我自己。我氣到發抖了。

我向來很鄙視奴役這種事，部分原因是之前宙斯把我兩次貶爲凡人，強迫我以奴隸的身分爲人類國王效命。關於這種經驗，我能提供最有詩意的描述是什麼呢？爛透了。

即使在那之前，我的德爾菲神廟也為奴隸制定一種特殊方式，讓他們得到自由。在我的祭司協助下，數千名奴隸透過一種稱為「信託販賣」的儀式而得到解放，由我，天神阿波羅，成為他們的新主人，然後放他們自由。

到了後來，我與羅馬人之間最大的嫌隙之一，就是他們把我的神聖島嶼提洛斯變成那個地區最大的奴隸交易市場。你相信居然有人敢這樣嗎？我派遣密特里達提[59]帶領軍隊去懲治那個狀況，過程中屠殺了兩萬人。不過我要說，拜託，是他們活該。

這樣說吧：康莫德斯的這座監獄，讓我回想起往日美好時光我所痛恨的每一件事。

梅格走向那兩個憔悴男孩的牢房。她以刀尖在玻璃上割出一個圓形，把它踢進牢房內。那塊移除的玻璃在地板上搖晃旋轉，很像巨大的透明錢幣。

兩個男孩嘗試站起來，但沒有成功。梅格跳進牢房攙扶他們。

「好耶。」里歐喃喃稱許。他從工具腰帶拿出一把鐵鎚，大步走向關住獵女的牢房。他示意「退後」，然後猛敲玻璃。鐵鎚向後反彈，差點砸中里歐的鼻子。

獵女翻了個白眼。

「好吧，玻璃先生。」里歐把鐵鎚扔到一旁去。「你希望像這樣嗎？那就來吧！」他的雙手燃燒成白熱狀，然後把手指按在玻璃上，於是玻璃開始變形、冒泡。短短幾秒內，他就在與臉等高的地方熔穿一個歪七扭八的洞。

銀髮女孩說：「很好。站旁邊去。」

[59] 密特里達提（Mithridates），公元前一二〇至六十三年在位的本都王國（Kingdom of Pontus）國王。

「等一下，我幫你弄個更大的出口。」里歐保證說。

「不需要。」銀髮女孩向後退，縱身衝過洞口，再以優雅的姿勢翻個觔斗，落在我們旁邊，站起來的時候還順便抓起里歐棄置一旁的鐵鎚。

「更多武器，」女孩追問說：「我需要更多武器。」

對啦，我心想，絕對是阿蒂蜜絲獵女隊的。

里歐拿出一堆工具任憑女孩挑選。「嗯，我有螺絲起子、鋼鋸，還有……我想這是乳酪切割器。」

女孩皺起鼻子。「你是什麼？工匠嗎？」

「工匠大人是也！」

女孩一把抓走所有工具。「我全都包了。」她對我沉下臉。「你的弓呢？」

「你不能拿我的弓，」我說：「我是阿波羅。」

她的神情先是震驚，然後轉變成理解，再強迫自己冷靜下來。我猜萊斯特．巴帕多普洛斯的困境在獵女隊之間廣爲人知。

「對了，」女孩說：「獵女隊的其他人應該在路上了。我原本最靠近印第安納波利斯，決定扮演先遣部隊。顯然我進行得很不順利。」

「事實上，」我說：「幾分鐘前大門口有襲擊行動。我猜你的夥伴已經到了。」

她的目光變得黯淡。「那我們得離開了。要快。」

梅格幫忙兩個瘦削男孩離開牢房。從近距離看，他們顯得更可憐、更虛弱，於是我又更氣憤了。

「囚犯永遠不該遭受這種待遇。」我咆哮說。

「喔，他們不是沒食物吃，」銀髮女孩說，語氣中帶有讚賞之意，「他們是絕食。那兩個男孩……很勇敢。對了，我是獵女．卡瓦斯基。」

我皺起眉頭。「名叫獵女的獵女？」

「對啊，這句話我聽過一百萬次了。我們把其他人放出來吧。」

我找不到比較方便的開關控制器把玻璃門降下來，不過有梅格和里歐的協助，我們慢慢讓所有俘虜重獲自由。大部分人似乎是人類或半神半人（很難分辨），不過有一位是龍女。她的腰部以上看起來很像人類，但原本應該是雙腿的地方變成兩條波浪起伏的蛇尾。

「她很友善。」獵女向我們保證。「我們昨晚合住一間牢房，後來守衛才把我們分開。她名叫莎莎莎莎莎拉，有五個莎。」

對我來說夠好了。我們放她出來。

隔壁牢房單獨關了一名年輕男子，看起來很像職業摔角手。他只繫了一塊紅白相間的纏腰布，脖子上也戴了搭配的珠串，卻沒有顯得穿著不恰當。就像天神經常被描繪成裸體是因爲他們體態完美，這名囚犯也沒有理由遮掩自己的身體。他有光亮的黝黑皮膚、削短的頭髮、肌肉健美的手臂和胸膛，看起來很像用柚木雕刻的戰士，透過赫菲斯托斯的巧手而活了過來。（我默默在心裡記住，以後要向赫菲斯托斯請教這種案例。）他的眼睛同樣是柚木的棕色，眼神既銳利又憤怒，唯有危險的事物才會那麼美麗。他的右肩有個刺青，我不認得那個標誌，是某種雙刃斧。

里歐讓雙手燃燒起來，準備熔穿玻璃，但龍女莎莎莎莎拉發出噺噺聲。

「不要那一個，」她警告說：「太危險險險險險。」

里歐皺起眉頭。「女士，我們很需要危險的朋友。」

「是是是是啦，但那一個爲了錢而打架。他以前前前前受雇於皇帝。他會會會會在這裡，只是因爲做了某些些些些事觸怒了康莫德斯斯斯斯。」

我仔細端詳那位「高大、黝黑與帥氣先生」（我知道這樣說很老套，不過他眞的三者兼具啊）。我不想拋下任何人不管，特別是能把纏腰布穿得這麼有型的人。

「我們要把你放出來。」我隔著玻璃對他大喊，不確定他究竟能聽見多少。「拜託別殺我們。我們是康莫德斯的敵人，他就是把你關在這裡的那個人。」

「高黑帥」的神情沒有變化，依然是有點生氣、有點輕蔑、有點漠不關心……與宙斯每天早上看著眼前咖啡口味神飲的神情一模一樣。

「里歐，」我說：「動手吧。」

華德茲熔穿玻璃。高黑帥以優雅的步伐慢慢走出來，彷彿在這世上始終如此。

「哈囉，」我說：「我是不死天神阿波羅。你是哪位？」

他的聲音宛如雷鳴般隆隆作響。「我是傑米。」

「很高貴的名字，」我決定這麼說：「配得上國王的身分。」

「阿波羅，」梅格叫道：「來這裡。」

她正盯著最後一間牢房。當然會是最後一間牢房啦。

有個年輕女孩窩在角落。她拱著背，坐在很眼熟的青銅手提箱上，身穿薰衣草紫色毛衣和綠色牛仔褲，腿上放著一個盤子，裝著監獄的流質食物，她用手指沾了那個在牆壁上作畫。她的一撮撮棕髮看似用園藝剪刀自己亂剪，體型比同年齡的人大多了，約莫是里歐的體型，不過稚氣的臉龐讓我得知她不可能超過七歲。

「喬吉娜。」我說。

里歐沉下臉。「她為什麼坐在非斯都上面？他們為什麼把她和非斯都一起放在那裡？」

我沒有答案，但我示意要梅格切開玻璃牆。

「讓我先進去。」我說。

我踏過玻璃牆。「喬吉？」

女孩的眼睛宛如破碎的稜鏡，隨著不安的念頭和清醒的惡夢而轉來轉去。我對那副模樣太熟悉了。這麼多世紀以來，我曾見過很多凡人的心智無法承受預言的重量而破碎。

「阿波羅。」她爆出一陣咯咯笑聲，彷彿腦部發展出一條裂縫。「你和黑暗。一些死亡，一些死亡，一些死亡。」

24

科學好好玩
噴那些有毒物質
到處噴，真的

喬吉娜抓住我的手腕，傳來一股令人不安的寒氣，沿著我的手臂往上竄。「一些死亡。」

如果有一份清單列出可能逼我發瘋的事項，「七歲女孩咯咯笑談死亡」絕對名列清單之首，爬行類和會說話的武器緊追其後。

我想起那則帶我們飛向西方的預言打油詩，詩中警告我會「被迫吞下瘋狂和死亡」。喬吉娜顯然曾在特洛佛尼烏的洞穴裡遭遇這類恐怖事件，我可不想步上她的後塵。就說一件事好了，我用監獄流質食物畫圖的技巧完全是零。

「好，」我贊同地說：「我們先帶你回家，然後就可以多聊一點死亡的事。艾米和喬瑟芬派我來接你。」

「家。」喬吉娜說出這個字，彷彿用某種外國語言說出很困難的名詞。

里歐顯得很不耐煩，他爬進牢房走過來。「嗨，喬吉娜，我是里歐，那是很好的手提箱，我可以看看嗎？」

喬吉娜歪著頭。「我的衣服。」

「喔，嗯……對呀。」里歐撥撥他那身借來工作服上的名牌。「很抱歉，這沾到下水道的髒汙和燃燒的氣味。我會把衣服洗乾淨。」
「火熱，」喬吉娜說：「你。全部。」
「對……」里歐不太確定地笑笑。「女生常說我全身火熱，但是別擔心，我不會害你著火或什麼的。」
我向喬吉娜伸出手。「來，孩子，我們會帶你回家。」
她甘願讓我幫忙。她一站起來，里歐就衝向那個青銅手提箱，開始忙著檢查。
「噢，兄弟，我好抱歉，」他喃喃說著：「我永遠不該離開你。我會帶你回小站好好調校一番。然後不管你想要多少塔巴斯克辣椒醬和機油都可以。」
手提箱沒有回應。里歐忙著啓動它的輪子和把手，這樣才能把它使勁搬出牢房。
喬吉娜一直都很溫順，直到看見梅格爲止。接著，突然間，她爆發出一股足以與我抗衡的力氣。
「不！」她甩開我的手，衝回她的牢房。我企圖讓她冷靜下來，但她持續嚎叫，以驚駭的眼神瞪著梅格。「尼祿！尼祿！」
梅格擺出有名的「變成水泥」表情，關閉所有的情緒，也讓眼中的光芒全部熄滅。
獵女．卡瓦斯基衝進去安撫喬吉娜。「嘿。嘿，嘿，嘿。」她摸摸女孩的一頭亂髮。「沒事啦。我們是朋友。」
「尼祿！」喬吉娜又尖叫一次。
獵女對梅格皺眉頭。「她在說什麼啊？」
梅格低頭盯著她的高筒球鞋。「我可以離開。」

「我們全都要離開，」我堅持說：「喬吉娜，這位是梅格，她逃離尼祿身邊，那是事實。不過她站在我們這邊。」

我決定不要再補上一句：「除了有一次她爲了繼父背叛我，害我差點被殺。」我不想讓事情變得很複雜。

在獵女的親切懷抱裡，喬吉娜冷靜下來。她睜大雙眼、全身顫抖，讓我聯想到雙手捧著一隻驚惶的鳥兒。

「你和死亡和火。」她突然咯咯笑。「椅子！椅子，椅子。」

「啊，薯球。」我咒罵著。「她說得對。我們還需要椅子。」

高黑傑米出現在我左邊，很像一道徘徊不去的暴風鋒面。「她說的椅子是什麼？」

「一張寶座，」我說：「有魔法。我們需要用它治好喬吉娜。」

從這些囚犯的茫然神情看來，我想我講的話沒有多大意義。我也知道不能要求整群人一起步行穿越宮殿，只爲搜尋一件家具，兩名半飢餓男孩或龍女又特別不行（龍女，嗯，沒有腳，無法步行）。更別提喬吉娜不可能與梅格同行……她鐵定會不停尖叫。

「我們得分頭行動。」我做了決定。「里歐，你知道回去下水道的路，帶我們的新朋友跟你一起走。希望那些護衛還被其他事拖住，我和梅格會去找椅子。」

里歐瞥了他摯愛的巨龍手提箱一眼，然後再看著我和梅格，接著看看那些囚犯。「只有你和梅格？」

「快走，」梅格說著，小心避開喬吉娜的目光，「我們不會有事。」

「萬一那些護衛沒有被支開呢？」里歐問：「或者，萬一我們又得跟巨蛇那些什麼東東的奮戰呢？」

傑米以低沉的聲音說：「巨蛇東東？」

「我對你的用字字字感到憤憤憤憤慨。」莎莎莎莎莎拉說。

里歐嘆口氣。「我不是在說你啦。那是……嗯，你等著瞧吧。也許你可以找牠談談，說服牠讓我們通過。」他打量傑米。「如果還是不行，那怪物的體型可能剛好給你製作腰帶喔。」

莎莎莎莎莎拉發出斷斷聲表示不贊同。

獵女．卡瓦斯基環抱著喬吉娜保護她。「我們會讓每個人都安全，」她保證說：「阿波羅、梅格，謝謝你們。假如你們看到皇帝，幫我把他送進塔耳塔洛斯。」

「樂意之至。」我說。

走廊上開始響起警報聲。

里歐帶我們的新朋友沿著來時路往回走，獵女牽著喬吉娜的手，傑米和莎莎莎莎莎拉扶著絕食抗議二人組。

他們一行人繞過轉角消失後，梅格走向她的小片鼠尾草，專注地閉上眼睛。你還來不及說「鼠、鼠、鼠、鼠尾草」，那片綠芽就開始瘋狂生長，遍布整條走廊，就像用縮時攝影拍下綠色冰層的凝結過程。綠芽彼此交織，從天花板延伸到地板，從一側牆壁延伸到另一側，直到整條走廊塞滿了無法穿越的植物簾幕。

「眞令人難忘啊。」我說，雖然我心裡想的是：「嗯，我們不會從那個方向離開吧。」

梅格點點頭。「如果有人要追我們的朋友，這可以拖慢他們的腳步。走吧，椅子在下面這裡的某處。」

「你怎麼知道？」

她沒有回答，而是一個箭步往前衝。既然只有她擁有一大堆很酷的力量，我決定跟著她。

警報聲持續呼嘯，那噪音宛如火燙的竹籤刺痛我的耳膜。紅色燈光掃過一條條走廊，將梅格的刀刃映照成血紅色。

我們探頭到一個個房間內，包括：康莫德斯掠奪藝廊、康莫德斯帝國餐廳，以及康莫德斯療養室。沒看到半個人，也沒找到魔法寶座。

最後，梅格停在一道鋼鐵門前。至少我猜那是一道門。門上沒有把手、門鎖，也沒見到鉸鏈，只有一塊毫無特徵的長方形金屬板設置在牆壁上。

「它在這裡面。」她說。

「你怎麼知道？」

她擺出那種常見的嫌惡表情，你媽看了那種表情一定會警告你：「如果你再擺出那種臉，你的臉就會永遠固定住。」（我永遠都很認真看待這類威脅，畢竟天神母親完全有能力讓那種事成眞。）

「就像那些樹啦，呆瓜。」

我眨眨眼。「你是指，你帶我們找到多多納樹林的方法？」

「沒錯。」

「你可以感應到寧默心的寶座……因爲那是用魔法木頭做的？」

「不知。我猜是這樣。」

即使對力量強大的狄蜜特女兒來說，那也似乎是一種延伸使用。我不知道寧默心的寶座如何製作，不過絕對有可能是從某座神聖森林取得某種特殊的樹木雕刻而成的。天神很熱衷那種事。如果眞的是這樣，梅格就有可能感應到那張椅子。等我回到奧林帕斯山，不知道梅格有沒有辦法幫我找到一張魔法餐桌。我眞的很需要那種桌子，附加可摺疊的桌板，這樣感恩節的時候才坐得下九位謬思女神。

梅格像剛才在監獄對付玻璃牆一樣嘗試切割這道門。她的雙刀甚至沒有在金屬表面留下刮痕。她也嘗試用刀刃撬挖門框。沒用。

她向後退，對我皺起眉頭。「把它打開。」

「我？」我敢說她之所以選上我，只因爲我是她手下唯一的奴隸天神。「我不是荷米斯！我甚至不是華德茲！」

「試試。」

好像這是很簡單的要求！我把所有顯而易見的方法試過一輪，先撞門，再踢門。我嘗試把手指塞進門底下把它撬開。我伸展雙臂，大喊一些標準的魔法術語：「變變變！天靈靈地靈靈！芝麻街開門！」全都沒用。到最後，我打出萬無一失的最後一張王牌，我唱出〈愛是一扇敞開的大門〉，出自《冰雪奇緣》的電影原聲帶。連這招也失敗了。

「不可能！」我大喊著：「這道門對音樂一點品味也沒有！」

「再多像天神一點。」梅格建議說。

我好想尖叫：「如果可以比較更像天神一點，我就不會在這裡了！」

我思考自己以前的天神掌管事項列表：箭術、詩、調戲、陽光、音樂、醫藥、預言、調戲。這些沒有一個能打開一道貨眞價實的不鏽鋼門。

等等……

我回想起剛才窺看過的最後一個房間——康莫德斯療養室。「醫療用品。」

梅格透過輕薄的貓眼鏡片瞥了我一眼。「你要治療這道門？」

「不算是。跟我來。」

在醫務室裡，我翻找用品櫃，拿一個小紙箱裝滿可能有用的物品：醫療膠帶、餵藥注射器、手術刀、氨水、蒸餾水、小蘇打。接著，最後……「啊哈！」我以勝利之姿舉起一個瓶子，上面標示「H_2SO_4」。「礬油！」

梅格慢慢往後退。「那是什麼？」

「你等著瞧。」我也抓了一些安全裝備，包括手套、面罩、眼罩等。以前身為天神時，我根本不必煩惱這種事啊。

「走吧，鼠尾草女孩！」我說。

「里歐叫這個名稱聽起來比較順。」她抱怨著，但還是跟著我走出來。

回到鋼鐵門前，我把用品準備好。我拿好兩支注射器，一支裝了礬油，另一支裝滿水。

「梅格，站後面一點。」

「我……好吧。」

我在門邊注射礬油時，她聞到氣味忍不住捏起鼻子。門縫飄出裊裊的蒸汽煙霧。「那到底是什麼東西啊？」

「回顧中世紀時代，」我說：「使用礬油是著眼於它的醫療特性。難怪康莫德斯的醫務室有這種東西。到了現代，我們稱之為硫酸。」

梅格嚇得一縮。「那不是很危險嗎？」

「非常危險。」

「而你用它來進行治療？」

「那是中世紀的事。我們那時候好瘋狂啊。」

我拿起第二支注射器，裡面裝滿水。「梅格，我準備要做的事……你千萬、絕對不要親自嘗試。」我覺得自己有點蠢，竟然對一個經常用黃金雙刀單挑怪物的女孩提出這種建議，不過我曾答應「比爾教科學」⑥⓪節目，我會一直倡導實驗室的安全守則。

「等一下會怎樣？」她問。

我往後退，把水注射到門縫裡。酸液立刻開始嘶嘶作響，比迦太基巨蟒噴濺得更激烈。爲了加速過程，我唱了一首關於熱能和腐蝕的歌曲，選唱的是創作歌手法蘭克．海洋的歌，畢竟他的深情力量就連最堅硬的物質都能一路燒穿。

門板發出吱嘎聲和劈啪聲，最後向內倒下，門框周圍冒出一圈蒸騰的煙霧。

「哇。」梅格說，這可能是她有史以來給我的最高讚美。

我指著她腳邊裝用品的紙箱。「把小蘇打遞給我，好嗎？」

我在門口周圍撒上大量粉末，中和酸液。我忍不住對自己的足智多謀露出得意的笑。希望雅典娜正看著這一切，因爲，很聰明吧，寶貝！而且我這番作爲遠比那個「老灰眼」雅典娜有格調多了。

---

⑥⓪「比爾教科學」（Bill Nye the Science Guy）是一九九〇年代美國著名的科學教育節目。

我以誇張的動作向梅格鞠躬。「你先請，鼠尾草女孩。」

「你終於做了好事。」她表示。

「你一定要掃我的興就對了。」

走進門內，我們發現眼前是大約兩平方公尺的儲藏室，裡面只存放一件物品。寧默心寶座幾乎稱不上是「寶座」。它是一張直背的椅子，以磨得光亮的白樺木製成，只在椅背上雕刻了一座山的輪廓，除此之外完全沒有裝飾。呃，寧默心！給我一張恰當的黃金寶座，用最燦爛的紅寶石裝飾外層嘛！唉，不是每一位神祇都懂得炫耀的功夫啊。

然而，這張椅子的簡樸風格讓我覺得緊張。我也發現很多力量強大的可怕物品都有相當普通的外表。像是宙斯的閃電火？除非我父親將它們拋擲出去，否則看似毫無威脅。波塞頓的三叉戟？拜託，他從來不曾把上面的海草和苔蘚刷洗掉。還有特洛伊的海倫穿去與米奈勞斯[61]結婚的禮服？喔，天神啊，那非常單調。我對她說：「女孩，你一定是在開玩笑吧。那個領口根本完全不適合你！」接著海倫一穿上那件禮服，哇嗚。

「山的圖案是怎樣？」梅格讓我從遐想中驚醒過來。「奧林帕斯？」

「其實不是。我猜那應該是皮魯斯山，女神寧默心在那裡生下九位謬思女神。」

梅格的臉皺成一團。「同時生九個？聽起來好痛。」

我從來沒想過這點。既然寧默心是掌管記憶的女神，她永恆生命的點點滴滴全都刻印在腦中，因此她會想把自己的陣痛和生產經驗雕刻在寶座上作爲提醒，感覺似乎很奇怪。

「無論如何，」我說：「我們逗留太久了。趕快把椅子從這裡搬出去吧。」

我用醫療膠帶纏繞成背帶，把椅子變成臨時背包。誰說我們小組只有里歐的手很巧？

「梅格，」我說：「我弄這個的時候，你把那些注射器全部裝滿氨水。」

「爲什麼？」

「只是爲了因應突發事件。你就聽我的吧。」

醫療膠帶眞是好東西。過沒多久，我和梅格都有一排氨水注射器子彈帶，而我的背上揹著椅子。寶座是一件很輕的家具，也幸虧如此，因爲它會與我的烏克麗麗和弓箭撞來撞去。我在子彈帶裡放進幾把手術刀，只是爲了好玩。好啦，現在只需要再來個大鼓、幾支雜耍棒，我就可以展開單人巡迴秀了。

我在走廊上躊躇不前。走廊的其中一個方向大約延伸三十公尺遠後向左彎。警報聲停止喧鬧，但是那個轉角附近傳來迴盪的吼聲，很像海浪沖刷或群眾歡呼的聲音。牆壁上閃爍著多彩光線。光是往那個方向看去都讓我覺得好緊張。

僅剩的另一個選擇，則會帶我們回到「梅格．麥卡弗瑞鼠尾草紀念牆」。

「最快的出口，」我說：「我們可能得沿路往回走。」

梅格站著，顯得很入迷，耳朵微微傾向遠處的吼聲。「那一邊……有某種東西。我們得去查看一下。」

「拜託，不要，」我懇求說：「我們已經救出囚犯，找到非斯都，也得到一件漂亮的家具。不管哪一位英雄來出任務，這樣的一天都算是滿載而歸吧！」

---

61 米奈勞斯（Menelaus），希臘神話中的斯巴達國王，是絕世美女海倫（Helen）的第一任丈夫。海倫被特洛伊王子帕里斯（Paris）帶走後，米奈勞斯召集了希臘所有國王對特洛伊開戰。

梅格挺直身子。「某種重要的東西。」她很堅持。

她召喚出自己的雙刀，大步走向遠處那些奇怪的燈光。

「我恨你。」我喃喃說著。

接著，我揹著我的魔法椅，小跑步跟上她……繞過轉角，然後直直闖進聚光燈照亮的廣大競技場。

25

大鳥很邪惡 尖利雙腿攻擊我 我死得很痛

我對於體育場舉辦的音樂會並不陌生。

古代的時候，我曾在以弗所的露天環形劇場舉行許多場表演，門票全部售罄。瘋狂的年輕女子把她們的「胸衣」扔給我，年輕男子也狂喜、昏厥。一九六五年，我與披頭四一起在謝亞球場演唱，雖然保羅．麥卡尼不會同意開大我的麥克風音量。在錄音裡，你甚至聽不到我唱〈大家都想成為我的寶貝〉[62]的聲音。

雖然有過去的經驗，但是我對皇帝的競技場完全沒有做好心理準備。

我們從走廊一走出來，聚光燈讓我什麼都看不見。群眾高聲歡呼。

隨著眼睛漸漸適應，我發現我們站在專業美式足球場的五十碼線上。場地的配置很奇怪，周圍有三線道的跑道，人造草皮則像針墊一般樹立了十二根鐵柱，各種野獸的鐵鍊固定於此。有一根鐵柱拴著六隻戰鬥鴕鳥，牠們跑步的樣子很像危險的旋轉木馬動物；另一根有

---

[62]〈大家都想成為我的寶貝〉（Everybody's Tryin' to Be My Baby）原本是美國鄉村歌手卡爾．帕金斯（Carl Perkins）的歌，披頭四於一九六四年發行的專輯《披頭四代售》（Beatles for Sale）首次翻唱這首歌。

三隻雄獅憤怒狂吼，對著聚光燈猛眨眼；第三根則有一隻可憐兮兮的母象搖搖欲墜，牠的身上套著尖刺鍊甲、頭戴尺寸太大的小馬隊[63]美式足球頭盔，顯得很不高興。

我滿心不情願，不過仍抬起眼睛望向看台觀眾。觀眾席布滿了藍色座椅，唯一有觀眾的區域是左邊的達陣區，不過群眾異常熱情。日耳曼人用他們的長矛砰砰敲打盾牌，康莫德斯皇室的半神半人對我的神聖容貌笑罵著粗話（我不會在這裡轉述），犬人（狼頭人身的部族）則是一邊嚎叫、一邊撕扯他們身上的印第安納波利斯小馬隊紀念衫。一排排無頭族很有禮貌地拍手，看著同場其他人的粗魯行為顯得不知所措。而且你也料想得到，整片觀眾席擠滿了狂野的半人馬。坦白說，不可能有哪一場運動賽事或大屠殺看不到半人馬的身影，他們就是有辦法聽到風聲。他們吹著巫巫茲拉[64]，猛按汽笛，到處踐踏彼此，還把他們雙杯式飲料帽裡的麥根沙士灑得滿地都是。

群眾的正中央閃耀著皇帝的包廂，裝飾著紫色和金色的橫幅旗幟，與小馬隊的藍色與鐵灰色裝飾形成可怕的衝突感。王座周圍的護衛群面色猙獰，集合了日耳曼人和手持狙擊步槍的凡人傭兵。我不知道那些傭兵透過「迷霧」究竟看到了什麼景象，但他們一定經過特殊訓練，才能在魔法環境下執勤工作。他們站立著，神情冷漠而機警，手指放在步槍的扳機上。只要康莫德斯一聲令下，那些傭兵無疑會殺掉我們，而我們根本沒有能力出手阻止。

康莫德斯本人從他的王座站起來。他身穿白色和紫色相間的長袍，戴著黃金打造的月桂冠，完全是一般人印象中的皇帝模樣，但在他的外袍皺褶底下，我瞥見他穿了金色與棕色相間的賽車服。康莫德斯留著蓬亂的鬍子，看起來比較像高盧人的族長而非羅馬人，但高盧人不會有這麼完美閃亮的雪白牙齒就是了。

「終於！」他那威風凜凜的聲音響徹整個體育場，透過巨型擴音器的放大效果，聲音更是在整個球場上空迴盪不歇。「歡迎，阿波羅！」

觀眾歡呼鼓譟。在觀眾席的最上層，一整排電視螢幕閃爍著數位煙火，並有燦爛的字樣顯示：「歡迎，阿波羅！」而在頭頂上方，沿著波浪狀鋼構屋頂的大梁懸掛著五彩碎紙袋，這時全數爆裂開來，拋下紫色和金色的暴風雪，在橫幅冠軍旗幟的周圍盤繞迴旋。

噢，眞是太諷刺了！這完全是我向來所渴望的歡迎方式！但現在，我只想偷偷溜回走廊裡，徹底消失不見。然而，我們剛才穿過的門口當然早已消失，取而代之的是一堵空心磚牆。

我盡可能蹲低身子，按壓鐵腳鐐的凹口。腳鐐沒有彈出翅膀，所以我猜自己按到正確的緊急訊號按鈕。運氣好的話，它會把我們的困境和位置傳送給喬瑟芬和艾米，雖然我還不確定她們可以幫上什麼忙，至少她們知道等一下要到哪裡幫我們收屍。

梅格似乎整個人縮成一團，也幫她的心智拉下隔板，擋住那些噪音和注意力的猛烈轟炸。有很短暫的可怕一刻，我懷疑她可能再一次背叛我，帶著我直闖三巨頭的魔掌。

不。我拒絕相信。然而……她剛才爲何堅持要往這個方向過來？

康莫德斯等待群眾的吼叫聲漸漸停歇。戰鬥鴕鳥扯緊牠們的拴繩，獅子憤怒狂吼，母象也拚命搖晃頭部，彷彿要奮力甩脫牠那頂可笑的小馬隊頭盔。

「梅格，」我說著，努力控制自己的驚慌，「你爲什麼……我們爲什麼……？」

---

63 小馬隊（Colts）是以印第安納波利斯市為主場的職業美式足球隊。

64 巫巫茲拉（vuvuzela）是一公尺長的號角，南非足球迷常在球賽中吹奏加油，聲音非常巨大。

就像混血營的半神半人受神祕聲音吸引前往多多納樹林，她也呈現同樣迷惘的神情。

「某種東西，」她喃喃說著：「某種東西在這裡。」

這番不完整的陳述眞令人害怕。這裡有很多東西啊，而大多數東西都想置我們於死地。那些播放影像的螢幕閃爍著更多煙火，伴隨一些無意義的文字，像是「防守！」、「來點尖叫聲！」，以及能量飲料的廣告。我的眼睛感覺就像在流血。

康莫德斯對我咧嘴笑著。「老朋友，我得趕快進行！這只是彩排，不過既然你來到這裡，我趕快拼湊幾樣驚喜。我們明天會重新進行完整的演出，也會有滿場的觀眾，一切就等我把小站夷爲平地。你明天當然可以努力活下來，不過很歡迎你盡可能承受最多的痛苦。而梅格呢……」他嘴裡發出嘖嘖聲，響徹整個運動場。「你的繼父對你好失望啊。你很快就會發現他對你有多失望。」

梅格將她的一把刀指向皇帝的包廂。我期待她說出某種尖酸刻薄的反駁，例如「你是蠢蛋」，但那把刀似乎包含了全部的訊息。這個情景喚回一段令人不安的記憶。康莫德斯本人在羅馬大競技場上，把砍斷的鴕鳥頭扔向元老的座位席，然後指著他們說：「接下來就是你們了。」但梅格對那件事一無所知……對吧？

康莫德斯的笑容有點動搖。他拿起筆記本的一頁。「那麼，無論如何，節目開始預演！首先，印第安納波利斯市的民眾在槍口威脅下被迫前進、入座。我會發表幾句談話，感謝他們前來，並解釋現在他們的城市要重新命名爲『康莫德安納波利斯市』。」

群眾又是嚎叫又是跺腳，還爆出單獨一聲空氣喇叭的鳴聲。

「好，好。」康莫德斯揮揮手，降低他們的熱情。「然後我派一群無頭族進入城市，用香檳酒瓶砸爛所有的建築物。我的橫幅旗幟懸掛在所有街道上，從小站搬出的所有屍體也用繩索懸吊在上面那裡的大梁上，」他作勢指著尖狀的天花板，「然後好玩的就開始了！」

他把筆記本扔向空中。「阿波羅，我說不出有多興奮！這全都是上天註定的，你能理解，對吧？特洛佛尼烏的幽靈眞的超級特別。」

我的喉嚨發出巫巫茲拉的聲音。「你去找黑暗神諭商量過？」

我不確定自己說的話能否傳遞到那麼遠，但皇帝笑起來。「嗯，當然啦，親愛的心肝！不是我本人，我有奴僕去幫我做這種事。不過特洛佛尼烏表達得相當清楚：一旦我摧毀小站，並在競技大賽中犧牲你的性命，到時候我就能爲這個城市重新命名，並以天神皇帝的身分永遠統治美國中西部！」

兩盞聚光燈打在康莫德斯身上。他撕掉身上的長袍，露出連身式的奈米亞獅皮賽車服，正面和袖子都裝飾著各種合作贊助商的圖案。

看著皇帝轉了一圈展示他的行頭，群眾喔喔啊啊大叫。

「你喜歡嗎？」他問。「我對自己的新家園做了一大堆研究！我的兩名夥伴皇帝說這地方很無聊，但我會證明他們是錯的！我會籌辦有史以來最棒的『印第小馬五百雙重角鬥士冠軍錦標賽』！」

就我個人來說，我認爲康莫德斯創立這樣的品牌有待努力，但群眾已經爲之瘋狂。

所有的一切似乎全部一起發生。擴音器播送出刺耳的鄉村音樂，可能是傑森・奧爾迪恩[65]

[65] 傑森・奧爾迪恩（Jason Aldean）是美國鄉村音樂男歌手。

吧，但由於聲音失真和回響，即使我的耳朵這麼靈敏也無法確定。在跑道的對面，一道牆打開了，三輛一級方程式賽車隆隆開上柏油碎石路面，分別是紅、黃、藍三色，活像是小孩子的玩具車。

在場地四周，連接動物頸圈的鏈條紛紛斷開。看台上狂野的半人馬胡亂扔擲水果，還大吹巫巫茲拉。而從皇帝包廂後方不知何處，大砲轟然發射，將數十名角鬥士從門柱上方射入場中。有些人以優雅的姿勢翻滾落地，馬上站起來擺出戰鬥姿勢；其他人則像全副武裝的口水紙球撞上人工草皮，再也無法動彈。

那些賽車加速繞行跑道，迫使我和梅格移進球場上，以免被車子輾過。角鬥士和動物則搭配著納許維爾的鄉村音樂節奏，展開一場利爪全都沒有防護措施的毀滅式群體大混戰。接著，看不出有什麼合理的原因，超大螢幕下方有個巨大的布袋突然打開，數百顆籃球滾到五十碼線上。

即使以康莫德斯的浮誇標準來看，這番景象也顯得太過粗糙，包含了太多元素，但是我猜自己根本沒辦法活到可以寫下一篇負評。腎上腺素在我的血管內奔馳，很像兩百二十伏特的電流。梅格大吼一聲，衝向最近的鴕鳥。既然我沒有更好的事情可做，只好跟在她後面跑，寧默心寶座和其他十幾公斤重的裝備在我背後不停彈跳。

六隻鴕鳥全都逼近我們。聽起來也許不像迦太基巨蟒或「敝人」的巨像那麼可怕，但鴕鳥奔跑的時速可達五十公里，牠們一邊衝刺一邊猛咬嘴裡的金屬鋼牙，頭上的尖刺頭盔左右甩動，雙腿還纏繞著有刺鐵絲猛力踐踏草皮，活像由致命耶誕樹所構成的醜陋粉紅森林。

我搭箭上弓，但即使箭術像康莫德斯一樣好，還是擔心來不及在六隻鳥殺死我們之前把牠們全部射倒；我甚至不確定梅格能否用她的可怕刀刃打敗這麼多敵手。

我當場默默編寫一首全新的死亡俳句：大鳥很邪惡，尖利雙腿攻擊我，我死得很痛。

爲了自我防禦，我沒有太多時間編修句子。

唯一拯救我們的是什麼呢？就是機械籃球。必定又有另一袋在我們上方打開，或者說不定是一小批球卡在網子裡。大約二、三十顆球宛如雨點一般掉在我們四周，迫使鴕鳥必須躲避和轉向。有隻鳥的運氣比較差，牠踩到一顆球，頭朝下摔倒，銳利的嘴喙插入草皮。牠的兩名弟兄被牠絆倒，堆積成一堆危險的羽毛、腳爪和銳利鐵絲。

「快點！」梅格對我大喊。她沒有與那些鳥正面搏鬥，而是抓住其中一隻的脖子，跳到牠背上，那隻鴕鳥不知爲何竟然沒死。她猛衝跑開，對著各種怪物和角鬥士揮舞她的雙刀。

是有點讓人佩服啦，但我要怎麼跟著她呢？而且，她等於是在明確地宣示我準備躲在她後面的計畫沒有用。這女孩眞不會幫別人著想。

一名獨眼巨人朝我衝來，手上揮舞著棍棒，我對這來自近處的威脅射出一支箭。我實在不知道他來自何方，但把他送回原本所歸屬的塔耳塔洛斯。

我躲過一隻噴火馬，然後踢起籃球正中一個角鬥士的肚子，接著往側邊閃開一頭獅子，牠正撲向一隻看起來很可口的鴕鳥。（附帶一提，在經歷這一切的同時，我的背上還綁著一把椅子喔。）

梅格將她的致命鴕鳥對準皇帝的包廂，一路揮砍任何擋住去路的東西。我明白她的計畫是殺掉康莫德斯。我盡可能跟在她後面跌撞前進，然而鄉村音樂的猛烈節奏、群眾的嘻笑嘲弄，以及一級方程式賽車引擎在跑道上加速的吱嘎聲，全都讓我頭痛難當。

一群狼頭戰士邁開大步走向我……人數太多了，而且對我的弓來說也太靠近。我扯下由醫療注射器排列而成的子彈帶，朝牠們凶狠的狼臉噴射氨水。牠們尖聲大叫，用爪子猛抓眼睛，然後開始崩潰成灰。隨便哪位奧林帕斯山的守衛都會告訴你，氨水是清除怪物和其他汙漬的絕佳清潔劑。

我一路跑到球場上唯一冷靜的孤島——那隻母象。

牠對於攻擊別人似乎毫無興趣。其他參戰者考量到牠的體型和很難對付的防禦鍊甲，似乎都不急著接近牠。或者，也許看到她的小馬隊頭盔，大家只是不想與地主隊混在一起。

有某種因素讓牠顯得好悲傷、好沮喪，我覺得深受牠的吸引，我們同病相憐。

我拿出戰鬥烏克麗麗，彈奏一首對大象表達善意的歌，是主教樂團的〈南行的厚皮動物〉[66]樂器的前奏十分扣人心弦且悲傷，非常適合烏克麗麗獨奏。

「偉大的大象，」我一邊唱一邊靠近，「我可以騎你嗎？」

牠那雙溼潤的棕色眼睛對我眨了眨，然後呼口氣，彷彿是說：「隨便你，阿波羅。他們逼我戴上這頂愚蠢的頭盔，我什麼都不在乎了。」

有個拿著三叉戟的角鬥士魯莽打斷我的歌，於是我用戰鬥烏克麗麗猛砸他的臉。接著，我從母象的前腳爬到牠背上。我已經很久沒練習這項技術了，上一次是風暴神因陀羅[67]大半夜帶我去公路上尋找印度酸咖哩；但我想，騎大象是你絕對不會忘記的一種技巧。

我看到梅格在二十碼線處，背後留下許多放聲哀號的角鬥士和一堆堆的怪物灰燼，只見她騎著鴕鳥朝皇帝奔去。

康莫德斯開心得直拍手。「梅格，做得好！我好想跟你戰鬥，但是，待會再說！」

音樂驟然消失。角鬥士在戰鬥中停手，賽車慢下來閒晃，就連梅格騎的鴕鳥也停下腳步往四周探看，彷彿很好奇為何突然變得這麼安靜。

擴音器傳來一陣戲劇化的擊鼓聲。

「梅格．麥卡弗瑞！」康莫德斯以最像電視遊戲節目主持人的聲音隆隆說道：「我們有個特別驚喜要給你……從紐約直送，你認識的人！你能在他炸成一團火焰之前救出他嗎？」

聚光燈束在半空中彼此交叉，最後對準達陣區上方的一個位置，約莫與球門柱的頂端同樣高度。我突然想起以前吃完印度酸咖哩的那種後勁，辣度一路燒到我的腸子裡。現在我終於明白梅格先前感受到的東西究竟是什麼了；某種模糊的感覺吸引她進入運動場。一條長長的鎖鍊從屋頂橫梁懸垂而下，皇帝的特別驚喜遭到繩索緊緊綑綁，正在激烈地怒吼、扭動。那是梅格最信任的夥伴，穀物精靈卡波伊「桃子」。

---

66 主教樂團（Primus）是美國搖滾樂團，〈南行的厚皮動物〉（Southbound Pachyderm）是一九九五年的歌曲，大象即屬厚皮動物。

67 因陀羅（Indra）是印度教神祇，主管天氣與戰爭。

26

我輕推帽子
向最優秀之大象
當閨蜜，可乎？

我搭箭上弓，射向那條鎖鍊。

在大多數情況下，我的第一直覺就是射箭，通常這樣都行得通。（除非你把荷米斯沒敲門闖進我浴室那一次算進去。嗯，對，我上廁所永遠弓箭不離身。為什麼不？）

這一次，我的準頭無法事先計畫好。桃子拚命掙扎，搖晃得太厲害，我的箭從他的鍊條旁邊飛過去，命中看台上的某個無頭族。

「住手！」梅格對我尖叫：「你可能會射中桃子！」

皇帝笑起來。「對，它都要燒死了，那會成為奇恥大辱！」

康莫德斯從他的包廂跳到跑道上。梅格高舉手上的刀準備發動攻擊，但是看台上的傭兵全都舉起他們的步槍。儘管我距離五十公尺遠，那些狙擊手還是瞄準了知名人士……嗯，就是我。一堆紅色的對焦點在我胸口飄來飄去。

「唉呀，唉呀，梅格，」皇帝以責怪的語氣說，同時指著我，「我的競賽，就要按照我的規則。除非你想在彩排的時候就失去兩個朋友。」

梅格舉起一把刀，然後再舉起另一把，好像衡量著該選哪一把。我們的距離實在太遠，我無法看清楚她的表情，但可以感受到她的極大痛苦。我也曾陷入這樣的兩難困境，有多少次了呢？我要摧毀特洛伊人還是希臘人？我要調戲姊姊的獵女隊、冒著遭到掌摑的風險，還是要調戲布里托瑪爾提斯、冒著被炸掉的風險？這種種抉擇構成我們每個人的特質。

梅格陷入猶豫之時，有個身穿寬外袍的維修人員駕駛另一輛一級方程式賽車進入跑道。那是一輛亮紫色的賽車，車頭蓋有個金色數字「一」。車頂伸出一根金屬長矛，大約有六公尺高，頂端包了一團布。

我的第一個念頭是：康莫德斯為何需要這麼巨大的天線？接著，我再看了懸吊空中的卡波伊一眼。在聚光燈下，桃子閃閃發亮，全身似乎塗了厚厚的油脂。他通常都是赤腳，現在雙腳則裹著粗糙的砂紙，很像火柴盒上摩擦點火的那一面。

我的胃用力扭攪。賽車的天線並不是天線，而是巨大的火柴，設置的高度剛好可以點燃桃子的腳。

「等我坐進車子裡，」康莫德斯大聲宣告：「我的傭兵就不會插手干預。梅格，你大可用自己喜歡的方式嘗試阻止我！我的計畫是繞場一周，點燃你的朋友，讓他燒起來，然後再繞圈回來，用我的車子撞倒你和阿波羅。我相信大家稱之為『勝利繞場』！」

群眾大吼表示贊同。康莫德斯跳進他的車子，維修人員四散跑開，然後紫色賽車從一團煙之中衝出去。

我的血液變成冷壓橄欖油，從心臟打出去的速度好疲軟。那輛賽車繞場一周要花多久時間？最多幾秒鐘吧。我猜想康莫德斯的擋風玻璃一定有「防箭」功能。他不會讓我有那麼簡單的解決方法。我甚至來不及彈一段還不錯的烏克麗麗即興樂句。

在此同時，梅格操控她的鴕鳥，騎到搖來晃去的卡波伊底下。她站在鳥背上（這件事可不簡單），盡可能伸手到最高處，但桃子在她的上方還是太遠。

「變成一顆水果！」梅格對他大喊：「消失！」

「桃子！」桃子哭叫著，意思可能是：「如果可以變，你不覺得我早就變了嗎？」我猜那條繩子可能有某種魔法力量限制了他的變身能力，使他只能侷限於目前的形式，很像宙斯把我的超凡神性硬是塞進萊斯特．巴帕多普洛斯的悲慘軀殼裡。我頭一次對那個包尿布的惡魔寶寶產生一絲親切感。

這時，康莫德斯在跑道上繞了半圈。他大可開得更快，但是堅持要突然甩尾，對著一架架攝影機揮手致意。其他賽車停到旁邊讓他通過，我真懷疑他們到底懂不懂賽車的概念。

梅格從鴕鳥的背上跳出去，抓住球門柱的橫桿開始往上爬，但我知道她絕對來不及救下卡波伊。

紫車繞到遠端的達陣區。假如康莫德斯在直線道加速，一切就完了。要是我能用某種又大又重的東西擋住他的去路就好了。

「喔，等一下，」我的聰明腦袋想著：「我坐在一頭大象上面耶。」

巨大的小馬隊頭盔底部刻著名字「莉維亞」，我猜那是母象的名字。

我傾身向前。「莉維亞，我的朋友，你想不想用力踩扁一個皇帝？」

牠大吼一聲……這是牠第一次真正顯露出熱切之情。我知道大象非常聰明，但牠樂意協助還是讓我大吃一驚。我有種預感，康莫德斯對待牠的態度很惡劣，現在牠想殺了他。就這點來說，至少我們有共同目標。

莉維亞衝向跑道，用肩膀頂開其他動物，也用象鼻把擋路的角鬥士掃到旁邊去。

「好大象！」我大喊：「超棒大象！」

記憶寶座在我背上彈來彈去有點危險。我把所有的箭（只有會講話的那支蠢箭除外）都拿來射倒戰鬥鴕鳥、噴火馬、獨眼巨人和犬人，然後拿起戰鬥烏克麗麗彈奏軍號聲，示意：「衝啊！」

莉維亞沿著中央跑道高速衝刺，迎頭奔向紫色賽車。康莫德斯轉彎後也直直對準我們而來，咧嘴的笑容播映在體育場周遭的每一個影像螢幕上。他看起來興高采烈，期待來個迎頭撞擊。

我呢，則是沒有那麼期待啊。康莫德斯很難殺死，我和大象則不然，我也不確定莉維亞身上的鍊甲對牠有多大的保護作用。我一直希望我們能迫使康莫德斯駛離車道，但我早該知道，他絕對不會放棄參與這種兩車高速對衝的「懦夫賽局」。他沒有戴安全帽，頭髮在周圍瘋狂翻飛，讓他的黃金月桂冠很像在火焰裡。

沒有戴安全帽……

我從子彈帶拔出一把手術刀，傾身向前，用力鋸開莉維亞那頂美式足球頭盔的下巴固定帶。它輕輕鬆鬆便應聲斷裂。感謝天神，固定帶用的是廉價塑膠商品！

「莉維亞，」我說：「把它甩出去！」

超棒大象聽懂了。

牠保持全速向前衝刺，同時彎曲象鼻，繞過自己的護臉罩，然後拋出頭盔，很像紳士輕推自己的帽子……假如那帽子可以當作致命的投射式武器用力擲出的話。

康莫德斯連忙轉彎。巨大的白色頭盔從他的擋風玻璃彈開，但眞正的傷害已然造成。「紫色一號」翹高成難以置信的陡峭角度，彈跳著衝進球場，再向側邊傾斜，然後翻滾三次，像打保齡球一樣撞倒一群鴕鳥，以及兩名運氣很差的角鬥士。

「喔喔喔喔喔喔喔！」群眾全都站起來。音樂停止。其餘的角鬥士退到球場邊緣，緊盯著翻覆的皇帝賽車。

車子底盤冒出濃煙，輪子徐徐轉動，輪胎的胎皮脫落下來。

我想要相信群眾的靜默是充滿希望的停頓。也許，他們像我一樣，最大的渴望是康莫德斯不會從殘骸底下爬出來，希望他已在四十二碼線的人工草皮上化爲一灘皇帝殘跡。

哎呀，有個冒煙的人形從殘骸底下爬出來了。康莫德斯的鬍子繼續燜燒，臉和雙手都沾滿黑色油煙。他站起來，臉上的微笑沒有消失，然後伸展身子，彷彿只是好好睡了個午覺。

「阿波羅，這招很棒！」他抓住撞毀的賽車底盤，把整輛車舉到頭頂上。「不過呢，要殺我還得花費更大的功夫！」

他把賽車扔到旁邊去，壓扁一個運氣很差的獨眼巨人。

觀眾歡呼跺腳。

皇帝大喊：「清理場地！」

立刻有數十名馴獸師、醫護人員和球僮衝到人工草皮上。倖存的角鬥士氣呼呼離開，似乎領悟到所有奮戰至死的方式都比不上剛才康莫德斯的表現。

皇帝命令他的僕人時，我瞥向達陣區。梅格用盡方法一路爬到球門柱的頂端。她跳向桃子，抓住他的雙腿，惹得卡波伊尖叫咒罵了好久。他們一度在鍊條上一起搖晃，接著梅格爬到她朋友身上，召喚出她的刀子，猛力揮砍鍊條。他們墜落了六、七公尺，摔在跑道上滾成一團。謝天謝地，桃子剛好當成梅格的緩衝墊。考慮到桃子果實柔軟多汁的特質，我想梅格應該沒事。

「好啦！」康莫德斯大步走向我。他的右腳踝有點跛，但如果痛得厲害，他也沒有顯露半點跡象。「這是一場很好的預演！明天，會有更多死亡，當然包括你在內。我們會改變戰鬥模式。也許多加一點賽車和籃球？還有，莉維亞，你眞是頑皮的老象！」他對我的厚皮動物坐騎搖搖手指。「那正是我所期待的精力！如果你在我們之前的競技大賽展現那種熱情，我就不必殺了克勞狄烏斯啊。」

莉維亞跺腳吼叫。我走到牠的頭旁邊，努力安撫牠，但我可以感覺到牠的強烈悲痛。

「克勞狄烏斯是你的夥伴，」我猜測說：「康莫德斯殺了他。」

皇帝聳聳肩。「我警告過牠，要嘛就玩我的遊戲，否則後果很不妙。但是大象好頑固！牠們巨大、強壯、習慣我行我素……實在很像天神。可是呢……」他對我眨眨眼，「小小懲罰所能達到的效果眞的很驚人。」

莉維亞重重跺腳。我知道牠想要發動攻擊，不過見識到康莫德斯拋擲賽車的模樣，我猜他要傷害莉維亞也不是什麼難事。

「我們會解決他，」我低聲對牠說：「再等一下。」

「是的，等到明天！」康莫德斯表示贊同。「你們會有另一次機會，好好搞砸吧。不過現在呢……啊，我的護衛要來護送你們去牢房！」

一群日耳曼人急忙跑進球場，帶頭的是里提爾西斯。

剝玉米人的臉上有一道新的醜陋傷痕，看起來疑似鴕鳥的腳印，我看了覺得很樂。他的手臂有好幾道新的割傷正在流血，褲管也割成一條條破布狀，看起來像是被小型獵物專用的箭頭所割裂，似乎獵女隊已經玩弄過她們的目標，盡全力消滅了他的長褲，這讓我覺得更樂了。眞希望我能替里提爾西斯的收藏增添新的箭傷，最好是在胸骨的正中央……不過我的箭筒空無一物，只剩下多多納之箭。這一天已經夠戲劇化了，不需要再增添很白爛的莎士比亞對白。

里提爾西斯笨拙地鞠躬。「陛下。」

我和康莫德斯異口同聲說：「什麼事？」

我坐在穿著鍊甲的大象背上，自認看起來比較有陛下的氣勢，但里提爾西斯只對我輕蔑地冷笑一下。

「康莫德斯陛下，」他澄清說：「大門口的入侵者已經撤退了。」

「早該如此。」皇帝咕噥說著。

「陛下，她們是阿蒂蜜絲的獵女隊。」

「我懂了。」康莫德斯聽起來沒有特別關切。「你殺了她們所有人嗎？」

「我們……」里提吞嚥口水。「不，陛下。她們從很多不同的位置狙擊我們，然後撤退，把我們引進一連串的陷阱。我們只損失十個人，不過……」

「你們損失十個人。」康莫德斯檢視自己沾染油煙的指甲。「而你殺了多少獵女隊的人？」

里提直往後退，頸部青筋跳動。「我……我不確定。我們沒找到屍體。」

「所以，你無法確認有任何死傷。」康莫德斯瞥了我一眼。「阿波羅，你會怎麼建議？我該花時間思考嗎？我該考慮後果嗎？也許我該告訴我的司令官，里提爾西斯，叫他別擔心？他不會有事？他『永遠會有我的賜福』？」

說到最後這一句他尖聲狂叫，聲音響徹整座體育場。就連觀眾席上最狂野的半人馬都安靜下來。

「不，」康莫德斯終於說，語氣再度變得冷靜，「亞拉里克，你在哪裡？」

一名日耳曼人向前走出。「陛下？」

「把阿波羅和梅格．麥卡弗瑞帶去監禁起來。注意讓他們有好的牢房過夜。把寧默心寶座放回儲藏室。殺了大象和卡波伊。還有什麼事？喔，對了。」康莫德斯從他的賽車靴子裡拔出一把獵刀。「幫我按住里提爾西斯的兩隻手臂，我要割斷他的喉嚨。該換個新任司令官了。」

亞拉里克還來不及執行這些指令，體育館的屋頂就爆炸了。

27

為我毀屋頂 以絞盤送來少女 我們逃出此

嗯，我剛說「爆炸」。說得更精確一點，屋頂是向內場陷，很像一隻青銅巨龍撞上屋頂會有的反應。大梁彎曲，鉚釘噴出，一片片金屬浪板發出吱嘎聲，然後向下崩垮，再加上很像撞擊航空母艦的聲響。

非斯都穿越裂口筆直落下，翅膀撐開以便減緩降落速度。它變成手提箱形式期間似乎沒有進一步的損耗，但是從它對觀眾席群眾噴火的樣子看來，我猜它的心情有點暴躁。

狂野的半人馬驚慌逃竄，胡亂踐踏凡人傭兵和日耳曼人。無頭族很有禮貌地拍手，也許認爲巨龍是這場表演的一部分，直到一陣火焰把他們化爲塵埃爲止。非斯都繞著跑道飛，而且對賽車噴火，進行它自己的火熱勝利繞場。這時有十幾條銀色繩索從屋頂向下開展，阿蒂蜜絲的獵女隊垂降進入競技場，活像一堆凌亂的蜘蛛。

（我一直覺得蜘蛛是很迷人的生物，才不管雅典娜怎麼想。如果你問我的意見，我覺得她只是嫉妒蜘蛛的漂亮臉蛋。炸！）

還有更多獵女留在屋頂上，她們拉弓射箭，射出壓制火力，以便讓她們的姊妹垂降到球場上。而垂降下來的人一碰到草皮，立刻拔出弓箭和刀劍，跳入戰場。

亞拉里克和皇帝手下大多數的日耳曼人也趨前迎戰。

梅格．麥卡弗瑞在球門柱那邊，瘋狂嘗試割斷桃子身上的繩索，想要救他脫困。兩名獵女降落在她旁邊。她們匆匆交談，附帶一大堆指示，可能像這樣的幾句：「哈囉，我們是你的朋友。你快死了。跟我們來。」

梅格顯然很焦慮，她的目光越過球場，朝我的方向瞥了一眼。

我大喊：「快走！」

梅格任憑獵女抓住她和桃子。接著，獵女匆匆按下她們腰帶側邊的某種機關，只見繩索又向上往回彈射，彷彿重力定律只是參考用的。

動力絞盤，我心想，眞是非常棒的配件。假如我經歷這一切而活下來，我要建議阿蒂蜜絲的獵女隊製作T恤，寫著「少女絞盤」。我確定她們會很愛這點子。

最靠近的一群獵女往我的方向衝來，迎上日耳曼人的戰鬥行列。其中一名獵女很眼熟，她有一頭波浪狀的黑髮和耀眼的藍眼睛。她不像阿蒂蜜絲的隨從平常都穿灰色迷彩服，而是穿著牛仔褲，以及別了很多安全別針的黑色皮夾克，上面還有雷蒙斯合唱團和死甘迺迪樂團[68]的標誌。她的額頭閃耀著銀色頭冠，一隻手臂揮舞盾牌，上面有陰森恐怖的梅杜莎臉孔圖案。我猜那不是原本那個盾牌，否則那會把我變成石頭，但複製品只要做得夠好，依然能讓日耳曼人驚駭膽怯而退開。

我的腦海浮現女孩的名字：泰麗雅．葛瑞斯，阿蒂蜜絲的副手，獵女隊的隊長，她親自

---

[68] 雷蒙斯合唱團（Ramons）和死甘迺迪樂團（Dead Kennedys）都是一九七〇年代成軍的美國龐克搖滾樂團。

前來救我。

「救阿波羅！」她大喊。

我的精神爲之一振。

「好耶，謝謝你！」我好想這樣大喊：「終於，有人把做事的優先順序弄對了！」

我呢，有那麼一刻，覺得整個世界好像又回到原本恰當的秩序了。

康莫德斯嘆口氣，一副惱羞成怒的樣子。「我可沒有幫我的競技大賽規劃這種橋段。」他環顧四周，顯然這才意識到自己只剩下兩名護衛和里提爾西斯可以命令，其他人都已投身戰鬥。「里提爾西斯，別光是站在那裡！」他厲聲說道：「我換裝的時候，你去拖慢他們的行動。我穿著賽車服沒辦法戰鬥，這太可笑了！」

里提的眼睛抽動一下。「陛下……您準備要解除我的職務，方法是殺了我嗎？」

「喔，對啊。嗯，那你就自我犧牲吧！證明你比你的白痴父親更有用！坦白說，米達斯擁有點石成金的能力，卻還是什麼事都做不好。你也沒有比較厲害！」

里提爾西斯的鴕鳥傷痕周圍皮膚變紅了，活像是那隻鳥依然踩在他的臉上。「陛下，爲求愼重……」

康莫德斯的手像響尾蛇一樣射出，箝制住劍客的喉嚨。

「愼重？」皇帝嘶聲威嚇：「你叫我要愼重？」

飛箭射向皇帝剩餘的護衛。兩名日耳曼人應聲倒下，帶著剛穿好的銀色羽毛鼻環。

第三支飛箭呼嘯射向康莫德斯。皇帝猛然抓起里提爾西斯擋在面前，只見箭尖從里提的大腿前側凸出來。

劍客哀號尖叫。

康莫德斯滿臉嫌惡地扔下他。「我得親自殺了你？真的嗎？」他舉起手上的刀子。我內心有某種因素，無疑是性格上的缺陷，讓我對受傷的剝玉米人感到同情。

「莉維亞。」我說。

母象聽懂了。牠甩動象鼻，從上往下揮打康莫德斯的頭，把他打趴在草皮上。里提爾西斯忙著摸索自己的劍柄，找到之後，將劍尖刺進皇帝裸露的頸部。

康莫德斯高聲嚎叫，伸手抓緊自己的傷口。從血量來判斷，我推測那道砍傷沒有刺中他的頸靜脈，眞是太可惜了。

康莫德斯雙眼燃燒怒火。「喔，里提爾西斯，你這叛徒。我會慢慢把你凌遲至死！」

但事情不會像他說的那樣發展。

最靠近的日耳曼人看到他們的皇帝在地上流血，連忙跑來搭救。莉維亞捲起里提爾西斯，並示意我們向後退；那些野蠻人在康莫德斯周圍排成緊密隊形，構成一堵防護牆，並將所有的尖利長桿武器對準我們。日耳曼人一副準備反擊的樣子，但他們還來不及出招，突然有一排火焰灑落在我們兩群人之間。巨龍非斯都降落在莉維亞旁邊。那些日耳曼人匆忙撤退，只聽見康莫德斯尖聲大叫：「放我下來！我要殺了那些人！」

在非斯都的背上，里歐向我敬禮，動作像是戰鬥機飛行員夥伴。「萊斯特普洛斯，怎麼啦？喬瑟芬收到你的緊急訊號。她立刻派我們回來喔。」

泰麗雅．葛瑞斯帶著她的兩名獵女小跑步過來。「我們必須撤離。再過幾分鐘就會有人追來。」她指著達陣區，非斯都的火熱勝利繞場沒傷到的倖存者開始在那裡排成隊形，有一百多名來自皇室的各種半人馬、犬人和半神半人。

我望向球場邊線。有一條斜坡通往最底層的觀眾席，寬度可能足夠容納一頭大象。「我不會把莉維亞留下來。帶著里提爾西斯，而且帶著記憶寶座。」我取下椅子，不禁再次感謝椅子這麼輕，然後把它拋給里歐。「這張寶座必須拿回去給喬吉娜。我會騎著莉維亞找到大型出口離開這裡。」

母象把里提爾西斯拋到草皮上。剝玉米人咕噥一聲，雙手壓在腿上的箭頭周圍。

里歐皺起眉頭。「呃，阿波羅……」

「我不會讓這頭尊貴的大象留下來受折磨！」我很堅持。

「不，那個我了解。」里歐指著里提。「可是，我們爲何要帶這個笨蛋啊？他在奧馬哈想要殺我，還在動物園威脅卡呂普索。我不能把他丟給非斯都踩扁嗎？」

「不！」我不確定自己對這件事的反應爲何如此強烈。看著康莫德斯背叛這個劍客，讓我的生氣程度幾乎等同於尼祿操控了梅格，或者……嗯，對，還有宙斯第三次把我貶入凡人世界。「他需要治療。他會表現得很乖，對吧，里提？」

里提爾西斯痛得臉部扭曲，鮮血浸溼了他的破爛牛仔褲，但他勉力微微點頭。

里歐嘆口氣。「隨便你，老兄。非斯都，我們帶這個流血的白痴一起走，好嗎？不過呢，如果他在路上擺出盛氣凌人的態度，你大可把他丟去撞摩天大樓喔。」

非斯都發出吱嘎聲表示贊同。

「我跟阿波羅一起走。」泰麗雅．葛瑞斯從我後面爬上大象……這滿足了我曾對漂亮獵女所作的白日夢，但從沒想過竟是這種方式。她對其中一位夥伴點點頭。「伊菲革涅亞，帶著其他獵女離開這裡。走吧！」

里歐笑嘻嘻地把記憶寶座甩到他背上。「所有人回家見。而且別忘了帶點莎莎醬回去！」非斯都拍動它的金屬翅膀，抓起里提爾西斯騰空飛起。其他獵女則啓動她們的絞盤，趕在第一波憤怒的觀眾跑進球場亂扔長矛和巫巫茲拉之前往上升起，只見那些亂扔的東西掉下來散落一地。

獵女離開後，群眾把注意力都轉到我們身上。

「莉維亞，」我說：「你可以跑多快？」

答案是，快到足以躲開武裝暴徒，特別是有泰麗雅．葛瑞斯坐在牠背上，她一邊射箭，一邊對著太靠近的暴徒揮舞那個可怕的盾牌。

莉維亞似乎對運動場的走廊和坡道很熟悉，這些通道都是設計來讓大批群眾通行，因此大象行進起來也相當方便。我們轉幾個彎，繞過紀念品攤位，高速衝過一條工作通道，最後從南密蘇里街的貨物裝卸平台鑽出來。

我都忘了陽光的感覺多麼美好！暮冬的新鮮空氣多麼清新！就算不像駕駛太陽戰車那麼令人振奮，也比康莫德斯宮殿裡有巨蛇出沒的下水道好太多了。

莉維亞沿著密蘇里街大步前行。牠轉進自己看到的第一條死巷子，然後跺跺腳並搖晃身子。我相當確定自己了解牠要傳達的訊息：脫掉這副愚蠢的鍊甲。

我翻譯給泰麗雅聽，她將弓箭揹上肩。「我不怪牠。可憐的大象。女戰士需要輕裝移動。」

莉維亞舉起象鼻，似乎是說謝謝你。

接下來我們花了十分鐘幫大象解除盔甲。完成後，莉維亞用象鼻給我和泰麗雅來個集體大擁抱。

我先前湧現的腎上腺素漸漸消退，現在覺得自己好像洩氣的內胎。我頹然坐下，背靠著磚牆，在溼衣服裡簌簌發抖。

泰麗雅從她的腰帶拿出一個水壺。恰當的做法是先遞給我，但她反其道而行，倒了一些液體到手掌上，捧給莉維亞喝。母象就這樣淅淅簌簌喝了五次，對大型動物來說並不多，不過牠眨眨眼，心滿意足地發出呼嚕聲。泰麗雅自己喝了一口，然後把水壺遞給我。

「謝謝。」我含糊說了一聲。我喝了，視線立刻變得清晰，感覺好像剛睡了六個小時，而且好好吃了一頓熱食。

我不可置信地瞪著那個傷痕累累的水壺。「這到底是什麼？不是神飲……」

「不是，」泰麗雅贊同說：「這是月水。」

我和阿蒂蜜絲的獵女隊相處了幾千年，但是從沒聽過「月水」。我回想起喬瑟芬提過一九二〇年代販賣私酒的故事。「你指的是私釀酒[69]嗎？就像烈酒？」

泰麗雅笑起來。「不是。這不含酒精，而是有魔法。女神阿蒂蜜絲從沒對你提過這東西，對吧？這有點像獵女隊的能量飲料。男人很少有機會嘗到。」

我倒了一點點到掌心。這東西看起來很像普通的水，不過也許略帶銀色，彷彿混合了微量的液態銀。

我考慮再喝一小口，接著覺得它可能會讓我的腦部振動到液化點。我將水壺遞回去。「你曾經……你曾經與我姊姊談過嗎？」

泰麗雅的表情變得嚴肅。「在夢裡，幾個星期前。女神阿蒂蜜絲說，宙斯禁止她來見你。她甚至不該命令我們來幫你。」

這些我早猜到了，但如今我的恐懼獲得了確認；要不是有月水，絕望感恐怕早已吞沒了我。月水的能量爆發力讓我繼續保持活躍，壓過心底深處的情緒，感覺就像輪子飛快滾過鬆軟的沙地。

「你不該幫我，」我說：「而你還是來到這裡。爲什麼？」

泰麗雅對我露出靦腆的微笑，布里托瑪爾提斯看了一定讚譽有加。「我們剛好在這個地區。沒有人『命令』我們來幫忙。我們搜尋一隻特定的怪物已經好幾個月了，而……」她停頓一下。「嗯，那是另一個故事。重點是，我們剛好路過，對你伸出援手，就像對每個落難的半神半人伸出援手。」

她完全沒提到布里托瑪爾提斯去找獵女隊、催促她們來到此地。我決定跟著她玩「假裝什麼事都沒發生」的小小遊戲。

「我可以猜測另一個理由嗎？」我問。「我想，你決定要幫我，是因爲你喜歡我。」

泰麗雅的嘴角牽動一下。「什麼原因讓你這樣說？」

「喔，得了吧。我們第一次見面的時候，你說我很火熱[70]。別以爲我沒聽見那番話喔。」

看到她臉紅，我樂壞了。

---

[69] 在美國稱呼私釀酒的口語用詞是「moonshine」，字面意思是月光。

[70] 此段故事參見《波西傑克森：泰坦魔咒》七十頁。

「我那時候比較年輕，」她說：「跟現在很不一樣。那時候我剛花了好幾年變成一棵松樹，視力和推理能力都受到樹木汁液的影響而受損。」

「哎唷，」我抱怨說：「好刺耳喔。」

泰麗雅搥了我的手臂一拳。「你需要偶爾服用一帖謙虛藥。阿蒂蜜絲一天到晚這樣說。」

「我姊姊老是鬼鬼祟祟的，很愛騙人……」

「小心一點喔，」泰麗雅警告說：「我可是她的副手。」

我要任性地交叉雙臂，就像梅格一樣。「阿蒂蜜絲從沒對我提過月水。她從沒對我提過小站，害我很想知道她到底隱瞞了多少祕密。」

「也許有一點。」泰麗雅小心保持冷靜的語氣。「不過呢，你這個星期已經比獵女以外的大多數人看到更多了，你應該覺得幸運。」

我盯著面前的巷子，這讓我想起最初以萊斯特．巴帕多普洛斯的身分掉進去的那條紐約小巷。自從那之後發生了這麼多變化，然而我還是沒有比較接近天神的身分。事實上，身爲天神的記憶似乎愈來愈遙遠了。「是啦，」我咕噥著說：「非常幸運。」

「來吧。」泰麗雅對我伸出一隻手。「康莫德斯展開的報復行動不會等太久。我們把大象朋友帶回小站吧。」

28
噴出惡臭煙
你從何基因庫來？
嗯，啥？（尖叫聲）

結果呢，帶一頭大象進入小站並不如我想像的那麼困難。

我以為要把莉維亞努力塞進一條樓梯坡道，或者借一架直升機把牠從屋頂放進葛萊芬的巢裡。不過我們一到達建築物的側邊，磚塊就隆隆作響，自行重新排列成一道寬闊的拱門，以及一條微微向下的坡道。

莉維亞毫不遲疑，邁開大步走進去。到了走廊底端，我們發現一個完善的大象欄舍，有高聳的天花板、充裕的稻草堆，有百葉窗讓陽光照進來，有一條小溪蜿蜒流經房間中央，還有巨大的電視螢幕轉到赫菲斯托斯電視台的「大象頻道」，播映著《非洲大草原的大象實境秀》（我還眞不知道赫菲斯托斯電視台有這種頻道，一定是包括在「豪華餐」組合裡，我沒有訂閱）。最棒的是，放眼所及既沒有半個角鬥士，也沒有大象盔甲。

莉維亞呼呼氣表示很讚賞。

「我的朋友，很高興你喜歡這裡。」我爬下大象，泰麗雅也跟進。「那麼你自己好好享受一下，我們去找主人。」

莉維亞涉水走進小溪，滾下去側躺，給自己來個象鼻淋浴。牠看起來好滿足，我都想要加入牠的行列了，但我有比較不開心的事情必須處理。

「走吧，」泰麗雅說：「我知道怎麼走。」

眞不曉得她怎麼會知道。小站不時轉移和變動，應該不可能有人熟悉這裡的來龍去脈。但是她的話一點不假，泰麗雅帶我爬上好幾層樓梯，穿越一個我從沒見過的健身房，然後回到大廳，已經有一群人聚集在那裡了。

喬瑟芬和艾米跪在沙發旁，喬吉娜則躺在沙發上發抖、哭泣、咯咯發笑。艾米試著給小女孩喝點水，喬瑟芬則拿著毛巾輕拭喬吉娜的臉。寧默心寶座屹立在她們旁邊，但我看不出她們是否曾經試用過。喬吉娜的狀況顯然沒有好轉。

而在喬瑟芬的工作室那邊，里歐正在非斯都的胸腔內部使用焊槍。巨龍盡可能捲到最緊，不過依然占據了整個空間的三分之一。它的胸腔側邊打開支撐著，很像麥克重型貨車的車頭蓋。里歐的兩條腿伸出來，火花灑落在他周圍的地板上。非斯都對這種侵入式手術似乎不以爲意，它的喉嚨深處發出低沉的喀啦震動聲。

卡呂普索看起來從昨天的動物園小遠足完全恢復了。只見她滿場跑，幫獲救的囚犯遞送食物、飲料和醫療用品。我們救出來的有些人把這裡當成自己的家，熟門熟路跑去食物儲藏室翻找櫥櫃，我都懷疑他們被俘虜之前根本長時間住在這裡。

兩名瘦削憔悴的男孩坐在餐桌上努力嚼食新鮮麵包，希望跟上大家的腳步。獵女．卡瓦斯基，那個銀髮女孩，她與阿蒂蜜絲獵女隊的其他人緊密圍坐成一圈，彼此低聲談話，並對里提爾西斯投以懷疑的目光。剝玉米人坐在角落的活動躺椅上，面對牆壁，受傷的那條腿現在受到妥善包紮。

龍女莎莎莎莎莎拉已經發現廚房。她站在流理台前，拿著一籃新鮮雞蛋，一顆接著一顆全部整顆吞下。

高黑傑米則在上方的葛萊芬鳥巢裡，與埃洛伊茲和阿貝拉爾交朋友。葛萊芬讓他搔搔嘴喙下方，那表示了極大的信任，特別是牠們正在孵著巢裡的卵（而且無疑很擔心莎莎莎莎拉會看見）。可惜傑米已經穿上衣服。他現在穿著棕褐色的西裝，搭配開襟的正式襯衫。他的骨架這麼大，真不知道他從哪裡找來這麼棒的合身服飾。也許要小站提供服飾就像提供大象居處一樣簡單。

其餘的獲救囚犯在各處晃蕩，小口咬著麵包和乳酪，以驚嘆的眼光凝視著彩色玻璃天花板，偶爾聽到巨大的聲響忍不住畏縮身子，這對於承受著「康莫德斯後壓力症候群」的人來說完全正常。無頭的阿伽墨得斯飄蕩於新來眾人之間，把他的神奇八號球遞給他們，我猜他是想要閒聊。

梅格．麥卡弗瑞換了不同的綠色洋裝和牛仔褲，徹底拋棄了原本的紅綠燈組合。她走向我，搥了我的手臂一拳，然後站在我旁邊，彷彿我們正在等公車。

「你爲什麼打我？」我問。

「打招呼。」

「啊……梅格，這位是泰麗雅．葛瑞斯。」

我很好奇梅格會不會也搥她一拳打招呼，但梅格只伸出手，與泰麗雅互握。「嗨。」

泰麗雅面露微笑。「梅格，很高興見到你。我聽說你是相當厲害的劍客。」

梅格在她那髒兮兮的眼鏡後面瞇起眼睛。「你從那裡聽說？」

「女神阿蒂蜜絲一直注意你。她緊盯著每一位很有潛力的年輕女戰士。」

「喔不，」我說：「你可以叫我摯愛的姊姊走開。梅格是我的半神半人夥伴。」

「是主人。」梅格更正說。

「沒差啦。」

泰麗雅笑起來。「嗯，請兩位原諒我，我最好去瞧瞧獵女的狀況，免得她們殺了里提爾西斯。」隊長大步走開。

「講到這點……」梅格指向受傷的米達斯之子，「你爲什麼帶他來這裡？」

剝玉米人一動不動地盯著牆壁，眼光避開眾人，彷彿有意邀請大家從背後捅他一刀。就連在房間這一頭，我似乎也能感受到他釋放出一波波無助和挫折。

「是你自己說的，」我對梅格說：「每一種活的東西都應該有機會好好生長。」

「嗯哼。鼠尾草可沒有爲邪惡的皇帝效命。它們也不會企圖殺你的朋友。」

我突然想起到處都沒看到桃子。「你的卡波伊還好嗎？」

「他很好。離開一下子……」她朝空中含糊地揮揮手，指著桃子精靈前往的魔法地域，他們沒有要毀滅敵人或尖叫「桃子！」的時候會去那裡。「你眞的信任里提？」

梅格的語氣很嚴厲，但下唇微微顫抖。她抬起下巴，彷彿準備要迎接一拳。里提爾西斯面對皇帝的背叛時，同樣是這副神情；女神狄蜜特也曾經如此，很久以前她站在宙斯的王座前，說話的聲音充滿了痛苦與懷疑。「你眞的讓黑帝斯綁架了我的女兒泊瑟芬[71]，任憑他這樣一走了之？」

梅格問的是我們能不能相信里提爾西斯，但她眞正要問的是更重大的問題：她能不能相信任何人？在這世界上，包括家人、朋友，或者萊斯特，究竟有沒有任何一個人可以眞正接納她？

「親愛的梅格，」我說：「對於里提爾西斯，我不敢完全確定，但是我認爲必須試試看。我們決定不再嘗試的時候才算失敗。」

她仔細端詳自己食指上的老繭。「就算某個人曾經試圖殺我們？」

我聳聳肩。「如果只要有人企圖殺我，我就放棄他，那麼我在奧林帕斯議會就沒有半個盟友了。」

她噘起嘴。「家人是笨蛋。」

「關於那點，」我說：「我們的意見完全一致。」

喬瑟芬往四周張望，然後看到我。「他來了！」

她匆匆走過來，抓住我的手腕，拖著我走向沙發。「我們一直在等你！什麼原因讓你拖了這麼久？我們得用椅子啊！」

我努力忍住不回嘴。

如果能聽到這種話豈不是更好：「阿波羅，謝謝你，你把所有囚犯都救出來了！謝謝你把我們女兒帶回來！」她至少可以用幾塊橫幅旗幟裝飾大廳，上面寫著「阿波羅最棒」，或者提議要移除我腳踝那個很不舒服的鐵腳鐐。

「你們不必等我啊。」我抱怨說。

---

71 泊瑟芬（Persephone），冥王黑帝斯的妻子，也是農業之神狄蜜特的女兒。

「不行，一定要，」喬瑟芬說：「每次我們嘗試把喬吉娜放到寶座上，她就亂揮亂踢，一直尖叫你的名字。」

喬吉娜的頭伸向我。「阿波羅！死亡，死亡，死亡。」

我皺起眉頭。「我眞的很希望她不要再做那種連結了。」

艾米和喬瑟芬輕輕扶起她，把她放到寧默心寶座上。這一次，喬吉娜沒有抗拒。好奇的獵女和獲救的囚犯全都聚集過來，不過我注意到梅格留在房間的後面，徹底遠離喬吉娜。

「流理台上的筆記簿！」艾米指向廚房。「誰去把它拿過來，拜託！」

卡呂普索幫了這個忙。她匆匆走回來，拿著一本小小的黃色筆記簿和一支筆。

喬吉娜搖搖晃晃。突然間，她全身的肌肉似乎都變軟了，要是她的雙親沒有扶著，她可能會從椅子跌下來。

接著，她猛然坐直，大口喘氣，倏地睜開眼睛，瞳孔擴張得像十元硬幣那麼大。她的嘴巴吐出黑煙，帶著腐臭的氣味，很像煮沸的屋頂瀝青和臭雞蛋，逼得所有人不得不往後退，只有龍女莎莎莎莎莎拉除外，她飢渴地嗅聞那氣味。

喬吉娜歪著頭。煙霧裊裊穿過她的棕色波浪鬈髮，彷彿她是一部機器，或者是裝上故障假頭的無頭族。

「父親！」她的聲音刺入我的心。好銳利、好痛苦，我都覺得像是子彈帶上的手術刀轉而刺向我。那與數千年前聽到的是同樣的聲音、同樣的哭喊，那時特洛佛尼烏極度苦惱，祈求我把阿伽墨得斯從坍垮的偷竊地道裡救出來。

喬吉娜的嘴巴扭曲成冷酷的微笑。「那麼，你終於聽到我的祈求了嗎？」她依然發出特洛佛尼烏的聲音。房間裡的每個人都看著我。就連沒有眼睛的阿伽墨得斯這時似乎也以輕蔑的怒意緊盯著我。

艾米試圖碰碰喬吉娜的肩膀，結果整個人往後一彈，彷彿小女孩的皮膚熔融火燙。「阿波羅，這是怎樣？」艾米質問著。「這不是預言。以前從來沒發生過這種事……」

「你派我的這位小妹來幫你跑腿？」喬吉娜輕指自己的胸口，雙眼圓睜且黑暗，而且依然盯著我。「你沒有比皇帝好到哪裡去。」

感覺好像是有一頭套上鍊甲的大象踩住我的胸口。這位小妹？如果他指的確實是這個意思，那麼……

「特洛佛尼烏。」我幾乎無法說話。「我……我沒有派喬吉娜去。她不是我的……」

「明天早上，」特洛佛尼烏說：「洞穴只在第一道曙光出現時才能進入。你的預言將會呈現出來……或者是皇帝的預言。不管是哪一種，在你的小小避風港都會無所遁形。你親自來，帶那個女孩，你的主人。你們兩人都將進入我的神聖洞穴。」

喬吉娜的嘴巴迸出一陣可怕的笑聲。「也許你們兩人都會活下來。還是你們會與我們兄弟遭受相同的命運？父親，我眞想知道你會向誰祈求？」

喬吉娜吐出最後一口黑煙，然後往旁邊倒下。喬瑟芬連忙撈住她才不至於撞到地面。艾米衝過去幫忙。她們再度合力把喬吉娜輕輕放回沙發上，用毯子和枕頭讓她躺得舒適。

卡呂普索轉身看著我，空的筆記簿掛在她手上。「如果我說錯了請糾正，」她說：「那並不是預言。那是要給你的訊息。」

人群的所有目光讓我的臉好燙。我以前也曾有過同樣的感覺，當時有一整個希臘村莊抬頭望著天上，呼喚我的名字懇求降雨，而我實在太尷尬了，沒有解釋降雨其實是宙斯的管轄範圍。我最多只能提供一首琅琅上口的新歌。

「你說得對。」我說，但是同意這位女巫的話讓我很心痛。「特洛佛尼烏給女孩的不是預言。他給的是……預錄的祝賀詞。」

艾米走向我，雙手緊緊握拳。「她會康復嗎？預言在記憶寶座上陳述出來後，祈求的人通常會在幾天之內恢復正常。喬吉娜會……」她的聲音都破了。「她會回到我們身邊嗎？」

我很想說會。回顧往日時光，前來祈求特洛佛尼烏的恢復率大約有百分之七十五，那還要看祭司有沒有對祈求的人做好適當的準備工作、儀式有沒有全部正確完成，以及是否剛離開可怕的洞穴就立刻把預言陳述出來。喬吉娜是自己找到洞穴，只有很少的準備工作或根本沒有。她也已經受困在瘋狂和黑暗長達好幾個星期。

「我……我不知道，」我坦白說：「我們可以期盼……」

「我們可以期盼？」艾米追問。

喬瑟芬握住她的手。「喬吉娜會好轉。要有信心。那樣比期盼好多了。」

不過她的目光盯著我好像太久了一點……充滿責難和質疑。我祈求她不會拿出衝鋒槍。

「嗯哼。」里歐說。他把焊接面罩抬高，面罩的影子把他的臉遮住了，笑容一下清楚一下模糊，很像柴郡貓[72]。「呃……關於『小妹』呢？如果喬吉娜是特洛佛尼烏的妹妹，那就表示……」他指著我。

我以前從來不曾希望自己是無頭族，而現在，我好想把自己的臉藏到上衣裡。我好想把自己的頭拔掉，扔到房間的另一端去。「我不知道！」

「那樣就能解釋很多事。」卡呂普索大膽推測。「喬吉娜為何這麼能夠適應神諭，她為何能夠撐過這樣的經驗而活下來。如果你……我是要說……不是萊斯特，不過阿波羅是她的親人……」

「她有雙親。」喬瑟芬伸出手臂環抱艾米的腰。「我們就站在這裡。」

卡呂普索舉起雙手作勢道歉。「當然。我只是要說……」

「七年，」艾米插嘴說，並伸手摸摸女兒的額頭，「我們撫養她七年。她到底來自何處，或者她的生父生母是誰，從來都不重要。阿伽墨得斯帶她來的時候……我們查閱新聞、檢視警方的報告、傳送伊麗絲訊息給我們所有的聯絡人，完全沒有人通報某個失蹤的小女嬰長得像她。她的生父生母如果不是不想要她，就是沒辦法撫養她……」她怒目瞪著我。「或者，也許他們根本不曉得有她的存在。」

我努力回想。坦白說，我真的試過了。然而，如果天神阿波羅曾在八年前與某位美國中西部人享受過短暫的羅曼史，我也完全想不起來。我聯想到莫札特，他七歲的時候也曾引起我的注意。每個人都說：「噢，他肯定是阿波羅的兒子！」其他天神以探尋的眼神要我證實，我眞的超想說：「對呀，那個男孩的天分完全出自於我！」然而我連是否見過莫札特的母親都想不起來。或者，就這種事而言，也可能是他的父親。

「喬吉娜擁有超棒的雙親，」我說：「無論她是不是……阿波羅的孩子……很抱歉，我沒

72 柴郡貓（Cheshire Cat）是《愛麗絲漫遊奇境》中的角色，即使身體消失，牠的笑容仍漂浮在空中。

辦法確認。」

「你不必確認。」喬瑟芬斷然回答。

「不……不過我真的認爲她會康復。她的心智很強大。她冒著生命和精神方面的危險，把那個訊息帶來給我們。現在我們最好遵照神諭的指示。」

喬瑟芬和艾米彼此交換眼神，意思像是說：「他是壞蛋，不過我們現在要面對太多事。以後再殺了他。」

梅格．麥卡弗瑞交叉雙臂。就連她似乎也感受到改變話題比較明智。「所以我們天一亮就出發？」

喬瑟芬要注視她似乎有困難，彷彿很疑惑梅格不知突然從哪裡冒出來（我經常也有這種感覺）。「是的，親愛的，你們只有在那個時間才能進入預言洞穴。」

我暗中嘆氣。剛開始是天一亮就到動物園，接著是天一亮就去運河步道，現在則是去洞穴。我眞心希望危險的任務能夠在比較合理的時間動身出發，也許是下午三點吧。

一陣令人不安的靜默落入房間。喬吉娜睡著了，但呼吸很不順。而在上方的鳥巢裡，兩隻葛萊芬豎起全身羽毛。傑米顯得很焦慮，把指關節扳動得劈啪作響。

最後，泰麗雅．葛瑞斯走向前。「訊息的其他部分呢？『你的預言將會呈現出來……或者是皇帝的預言。在你的小小避風港無所遁形。』」

「我不確定。」我坦白說。

里歐舉起兩隻手臂。「預言天神萬歲！」

「噢，閉嘴，」我咕噥說：「我還沒有足夠資訊。如果我們在洞穴活下來……」

「我可以解釋那些語句。」里提爾西斯在他的角落椅子上說。

米達斯之子轉過來面對群眾，他的臉頰滿是疤痕和瘀青，眼神空洞且疏遠。「多虧我裝在你們葛萊芬身上的追蹤裝置，康莫德斯知道你們在哪裡。他明天早上的第一件事就是來這裡，而且，他會把這個地方從地圖上清除殆盡。」

29

削紅蘿蔔神
炒豆腐好吃，但是
多需「依波亞」

里提爾西斯很有交朋友的天分。

有半數的人衝上前要殺他，其他半數則大吼大叫，說他們也想殺他，叫前面半數的人趕快滾開。

「你這個壞蛋！」獵女．卡瓦斯基把里提爾西斯從他的椅子猛力拉起，推著他壓在牆壁上。她拿一把借來的螺絲起子抵住他的喉嚨。

「站站站站站到旁旁旁旁旁邊去！」莎莎莎莎莎拉大喊：「我會把他整個吞吞吞吞吞下去！」

「我早該把他扔去撞房子的牆壁。」里歐咆哮著。

「住手！」喬瑟芬奮力撥開亂糟糟的人群。不意外，大夥兒讓開了。喬瑟芬把獵女．卡瓦斯基從她的獵物身上拉開，然後怒目瞪著里提爾西斯，彷彿他是一部輪軸損壞的戰車。「你在我們的葛萊芬身上裝追蹤器？」

里提揉揉脖子。「對。而且計畫成功了。」

「你很確定康莫德斯知道我們的位置？」

一般說來，我應該要避免引起憤怒群眾的注意，但覺得非開口說話不可。

「他說的是事實，」我說：「我們聽到里提爾西斯在王座室對康莫德斯說起這件事。里歐應該要告訴你。」

「我？」里歐抗議說：「喂，事情一團混亂耶！我以爲你……」他的焊接面罩掉回原位，於是後面講的話含糊不清。

里提爾西斯伸展雙臂，手臂很像用來測試鋼鋸的木頭，上面傷痕累累。「想的話就殺了我吧，反正也沒差。康莫德斯會把這個地方夷爲平地，所有人都逃不掉。」

泰麗雅．葛瑞斯拔出她的獵刀，然而她沒有把劍客的腸子挖出來，反倒將刀刃刺入最靠近的咖啡桌。「阿蒂蜜絲的獵女隊不會容許那種事發生。我們打過太多很難對付的戰役，也曾失去很多姊妹，但我們從未放棄。去年夏天，在聖胡安老城區的戰役……」她停頓下來。

很難想像泰麗雅快哭了，不過她似乎努力維持自己的龐克搖滾本色。我想起自己曾和阿蒂蜜絲一起被流放到提洛斯島，那時她告訴我一些事……她的獵女和亞馬遜女戰士如何在波多黎各大戰巨人奧利安。有個亞馬遜基地遭到摧毀，很多人都死了[73]……那些獵女如果沒有在戰役中遭到殺害，也許還能繼續活個好幾千年。身爲萊斯特．巴帕多普洛斯，我最近發現那種想法超可怕。

「我們不會也失去小站，」泰麗雅繼續說：「我們會與喬瑟芬和艾米一起堅持抵抗。我們今天踢中康莫德斯的『臀板』，明天會再踢一次。」

---

[73] 此段故事參見《混血營英雄：英雄之血》二三三頁。

獵女隊高聲歡呼。我可能也歡呼了吧。每次有勇敢的英雄自願出征，前去打我不想打的戰役，我總是超愛的。

里提爾西斯搖搖頭。「你們今天看到的康莫德斯根本還沒有用盡全力。他有……極廣大的資源。」

喬瑟芬嘀咕一聲。「至少，我們朋友今天讓他流鼻血了。也許他明天不會發動攻擊。他需要時間重整旗鼓。」

里提爆出嘶啞的笑聲。「你們不像我這麼了解康莫德斯。你們根本是逼他發狂。他不會等待，他從來不等待。明天早上的第一件事，他會狠狠攻擊。他會殺了我們所有人。」

我很想反駁。我很想認為皇帝會抽腿不管我們，因為我們在預演時造成那麼好的娛樂效果，然後他可能會送我們一盒巧克力以示歉意。

不過我確實很了解康莫德斯。我還記得弗拉維競技場的地上散布著屍體。我記得那些處決名單。我記得他的嘴唇沾滿斑斑血跡，對我厲聲咆哮：「你說起話來好像我父親。考慮後果，我真是受夠了！」

「里提爾西斯說得對，」我說：「康莫德斯接受了黑暗神諭所說的預言。他需要摧毀這個地方並且殺了我，才能在明天下午舉行他的命名儀式。那就表示他會在早上攻擊這裡。他對於想要的東西絕不會耐心等待。」

「我們可以溜溜溜溜溜走，」莎莎莎莎莎拉建議說：「離開。躲起來。活著改天再戰。」

在大夥兒的後方，鬼魂阿伽墨得斯以深有同感的模樣指著龍女，顯然很同意她的想法。如果連你的死人朋友都擔心會死，你得好好考慮是否有機會贏得戰鬥。

喬瑟芬搖搖頭。「我不會溜去任何地方。這裡是我們的家。」

卡呂普索點頭。「如果艾米和喬瑟芬留守這裡，那我們也一樣。她們救了我們的命，我們會爲她們奮戰到死。對吧，里歐？」

里歐抬起他的面罩。「絕對會。不過我已經經歷過『瀕死』這整件事了，所以我寧可好好奮戰，讓別人去死。舉例來說，讓馬桶男……」

「里歐。」卡呂普索警告說。

「好啦，我們參加。他們絕對過不了我們這一關。」

傑米穿過一排獵女溜到最前面。儘管有那樣的體型，他的移動姿態仍像阿伽墨得斯一樣優雅，幾乎像是用飄的。

「我欠你們一份恩情。」他對獵女隊點頭致意，然後對梅格和我，再對喬瑟芬和艾米。「你們把我從那瘋子的監獄救出來。不過我聽到大家說了好多『我們』和『他們』，聽到人們像那樣說話，我總是很擔心，好像朋友和敵人很容易區分。我們這裡的大多數人彼此根本不認識。」

大塊頭伸手揮向大夥兒，包括獵女、前獵女、前天神、前泰坦巨神、半神半人、蛇女、兩隻葛萊芬，還有一個遭到砍頭的鬼魂。而且在樓下，我們還有一頭名叫莉維亞的大象。我幾乎沒看過防禦陣線的成員這麼多樣化。

「還有，這一位。」傑米指著里提爾西斯。傑米依然聲若洪鐘，但我感覺可以聽出表面下的隱隱雷鳴，隨時準備爆發出來。「他現在算是朋友嗎？他曾經奴役我，而我要與這種人並肩作戰嗎？」

獵女．卡瓦斯基揮舞她手上的螺絲起子。「絕對不可能。」

「等等！」我大喊：「里提爾西斯可以發揮用處。」

再一次，我不確定自己為何這樣說。這似乎會傷害到我的主要目標，也就是永遠讓自己保持安全和受歡迎。「里提爾西斯很清楚康莫德斯的計畫，他很清楚會有什麼樣的武力攻擊我們，而且里提爾西斯的性命危在旦夕，像我們一樣。」

我說明康莫德斯如何命令將里提處死，而里提爾西斯又是如何刺中他前老闆的頸部。

「那樣不會會會會會讓我信信信信信任他。」莎莎莎莎莎拉不滿地嘶聲說道。

大夥兒咕噥著表示贊成。幾名獵女伸手拿她們的武器。

「等一下！」艾米爬上餐桌。

她的長髮辮鬆開，銀色髮絡掃過側臉。她的雙手沾著麵團，迷彩戰鬥服外面套著圍裙，上面有漢堡的圖案，還有一句標語寫著「你的手離我的漢堡包遠一點」。

然而，她的嚴厲目光讓我聯想到那位年輕的納索斯公主，她與姊妹衷心信任眾神，兩人攜手跳出懸崖……那位公主曾經下定決心，她寧可死去，也不願活著面對她的酒醉憤怒父親而擔心受怕。我從來沒想過年紀變老、頭髮灰白、身材粗壯會讓一個人變得比較美麗，然而艾米似乎就是這樣的例子。站在桌面上，她是整個房間裡最冷靜又穩定的重心。

「你們有些人不認識我，」她開口說：「我的名字是赫米塞。我和喬瑟芬負責維護小站。只要有人陷入麻煩，我們從來不曾棄之不顧，甚至原本是敵人也一樣。」她對里提爾西斯點頭。「我們吸引遭到拋棄的人來到這裡，包括孤兒和離家出走的人、曾經遭到傷害的人、遭到虐待或誤入歧途以及覺得沒有一個地方是自己家園的人。」

她作勢指著拱狀的天花板，上面的彩色玻璃把陽光轉化成綠色和金色的幾何形狀。「布里托瑪爾提斯，網子女士，她協助建造這個地方。」

「對你的朋友來說是安全網，」我含糊說著，想起喬瑟芬曾對我說過的這句話，「但對你的敵人卻是陷阱。」

這下子我成爲眾人的注目焦點。還是一樣，我不喜歡這樣（我眞的開始擔心我自己了）。血液突然湧上臉頰，害我的臉好燙。「抱歉。」我對艾米說。

她仔細端詳我，彷彿想知道她的下一箭該瞄準哪裡。她呢，顯然還不太能原諒我可能是喬吉娜的天神父親，雖然得知那項消息至少已有五分鐘之久。我想我可以原諒她。有時候那種意想不到的眞相可能要花一小時或更久才能消化。

最後，她唐突地點頭。「阿波羅說得對。我們明天可能會遭受攻擊，但敵人會發現小站有自我保護的能力。康莫德斯不會讓這張網子存活，但我和喬瑟芬會努力奮戰，捍衛這個地方和身在我們屋頂下的每一個人。如果你想成爲我們家族的一份子，一天也好，永遠也罷，都很歡迎。你們所有人都一樣。」她直直看著里提。

剝玉米人的臉色很蒼白，連傷疤都幾乎快看不出來了。他張嘴想要說話，但努力擠出來的只有哽咽的聲音。他貼著牆壁往下滑，開始顫抖，無聲哭泣。

喬瑟芬蹲在他旁邊。她凝視眾人，彷彿是問：「有誰對這傢伙還有疑問的嗎？」

傑米在我旁邊咕噥一聲。「我喜歡這些女子，」他說：「她們很有『依波亞[74]』。」

[74]「依波亞」的原文是「*igboyà*」，是西非約魯巴語（Yoruba）的「勇氣」之意。

我不知道「依波亞」是什麼意思，連是哪一種語言都猜不出來，不過我喜歡傑米說這番話的語氣。我決定要盡可能獲取一點依波亞。

「嗯，那好吧。」艾米在圍裙上擦擦手。「如果有人想離開，現在就該說再見。我會幫你們做個午餐便當帶上路。」

沒人回答。

「好，」艾米說：「既然這樣，每個人都分配一項下午的家事！」

她派我去削紅蘿蔔皮。

坦白說，我們正在面對一場迫在眉睫的入侵行動，而我，前任的音樂天神，竟然困在廚房裡準備沙拉。我應該要帶著烏克麗麗縱橫全場啊，以我的歌曲和我的閃亮魅力提振大家的精神，而不是削除根莖類蔬菜的外皮！

不過以光明面來看，阿蒂蜜絲的獵女隊必須去清掃牛舍，所以這個宇宙也許還是有點正義存在。

等晚餐準備好，大夥兒散布在大廳裡吃晚餐。喬瑟芬陪里提爾西斯坐在他的角落，以緩慢且冷靜的語氣對他說話，很像對待一隻以前有壞主人的凶惡比特犬。大部分的獵女坐在葛萊芬巢裡，她們的兩條腿在邊緣晃呀晃，同時審視著下方的大廳。從她們壓低聲音說話和嚴肅的神情看來，我猜她們正在談論明天能夠殺死大量敵人的最佳策略。

獵女．卡瓦斯基自願晚上在喬吉娜的房間裡打地鋪。小女孩自從經歷記憶寶座之後，一直維持熟睡狀態，但獵女想要陪著她，以免她突然醒來。艾米很感激地同意了，不過仍然對我射來充滿控訴的眼神，意思是說：「我可沒看到你自願整晚陪在你孩子旁邊。」拜託喔，說的好像我是頭一個忘記自己生的孩子被斷頭鬼魂帶去印第安納波利斯市給兩名女子撫養長大的天神！

兩名飢餓消瘦的半神半人是一對兄弟，名叫狄肯和史坦，聽說他們原本在小站住了一年多，目前在醫務室休息，透過靜脈注射神飲。莎莎莎莎莎拉帶了一籃蛋，溜去三溫暖那邊過夜。傑米則在沙發上與其他獲救的人一起吃東西，那完全沒有讓我覺得遭到忽視。

於是我和梅格（還有其他新的人嗎？）、里歐、卡呂普索、艾米和泰麗雅．葛瑞斯一起坐在餐桌上。

艾米不時瞥向房間另一頭的喬瑟芬和里提爾西斯。「我們的新朋友，里提爾西斯……」她說「朋友」這個詞的語氣異常誠懇。「我在家事時間與他聊過。他幫我攪拌冰淇淋。關於明天我們要面對的軍隊，他對我說了不少。」

「有冰淇淋？」我問。別人說話時，我天生有能力注意到最重要的細節。

「等一下再吃。」艾米向我保證，不過聽她說話的語氣，我覺得根本吃不到。「是香草口味。我們本來要加入冷凍桃子，不過……」她看著梅格，「我們認為那樣可能很不得體。」

梅格太忙著往嘴裡塞炒豆腐而沒回答。

「總之，」艾米繼續說：「里提爾西斯估計有數十名凡人傭兵，皇室的半神半人也差不多這麼多人，還有數百名各式各樣的犬人和其他怪物，外加平常假扮成本地警察、消防員和推土機駕駛員的大批無頭族。」

「噢，真好，」泰麗雅．葛瑞斯說：「平常就有很大一批。」

艾米聳聳肩。「康莫德斯打算要夷平聯合車站。他會讓這整件事在凡人眼裡看來像是緊急撤離行動。」

「瓦斯漏氣，」里歐猜測說：「幾乎總是說瓦斯漏氣。」

卡呂普索把她沙拉裡的紅蘿蔔絲挑掉，我認爲這是對我個人的羞辱。「所以我們寡不敵眾囉？十人對一人？還是二十人對一人？」

「不用擔心啦，」里歐說：「我自己會先處理掉大約兩百人，然後如果我累了……」

「里歐，住口。」卡呂普索對艾米皺眉表示歉意。「他一緊張就會多講一些笑話，而他一緊張，笑話也比較難笑。」

「我根本聽不懂你在講什麼。」里歐咬著兩根紅蘿蔔尖端當作獠牙，咆哮一聲。

梅格差點把嘴裡的炒豆腐噴出來。

泰麗雅大大嘆口氣。「喔，對啦，這會是一場很好玩的戰鬥。艾米，你準備好額外的箭了嗎？我需要滿滿一筒箭專門用來射里歐。」

艾米笑起來。「我們擁有大量的軍備。多虧了里歐和喬瑟芬，小站的防禦力從來沒有這麼強大過。」

「不客氣！」里歐吐掉他的紅蘿蔔獠牙。「而且我應該要提一下角落那個青銅巨龍……我估計可以在今天晚上把它調校完成。它還沒有達到百分之百。」

一般來說，我覺得那隻青銅巨龍相當可靠，即使只有百分之七十五也還好，但我不喜歡二十比一的賠率。競技場觀眾的嗜殺喊叫聲依然在我耳裡迴盪不歇。

「卡呂普索，」我說：「你的魔法怎麼樣？已經恢復了嗎？」

她的挫折模樣相當眼熟。我每次想到再也無法施展所有的非凡天神能力，也會顯露同樣的神情。

「只有突然出現幾次，」她說：「今天早上，我移動一個咖啡杯越過整個流理台。」

「耶，」里歐說：「不過你做得超棒。」

卡呂普索用力打他一下。「喬瑟芬說會花點時間。如果我們……」她停頓一下。「如果我們過了明天還活著的話。」

我有種感覺，她本來想說的話並不是這樣。里歐和艾米彼此交換充滿陰謀的一眼。我沒有追問這個議題。在這個時候，我唯一有興趣的陰謀是把我偷偷運回奧林帕斯山、明天早上之前恢復我的神格的聰明計畫。

「可以湊合著用啦。」我終於說。

梅格把最後剩下的炒菜全部舔下肚。接著她展現平常訓練有素的靈巧動作，先打個嗝，再用前臂抹抹嘴。「萊斯特，不包括我和你。我們不會待在這裡。」

我的胃開始自動攪拌沙拉。「可是……」

「預言啦，笨蛋。第一道曙光，記得嗎？」

「記得，不過萬一小站遭受攻擊……我們不該待在這裡幫忙嗎？」

這個問題從我口中問出來實在很奇怪。以前身為天神時，我很樂意任憑凡人英雄自尋生路。我會爆好一堆爆米花，從遠處的奧林帕斯山觀賞浴血奮戰，或者晚一點再看精華重播。不過身為萊斯特，我卻覺得非得保護這些人不可，我親愛的老艾米、粗魯的喬瑟芬，以及沒那麼小的喬吉娜，她可能是我的孩子，也可能不是。泰麗雅和獵女隊、可愛腰布傑米、樓上驕傲的葛萊芬雙親、樓下的超棒大象，甚至不太討人喜歡的里提爾西斯……我想要爲了他們待在這裡。

你可能會覺得很奇怪，我竟然還沒有考慮自己該負的責任，就是天一亮去尋找特洛佛尼烏的洞穴，因爲那可能會讓我無法待在小站。兩者之間互相矛盾啊。以我的立場來說，天神可以把自己的本體同時分裂成很多不同的表現形式。我們實在沒有太多預先規劃的經驗。

「梅格說得對，」艾米說：「特洛佛尼烏已經召喚你。要避免皇帝的預言成眞，唯一的方法可能是取得你自己的預言。」

我是掌管預言的天神，但是連我自己都開始討厭預言了。我瞥了阿伽墨得斯的魂魄一眼，他沿著梯子飄向閣樓。我思考他給我的最後一個訊息：「我們不能逗留。」他指的是負責防禦小站的人嗎？或者是我和梅格？或者根本是指其他的事？我覺得好挫折，眞想抓起他的神奇八號球，扔中他那顆不存在的腦袋而彈開。

「振作一點嘛，」泰麗雅對我說：「如果康莫德斯用盡全力對我們發動攻擊，神諭可能就只有少數幾個人看守。那會是你進入洞穴的最佳時機。」

「對啊，」里歐說：「況且，你也可能及時趕回來跟我們一起奮戰！或者，你也知道啊，我們全都會死，那也沒什麼關係啦。」

「還眞是讓我心情好多了喔，」我嘀咕著說：「只不過我們可能會陷入什麼樣的問題呢，我是指我和梅格？」

「對耶。」梅格贊同說。

她聽起來根本一點都不擔心。對我來說，這樣似乎太缺乏想像力了。兩個人晃進那個危險的洞穴，裡面有個嚇死人又不友善的幽靈，我大可想像出各式各樣的可怕命運。我還寧可與一大群開推土機的無頭族好好奮戰一場，甚至考慮幫更多紅蘿蔔削皮。

我正在清洗晚餐餐盤時，艾米抓住我的手臂。

「只要告訴我一件事就好，」她說：「那是代價嗎？」

我盯著她。「什……什麼代價？」

「喬吉娜，」她喃喃說著：「針對我……你也知道，放棄了你所賜與的永生不死之身。她是……」她的嘴唇抿成一條繃緊的線，彷彿不信任它們再吐露更多訊息。

要不是眞正體會到，否則我不知道自己的心情可以變得更糟。關於這點，我眞的超討厭凡人的心，它變沉重的能力似乎永無止盡。

「親愛的艾米，」我說：「我絕不會那樣。即使是我最惡劣的時候，例如用瘟疫飛箭摧毀一些國家，或者幫『小子波普』的合輯安排曲目[75]，我也絕對不會使用那種報復方式。我對你發誓，我完全不曉得你在這裡、不知道你離開獵女隊，也不知道喬吉娜的存在……眞的，我對所有的事情一無所知。而且我非常抱歉。」

看到她臉上閃過一絲微笑，我不禁鬆口氣。「我可以相信一件事，至少啦。」

「我很抱歉？」

「不，」她說：「你對所有的事情一無所知。」

「喔……所以，我們沒事吧？」

---

[75] 小子波普（Kidz Bop）會選拔有才華的兒童歌手，翻唱當今暢銷歌曲出版合輯。

她考慮了一會兒。「目前是。不過等到喬吉娜康復……我們應該要進一步細談。」

我點頭，不過暗暗心想，我的「討厭任務」待辦事項已經相當滿了。

「那好吧。」我嘆了口氣。「我想，我應該要休息一下，也許可以開始編寫一段新的死亡俳句了。」

30

萊斯特自摑
噢，只要一晚不致
看來像蠢蛋

我在創作俳句方面很不順。

一直卡在第一句「我很不想死」，然後就完全接不下去了。主題這麼完美清楚，我很討厭還要詳細闡述。

阿蒂蜜絲獵女隊幫忙設置陷阱觸發線和移動感應警報器，之後就在葛萊芬的鳥巢裡過夜。每次我和她們一起露營，她們總是如此，我覺得那樣很蠢。沒錯，以前我是天神時，經常無恥地與她們調情，但我從來不曾更進一步。而身爲萊斯特呢？我一點都不希望胸口插了一千支銀箭而死。不說別的，獵女隊應該要信任我的自身利益啊。

泰麗雅、艾米和喬瑟芬一起在廚房桌邊坐了很久，壓低聲音交談。我希望她們正在討論更多獵女的祕密，例如可以用來對付康莫德斯軍隊的一些致命武器；也許是月亮彈道飛彈，或者是月亮凝固汽油彈。

梅格沒有費心尋找客房，而是直接倒在附近的沙發上，立刻呼呼大睡。

我站在附近，不太想回到我和里歐·華德茲共用的房間。我看著月亮升起，月光透過喬瑟芬工作室上方的巨大玫瑰花窗照進來。

我旁邊有個聲音說：「不累嗎？」

我不再是太陽神算是好事吧。如果有人在我的太陽戰車裡這樣嚇我，我一定會向前衝得太快，結果讓正中午在早上六點就出現。

傑米站在我旁邊，像是整潔俐落的棕色幽靈。月光讓他的頭頂閃耀著紅銅般的光澤，襯衫領口微微露出脖子上紅白相間的珠串。

「喔！」我說：「呃……不。」我靠向牆壁，希望顯得漫不經心、很有吸引力，而且溫文儒雅。可惜我沒靠到牆壁。

傑米很好心，假裝沒注意到。「你應該要試著睡一下，」他聲如洪鐘地說：「你明天要面對的挑戰……」他的額頭皺起許多憂慮的紋路，「我無法想像。」

睡覺這個概念感覺很格格不入，特別是現在我的心臟噗噗狂跳，很像有缺陷的腳踏船。「喔，我睡得不多。你也知道嘛，我本來是天神。」我不禁心想，展示肌肉會不會有助於證明這一點？最後我認定不會。「那你呢？你是半神半人嗎？」

傑米咕噥一聲。「這個詞非常有趣。我會說我是『伊洛米蘭（*elomiràn*）』，意思是『他者』。我也是印第安納大學的會計學研究生。」

我不知道該怎麼看待這項資訊。我希望找到某個談話主題，讓自己看似對「會計學研究生」很感興趣，可惜想不出來。而且我一直沒意識到傑米比我大了這麼多歲。我是指凡人萊斯特的我，不是天神的我。我都搞糊塗了。

「不過莎莎莎莎莎拉說，你爲康莫德斯效命？」我突然想起來。「你是角鬥士？」

他的嘴角往下拉。「我不是角鬥士。我只在週末打鬥，目的是賺錢。綜合格鬥。吉迪搏和達目搏[76]。」

「我不知道那些是什麼。」

他笑起來。「大部分人都不知道。那是奈及利亞人的武術形式。第一種『吉迪搏』是我們約魯巴族的摔角方式，另一種『達目搏』則是豪薩族的運動，比較暴力，不過我喜歡。」

「我懂了。」我說，但事實上還是不懂。

就算在古代，我也對南方的薩哈拉沙漠一無所知，想來眞是可悲。我們奧林帕斯天神習慣待在地中海周圍自己的鄰近地區，像那樣搞小圈圈眞是討人厭，我也同意。「你打鬥是爲了賺錢？」

「爲了付我的學費。」傑米坦承說。「我不知道自己怎麼會進入皇帝的監牢。」

「不過你活下來了，」我表示，「你也看得出來，這個世界呢，呃，比大多數凡人認識的模樣更加奇怪。你啊，傑米，一定擁有很多的『依波亞』。」

他的笑聲低沉而圓潤。「太好了。我的名字其實是歐魯傑米。對大多數美國人來說，傑米比較容易叫。」

我懂。我當凡人的時間只有幾個月，而我對於寫出「巴帕多普洛斯」已經非常厭倦了。

「嗯，歐魯傑米，」我說：「很高興認識你。我們很幸運有你這樣的人幫忙防禦。」

「嗯。」歐魯傑米嚴肅地點頭。「如果我們過了明天還活著，也許小站可以聘請一名會計師。這麼複雜的房地產……一定牽涉很多稅務方面的問題吧。」

[76] 吉迪搏（Gidigbo）和達目搏（Dambe）都是非洲的傳統格鬥術。

「呃……」

「我開玩笑的啦，」他表示，「我的女朋友說我太愛開玩笑了。」

「呃。」這一次，我的聲音聽起來像是有人用力踹我肚子。「你的女朋友。是喔。我可以失陪一下嗎？」

我逃走了。

愚蠢的阿波羅。歐魯傑米當然有女朋友。我不了解他是誰、他以前怎麼樣，也不了解命運為何把他扯進我們的奇怪小世界，但這麼有趣的人顯然不會是單身。況且，他對我來說年紀太大了，或者太年輕，取決於你如何思考這件事。我決定完全不思考。

我筋疲力竭但焦躁不安，沿著不斷變動的走廊隨意晃蕩，最後偶然碰見一間小小的圖書館。我說的「圖書館」是老式古早的那種，裡面沒有書，只有許多卷軸堆在一個個小隔間裡。啊，莎草紙的氣息帶我返回舊日時光！

我在房間中央的桌子旁邊坐下，回想起以前我與哲學家海巴夏[77]在亞歷山大城的閒聊。唉呀，她真是聰明的希臘甜心，好希望此刻她在這裡，我就可以聽取她的建議，了解如何在特洛佛尼烏的洞穴存活下來。

唉，眼前此刻，我唯一的顧問塞在背後的箭筒裡。雖然滿心不情願，我還是把多多納之箭拿出來，放上桌面。

箭桿在桌面上砰砰敲打。「汝收我於箭筒良久。誠然，愚蠢程度令吾震驚。」

「你難道沒想過，」我問它：「自己為什麼沒朋友嗎？」

「此非實情，」那支箭說：「多多納神聖樹林之每一樹幹、每一細枝和樹根……對那所有一切，我乃最親愛之人。」

我很懷疑。比較可能的是，當初要選擇一根樹枝雕刻成箭、送給我一起出任務時，整片樹林全體一致選擇這棵特別吵的栲樹。即使是神聖的神諭也無法忍耐聆聽「果眞」和「誠然」這麼多次。

「那麼告訴我，」我說：「噢，聰明箭，對各式各樣樹木最親愛之箭，我們如何到達特洛佛尼烏的洞穴？而且我和梅格要如何存活？」

箭羽微微抖動。「汝應搭一輛汽車。」

「就這樣？」

「汝在黎明之前離開。是呀，與通勤方向相反，但三十七號公路應有修路工程。汝之通行時間預計約一小時四十二分鐘。」

我瞇起眼睛。「你這是……查詢 Google 地圖嗎？」

一陣漫長的沉默。「當然非也。對你呸。至於汝等應如何存活，未幾之後問我，待汝抵達目的地之時。」

「意思是，你需要時間去『維基百科』搜尋特洛佛尼烏的洞穴嗎？」

「吾不再對汝多言，惡劣壞蛋！汝不值得我提供睿智建議！」

「我不值得？」我拿起那支箭甩一甩。「你根本沒有幫上什麼忙，你這支沒用的……！」

77 海巴夏（Hypatia, 370-415），古希臘時代埃及的著名數學家與哲學家，被認為是世界上第一位女性數學家和天文學家。

「阿波羅？」卡呂普索站在門口。

在她旁邊，里歐笑逐顏開。「我們沒發現你在跟你的箭吵架。我們該等一下再來嗎？」

我嘆口氣。「不用，進來吧。」

他們兩人坐在我對面。卡呂普索雙手交握放在桌上，很像老師準備展開家長面談。里歐盡全力模仿某人裝得很嚴肅的樣子。「那麼，呃，阿波羅，你聽好……」

「我知道。」我可憐兮兮地說。

他瞇起眼，彷彿我把焊接的火花噴進他的眼睛。「眞的？」

「假如我們過了明天還活著，」我說：「你們兩人想要留在小站。」

他們都盯著桌面。多一點哭泣和扯頭髮可能會很好，或是稍微來點眞誠的哭泣說：「請原諒我們！」但我猜，萊斯特．巴帕多普洛斯不值得那麼多的道歉。

「你怎麼知道？」卡呂普索問。

「與我們主人的認眞談話？」我說：「鬼祟的眼神？」

「喂，老兄，」里歐說：「我可沒有鬼鬼祟祟的啊。我是零鬼祟。」

我轉頭面對卡呂普索。「喬瑟芬有很棒的工場給里歐，而且她可以教你恢復魔法。艾米的花園比得上你在奧吉吉亞島的老家。」

「是我的老『監獄』。」卡呂普索更正說，不過她的語氣沒有帶著怒意。

里歐坐立不安。「只是……喬瑟芬一直讓我想到我媽。她在這裡需要幫手。小站也許是一棟活的建築物，不過幾乎像非斯都一樣，維修的代價很高昂。」

卡呂普索點點頭。「阿波羅，我們已經跋涉了那麼遠，好幾個月來一直身處險境。不只是魔法和花園等等事情吸引我。艾米說，我們可以像普通的年輕人一樣住在這個城市，甚至可以去唸本地的高中。」

要不是她露出認眞的眼神，我可能會笑出來。「你……前任的永生不死天神，甚至比我更老……你想去唸高中？」

「喂，老兄，」里歐說：「我們從來沒有機會過正常生活啊。」

「我們想要看看，」卡呂普索繼續說：「在凡人世界裡，兩人在一起，以及各自獨立，會是什麼樣子。日子過得慢一點。約會。男朋友。女朋友。也許……與朋友們出去晃晃。」

她說這些話，感覺他們好像浸潤在奇異的香料裡……是她希望能夠好好品嘗的風味。

「萊斯特老兄，重點是，」里歐說：「我們答應要幫你。我們很擔心丟下你一個人。」

他們的眼神充滿關切……關切的對象是我，害我得把喉嚨裡的哽咽吞下去。我們一起跋涉了六個星期。大多數時候，我都強烈希望自己能身處於任何其他地方，與任何其他人在一起都好。可是除了我姊姊之外，我曾經與其他人共同擁有這麼多的經驗嗎？眾神保佑，我領悟到自己會很想念這兩個人。

「我明白。」我得強迫自己才能吐出這些話。「喬瑟芬和艾米都是好人，她們可以爲你們提供家園。而我不會孤單一個人，我現在有梅格了，我再也不想失去她。」

里歐點頭。「是啊，梅格是顆火球。彼此彼此啦。」

「除此之外，」卡呂普索說：「我們不會……該怎麼說呢……從雷達上徹底溜走。」

「消失，」我建議說：「不過溜走聽起來比較好玩。」

「對呀，」里歐說：「我們還是有一大堆半神半人的事情要做。之前我與其他朋友重新聯絡上，包括傑生、派波、海柔、法蘭克。還有很多人想要揍我啦。」

「而且我們明天得先活下來。」卡呂普索補上一句。

「對，寶貝，我贊成。」里歐在我面前敲敲桌子。「重點是，那麼，我們不打算拋棄你。如果你需要我們，喊一聲就行了。我們一定會出現。」

我眨眨眼擠掉眼淚。我不是傷心，也不是因爲他們的友誼讓我不知所措。不，只是因爲這一天太過漫長，我的神經非常緊繃。

「我很感激，」我說：「你們都是我的好朋友。」

卡呂普索揉揉眼睛。她顯然也只是太累了。「不要得意忘形喔，你還是超煩的。」

「卡呂普索，你的『臀肌』還在痛吧。」

「那好吧。」她得意地嘻嘻笑。「現在我們全都應該休息一下。明天早上可有得忙呢。」

「嗯。」我撥撥自己的頭髮。「我想，你還不能幫我召喚個風精靈什麼的吧？明天我得去特洛佛尼烏的洞穴，可是我既沒有戰車，也沒有汽車。」

「汽車？」里歐笑得很邪惡。「喔，我可以幫你找到某輛車喔！」

31

C和弦開始
梅格，只能是C
不代表混沌

隔天清晨五點，在小站外面的環形車道上，我和梅格發現里歐站在一輛紅得發亮的賓士運動休旅車前方。我沒問他怎麼得到這輛車，他也沒自願提供資訊，倒是特別說，我們要在二十四小時內歸還這輛車（假設我們活得了那麼久的話），而且盡量不要讓警察攔車路檢。

壞消息是：才剛開出城外，警察就把我攔下來了。

喔，運氣也太爛！我看不出警察有什麼正當理由叫我們停下來。剛開始，我很怕他可能是無頭族，但他一點禮貌也沒有。

他對我的駕照皺起眉頭。「小子，這是紐約州的青少年駕照。你開這種車要幹嘛？你的父母在哪裡？你要帶這個小女孩去哪裡？」

我好想解釋說，我是四千歲的天神，駕駛太陽的經驗超豐富，我的父母都在神界，而這個小女孩是我的半神半人主人。

「她是我的……」

「小妹，」梅格插嘴說：「他要帶我去上鋼琴課。」

「呃，對。」我附和說。

「而且我們遲到了！」梅格的手指頭動來動去，看起來一點都不像彈鋼琴。「因爲我哥哥超超超笨的。」

警官皺起眉頭。「在這裡等一下。」

他走向他的巡邏車，也許是拿我的駕照去查詢電腦，或者打電話叫「特種作戰部隊」前來支援。

「你哥哥？」我問梅格。「鋼琴課？」

「超笨的部分是眞的。」

警官帶著困惑的表情走回來。「抱歉。」他把我的駕照遞給我。「我的錯。小心開車。」就這樣喔。

我眞想知道究竟是什麼因素讓警官改變心意。說不定呢，宙斯製造我的駕照時，對我的身分放進某種咒語，讓我能通過簡單的盤查，像是公路的攔檢。宙斯顯然聽說過凡人開車很危險。

我們繼續前進，不過這個插曲害我一直發抖。在三十七號公路上，我偷瞄對向的每一輛車，很好奇那些車的駕駛是不是無頭族、半神半人或傭兵，正要通勤去「馬桶宮殿」上班，趕著要及時摧毀我的朋友們，以便舉行命名儀式。

東方天空從縞瑪瑙的暗黑色變成木炭色，天色漸亮。鈉蒸汽路燈沿著公路排列，讓地面景觀染上阿伽墨得斯的橘色，包括圍籬和牧場、一片片樹林，以及乾涸的溝渠。偶爾會看到加油站或「星巴克」綠洲，每隔幾公里也會經過廣告招牌，上面聲稱「黃金：收購價格最優！」，附帶一個笑臉盈盈的男子，看起來疑似身穿廉價西裝的米達斯國王。

我眞想知道里提爾西斯在小站過得如何。我們離開時，那裡整個很熱鬧，每個人都忙著繫緊盔甲、磨利武器、準備陷阱。里提爾西斯站在喬瑟芬旁邊，針對康莫德斯和他的各式部隊提供建議，但他似乎心不在焉，很像得了絕症的人，正在向其他病人提供說明，如何把不可避免的結局盡可能往後延。

奇怪的是，我信任他。我相信他不會背叛喬瑟芬和艾米、小喬吉娜，以及我所關心的其他臨時家人。里提的參與似乎是眞心的。他現在討厭康莫德斯的程度超過我們其他人。

然而，六個星期前，我也從來沒想過梅格．麥卡弗瑞是爲尼祿效命……

我瞥了我的小主人一眼。她陷在自己座位裡，紅色高筒球鞋翹得高高的，跨放在置物箱上方的儀表板上。在我看來，這種蜷縮身子的姿勢實在很不舒服；這也讓我覺得小孩子都會學到這種習慣，長大之後才心不甘情不願放棄。

她的手指在膝蓋上扭來扭去，仍然彈著空氣鋼琴。

「你的曲子可能要試著安排一些休止符，」我對她說：「只是要有點變化。」

「我想上課。」

我不確定自己有沒有聽錯。「鋼琴課？現在？」

「不是現在啦，呆瓜。改天吧。你可以教我嗎？」

好可怕的想法啊！我希望這麼認爲：我身爲音樂天神的生涯已經很久了，沒辦法幫初學者上鋼琴課。然而，我發現梅格是「請求」，而非命令。我察覺到她的語氣帶有嘗試和期盼的意味，像是冒出新生的鼠尾草綠芽。我想起昨天晚上在圖書館，里歐和卡呂普索談起他們有可能在印第安納州建立正常的生活，語氣充滿渴望。說也奇怪，人類經常對未來懷抱夢想。

我們永生不死的天神才不會煩惱這種事。對我們來說，夢想著未來就像是眼巴巴盯著時鐘的時針。

「好吧，」我說：「假如我們能撐過今天早上的冒險而活下來的話。」

「成交。」梅格像是砰的一聲奏出最後一個和弦，貝多芬聽了會很愛。然後，她從補給背包拿出一小袋紅蘿蔔（皮是我削的，非常感謝你），開始津津有味大聲咀嚼，同時兩腳的鞋尖砰砰砰互撞個不停。

因爲是梅格嘛。

「我們應該要討論策略，」我提議說：「我們到達洞穴時，一定需要找到祕密入口。我猜不會像普通的凡人入口那麼明顯。」

「嗯哼。」

「無論發現什麼樣的守衛，等你把他們迅速解決掉……」

「等『我們』一起把他們迅速解決掉。」她更正說。

「沒差啦。我們得找到兩條彼此靠近的溪流。兩條溪水都得喝下，然後……」

「不要告訴我。」梅格拿著紅蘿蔔的樣子很像拿著指揮棒。「不要爆雷。」

「爆雷？這項資訊可能會救了我們的命耶！」

「我不喜歡爆雷，」她很堅定地說：「我想要驚喜。」

「可是……」

「不要。」

我握緊方向盤。我拚命克制自己不要猛催油門、高速衝向地平線。我很想談談特洛佛尼烏的洞穴……不只希望梅格多了解一點，也想知道我自己對細節的了解是否正確。

我幾乎整晚都待在小站的圖書館。我閱讀卷軸，仔細探究自己有缺陷的記憶，甚至嘗試讓多多納之箭和阿伽墨得斯的神奇八號球辯論出更多答案。進展很有限，不過努力拼湊的結果只令我更緊張。

我緊張的時候就想說話。

然而，梅格似乎對我們眼前的任務漠不關心，表現得很討人厭、無憂無慮，完全像我在曼哈頓巷子裡遇到她的第一天那樣。

她只是假裝自己很勇敢嗎？我認爲不是。災難當前，我經常對凡人展現的韌性大感驚奇。即使遭受最嚴重的創傷和虐待，極度驚恐的人類還是撐得下去，彷彿一切完全正常。他們依舊準備三餐，工作也持續進行。鋼琴課準備著手，紅蘿蔔繼續大嚼。

我們默默開了好幾公里的路。我甚至無法播放還不錯的曲子，因爲賓士汽車沒有衛星收音機。求天神降禍於里歐．華德茲和他的免費豪華汽車！

我只找到一個調頻電台，播出的節目是「早晨動物園」。體驗過我與卡呂普索和葛萊芬的經歷後，我對動物園一點興致也沒有。

我們路過一些小鎮，只有幾間破敗的汽車旅館、二手服飾店、飼料店，另外路邊有待售的各式車輛。鄉下單調且乏味，這樣的地景其實與古代的伯羅奔尼薩沒什麼兩樣，只多了一些電話線桿和廣告招牌，嗯，還有公路。希臘人向來不擅長建造公路，可能因爲荷米斯是掌管旅行的天神吧，他總是比較喜歡迷人且危險的旅程，也就不喜歡走快速方便的州際公路。

終於，離開印第安納波利斯市兩小時之後，天剛破曉，我也開始恐慌。

「我迷路了。」我坦承說。

「我就知道。」梅格說。

「不是我的錯！我跟著那些指標前往『神的居所』啊！」

梅格斜眼看我。「你是說我們剛才經過的基督教聖經商店？你是怎麼搞的啊？」

「嗯，老實說啦！本地人需要說明得清楚一點，他們廣告的到底是哪些神！」

梅格用拳頭摀著嘴打嗝。「停到路邊，問那支箭。我要暈車了。」

我才不想問那支箭。可是，我也不希望梅格把紅蘿蔔吐出來，搞得汽車的皮革椅套一塌糊塗。我停到路邊，把我的預言投射武器從箭筒裡挖出來。

「噢，聰明箭，」我說：「我們迷路了。」

「我見你就知。」

這支箭的箭桿好細，要折斷它多麼容易啊！我努力克制自己。如果毀了多多納樹林的禮物，我怕那片樹林的守護神，我的嬉皮祖母瑞雅[78]，可能會詛咒我永遠帶著廣藿香的氣味。

「我的意思是，」我說：「我們需要找到特洛佛尼烏洞穴的入口。要快。你可以幫我們指路去那裡嗎？」

箭身震動起來，也許是在測試本地的無線網路訊號吧。考慮到我們地處偏僻，我怕他可能會轉到「早晨動物園」頻道。

「凡人入口位於東方一里格處，」他吟詠著說：「靠近一間流動小屋，屋頂是藍色。」

過了好一會兒，我實在太震驚而無法說話。「這訊息……還真是有用。」

「但汝無法用凡人入口，」他補充說：「防衛太嚴密，而且會死。」

「啊。比較沒用了。」
「他說什麼？」梅格問。
我作勢請她要有耐心（我不知道自己幹嘛那樣。那根本一點希望也沒有）。「偉大的箭，我想，你不知道我們該如何進入洞穴囉？」
「沿此路向西，汝應見到一個路邊小攤，販售新鮮雞蛋。」
「然後？」
「此路邊小攤不重要。繼續開車。」
「阿波羅？」梅格戳戳我胸口。「他說什麼？」
「關於什麼新鮮雞蛋。」
這答案似乎讓她很滿意。至少她不再戳我了。
「汝再前進，」那支箭告知：「第三路口左轉。汝見皇帝路標時，應知該停車。」
「什麼皇帝路標？」
「汝一見應知。在那裡停車，跳越圍欄，再挺進內部，終至兩溪之地。」
好像有冰冷的手指沿著我的脊椎向下彈奏琶音。「兩溪之地」……那個，至少，對我來說有道理。我真希望沒道理。
「然後呢？」我問。

---

78 瑞雅（Rhea），三大神的母親，克羅諾斯的妻子，也是泰坦巨神之一。她為了不讓克羅諾斯吃掉所有孩子，偷偷將宙斯藏起來扶養長大。

「然後汝會喝水，並跳入恐懼深淵。但如此一來，汝必面對不能殺之守衛。」

「太棒了，」我說：「我揣測……我認爲，關於這些不能殺的守衛，你的維基百科文章沒有提供更多資訊囉？」

「汝確實如同愛嘲弄的嘲弄鬼般嘲弄。然而，不。我的預言力量看出不是這樣。而且還有一件事。」

「什麼？」

「留我在賓士車裡。我不希望陷入死亡與黑暗。」

我把這支箭塞到駕駛座底下，接著向梅格報告整段對話。

她皺起眉頭。「不能殺的守衛？那是什麼意思？」

「此時此刻，梅格，你不知道，我當然也不知道。咱們去找可怕的深淵跳進去好嗎？」

32

漂亮毛毛牛
可愛、溫暖又邪惡！
耶！我可殺牠？

皇帝路標很容易就看到了：

認養公路
接下來八公里的贊助者：
三巨頭控股公司

康莫德斯和他的同夥也許是權力欲望很強的殺人兇手，致力於稱霸世界，不過他們至少很注重清掃垃圾。

沿著路邊設置了帶刺鐵絲圍籬，後方延伸出更大片單調無趣的鄉間，有少數的樹林和灌叢，但大部分是起伏的草原。黎明前的晨光中，草地上的露水蒸散出厚厚一層霧氣。而在遠處，在朴樹的灌叢裡，兩隻大型動物站著吃草。我無法看清牠們的真正模樣，看起來像牛，但不能肯定是牛。我沒看到其他守衛，無論殺得死或殺不死的都沒有，但這樣一點都沒有消除我內心的疑慮。

「嗯，」我對梅格說：「可以了嗎？」

我們把裝備揹上肩，離開賓士汽車。

梅格脫掉外套，鋪在帶刺鐵絲上。儘管那支箭的指示是「跳越」，我們卻只能勉強搖搖晃晃「跨步」過去。我幫梅格把鐵絲網壓低，她卻沒有照樣幫我壓住，害我牛仔褲的屁股部位留下一些尷尬的撕裂痕跡。

我們偷偷溜過原野，朝那兩隻吃草野獸的方向走去。

我流的汗眞是多到不合常理。早晨那冰冷空氣凝結在皮膚上，感覺好像泡在冷湯裡……阿波羅西班牙冷湯。（唔，聽起來相當棒。等我又變回天神，再來幫它註冊商標。）

我們蹲在朴樹後面，距離那兩隻動物只有五到十公尺遠。晨曦讓地平線染上豔紅色澤。

我不知道進入洞穴的時間窗口有多短。特洛佛尼烏的幽靈說「第一道曙光」，他指的是航海曙光？還是黎明？是太陽戰車的車頭燈最初現身的那一刻？還是太陽戰車在空中爬得夠高，讓你可以確切讀出我的保險桿貼紙字樣那時？無論哪種情形，我們的動作都得快一點。

梅格調整眼鏡，開始繞到灌叢旁邊讓視線不受遮擋，而就在這時，一隻動物抬起頭，剛好讓我看到牠頭上的角。

我拚命壓抑尖叫的衝動，抓住梅格的手腕，把她拉回朴樹的遮蔽底下。

一般來說，這樣拉扯會導致她咬我一口，但我願意冒這種風險。清晨的這個時間就看著我的年輕朋友被殺，實在太早了一點。

「千萬別動，」我輕聲說：「那些是耶魯。」

她瞇起一隻眼，接著再瞇一眼，彷彿我的警告慢慢從她的左腦傳遞到右腦。「耶魯？那不是一所大學嗎？」

「對，」我喃喃說著：「耶魯大學有一個標誌就是耶魯，但那不重要啦。那些怪物……」我努力嚥下恐懼的金屬味。「牠們絕對很致命。牠們也會受到迅速移動和巨大噪音的吸引。所以，噓。」

事實上，即使以前身為天神時，我也從來不曾這麼靠近耶魯。牠們是凶狠又驕傲的動物，有高度的領域性和侵略性。之前夢見康莫德斯的王座室時，我記得曾經瞥了牠們一眼，但這些野獸實在太稀有，我有點想說服自己那是其他怪物。況且我無法想像康莫德斯真的這麼瘋，居然把耶魯養在如此靠近人類的地方。

牠們看起來比較像巨大的犛牛而非普通的牛，渾身蓬亂的棕色毛皮帶有黃色斑點，頭上的毛皮則是純粹的黃色。牠們的鬃毛很像馬，順著頸部垂下，毛茸茸的尾巴像我的手臂一樣長，而那雙巨大的琥珀色眼睛……噢，天啊，我這樣描述，聽起來好像很可愛，但我向你保證，牠們一點都不可愛。

耶魯最顯眼的特徵是牠們的角，那是兩片帶有稜脊的骨頭，很像閃亮的白色長矛；相對於牠們的頭，那樣的長度實在不合常理。我以前看過那些角的戰鬥狠勁。很久很久以前，在酒神戴歐尼修斯東征期間，曾經派出一群耶魯，牠們衝進人數高達五千的印度軍隊，我還記得那些戰士的淒厲尖叫。

「我們該怎麼辦？」梅格低聲說：「殺了牠們？牠們還滿漂亮的。」

「斯巴達戰士也滿漂亮的啊，直到他們把你串起來為止。不行，我們不能殺耶魯。」

「好吧，讚。」一陣漫長的停頓，接著梅格天生的反骨開始運作了。「為什麼不行？我的刀子傷不了牠們的毛皮嗎？我討厭那樣。」

「不，梅格，我想不是那樣。我們不能殺這些動物，那是因爲耶魯列在瀕臨絕種的怪物名單上。」

「這是你亂掰的吧。」

「我幹嘛要亂掰這種事？」我得提醒自己讓聲音保持冷靜。「阿蒂蜜絲非常小心監視這個情況。如果凡人的集體記憶開始淡忘某種怪物，牠們就會愈來愈少從塔耳塔洛斯重生。我們必須讓牠們繁殖和重生！」

梅格看起來半信半疑。「嗯哼。」

「喔，拜託，你一定聽過原本要建在西西里的波塞頓神廟吧？它非得遷移地點不可，就是因爲後來發現那塊土地是一條赤腹九頭蛇的築巢區。」

梅格的眼神很茫然，顯示她從來沒聽說過，即使那只不過是幾千年前的頭條新聞。

「總之，」我繼續說：「耶魯遠比赤腹九頭蛇更加稀有。我不知道康莫德斯從哪裡找到這些動物，不過如果殺了牠們，天神會詛咒我們，而且由我姊姊帶頭開始。」

梅格又凝視那兩隻毛茸蓬亂的動物，牠們在草地上平靜地吃草。「你不是已經對冥河發誓還是怎樣？」

「那不是重點。」

「那我們要怎麼辦？」

風向改變了。突然間，我回想起耶魯的另一個細節。牠們的嗅覺超級靈敏。

那兩隻耶魯同時抬起頭，可愛的琥珀色眼睛轉過來，望著我們的方向。那隻公耶魯大吼一聲，很像漱口的聲音透過號角大聲放送。接著，兩隻怪物高速衝來。

我想起耶魯的更多有趣知識（要不是可能會死，我大可幫紀錄片錄製旁白啊）。對這麼巨大的動物來說，牠們的速度眞令人刮目相看。

還有那些角！耶魯發動攻擊時，牠們的角會像昆蟲的觸鬚一樣轉動……或者，也許該說得更精確一點，很像中世紀武士的長矛，所以武士一直很喜歡把這些動物裝飾在紋章盾牌上。那些角也會旋轉，銳利的稜脊呈現螺旋狀，全都有利於刺穿我們的身體。

我眞想幫這些雄偉的動物拍攝影片，一定會在天神界的 GodTube 網站獲得數百萬個讚！不過，如果你碰過兩隻毛茸茸又渾身斑點的犛牛，頭上各頂著兩支長矛衝向你，你就知道在這種情況下開機拍攝有多困難。

梅格撲倒我，把我從耶魯的路徑上推開，只見牠們衝過朴樹叢。公耶魯左邊的角掠過我的小腿，把我的牛仔褲割破了（我的牛仔褲今天過得很不順）。

「樹！」梅格大喊。

她抓住我的手，把我拉向最近的橡樹林。好險耶魯的轉彎速度不像衝刺時那麼快，牠們奔跑繞了很大的弧形，我和梅格趁機尋找掩蔽。

「牠們現在沒那麼漂亮了。」梅格表示。「你確定不能殺牠們嗎？」

「不行！」我把自己有限的技能匆匆想過一次。我可以唱歌加上彈奏烏克麗麗，但大家都知道耶魯是音痴。弓箭也沒用，我可以嘗試只射傷動物，但以我的運氣來看，最後很可能意外殺了牠們。我剛剛用過氨水注射器、磚牆、大象，以及偶然爆發的天神力氣，現在只剩下我的天生魅力，但是感覺耶魯不會欣賞這一點。

靠近我們時，耶魯慢了下來，可能覺得有點困惑，不知道該如何穿越樹林殺了我們。耶魯很有侵略性，但牠們不是獵人，不會運用花俏的策略把獵物逼到絕境再狙殺。如果有誰闖入領域，牠們只是發動攻擊，入侵者不是死就是逃，問題解決。牠們不習慣和入侵者玩捉迷藏遊戲。

我們繞到橡樹林邊緣，盡可能讓兩隻野獸保持在樹林對面。

「乖耶魯，」我唱起歌：「最棒的耶魯。」

耶魯似乎沒有覺得很感動。

我們一邊移動，一邊往遠處看去，我突然看到動物背後約三十公尺處有某個東西：長草區內有一團巨石，大小約像洗衣機。不是什麼可怕又戲劇化的東西，但我的耳朵很靈敏，捕捉到細微的流水聲。

我指著那些岩石給梅格看。「洞穴入口一定在那裡。」

她皺起鼻頭。「所以我們跑過去，然後跳進去？」

「不！」我大喊。「應該有兩條溪流。我們一定要停下來，喝兩條溪的水。然後洞穴本身……我認爲往下降不會很簡單。我們需要時間找出安全的下降方法。如果就這樣跳進去，可能會死。」

「這些哈佛不會讓我們有時間吧。」

「是耶魯。」我更正。

「沒差啦！」她說，完全偷我的梗。「你認爲那兩隻東西有多重？」

「很重。」

她似乎用內心的計算機試算一下。「好吧。準備好。」

「要幹嘛？」

「不爆雷。」

「我恨你。」

梅格把雙手用力推出去。耶魯周遭的青草全都加速生長，然後自行編成很粗的綠色繩索，纏繞住野獸的四隻腳。兩隻動物翻滾跳躍，以漱口般的號角聲大吼大叫，但是青草繼續生長，攀爬過牠們的腹部，纏住牠們的巨大身軀。

「走。」梅格說。

我跑。

三十公尺似乎從來沒有顯得這麼遠。

跑到半路，我回頭瞥了一眼。梅格跑得跌跌撞撞，臉上閃耀著晶瑩汗水。她一定耗盡所有力氣纏住耶魯。兩隻野獸奮力掙扎，轉動頭上的長角揮砍青草，使出渾身力氣拉扯草皮。

我到達岩石堆了。

如同我的猜測，其中一塊岩石表面有兩條並排的裂隙，汩汩流出兩道泉水，活像是波塞頓剛好路過，用他的三叉戟劈裂這塊石頭說：「我要這裡流熱水，那邊流冷水。」一道泉水呈現稀釋的白色，像是脫脂牛奶的顏色；另一道泉水則像烏賊墨汁一樣黑。它們一起沿著苔蘚之間的線條往下流，最後灑在泥濘的地上。

泉水後方有一道曲折的裂口，位於最巨大的岩石之間；那是一道三公尺寬的大地傷痕，無疑通往下方的洞穴系統。裂口的邊緣有一圈繩索，綁在一個岩釘上。

梅格掙扎著走向我。「快點。」她喘氣說：「跳進去。」

在她背後，兩隻耶魯逐漸扯斷身上的青草束縛。

「我們必須喝泉水，」我對她說：「寧默心，記憶之泉，是黑色的。勒特河，遺忘之泉，是白色的。如果同時喝下兩種泉水，它們應該會彼此抵銷，讓我們的心靈準備好……」

「不用管那些。」梅格現在的臉色就像勒特河水一樣白。「你走。」

「可是你得跟我一起走！神諭是這麼說的！更何況你不成人形，絕對沒辦法保護自己。」

「好，」她咕噥說：「喝！」

我用一隻手捧起寧默心之水，另一隻手捧著勒特河水，然後同時喝下。它們沒有什麼味道，只有令人麻木的強烈冰冷，那種冰冷的傷害非常大，過了好一會兒才感受到痛苦。我的腦袋開始像耶魯的角一樣螺旋式扭轉，雙腳好像變成兩顆氦氣球。梅格奮力解開繩索，努力把它纏繞在我的腰際。不知道爲什麼，我覺得這實在太可笑了。

「換你了，」我咯咯笑個不停，「喝呀，喝呀！」

梅格沉下臉。「然後失去理智嗎？才不要。」

「傻瓜！如果你不讓自己準備好面對神諭……」

草地上的耶魯終於掙脫束縛，從地面扯起好幾平方公尺的草皮。

「沒時間了！」梅格撲向前，緊緊抱住我的腰。她眞是我的好朋友啊，推著我翻越岩石，墜入下方的黑暗虛空。

33

感受絕妙，我淹溺，冰凍，蛇衝浪蝙蝠俠，超棒！

我和梅格筆直穿越黑暗，身上的繩索不斷繞開，我們也在一塊又一塊岩石間彈跳碰撞，我的衣服和皮膚都遭到殘酷刮除。

我做了合情合理的事。我尖叫：「呼咿咿咿咿咿咿！」

繩索突然繃緊，給我來個對付喉嚨噎住的哈姆立克急救法，力道超級猛，我差點把盲腸都咳出去了。梅格驚訝得嘀咕一聲，原本抱住我的手鬆開了，跌入更深的黑暗。經過一次心跳之後，下方傳來水花潑濺聲。

我笑起來，在虛空之中搖來盪去。「好好玩！再來一次！」

繫住腰際的繩結鬆開了，我掉入冰冷的水中。

我的亢奮狀態可能救了我，免於立刻淹死。我覺得不需要掙扎、扭動或喘氣呼吸，而是漂浮著往下沉，並對自己的困境隱約覺得好笑。我剛才啜飲的勒特河水和寧默心泉水在腦中互相抗衡，我想不起自己的名字，感覺真是超級有趣。不過我清楚回想起巨蟒匹松的眼睛有黃色斑點，當時他把尖牙刺入我永生不死的二頭肌，而那是好幾千年前的事了。

在黑暗的水下，我應該看不到任何東西才對，然而有影像飄進我的視野又飄出，也許是眼球冰凍住所產生的效果。

我看見我父親，宙斯，坐在一張戶外的休閒椅上，旁邊是露台邊緣的無邊際泳池。泳池之外是一片蔚藍海洋，延伸到遠方的地平線。這樣的景象應該更適合波塞頓，不過我認得這個地方：我母親在美國佛羅里達州的公寓。（是的，很多永生不死的母親退休之後都住在佛羅里達州，我家這位也是；你能怎麼辦呢？）

麗托跪在宙斯旁邊，雙手緊扣呈祈禱姿勢。她的古銅色手臂與白色的背心裙形成鮮明對比，金色長髮曲曲折折垂在背後，採用精緻的梯狀編法。

「求求你，陛下！」她懇求著：「他是你的兒子。他已經得到教訓！」

「還不行，」宙斯以低沉的嗓音說：「噢，不行。他眞正的試煉還沒到來。」

我笑著揮揮手說：「嗨，媽！嗨，爸！」

既然我在水中，而且很可能是產生幻覺，他們應該聽不到我說話，然而宙斯瞥了我一眼，滿臉怒容。

這番情景突然消散，我發現自己面對另一個永生不死天神。

我的前方浮現一名黑暗女神，她的烏黑秀髮漂盪於冰冷流水中，衣裳在身邊滾滾起伏，宛如火山的煙塵。她的臉龐精緻又莊嚴，唇膏、眼影和睫毛膏全都塗著細緻的午夜色調，眼神迸發出純粹的仇恨。

我覺得她的現身令人愉悅。「嗨，斯堤克斯[79]！」

她瞇起一雙黑曜石般的眼睛。「你，打破誓言的人。別以爲我已經忘了。」

「可是我忘了！」我說：「再說一次，我是誰？」

在這一刻，我絕對是認眞的。我知道這位是斯堤克斯，掌管冥界最重要河流的女神。我知道她是最有力量的水精靈，是泰坦海神歐開諾斯的長女。我知道她恨我，這沒什麼好驚訝的，畢竟她也是掌管仇恨的女神。

不過我完全不知道自己是誰，也不曉得做了什麼事惹來她的仇恨。

「你知道我現在快淹死了嗎？」這實在太可笑了，我又開始咯咯笑出一大串氣泡。

「你積欠我的必得償還，」斯堤克斯咆哮說：「你要因爲打破誓言而付出代價。」

「好啊！」我同意說：「代價多少？」

她氣得嘶嘶出聲。「我現在根本不能對你下手。回去你的愚蠢任務吧！」

女神消失了。有人抓住我的頸背，把我從水中用力拉出去，然後扔到堅硬的岩石表面上。救我的人是個年約十二歲的年輕女孩，她的破爛綠色連身洋裝滴著水，手臂滿是滲血的刮傷，牛仔褲和紅色高筒球鞋沾滿泥巴。

最驚人的是，她那副貓眼鏡框角落的水鑽不只反射光線，更會自行散發淡淡的光芒。我領悟到自己之所以能夠清楚看到女孩，唯一的原因是那些小小星座徘徊在她的眼睛旁邊。

「我覺得好像認識你，」我啞著嗓子說：「我想，也許你是佩吉，還是梅根？」

她皺起眉頭，看起來幾乎像女神斯堤克斯一樣危險。「你不是在開玩笑吧？」

「才不是！」我對她露出興高采烈的微笑，不過其實全身溼透發抖。這時，我突然想到自

---

79 斯堤克斯（Styx）是掌管冥河的女神，冥河便是以她為名，名字的字意是仇恨。她屬於泰坦巨神，但在泰坦巨神戰爭中站在奧林帕斯眾神這邊，因此天神後來都以斯堤克斯之名對冥河發誓。

己可能因爲體溫過低而休克。我記得相關的所有症狀：顫抖、頭暈、困惑、心跳快速、噁心、疲勞……哇，我的打擊率百分之百！

要是能夠想起自己的名字就好了。我想起自己有兩個名字。其中一個是萊斯特？喔，天啊，好可怕的名字！另一個則似乎是「阿」開頭。

阿福？唔，不對。那豈不是讓這個小女孩變成蝙蝠俠⑳？感覺很不對。

「我的名字是梅格。」她表示。

「對喔！對，當然啦。謝謝。而我叫……」

「白痴。」

「唔。不對……喔！那是笑話。」

「不算是。不過你的名字是阿波羅。」

「對！而我們來這裡是爲了特洛佛尼烏的神諭。」

她歪著頭，讓她的鏡框左邊星座提高了一個宮位。「你不記得我們的名字，可是卻記得那件事？」

「很奇怪吧？」我掙扎著坐起來。我的手指頭變成藍色，這恐怕不是什麼好兆頭。「我記得請求神諭的步驟！首先，我們要喝勒特河水和寧默心的泉水。我已經喝了，對吧？所以感覺才會這麼怪異。」

「對。」梅格擰出裙子的水。「我們得繼續前進，不然會凍死。」

「好啊！」我接受她扶我站起來。「喝了那些泉水之後，我們下降到洞穴裡。喔！我們在這裡！然後我們進一步走入深處。唔。那一邊！」

其實呢，只有一邊可以走。

在頭頂上方十五公尺處，一道斜斜的細微陽光從我們掉落的縫隙照下來。繩索懸垂在完全碰不到的地方，表示無法用進來的同一途徑離開這裡。我們左方拔起一道陡峭的岩石面，而在高牆大約一半高度，有道瀑布從裂縫泉湧而出，灑落到我們腳邊的水池裡。而在右方，流水形成一條黑暗河流，從一條狹窄的水道流出去。我們站立的岩架沿著河邊蜿蜒向前，寬度剛好足夠行走，這是假設我們沒有滑倒、摔進河裡然後淹死的話。

「那就走吧！」我在前面帶路，沿著河流前行。

隨著水道轉彎，岩床變窄，天花板也降低，到後來我幾乎是爬行前進。梅格在我後面一邊發抖一邊喘氣，她的呼氣聲好響亮，共鳴聲壓過了河流的潺潺水聲。

我發現走路的同時很難保持理性思考，那就像用爵士套鼓打出切分音節奏，手中鼓棒敲打的節奏必須與腳踩大鼓和鈸踏板的節奏完全不同。只要犯下一個小錯，急切犀利的爵士樂拍子就會變成拖泥帶水的波卡舞曲。

我停下來，轉身看著梅格。「蜂蜜蛋糕？」

在眼鏡水鑽的光芒照耀下，她的表情很難解讀。「我希望你不要那樣叫我。」

「不，我們需要蜂蜜蛋糕。帶在你身上還是我身上？」我拍拍自己浸溼的口袋，除了汽車鑰匙和錢包以外沒有其他東西。我有一個箭筒、一把弓，背上還有一把烏克麗麗……噢，烏克麗麗！太棒了！但我覺得自己不會把點心存放在弦樂器裡面。

---

80 在「蝙蝠俠」故事裡，阿福（Alfred Pennyworth）在蝙蝠俠父母過世後成為他的監護人和管家。

梅格皺起眉頭。「你從來沒說過什麼蜂蜜蛋糕。」

「不過我就是記得！我們需要拿那個給蛇吃！」

「蛇。」梅格的臉又抽動一下，我覺得那和體溫過低應該沒關係。「爲什麼會有蛇？」

「好問題！我只知道應該要帶蜂蜜蛋糕安撫牠們。所以……我們忘了帶蛋糕？」

「你從來沒說過什麼蛋糕啊！」

「嗯，太可惜了。有什麼東西可以代替嗎？也許，奧利奧餅乾？」

梅格搖搖頭。「沒有奧利奧。」

「唔。好吧。我想，我們就即興演出吧。」

她憂心忡忡朝水道瞥了一眼。「要怎麼對蛇即興演出？你表演給我看，我跟著做。」

這主意聽起來超棒的。我與高采烈往前走，不過地道的天花板實在太低了，有些地方只能與高采烈往前蹲。

儘管好幾次滑進河裡、頭撞到幾塊鐘乳石，還因爲蝙蝠糞便的刺激氣味而嗆到，我卻一點也不覺得苦惱。我的兩條腿好像輕飄飄的，腦袋也在頭骨裡面晃來晃去，像陀螺儀一樣不斷重新取得平衡。

我記得的事情包括：我曾看到麗托的影像，她試著說服宙斯原諒我，眞是貼心！我也看到女神斯堤克斯的影像，她很生氣，那太可笑了！而且因爲某種原因，我記得史蒂維·雷·沃恩彈奏〈德州洪水〉[81]的每一個音符。多棒的歌啊！

我不記得的事有：我不是有雙胞胎姊姊嗎？那她的名字是……萊斯特麗娜？阿福妲？聽起來都不對。還有，宙斯爲什麼生我的氣？還有，斯堤克斯爲什麼生我的氣？還有，我後面那個戴著發光水鑽眼鏡的女孩是誰？她又為什麼沒帶半個蜂蜜蛋糕？

我的思緒也許一團混沌，不過感官如同以往一樣敏銳。一陣陣溫暖空氣從我們前方的地道吹送過來，輕輕拂過我的臉。河水的聲音消失了，回聲變得比較深邃、輕柔，感覺好像流進較大的洞穴。一陣新的氣味衝擊我的鼻孔，比蝙蝠糞便的氣味更乾也更酸。啊，對了……是爬行類皮膚和糞便的氣味。

我停下腳步。「我知道為什麼了！」

我咧嘴而笑，看著佩姬……梅根……不對，是梅格。

她沉下臉。「你知道什麼為什麼？」

「為什麼有蛇！」我說：「你剛才不是問我為什麼我們會找到蛇嗎？還是別人問的？蛇是象徵符號！牠們代表地底深處的預言智慧，就像鳥類象徵來自上天的預言智慧。」

「嗯哼。」

「所以蛇會受到神諭的吸引！特別是洞穴裡的蛇！」

「就像我們在代達羅斯迷宮裡聽說的大蛇怪匹松嗎？」

提起這件事讓我隱約有點不安。我很確定幾分鐘之前我知道匹松是誰，現在腦袋卻一片空白。我心裡突然閃過「蒙提．匹松」[82]這個名字。這名字正確嗎？我想，我和怪物的交情不至於彼此直呼名字才對。

---

[81] 史蒂維．雷．沃恩（Steve Ray Vaughan, 1954-1990）是美國藍調歌手，被譽為史上最偉大吉他手之一，〈德州洪水〉（Texas Flood）是他的經典名作。

[82] 蒙提．匹松（Monty Python）是英國的幽默劇團，對喜劇界產生很大的影響。

「嗯，對，我想大概就像那樣，」我說：「總之，蛇應該就在前面！所以我們才需要蜂蜜蛋糕。你說你帶了一些，對吧？」

「不，我……」

「太讚了！」我往前衝。

如同我的猜想，地道變寬了，形成一個大空間。整個區域是一個湖，直徑也許有二十公尺，只有湖中央有個小小的石頭島。我們頭頂的天花板呈現圓頂狀，伸出許多密密麻麻的鐘乳石，很像黑色的枝狀吊燈。島上和水面上都覆蓋一層不斷扭動的蟒蛇，很像用滾水煮太久的義大利麵條。水蝮蛇。可愛的動物。大概有數千條。

「喔耶！」我興奮大喊。

梅格似乎沒有感染到我的熱情。她退回地道裡。「阿波羅……這麼多蛇，你可能需要一億兆個蜂蜜蛋糕才夠。」

「喔，不過你看，我們得去中央那個小島。那裡就是接收預言的地方。」

「可是，如果進入水裡，那些蛇不會殺了我們嗎？」

「可能會喔！」我笑著說：「那就試試看吧！」

我跳進了湖裡。

34

梅格竟獨唱
嚇跑她所有聽眾
麥卡弗瑞讚

「阿波羅，唱歌！」梅格大喊。

如果想阻止我，沒有別的話更有效了。我超愛別人要求我唱歌！

我走到湖的中間，爬行類麵湯深及腰部，但我轉過身，回頭看著站在地道開口的女孩。我一定是讓走過之處的那些蛇變得激動，牠們來回嗖嗖扭動，小小的可愛蛇頭從水面滑過，紛紛張大白色的嘴巴。（喔，我懂了！難怪水蝮蛇又叫『棉花嘴[83]』！）

很多蛇都朝梅格蜂擁而去，在她的鞋子周圍嗅聞探索，彷彿還沒決定是否要爬上岩架找她。梅格踮著腳跳來跳去，看來還沒有很熱衷參與牠們的計畫。

「你剛才說『唱歌』？」我問。

「對！」她的聲音很尖銳。「迷惑這些蛇！叫牠們走開！」

我不明白她的意思。我唱歌時，聽眾總是全都靠過來啊。話說回來，這個女孩梅格到底是誰啊？她顯然把我和聖派翠克搞混了（附帶一提，聖派翠克是好人，但歌聲很恐怖。傳說

---

[83] 水蝮蛇的英文俗名又稱「cottonmouth」，字意是「棉花嘴」。

故事通常沒有提到的是，他唱著驚嚇指數破表的〈感恩頌歌〉，把蛇從愛爾蘭驅趕出去[84]。）

「就像你在蟻窩那樣唱歌！」她懇求著。

蟻窩？我記得曾經和「鼠黨」與「海鷗合唱團」[85]一起唱歌，可是「蟻窩」？我不記得自己曾經參與那樣的團體啊。

然而，我確實想到梅根／佩姬／梅格為什麼會那麼緊張。水蝮蛇是毒蛇，牠們很像耶魯，一旦領域遭到入侵就變得凶猛好鬥。不過梅格是站在地道口，那裡不算是蛇的領域，她有什麼好緊張的？

我低下頭。數百條毒蛇在我身邊打轉，展現牠們可愛的小嘴和銳利的小尖牙。牠們在冰冷的水裡慵懶地移動，也說不定只是因為看到我出現而驚嘆不已，高興、入迷，陶醉於親愛的管我叫什麼名字！……不過呢，牠們確實不斷嘶嘶出聲。

「喔！」我猛然領悟到這點，不禁大笑起來。「你是在擔心我！因為我快要死了！」

我突然隱約有股衝動。逃跑嗎？還是跳舞？梅格剛才建議要做什麼？

我還來不及決定，梅格就開始唱歌。

她的聲音很微弱，而且走音，不過我認得旋律。我很確定那是我創作的曲子。

每次有人突然當眾唱歌，現場總會陷入一陣遲疑。路過的人會停下來聆聽，想要弄清楚自己聽到的是什麼歌，以及為何有人決定在人群之中唱歌。隨著梅格不穩定的聲音在洞穴裡迴盪，那些蛇也感受到振動。又有更多拇指大小的蛇頭冒出水面，張開更多的白色小嘴，彷彿試圖品嘗歌曲。原本在我腰際宛如風暴一般旋轉的水蝮蛇失去了凝聚力，所有的蛇都把注意力放到梅格身上。

她吟唱著失落與懊悔。是啊……我隱約回想起自己唱過這首歌。我曾經走過邁爾米克巢穴的地道，一邊尋找梅格的下落，一邊傾訴我的悲傷、坦露我的內心。在歌曲中，我把達芙妮和雅辛托斯兩位摯愛之死歸咎於自己。我回想起他們的名字，那簡直像玻璃碎片一樣銳利。

梅格重現我的演出，但是唱出不一樣的字句。她自己創作歌詞。隨著毒蛇聚集在她腳邊，她的聲音漸漸加強，也更添自信。她依然唱到走音，不過唱出令人心碎的信念。她的每一個音符都與我的歌曲一樣悲傷、眞誠。

「都是我的錯，」她唱著：「我的雙手沾滿你的鮮血。我救不了壓扁的玫瑰。」

聽到她這麼有詩意，我感到很震驚。顯然所有的蛇也有同感，牠們擠得密密麻麻，在她的腳邊快速上下擺動，簡直像平克佛洛伊德㊽一九八九年在威尼斯舉辦的海上演唱會。不知為何，那個場景我記得一清二楚。

過了一會兒我才意識到，我還沒有被水蝮蛇咬死眞是奇蹟。我在這個湖中央幹嘛？只因為梅格的音樂才讓我活著，她那不和諧的聲音有種莫名的美感和魅力，緊緊抓住數千條痴迷毒蛇的注意力。

我也像牠們一樣，好想留在原地仔細聆聽，不過我的內心漸漸萌生一種不安的感受。這個洞穴……這是特洛佛尼烏的神諭。有某種聲音告訴我，這個洞穴並不是託付自己靈魂的好

㊹ 聖派翠克（St. Patrick）是公元五世紀的愛爾蘭傳教士，將基督教帶到愛爾蘭。傳說他曾行神蹟，把蛇從愛爾蘭島上驅趕出去。

㊺ 鼠黨（Rat Pack）是一群美國演員組成的非正式團體，成員包括知名演員亨弗萊鮑嘉、法蘭克辛納屈、狄恩馬丁等人。海鷗合唱團（A Flock of Seagulls）是一九八〇年代成軍的英國電音樂團。

㊽ 平克佛洛伊德（Pink Floyd）是英國知名前衛搖滾樂團。

地方。

「梅格，」我輕聲說：「別唱了。」

她顯然沒聽到我說話。

這時，整個洞穴似乎緊盯著她的聲音。岩壁散發光芒，陰影搖晃宛如舞動，閃亮的鐘乳石也像指南針一樣彎向梅格。

她唱著背叛我的往事，唱著回到尼祿的家，唱著自己因爲恐懼「野獸」而屈服……

「不，」我說，聲音稍微大了一點，「不，梅格！」

太遲了。洞穴的魔法攫住她的歌，把她的聲音放大一百倍。整個空間充滿了純然痛苦的聲音，湖水爲之沸騰，驚慌的毒蛇急忙沒入水中匆匆逃竄，強勁的波濤推湧過我的雙腿。

也許牠們逃到下面某條隱密的水道了，也說不定就此毀滅殆盡。我所知道的是，洞穴中央的岩石小島突然空無一物，我是整個湖裡唯一留下來的生物。

梅格依舊唱著歌。現在她的聲音聽起來像是勉強唱出，彷彿有某種看不見的巨大拳頭把她當成橡皮玩具那樣一擠壓就吱吱叫。洞穴牆上搖曳著光影，形成鬼魅般的影像，演示著她的歌詞。

其中有一幕是一個中年男子蹲下身子，似乎對某個孩子露出微笑。他的黑色鬈髮很像我（我是指萊斯特），大大的鼻子布滿雀斑，有一雙柔和親切的眼睛。他拿出一朵紅玫瑰。

「來自你的母親。」他輕聲說著，成爲梅格的合聲。「甜心，這朵玫瑰永遠不會枯萎。你永遠不需擔心尖刺。」

小孩子的粗短小手出現在影像裡，伸手拿那朵花。我猜想這是梅格最早期的一段記憶，剛好位於意識邊緣。她拿了玫瑰，花瓣展開成燦爛盛開的模樣。花莖充滿深情地纏繞梅格的手腕。她開心尖叫。

另一段影像是皇帝尼祿身穿他的紫色三件式西裝，跪下來注視梅格的眼睛。如果你不認識尼祿，很可能會誤以爲他的笑容和藹親切。他的鬍鬚宛如安全帽的繫帶繞過肥胖的雙下巴，臃腫的手指戴著閃閃發亮的寶石戒指。

「你會是好女孩，對吧？」他抓住梅格肩膀的手勁變得更緊了。「你的爹地必須離開。說不定你只要乖乖的，總有一天會再見到他。那樣不是很棒嗎？」

比較年幼的梅格點點頭。不知爲何，我覺得她這時大約五歲。我想像她的思緒和情緒在內心蜷縮起來，形成一層厚厚的保護殼。

另一段情景閃爍變成畫面。在紐約中城的紐約公共圖書館門外，一個男人的遺體伸展著四肢，仰躺在白色大理石台階上。他的一隻手張開，按住自己的腸子，傷口簡直像恐怖戰場的血腥壕溝；也許是遭到刀子劃破，或者是巨大凶狠野獸的爪痕。

警察像無頭蒼蠅一樣繞來繞去，忙著寫紀錄、拍照片、把人群擋在一條黃色塑膠帶後面。他們站到旁邊，讓兩個人進去；是尼祿，穿著另一套紫色西裝，但有同樣可怕的鬍子和珠寶；還有梅格，現在也許六歲了，滿臉恐懼、蒼白、不情願。她看到屍體，開始啜泣。她企圖轉身離開，但尼祿的一隻手重重壓著她的肩膀，要她留在原地。

「我要你看著這個。」他的聲音充斥虛假的同情。「親愛的，我眞的很抱歉。『野獸』……」他嘆口氣，彷彿這個悲慘的場面是不可避免的結局。「我希望你學習得更勤奮，你懂嗎？無論劍術大師怎麼說，你都一定要做到。萬一又發生其他事，比眼前這樣更糟糕的事，那會讓我心碎。仔細看。好好記住。」

梅格的雙眼滿是淚水。她徐徐走向前，死去父親的另一隻手緊緊抓住一朵玫瑰的花莖，壓扁的花瓣散落於腹部，襯著底下的鮮血幾乎看不出來。她哭喊：「爹地！救救我！」警察沒有理會她，群眾的表現也彷彿她根本不存在。只有尼祿與她同在。

最後，她轉向他，把臉埋在他的西裝背心裡，不可遏抑地嗚咽啜泣。

影子在洞穴牆上搖曳得更快了。梅格的歌曲開始共鳴迴盪，碎裂成散亂的嘈雜音波。我周圍的湖水激烈翻騰。在那個岩石小島上，黑暗聚集，宛如水龍捲一般向上旋轉，形成一個男人的身影。

「梅格，別再唱了！」我大喊。

隨著最後一聲嗚咽，梅格雙膝一軟，臉上滿是淚痕。她往側邊倒下，呻吟的聲音彷彿揉皺的砂紙。她眼鏡上面的水鑽依然發光，但是帶著微弱的藍色調，似乎所有的溫暖熱情都已搾乾。

我好想不顧一切衝到梅格的身邊。記憶和遺忘的泉水在我體內幾乎消耗殆盡。我認識梅格．麥卡弗瑞。我想要安慰她。但我也知道，她面臨的威脅尚未解除。

我面對小島。那個幻影只是模糊的人形，由暗影和光線的碎形組合而成。梅格歌詞的殘餘影像在他身上閃爍又消退。他渾身散發的恐懼甚至比泰麗雅的埃癸斯盾牌更加強烈，一波波恐懼發出威脅，要將我的自制力撕扯開來。

「特洛佛尼烏！」我大喊：「放她一馬！」

他的形體變得比較清晰集中了，顯現光亮的黑髮和自負的神情。他的周圍聚集了鬼魅般的蜂群，那是他的神聖動物，是黑暗的小小汙點。
「阿波羅。」他的聲音共鳴既低沉又刺耳，正如喬吉娜坐在記憶寶座上迸發的聲音。「父親，我已經等了好漫長的時間啊。」
「拜託，我的兒子。」我緊扣雙手。「梅格沒有要向你祈求。我才是！」
特洛佛尼烏打量年輕的麥卡弗瑞，現在她蜷縮成一團，在岩架上瑟瑟發抖。「如果沒有要向我祈求，她爲何用那麼悲傷的歌召喚我？她懷著很多尚未解答的問題。我可以回答那些問題，代價是她的正常神智。」
「不！她是……她是想要保護我。」我差點說不出話。「她是我的朋友。她沒有喝那兩道泉水。我喝了。我才是要祈求你的神聖神諭的人。用我代替她！」
特洛佛尼烏的笑聲非常可怕……很符合一個幽靈與數千條毒蛇一起住在黑暗裡的聲音。
「用我代替她。」他複述我的話。「我也是這樣祈求啊，那時候我的兄弟阿伽墨得斯受困在地道裡，胸口受到壓迫，生命逐漸消逝。父親，那時候你有沒有聽見我的呼喊嗎？」
我的嘴巴變得好乾。「不要因爲我的所作所爲而懲罰這女孩。」
特洛佛尼烏的鬼魅蜜蜂聚集成更大一群，憤怒地嗡嗡飛過我的臉旁邊。
「阿波羅，你可知道我殺了自己兄弟，之後在凡人世界遊蕩了多久嗎？」幽靈問道。「砍掉他的頭之後，我的雙手一直沾滿他的血。我跌跌撞撞穿越荒野，走了好幾個星期、好幾個月。我懇求大地吞噬我，終結我的苦難。我的願望實現了一半。」
他作勢指著自己周圍。「我現在居住在黑暗裡，因爲我是你的兒子。我能看見未來，因爲我是你的兒子。我所有的痛苦和瘋狂……我爲什麼不該分享給前來尋求協助的所有人呢？難道你的協助從來都不需要付出代價嗎？」

我的雙腿一軟，跪倒在地，冰冷的湖水淹到我的下巴。「拜託，特洛佛尼烏，我現在是凡人。你要的代價從我身上拿，不要找她！」

「女孩已經自願付出！她對我敞開自己最深的恐懼與懊悔。」

「不！不，她沒有喝那兩種泉水，她的心靈沒有準備好。她會死啊！」

特洛佛尼烏的黑暗身形閃過一幕幕影像，很像閃電的一道道閃光，包括梅格受困在蟻窩的黏液裡；梅格站在我和里提爾西斯之間，他的劍徹底卡在梅格的金色雙刃交叉處；梅格激動擁抱我，那時我們乘坐葛萊芬，從印第安納波利斯動物園起飛。

「她對你來說很寶貴，」神諭說：「你願意以你的生命交換她的生命嗎？」

要我處理這樣的問題實在有困難。放棄我的生命？我的存在長達四千年，在這段期間的任何時候問我這個問題，答案一定都像這樣加強語氣：「不！你瘋了嗎？」每個人永遠都不該放棄自己的生命。每個人的生命都很重要！我在凡人世界的任務，是要尋找所有這些古老神諭並且好好守護，而整體的重點就是恢復永生不死，那我就不必回答這麼可怕的問題了！

然而……我想起艾米和喬瑟芬為了彼此而放棄永生不死。我想起卡呂普索放棄她的家園、她的力量以及永恆的生命，只為了有機會漫步於這個世界、體驗愛情，也可能想要在印第安納州享受高中生活的驚奇之處。

「是的，」我發現自己這樣說：「是的，我願意為了救梅格．麥卡弗瑞而死。」

特洛佛尼烏笑了起來，聽起來既潮溼又憤怒，很像毒蛇在水裡翻騰的聲音。「太好了！那麼答應我，你會實現我的一個願望。無論我怎麼要求，你都會做到。」

「你……你的願望？」我再也不是天神了，特洛佛尼烏很清楚這點。就算眞的能夠實現他的願望，我也隱約回想起最近與女神斯堤克斯的一番談話，關於我無法遵守諾言的危險性。

可是，我有選擇的餘地嗎？

「好，」我說：「我發誓，無論你怎麼要求都行。那麼，我們達成協議了嗎？你會用我代替那個女孩？」

「喔，我可沒有答應任何事作爲交換！」幽靈又恢復成燃燒石油的濃煙那麼黑。「我只想從你口中得到那種承諾。女孩的命運早已決定。」

他伸展雙臂，噴出數百萬隻黑暗的鬼魅蜜蜂。

梅格驚駭尖叫，只見蜂群吞沒了她。

35

哼，我恨兒子
真正傲慢討厭鬼
全不像他爸

我都不知道自己可以移動得這麼快。

至少我不知道萊斯特．巴帕多普洛斯可以這樣。

我在湖裡跳躍前進，最後到達梅格身邊。我拚命嘗試噓聲驅趕那些蜜蜂，但是黑暗的蜂群緊緊圍繞她，飛進她的嘴巴、鼻子和耳朵……甚至飛進她的淚管。要不是忙著驅趕，否則身為掌管醫藥的天神，我可能會覺得這很神奇。

「特洛佛尼烏，住手！」我懇求說。

「這不是我做的，」幽靈說：「你的朋友對黑暗神諭打開她的心靈。她問了問題，目前正在接收答案。」

「她沒有問問題啊！」

「喔，其實有。父親，大多數與你有關。你會發生什麼事？你得去哪裡？她可以用什麼方法幫助你？在她心裡，這些擔憂比什麼事都重要。這種忠誠眞是擺錯地方啊……」

梅格開始抽搐扭動。我把她翻成側躺，看到有人癲癇發作就該這樣。我絞盡腦汁。還可以怎麼做呢？把她周遭的尖銳物品移開……所有的蛇都不見了，很好。至於蜜蜂，我就束手無策了。她的皮膚很冰冷，但我完全沒有溫暖乾燥的東西可以包裹住她。她平常身上的氣味是一種很難描述的微弱蘋果氣味，但現在已經變成陰冷的霉味。她眼鏡上的水鑽完全變暗，鏡片凝結著白色霧氣。

「梅格，」我說：「不要離開我。專心聽我的聲音。」

她斷續發出咕噥聲。帶著驚慌與內疚，我突然領悟到，她如果在意識混亂的狀態直接命令我，就算像「離我遠一點」或「走開」這麼簡單，我也不得不遵守。我必須找到某種方法安頓她的心，以便抵擋最糟糕的黑暗影像。不過那很困難，畢竟連我自己的內心也還有點混亂，不是完全可靠。

我喃喃誦唸某種用來療癒的吟唱。我已經有好幾個世紀沒用過這種古老的治療曲調了。早在抗生素問世之前、在盤尼西林之前，甚至在無菌繃帶之前，我們有歌曲。我同時是掌管音樂和醫療的天神，理由很充分。我們永遠不該低估音樂的療癒力量。

梅格的呼吸穩定下來，不過暗影蜂群仍籠罩著她，受到她的恐懼和疑慮吸引，就像……嗯，就像蜜蜂受到花粉的吸引。

「嗯哼，」特洛佛尼烏說：「那麼，關於你承諾的恩惠……」

「閉嘴！」我厲聲說。

梅格在狂熱中喃喃說著：「閉嘴。」

我選擇把這句話當做回音，不是命令，是針對特洛佛尼烏而不是我。謝天謝地，我的聲帶也同意。

我對梅格歌頌她母親，狄蜜特，這位女神可以在乾旱、野火或洪水之後療癒整個大地。

我歌頌狄蜜特的憐憫和仁慈，提到她曾因爲崔普托勒摩斯[87]王子的善行而讓他成爲天神；她曾花了三個晚上照顧小男嬰德摩風[88]，企圖讓他成爲永生不死之身；她曾賜福給現代的麥片製造商，讓整個世界充斥大量的香果園、幸運符、巧克力吸血伯爵等品牌的早餐麥片。她眞是無限仁慈的女神啊。

「你知道她愛你，」我打包票說，讓梅格的頭枕著我的大腿，「她愛自己所有的孩子。你瞧瞧她多麼愛護泊瑟芬，雖然那女孩……嗯，她讓你的餐桌禮儀顯得超有教養！呃，我沒有惡意啦。」

我這時意識到自己沒再唱歌了，只是隨便亂聊，想要以親切的聲音驅散梅格的恐懼。

「有一次，」我繼續說：「狄蜜特與收穫小神結婚，他叫卡瑪諾嗎？你可能從沒聽過他。沒人聽過。他是克里特島當地的神祇，粗魯、害羞、穿著品味很差，不過呢，噢，他們彼此相愛。他們生了兒子……你從沒看過那麼醜的男孩，完全沒有補救的餘地。他長得很像豬，每個人都這麼說。他甚至有個很可怕的名字：伊柏琉斯。我知道，聽起來很像伊波拉病毒。不過狄蜜特完全不理會每個人的批評，她讓伊柏琉斯成爲掌管養豬的天神！我說這麼多只是因爲……嗯，梅格，很難說喔。狄蜜特對你自有盤算，這點我敢確定。你知道嗎？你不能死在我手上。你還有很多事情可以期待。狄蜜特可能會讓你成爲掌管可愛小豬的小女神！」

她是否聽到我說的話，我實在無從判斷。在緊閉的眼簾下，她的眼睛動來動去，很像進入快速動眼期睡眠。她沒有扭動和抽搐得那麼厲害了。難道這只是我自己的想像？我也因爲寒冷和害怕而抖得厲害，所以很難確認。

特洛佛尼烏發出很像蒸汽閥打開的聲音。「她剛剛陷入更深沉的昏睡狀態。那不完全是好兆頭。她還是可能會死。」

我繼續背對他。「梅格，別聽特洛佛尼烏的話。他只會帶來恐懼和痛苦。他只想讓我們喪失希望。」

「希望，」幽靈說：「這個字眼很有趣。我曾經懷抱希望，認爲我父親可能會表現得像眞正的父親。我死了好幾個世紀才看破。」

「不要怪到我頭上，是你自己要搶劫國王的財寶！」我怒吼著：「你在這裡的原因，是你自己搞砸的。」

「我向你祈求啊！」

「嗯，也許你不是在正確的時機祈求正確的事！」我大吼：「你要在做出蠢事之前祈求智慧！你聽從自己最糟糕的本能，不要祈求我幫你脫離困境！」

那些蜜蜂憤怒地嗡嗡叫，在我周圍旋轉飛繞，但是沒有傷害我。我拒絕提供恐懼來餵養牠們。此刻最重要的是保持正面積極，爲了梅格而保持鎭定。

「我在這裡。」我撥順她額頭的溼漉頭髮。「你不孤單。」

她在昏睡狀態低聲啜泣。「玫瑰死了。」

感覺好像有一條水蝮蛇扭動著鑽進我胸口，齧咬我的心，一次咬斷一條動脈。「梅格，一朵花只是植物的一部分。花朵會長回來。你的根扎得很深，你有強壯的植莖，你有……你的

---

87 崔普托勒摩斯（Triptolemus）是希臘神話的農業小神，受到狄蜜特的喜愛，發明了犁和農業。參見《波西傑克森：希臘天神報告》一〇七頁。

88 德摩風（Demophon）是崔普托勒摩斯的弟弟，狄蜜特為了表達對他們一家的謝意，努力照顧小嬰兒德摩風，想讓他得到永生不死之身。參見《波西傑克森：希臘天神報告》一〇九頁。

臉是綠色的。」我轉向特洛佛尼烏，滿臉驚恐。「她的臉爲什麼是綠色的？」

「有趣喔。」他的語氣一點也不有趣。「也許她快死了。」

他歪著頭，彷彿聆聽遠處的某種聲音。「啊。他們來了，正在等你。」

「什麼？誰？」

「皇帝的僕人。無頭族。」特洛佛尼烏作勢指著湖泊的遠處。「那裡有一條水底地道……通往洞穴系統的其他部分，就是凡人知道的部分。無頭族早就知道最好別進來這個空間，不過他們正在另一端等你。那是你唯一可以逃出去的途徑。」

「那麼我們會逃出去。」

「很令人懷疑喔，」特洛佛尼烏說：「就算你的年輕朋友能夠活下來，無頭族也準備了爆裂物。」

「什麼？」

「喔，康莫德斯可能對他們說，使用爆裂物只是最後一招。他希望我是他個人專屬的算命師，所以不時派他的屬下來這裡，把要死不活和發瘋的他們接出去，以這種方法免費窺看未來。他有什麼好在乎的？不過呢，他寧可毀掉這個神諭，也不會讓你活著逃出去。」

我驚訝得目瞪口呆而無法回應。

特洛佛尼烏又發出一陣嘶啞的宏亮笑聲。「阿波羅，不要這麼沮喪嘛。從光明面來看，梅格死在這裡也沒什麼關係啊，因爲她無論如何都會死！你瞧，她現在口吐白沫，這永遠是最有趣的部分。」

梅格確實咕嚕咕嚕吐出白色泡沫。以我的專業醫學意見，那很少是好兆頭。

我用雙手捧著她的臉。「梅格，聽我說。」黑暗在她的周圍激烈攪動，讓我的皮膚陣陣刺痛。「我在這裡。我是阿波羅，醫療之神。你不會死在我手上。」

梅格不會好好聽從命令，這一點我很清楚。她扭動身子、口吐白沫，咳出一些零散的字句，像是「馬、字謎、偶蹄、根」。根據醫學觀點，這也不是很好的徵兆。

我的歌唱沒有發揮效果。嚴厲的表達方式也沒有發揮效果。僅剩的療法只剩下一種了，那是一種古代的技巧，用來移除毒藥和邪靈。大部分的醫學社群都不再支持這種療法，不過我回想起多多納樹林述說的五行打油詩，也就是最害我睡不著的那一句：「被迫吞下瘋狂和死亡。」

那就來吧。

我跪在梅格的臉旁邊，就像以前在朱比特營傳授急救訓練的嘴對嘴復甦術。（那些愚蠢的羅馬半神半人一天到晚溺水。）

「這樣做真的很抱歉。」我捏住梅格的鼻子，用自己的嘴巴封住她的嘴。傳來一種黏滑而討厭的感覺……我想，波塞頓發現自己正在親吻蛇髮女怪梅杜莎的感覺就像這樣。

我不能回頭了。我不是吐氣，反倒是吸氣，把黑暗從梅格的肺裡吸出來。

也許在你人生的某一刻，你曾經把水嗆進鼻子裡？想像那種感覺，只不過用蜜蜂毒液和酸液取代水。痛苦的感覺幾乎讓我昏過去，一團駭人的毒物湧過我的鼻竇、落到我的喉嚨、進入我的胸腔，感覺那些鬼魅的蜜蜂彈跳穿越我的呼吸系統，企圖叮咬一條出路。

我憋住氣，決心盡全力讓所有的黑暗遠離梅格愈久愈好。我會和她一起承受這份重擔，即使那會殺了我也無妨。

我的心靈滑入梅格自己的記憶。

我是一個飽受驚嚇的小女孩，在圖書館的台階上瑟瑟發抖，低頭看著我父親那遭到殺害的遺體。

他曾經給我的玫瑰壓扁了，毫無生氣。玫瑰的花瓣散落他的腹部上，那裡有野獸造成的傷口。

那是野獸弄的。我一點都不懷疑。尼祿曾經一次又一次警告我。爹地曾答應我，玫瑰絕對不會死。我永遠都不需要擔心它的尖刺。他說，花朵是來自我母親的禮物，我從未見過那位女士。

不過玫瑰死了。爹地也死了。我的人生只剩下尖刺。

尼祿伸手放在我的肩膀上。「梅格，我很遺憾。」

他的眼神很悲傷，不過語氣帶有失望的意味。這只證明了我一直以來的猜測：爹地的死是我的錯。我應該當個更乖的女兒。我應該訓練得更認真，注意我的舉止。尼祿叫我去跟年紀較大的孩子打鬥……或者去殺我不想殺的動物時，我也不該反抗。

我讓野獸生氣了。

我嗚嗚哭著，很討厭自己。尼祿擁抱我。我把自己的臉埋進他的紫色衣裳，以及噁心甜膩的古龍水氣味。那氣味不像花朵，不過很像療養院裡死氣沉沉的陳年大雜燴氣味。我不確定自己怎麼知道那種氣味，但那喚回了似曾相識的無助感和恐懼感。

現在我只剩下尼祿了。我沒有得到真正的花朵、真正的父親、真正的母親。我不配擁有。我必須緊緊抓住僅剩的事物。

接著，我們的心靈融合在一起，我和梅格陷入原始的混沌之中。命運三女神從那樣的瘴癘之氣編織出未來，讓命運不再隨意難測。

所有人的心靈都不應該暴露於這樣的力量。即使以前身為天神，我也很怕太過靠近混沌的邊界。

凡人也是冒著同樣的危險，一窺天神的真實形象；那是純粹由可能性構成的柴堆，燃燒得極其駭人。看見那樣的形象會把人類蒸發掉，變成細鹽或塵埃。

我盡全力幫梅格擋住瘴癘之氣，如擁抱一般，用我的心靈把她的心團團圍住，不過我們都聽到撕裂心肺的聲音。

「白色快馬，」它們輕聲細訴：「字謎宣告人。灼熱死亡之地。」

而且不只這些……那些話講得太快了，也重疊得好厲害，實在難以理解。我的雙眼開始變得熾熱。蜜蜂消耗我的肺。我仍然憋著氣。我看見遠處有一條迷濛的河流，是冥河本身。黑暗女神在岸邊召喚著我，邀請我渡河。我會再度成為永生不死之身，但願能像人類死後的靈魂得到永生。我大可進入刑獄。我不是有很多罪過理應受罰嗎？

不幸的是，梅格也有同樣的感受。罪惡感把她壓垮了。她不相信自己值得活下去。

最後是一個同時萌生的想法救了我們：

「我不能放棄。阿波羅/梅格需要我。」

我又撐了一下子，然後兩下子。最後，我再也承受不了。

我用力呼氣，把預言的毒性排出去。我拚命吸取新鮮空氣，癱倒在梅格旁邊冰冷潮溼的石頭上。慢慢的，世界回到堅實的狀態。那些聲音不見了，鬼魅的蜂群也消失無蹤。

我以手肘撐起身子，將手指壓向梅格的頸部。她的脈搏輕輕跳動，纖細且微弱，但她沒有死。

「感謝命運三女神。」我喃喃說著。

就這麼一次，我是眞心這樣想。如果命運三女神克洛托、拉克西斯和阿特羅波斯這時出現在面前，我可能會親吻她們長疣的鼻子。

特洛佛尼烏在他的島上嘆氣。「喔，好吧。女孩的餘生可能還是會精神錯亂。這樣算是有點安慰。」

我怒目瞪著我的已故兒子。「有點『安慰』？」

「是的。」他歪著縹緲的頭，再度聆聽。「你最好快點。你得帶著女孩穿越水底下的地道，所以我猜你們兩人都會淹死，不然無頭族也會在另一端殺了你們。不過如果都沒成眞，我要那項恩惠。」

我笑起來。我剛才陷入混沌之中，笑聲不會太好聽。「你期待得到『恩惠』？因爲攻擊一個手無寸鐵的女孩？」

「因爲把你的預言交給你，」特洛佛尼烏更正說：「那是你的預言，假設你可以讓女孩坐上記憶寶座、從她口中取得的話。好了，你承諾過，我要的恩惠是：摧毀這個洞穴。」

我得承認……我才剛脫離完全由預言構成的瘴癘之氣，實在不懂這樣的要求所爲而來。

「你說什麼？」

「這個地點曝光過度，」特洛佛尼烏說：「你在小站的盟友絕對無法抵擋三巨頭，那些皇帝一定會持續攻擊。我再也不想受到康莫德斯的利用了。把這個神諭摧毀掉比較好。」

我很疑惑宙斯是否會同意。事到如今，我一直這樣假設：我父親要我恢復所有的古代神諭，然後我才能取回自己的神性。我不確定他能不能接受「摧毀特洛佛尼烏的洞穴」這樣的計畫B。但另一方面，如果宙斯希望以特定方式完成這些事，他應該會用書面方式給我指示吧。「可是，特洛佛尼烏……那你怎麼辦？」

特洛佛尼烏聳聳肩。「也許過了幾個世紀之後，我的神諭會在某個地方重出江湖……出現在比較好的環境，在某個比較安全的地點。也許那樣使你有機會成爲比較好的父親。」

他這樣說，絕對讓我比較容易考慮他的要求。「我要怎麼摧毀這個地方？」

「我好像提過吧？隔壁洞穴的無頭族持有爆裂物。如果他們沒有用上，你一定要引爆。」

「還有阿伽墨得斯呢？他也同樣會消失嗎？」

幽靈形體的內部冒出隱約的閃光……也許是悲傷？

「最後，」特洛佛尼烏說：「告訴阿伽墨得斯……告訴他，我愛他，我很抱歉我們的命運變成這樣。那遠超過我從你這裡獲得的。」

他那道激烈旋轉的黑暗之柱開始鬆解。

「等一下！」我大喊。「喬吉娜呢？阿伽墨得斯在哪裡找到她？她是我的孩子嗎？」

特洛佛尼烏的笑聲在整個洞穴隱約迴盪。「啊，是的。父親，就把那個謎團當作我給你的最後禮物吧。希望那會把你逼瘋！」

然後他消失了。

我在岩架上坐了好一會兒，呆若木雞、身心交瘁。我沒有感受到身體的痛楚，但是深深體會到，在這個蛇洞裡，即使沒有半條毒蛇靠近你，也有可能承受一千次齧咬。毒性有千百種形式。

洞穴隆隆作響，在湖面漾起陣陣漣漪。我不曉得那代表什麼意義，但是我們不能留在此地。我用雙手抱起梅格，涉水走進湖裡。

36

請特別小心當你組裝炸彈或……啪……踐踏肉醬

我可能提過了：我不是掌管海洋的天神。

我有很多超棒的能力。處於天神狀態時，我嘗試的每一件事幾乎都很厲害。不過身爲萊斯特．巴帕多普洛斯，我很不擅長一邊拖著重物、同時用一隻手在水中游泳，更何況我吸入的氧氣沒有比一般凡人多。

我費力推動水道一路向前，同時抱緊梅格，兩邊的肺憤怒燃燒。

「首先，你讓我們塞滿了黑暗預言蜜蜂！」我的肺對我尖叫：「而現在，你強迫我們待在水下！你這個人眞可怕！」

我只希望梅格能撐過這個經驗而活下來。既然她依舊不省人事，我無法好好警告她要憋住呼吸，只能盡量讓這趟路程走得快一點。

至少水流對我有利。水流推著我前往想去的方向，但是過了六、七秒之後，我很確定我們快要死了。

我的耳朵劇烈刺痛。我在滑溜的岩壁上盲目摸索可以施力的地方，指尖很可能因而嚴重受傷，但是冰冷讓神經系統無用武之地。我只能感受到胸口和腦袋的痛苦。

我渴求更多氧氣，於是我的心開始捉弄我。

「你可以在水裡呼吸！」它說：「試試看嘛，不會有問題！」

我正準備吸進河水時，突然注意到頭頂上方有微弱的綠光。那是空氣？輻射？萊姆汁？無論是什麼，聽起來都比溺死在黑暗裡好多了。我往上方踢水游去。

我預期一浮出水面就會遭到敵人包圍，因此盡可能縮小喘氣和踢腿的幅度。我先確定梅格的頭浮到水面上，然後很快壓了她腹部一下，把她肺裡的水擠出來。（朋友就是要這樣啊。）

安安靜靜進行這些動作並非易事，不過等我開始打量四周環境，就很慶幸剛才像忍者一樣輕輕喘氣和踢水。

這個洞穴不像剛才離開的洞穴那麼大。天花板掛著電燈，對水面投射出一道道綠光。沿著洞穴的對面那一側有個停船碼頭，排列著四四方方的鋁製駁船；據我猜測，凡人藉此遊覽他們可以到達的地下水道區域。碼頭上有三名無頭族，他們彎腰看著一個巨大物品，貌似兩個潛水氣瓶用膠帶綑在一起，中間的縫隙塞滿了絕緣填料和許多電線。

如果是里歐．華德茲做出那個玩意兒，那麼從機器人管家到噴射背包都有可能。考慮到無頭族缺乏創造力，我只能得到令人沮喪的結論：他們正在組裝一枚炸彈。

無頭族沒有注意到我們並大開殺戒，唯一的理由是：一，他們忙著吵架；二，他們沒有看著我們這邊。無頭族的周邊視力完全只涵蓋自己的胳肢窩，所以往往只能直視前方。

一個無頭族穿著暗綠色寬鬆長褲和敞開的綠色襯衫，也許是公園巡邏員的服裝？第二個穿著印第安納州警的藍色制服，第三個呢……喔，哎呀，她穿著非常眼熟的花朵裙裝。

「先生，不對！」州警盡可能以禮貌的語氣大聲喊著：「紅色電線不應該接到那裡，非常謝謝你。」

「不客氣，」巡邏員說：「不過我研究了示意圖。你看，它接到那裡，因爲藍色電線得接到這裡。而且，如果你能原諒我這麼說的話，你是白痴。」

「我原諒你，」州警和藹可親地說：「不過只因爲你才是白痴。」

「好了，男孩們。」女子說。那肯定是娜妮提的聲音，也就是第一天歡迎我們到達印第安納波利斯的那個女子。喬瑟芬的十字弓塔不是殺了她嗎？她應該不可能這麼快就從塔耳塔洛斯重生啊，不過我將這件事歸咎於自己的運氣向來超爛。「別吵了。我們大可撥打客服專線，而且……」

梅格竟然趁這個節骨眼喘氣，比我的喘氣聲大得多。除了水底下，我們沒有地方可躲，而我說什麼都不願意再潛水。

娜妮提看到我們了。她的「胸臉」扭曲出一抹微笑，在綠光的照耀下，她那厚厚的橘色唇膏很像閃亮的泥巴。

「嗯，看那邊！有訪客！」

巡邏員從刀鞘拔出一把獵刀，州警則拔出他的槍。就算無頭族的深度知覺很差，但距離這麼近，他不太可能射不到我們。

我在水中無計可施，又抱著氣喘吁吁、陷於半昏迷狀態的梅格，只能想到唯一的辦法。我大喊：「不要殺我們！」

娜妮提笑起來。「哎喲，蜜糖，我們爲什麼不該殺你們呢？」

我瞥了一眼潛水氣瓶炸彈。碰到像這樣的情況，里歐．華德茲一定知道究竟該怎麼辦，但我唯一想到的忠告是卡呂普索在動物園對我說的話：「魔法有一半是假裝眞的有作用，另一半則是透過迷信的影響。」

「你們不該殺我，」我朗聲說：「因爲我知道紅色電線要接到哪裡！」

三個人竊竊私語一番。無頭族或許不會受到咒語和音樂的影響，但他們與凡人一樣，不喜歡閱讀使用說明書或者撥打客服電話。他們的遲疑讓我有機會拍打梅格的臉。（只是輕拍臉頰，幫助她醒過來。）

她吐出一點水、扭動身子，比起之前冰冷昏迷，這已經是一大進步了。我環顧洞穴，尋找可能的逃生管道。在我們的右手邊，河流蜿蜒穿過一條天花板很低的水道；我再也不想游泳穿過這些洞穴了。至於我們的左邊，在駁船碼頭的邊緣，有一條附設欄杆的坡道通往上方。我判斷那是通往地面的出口。

糟的是，路上擋著三名超級壯碩的人形，還附帶一顆爆裂裝置。

無頭族的會商達成結論。

娜妮提再度面對我。「太好了！請告訴我們紅色電線要接到哪裡。然後，我們會盡可能以沒有痛苦的方式殺了你們，那麼大家都能快快樂樂回家去。」

「好慷慨的提議啊，」我說：「不過我眞的需要示範給你們看。從這麼遠的地方實在很難解釋。請求登岸許可？」

州警把槍放下來。濃密的鬍鬚涵蓋他最低處的肋骨那麼寬。「嗯，他請求許可呢。那樣很有禮貌。」

「唔。」娜妮提搔搔下巴，等同於抓抓肚子。「請求獲准。」

加入碼頭上三名敵人的行列，其實只比泡在冰冷河水裡好一點點而已，不過我很高興能讓梅格離開水。

「謝謝你們。」無頭族把我們拉上去之後，我這麼說。

「不客氣。」三人異口同聲說。

「先讓我把我朋友放下……」我跌跌撞撞走向坡道，心想不知是否能趁機逃走。

「那樣夠遠了，」娜妮提警告說：「請注意，謝謝你。」

古代的希臘語沒有「我恨你，可怕的小丑女人」這種話，不過我低聲喃喃說了句很接近的話。我讓梅格倚靠著牆壁。「你聽得到我說話嗎？」我輕聲說。

她的嘴唇呈現藍莓的顏色，牙齒格格打顫，眼睛翻到腦後，顯露出充血通紅的眼白。

「梅格，拜託，」我說：「我會分散無頭族的注意力，不過你必須離開這裡。你可以走路嗎？爬行？隨便怎樣都好？」

「唔……嗯……嗯。」梅格發抖又喘氣。「舒嘛、舒嘛。」

這是我聽不懂的語言，但我推測梅格無法自行前往別的地方。我要做的不只是分散無頭族的注意力而已。

「那麼，好啦！」娜妮提說：「請示範你知道的方法，我們就可以讓你頭頂上的這個洞穴掉下來！」

我擠出笑容。「當然好。嗯，我們來看看……」

我跪在那個裝置旁邊。可惜它一點都不複雜。事實上，只有兩條電線和兩個接頭，兩邊都以藍色和紅色作為顏色代號。

我抬起頭。「啊，要解決這問題很快。我知道無頭族是音痴，不過……」

「才不是！」巡邏員一臉受到冒犯的樣子。「我甚至不曉得那是什麼意思！」

其他兩人很果決地鞠躬，對無頭族來說等同於點頭。

「我喜歡所有的音調。」娜妮提贊同說。

「爆炸，」州警說：「槍聲、汽車引擎聲，所有的音調都很好。」

「我承認說錯了，」我說：「不過我的問題是……你們無頭族有沒有可能也是色盲？」

他們一副目瞪口呆的樣子。我再一次檢視娜妮提的化妝、衣服和鞋子，突然明白為何有這麼多無頭族喜歡用凡人的制服假扮自己。他們當然是色盲啦。

鄭重聲明，我沒有暗指色盲或音痴缺乏創造力或智力。當然不是這樣啊！有些我最喜歡的很有創造力的人，像是馬克．吐溫、佛瑞德．羅傑斯和威廉．巴特勒．葉慈[89]，他們都有這些狀況。

然而在無頭族身上，感官限制和遲鈍思考似乎形成令人沮喪的套裝組合。

「別管那個了，」我說：「我們開始吧。娜妮提，可以請你拿起紅色電線嗎？」

「嗯，既然你這麼好心請求。」娜妮提傾身過來，拿起藍色的電線。

「另一條才是紅色電線。」我提出忠告。

「當然。我知道啦！」

她拿起紅色電線。

「那麼，把它接到紅色接頭……是這個接頭喔。」我指著說。

娜妮提遵照我的指示。

「你接好了！」我說。

無頭族盯著那個裝置，顯然不知所措。

州警說：「可是還有另一條電線。」

「對，」我充滿耐心地說：「那條要接到第二個接頭。可是呢，」我抓住娜妮提的手，免得她把我們所有人都炸掉，「一旦把它接上，很可能就會啓動炸彈。你們有沒有看到這裡的小螢幕？我不是赫菲斯托斯，不過我猜這個是計時器。你們會不會剛好知道預設的倒數計時是多久呢？」

州警和巡邏員用粗啞單調的無頭族語言彼此商談，聽起來很像兩台有點故障的強力磨砂機講著摩斯密碼。我瞥了梅格一眼，她依然在我放下她的地方一邊顫抖、一邊喃喃低聲說著「舒嘛、舒嘛」。

巡邏員露出自鳴得意的微笑。「嗯，先生。既然我是唯一看過示意圖的人，我覺得很有把握可以給你答案。預設的時間是五秒鐘。」

「啊。」幾隻鬼魅蜜蜂從我的喉嚨爬出來。「所以，等你們接好電線，一直到這顆炸彈爆炸之前，幾乎沒有時間能逃出洞穴。」

「完全正確！」娜妮提笑容滿面地說：「皇帝非常清楚這點。如果阿波羅和那個孩子想辦法離開神諭房間，那就殺了他們，再引發強力的大爆炸把洞穴炸掉！」

---

89 馬克．吐溫（Mark Twain, 1835-1910）是美國著名小說家；佛瑞德．羅傑斯（Fred Rogers, 1928-2003）是美國電視名人；威廉．巴特勒．葉慈（William Butler Yeats, 1865-1939）是英國著名詩人與劇作家。

州警皺起眉頭。「不對，他說『用』強力的大爆炸殺了他們。」

「不，先生，」巡邏員說：「他說非用不可的話才用強力的大爆炸。如果他們出現，我們可以殺了他們兩人，但如果沒出現……」他抓抓肩膀上的頭髮。「我現在搞糊塗了。這個炸彈用來幹嘛？」

我在心裡默默禱告，感謝康莫德斯派遣無頭族來執行這項工作，而不是派日耳曼人來。當然啦，這可能表示日耳曼人目前正在小站攻擊我的朋友，不過我一次只能應付一項驚天動地的危機啊。

「朋友，」我說：「敵友，無頭族，我要說的重點是：如果啓動炸彈，你們三個也會死。你們準備好了嗎？」

娜妮提的笑容漸漸消失。「喔。唔……」

「我想到了！」巡邏員滿腔熱血地對我搖搖手指。「爲什麼不等我們三個人都離開，你再接線？」

「別蠢了，」州警說：「他才不會聽從我們的要求殺了自己和那個女孩。」他對我使了個滿懷希望的謹慎眼色。「你會嗎？」

「那不重要，」娜妮提斥責說：「皇帝叫『我們』殺了阿波羅和女孩，而不是叫他們殺了自己。」

其他人咕噥一聲表示同意。當然啦，一字不漏遵守命令是最重要的事。

「我有個點子！」我說，但事實上沒有。

我一直希望想出某種聰明的計畫，既能打敗無頭族，又能帶著梅格逃出這裡。到目前爲止，沒有半個聰明的計畫具體成形。另外，我對特洛佛尼烏的承諾也很重要。我發誓要摧毀他的神諭。而摧毀神諭時，我寧可不要同時摧毀我自己。

無頭族很有禮貌地等我繼續說。我嘗試傳達卡呂普索的虛張聲勢招數。（噢，天神哪，拜託千萬不要告訴她，我竟然靠她尋找靈感。）

「沒錯，你們得親自殺了我們，」我開始說：「而我完全能理解！不過我有個解決方法，可以達成你們所有的目標：強力的大爆炸、摧毀神諭、殺了我們，還能活著離開這裡。」

娜妮提點點頭。「最後一點是大加分，肯定沒錯。」

「這裡有一條水底通道……」我說明自己和梅格如何從特洛佛尼烏的房間游過來。「為了有效摧毀神諭的房間，你們不能在這裡引爆炸彈。有人必須要帶著裝備潛下去、游進地道、啓動計時器，然後再游回來。唉，我不夠強壯，但是無頭族輕而易舉就能辦到。」

州警皺起眉頭。「可是五秒鐘……時間夠長嗎？」

「啊，」我說：「不過有個事實大家都知道啊，時間在水底下會變成兩倍長，所以你其實有十秒鐘。」

娜妮提瞇起眼睛。「你真的確定？」

巡邏員用手肘頂她一下。「他剛才說了，那是大家都知道的事實。不要那麼沒禮貌！」

州警用他的槍管搔搔鬍子……「那樣可能違反警局的安全協定吧。」「我還不是很確定，我們爲什麼必須摧毀神諭？爲什麼我們不能乾脆殺了你們兩個，例如……用這把槍……然後就不管神諭了？」

我嘆口氣。「要是可以就好了！不過呢，我的朋友，那樣不安全。我和這個女孩進來了，又帶著我們的預言出去，對吧？那就表示其他擅自入侵的人也可以。皇帝說的強力大爆炸，肯定就是針對這部分。你們可不希望每次有人闖進來，你們就得帶著炸彈回到這裡，對吧？」

州警看起來很害怕。「天哪，不要！」

「而且，這裡顯然是凡人開辦導覽行程的地方，如果把神諭完整留在這裡……嗯，那樣有安全方面的疑慮！我們沒有徹底關閉神諭的洞穴實在非常失禮。」

「嗯嗯。」三個無頭族全都認真點頭／鞠躬。

「不過呢，」娜妮提說：「如果你其實打算要我們……我先向你道歉，因爲提起這樣的可能性……」

「不，不，」我說：「我完全理解。這樣好了，你們先去設置炸彈，如果安全回來，洞穴也按照計畫炸掉，就可以履行對我們的好意，用快速而且沒有痛苦的方式殺了我們。萬一出了什麼差錯……」

「那麼，我們可以把你們的四肢扯下！」州警提議說。

「而且把你們的身體踩成肉醬！」巡邏員補充說：「那點子超棒的。謝謝你！」

我努力控制自己的噁心感。「完全不客氣。」

娜妮提仔細端詳炸彈，也許感受到我的計畫仍然有點怪怪的。感謝天神，她可能還是沒搞懂吧，不然就是太有禮貌而沒提出自己的保留意見。

「嗯，」她終於說：「既然那樣的話，我會回來！」

她搶先抱起氣瓶，躍入水中。這讓我爭取到奢侈的幾秒鐘，好好擬定一番計畫，以免被踩扁成肉醬。最後，情況一定會慢慢好轉！

37

最愛的水果？我盼你不說葡萄蘋果無花果

可憐的娜妮提。

我很想知道，她發現五秒鐘的計時器在水底下仍然剛好維持五秒時，心裡不曉得會浮現什麼念頭。在裝置爆炸的那一刻，我想像她會呼嚕吐出最後一句惡毒的粗話，像是：「噢，眞該死！」

她沒能按照計畫殺了我，我都爲她感到遺憾了。

洞穴劇烈搖晃，一截截潮溼的鐘乳石掉進湖裡，也咚咚敲打駁船的船身。一陣氣爆從湖中央湧來，將碼頭整個抬高起來，也讓洞穴充滿橘子唇膏的氣味。

州警和巡邏員皺眉看著我。「你把娜妮提炸掉了。那樣很沒禮貌。」

「等一下！」我大喊：「她可能還在游回來的路上，那條水道很長。」

這又幫我爭取到三、四秒，在這段時間內，聰明的逃脫計畫依然沒有自行浮現。至少，我希望娜妮提的死不會毫無意義。我希望這場爆炸一如特洛佛尼烏之所願，已經毀掉神諭的洞穴，但無法確定。

梅格依舊處於半昏迷狀態，繼續低聲呢喃和發抖。我必須帶她回到小站，盡快把她放到記憶寶座上，但是兩個無頭族仍然擋住我的去路。我的雙手太麻木了，即使拿出弓箭或烏克麗麗也沒用。真希望能有其他武器，即使只拿一條魔法巴西頭巾在敵人面前揮舞都好！噢，要是有一波天神力量湧過我全身就好了！

最後，巡邏員嘆口氣。「好吧，阿波羅。你比較喜歡我們先踩扁你，還是肢解你？讓你選擇是你僅有的權利。」

「好有禮貌喔。」我表示贊同。接著我倒抽一口氣。「喔，我的天神啊！看那邊！」

你一定要原諒我。我知道這種轉移注意力的方法是書裡寫過的老套，事實上，這種招數實在太古老，在莎草紙卷上就出現過，最早的紀錄更是出現在美索不達米亞的黏土板。但是無頭族真的上當了。

他們連「看那邊」的動作都非常緩慢，既無法光用眼睛一瞥，也無法全身不動只轉頭看，所以必須搖搖擺擺旋轉整整一百八十度。

我心裡沒有思考接下來的招數，只知道必須把梅格從這裡救出去。接著，一道餘震搖晃整個洞穴，讓無頭族失去平衡，於是我把握良機，把巡邏員踢進湖裡；而剛好在同一時候，一大塊天花板鬆脫開來，砸在巡邏員的頭頂上，很像被大型家電冰雹當頭猛砸一般。巡邏員消失在洶湧泡沫底下。

我只能以驚奇的眼神呆呆望著。我相當確定自己沒有引發天花板的崩裂和坍垮。是歪打正著嗎？或者說不定是特洛佛尼烏幽靈勉強給我最後一次恩惠，以報答我摧毀他的洞穴。用一陣「岩石雨」把某人壓扁，感覺似乎是他會給予的恩惠。

州警錯過了整件過程。他轉回來看著我，一張「胸臉」滿是迷惘的表情。「我沒看到任何……等一下。我朋友到哪裡去了？」

「唔？」我問。「什麼朋友？」

他的奇特鬍子扭曲起來。「艾德瓦多。那個巡邏員。」

我假裝很困惑的樣子。「巡邏員？這裡？」

「對，他剛才在這裡。」

「我很確定我不知道。」

洞穴再度搖晃。很可惜天花板沒有更多禮貌周到的碎塊崩裂下來，砸在我最後一個敵人的身上。

「嗯，」州警說：「也許他得離開了。如果現在得靠我自己殺了你，你一定要原諒我。這是奉命行事。」

「喔，好，不過首先……」

州警再也沒有被我唬住了，他抓住我的手臂，同時折斷我的尺骨和橈骨。我放聲尖叫，雙膝一軟。

「放那個女孩走，」我忍著疼痛輕聲說：「殺了我，讓她走。」

我真是嚇到我自己。我盤算已久的最後遺言並不是這樣。死到臨頭之際，我一直希望有機會把自己的豐功偉業好好編寫成一首民謠……是一首非常長的民謠。然而置身於此，到達生命的盡頭，我卻不是爲自己提出懇求，而是爲了梅格·麥卡弗瑞。

我很樂意把接下來的功勞攬在自己身上，很想認爲我做出自我犧牲的尊貴舉動，不但證明自己很值得敬佩，也從天界召來我們的救世主。不過呢，更有可能的是，他們早已在這個地區搜尋梅格，於是聽見我的痛苦尖叫。

伴著一陣令人發毛的戰鬥呼聲，三個卡波伊從通道直衝而下，飛向那個州警，降落在他臉上。

州警跌跌撞撞越過碼頭，只見那三個桃子精靈像一群長了翅膀、身上有水果香味的食人魚般高聲嚎叫、亂扒亂抓，還張嘴猛咬……嗯，回想當時情景，我看還是別描述得太像食人魚比較好。

「拜託離開！」州警哭嚎著說：「拜託你也謝謝你！」

那些卡波伊可不在乎自己有沒有禮貌。施展二十多秒的桃子狠招之後，州警碎裂成一堆怪物灰燼、破爛衣物和濃密的落腮鬍。

中間的卡波伊吐出某種東西，可能原本是警官的手槍。他拍動自己的葉狀翅膀。我猜他是我們原本那個朋友，也就是叫「桃子」那一個，因爲他的雙眼閃過一絲比較凶狠的眼神，身上尿布的下垂程度也比較危險一點。

我捧著斷掉的手臂。「桃子，謝謝你！我都不知道自己要怎麼……」

他沒理會我，逕自飛奔到梅格身邊。他嗚嗚哭泣，摸摸她的頭髮。

另外兩個卡波伊則以飢渴的眼神仔細端詳我。

「桃子？」我一邊呻吟一邊說：「你可以對他們說我是朋友嗎？拜託？」

桃子傷心欲絕地高聲嚎叫。他在梅格的雙腿周圍扒挖泥土和小石頭，那種舉動很像要種植幼苗。

「桃子！」我又叫喚一次。「我可以救她，可是我需要帶她回到小站。記憶寶座……」暈眩作嘔的感覺讓整個世界爲之傾斜、扭曲。我的視覺漸漸變綠。

等到視線再一次聚焦，我發現桃子和另外兩個卡波伊站成一直線，全都盯著我。

「桃子？」桃子質問說。

「對，」我咕噥說：「我們得趕快帶她去印第安納波利斯。如果你和你的朋友……唔，我想我們還沒有好好彼此介紹。我是阿波羅。」

桃子指著他右邊的朋友。「桃子。」然後指著他左邊的嬰兒惡魔。「桃子。」

「我知道了。」我嘗試思考。劇烈的疼痛從我的手臂竄至下巴。「嗯，聽著，我……我有一輛車。附近有一輛紅色的賓士汽車。如果我可以到那裡，就可以載梅格去……去……」

我低頭看著自己斷掉的前臂，它慢慢轉變成某種漂亮的紫色和橘色色調，很像愛琴海的夕陽。我這才意識到自己不可能開車去任何地方。

我的心漸漸沉入美麗夕陽下方的痛苦大海。

「等一下就回來。」我喃喃說著。

然後我昏了過去。

38

小站遭傷害
康莫德斯付代價
我不收現金

關於回程，我幾乎想不起來。

不知用什麼方法，桃子和他的兩個朋友把我和梅格搬出洞穴，再登上賓士汽車。更令人不安的是，三個卡波伊竟然開車載我們前往印第安納波利斯，這期間梅格坐在前面乘客座，繼續喃喃自語、渾身發抖，我則躺在後座不斷呻吟。

別問我這三個卡波伊是怎麼結合彼此的力量駕駛汽車的。我不能告訴你誰抓方向盤、誰踩煞車或者誰踩油門。你不會期待可食用的水果有這種行爲吧。

我所知道的是，等到我多多少少完全恢復意識，我們已經到達城市外圍了。

我骨折的前臂用葉子緊緊裹住，並用樹木汁液黏合起來。我對這些事的進行過程毫無印象，但是手臂感覺好多了；仍然會痛，但不會難以忍受。我想自己算是很幸運吧，桃子精靈沒有嘗試把我種植到土壤裡，並幫我澆水。

我想辦法坐起來，而就在這時，桃子精靈把賓士汽車停到首府街的路邊。好幾輛警車把我們前方的道路完全封住，拒馬上方有大型的紅色告示牌寫著：緊急瓦斯外洩。感謝您耐心等待！

瓦斯外洩。里歐・華德茲又說對了。如果他還活著，他會因為這件事而得意洋洋，好幾個星期都很惹人厭。

路障後方的幾個街口外，一道黑色煙柱裊裊上升，那個地點大約就是小站。我心碎的感覺比手臂骨折更痛苦。我朝賓士車的儀表板時鐘瞥了一眼。我們才離開不到四小時，然而感覺像一輩子那麼久，而且是天神的一輩子。

我掃視整個天空，沒看到可靠的青銅巨龍飛過頭頂上，也沒看到能幹的葛萊芬捍衛牠們的巢。假如小站陷落了……不行，我必須正面思考。我今天不再讓自己的恐懼吸引更多的預言蜜蜂群。

「桃子，」我說：「我需要你……」

我的目光轉向前方，結果差點穿破車頂跳出去。

桃子和他的兩個朋友盯著我，他們的下巴排成一直線，站在駕駛座的椅背上，活像是擺出「非禮勿視、非禮勿削、非禮勿吃」[90]的表情。

「啊……好。嗨，」我說：「拜託，我需要你們陪著梅格。不惜一切代價保護她。」

桃子一號露出他那剃刀般的銳利尖牙，怒吼著：「桃子。」

我把這番話視為同意。

「我得去查看我朋友在小站的狀況，」我說：「假如沒回來……」這些話哽在喉嚨。「……

[90] 世界各地都有三隻猴子做出「非禮勿視、非禮勿聽、非禮勿言」動作的圖畫和雕像，這裡因應桃子是水果而改成「削」和「吃」。

那麼，你們必須去找記憶寶座。如果要治療梅格的心靈，讓她坐進椅子是唯一的方法。」

我凝視著三雙爍爍發亮的綠眼睛，無法判斷卡波伊是否理解我說的話，也不知道他們怎麼可能遵循我的指示。假如戰鬥結束了，記憶寶座遭人取走或摧毀……不，那是蜜蜂會採取的想法！

「只要……好好照顧她就行了。」我懇求說。

我踏出車外，在人行道上奮勇站穩腳步。感覺有粉紅色的表情符號在眼前跳動。我沿著街道蹣跚前行，手臂覆蓋著樹汁和葉子，潮溼的衣物聞起來有蝙蝠糞便和蛇類排泄物的氣味。這不是我挺進戰場最光榮的模樣。

走過路障時沒人阻止我。執勤的警官（我猜是普通凡人）似乎對他們的手機螢幕比較感興趣，對於背後竄升的黑煙則不然。或許迷霧掩蓋了真實情況；或許是看到衣衫襤褸的街友想要蹣跚走向瓦斯外洩的緊急現場，他們認為不用阻止吧；也說不定他們全神貫注打著「精靈寶可夢Go」遊戲的史詩般道館大戰。

進入警戒區走了一個街口，我看到第一部燃燒的推土機。我猜它壓到里歐．華德茲特別改良的地雷，畢竟除了貌似半毀、正在燃燒以外，它全身也噴滿了笑臉貼紙和一坨坨的發泡鮮奶油。

我拖著腳走快一點。一路上看到更多故障的推土機、散落的碎石、全毀的汽車，以及一堆堆怪物塵埃，但是沒有屍體。這讓我稍微振作了點。才剛繞過聯合車站環形車道的轉角，我聽到前方傳來刀劍的碰撞聲……接著是一聲槍響，以及某種宛如雷鳴的聲音。

我聽見打鬥的進行聲從來不曾這麼快樂。這表示不是所有人都死了。

我跑起來。疲倦的雙腿尖叫抗議。每一次鞋子踢到人行道，就有一陣惱人的刺痛從前臂猛然竄出。

我繞過轉角，發現自己迎向戰鬥。一名半神半人戰士面露凶光向我衝來……是我沒見過的青少年，他的街頭服裝外面套著羅馬樣式的盔甲。幸好他已經遭到痛打，雙眼腫到幾乎閉起來，青銅胸甲滿是凹痕，很像遭到猛烈冰雹襲擊的金屬屋頂。他幾乎握不住自己的劍。我自己也差不多不成人形，但我懷著憤怒，不顧一切衝過去，同時奮力取出烏克麗麗，朝那個半神半人迎面砸下。

他倒在我腳邊。

我對自己的英雄舉動感到相當驕傲，直到抬起頭來爲止。環形車道的中央有一座噴泉，周圍環繞著獨眼巨人，而我最喜歡的會計學研究生，歐魯傑米，宛如古代的戰神屹立在噴泉頂上，手上揮舞一把青銅武器，看起來很像雙倍寬度的曲棍球球棍。他每揮舞一下，就向他的敵人射出劈啪作響的捲鬚狀電流，每次奮力一擊都擊潰一名獨眼巨人。

這下子我更喜歡傑米了。我對獨眼巨人向來沒什麼好感，然而……傑米使用閃電的方式感覺有點怪。我永遠都能認出宙斯散發的力量，也不時遭到宙斯閃電的狂轟猛炸。傑米的電流不太一樣，帶有略顯潮溼的臭氧氣味，閃光也呈現較深的紅色。眞希望有機會問問他，但他看起來有點忙。

整個環形車道到處都有規模較小的戰鬥。小站的守方似乎占了上風。獵女．卡瓦斯基踮著腳跳來跳去，輕鬆射倒許多無頭族、狼頭戰士和狂野的半人馬。她有一種不可思議的能力，可以一邊移動一邊射箭，不僅避開敵人的反擊，同時瞄準受害者的膝蓋骨。身爲弓箭手，我看了印象深刻。要是還有原本的天神力量，我會賜與她超棒的獎品，像是魔法箭筒，可能加上我錄製成黑膠唱片的暢銷曲精選集簽名版。

在旅館的車道上，龍女莎莎莎莎拉背靠著郵筒坐著，她的蛇狀雙腿纏繞著自己，頸部腫脹成籃球那麼大。我跑去幫她，擔心她可能受傷，接著才發現她喉嚨的腫塊呈現出高盧人戰鬥頭盔的形狀，胸部和腹部也都膨脹到相當程度。

她對我微笑，一副懶洋洋的樣子。「怎怎怎怎麼樣？」

「莎莎莎莎拉，」我說：「你吞下一整個日耳曼人嗎？」

「不。」她打個嗝。那絕對是野蠻人的氣味，帶有丁香的氣息。「嗯，也許許許許吧。」

「其他人在哪裡？」我躲過從頭頂飛過的一支銀箭，它擊碎了附近一輛速霸陸汽車的擋風玻璃。「康莫德斯在哪裡？」

莎莎莎莎拉指向小站。「在那裡面，我想。他殺出一條血路進入房子裡。」

她的語氣聽起來不是很關心，可能因爲吃太飽想睡覺。我先前注意到的黑色煙柱，是從小站屋頂的一個洞口湧出來。更令人沮喪的是，綠色的屋頂板上躺著一塊東西，很像昆蟲的某個部分黏在捕蠅紙上，結果竟然是脫落下來的巨龍青銅翅膀。

我心裡既憤怒又激動。不論是太陽戰車、非斯都或學校校車，沒有人可以破壞我的交通工具。

聯合車站的大門已經炸開了。我衝進去，經過一堆又一堆的怪物塵埃和磚塊、燃燒的家具殘骸，以及一隻頭下腳上倒掛的半人馬，牠困在網子陷阱裡踢蹬嘶吼。

有位受傷的阿蒂蜜絲獵女在樓梯間痛苦呻吟，一位同伴幫她包紮流血的腿。再往前走幾公尺，一名我不認識的半神半人躺在地上一動也不動。我跪在他旁邊，是個年約十六歲的男孩，正是我的凡人年紀。沒有摸到脈搏。不曉得他是幫哪一邊戰鬥，但那不重要。無論站在哪一邊，他的死亡都是很糟糕的損失。我開始覺得，半神半人的性命也許不像我們天神想的那樣，用完即可丟棄。

我跑過更多條走廊，深信小站會把我送往正確的方向。我闖進昨晚待過的圖書館，裡面的景象宛如布里托瑪爾提斯某顆彈跳地雷的爆炸現場，對我產生強烈衝擊。

躺在桌上的是一隻葛萊芬的屍體。我嚇得哭起來，連忙衝到牠身旁。埃洛伊茲的左翅像裹屍布一樣蓋在身上，頭部彎成不自然的角度。牠周圍的地板堆著損壞的武器、有凹痕的盔甲和怪物的塵埃。牠誓死奮戰一大群敵人……但是牠死了。

我的眼睛好灼熱。我捧著牠的頭，呼吸著乾草和換羽的乾淨氣味。「噢，埃洛伊茲，你救了我。為什麼我救不了你？」

牠的伴侶阿貝拉爾在哪裡？牠們的蛋安全嗎？我不確定哪一個念頭比較恐怖：整個葛萊芬家庭都死了？還是父親和葛萊芬幼雛被迫生活在失去埃洛伊茲的巨大悲痛之中？

我親吻牠的嘴喙。要好好哀悼牠必須等晚一點再說，其他朋友可能需要幫忙。

懷著重新獲得的活力，我一次跳兩階，跑上一道樓梯。

我衝過一道門，進入大廳。

眼前的景象一片平靜，實在太詭異了。黑煙從屋頂的大洞不斷湧出，來源是正在燜燒的推土機底盤，很難理解車頭為何朝下。埃洛伊茲和阿貝拉爾的巢看似完整，但是沒有雄葛萊芬或蛋的蹤影。在喬瑟芬的工場區，地上散落著不少東西，竟然是非斯都的斷頭和頸部，它的紅寶石眼睛暗無生機。到處都沒看到它身體其餘部分的蹤跡。

沙發遭到搗爛、翻倒。廚房設備布滿彈孔。損害程度令人心碎。

可是，最嚴重的問題環繞在餐桌周圍。

最靠近我的一側站著喬瑟芬、卡呂普索、里提爾西斯和泰麗雅．葛瑞斯。泰麗雅拉滿弓，里提揮舞他的劍，卡呂普索舉高雙手做出武術動作，而喬瑟芬托著衝鋒槍「小柏莎」。

桌子的遠端則站著康莫德斯本人，笑容燦爛，不過有一道割傷沿著對角線劃過他的臉，血流如注。他穿著紫色束腰上衣，外面套著閃閃發亮的皇帝黃金盔甲。他拿著自己的兵器，是一把金色的騎兵劍，隨意放在身側。

他的左右兩側各站著一名日耳曼人護衛。右邊的野蠻人用手臂緊緊扣住艾米的頸部，另一隻手則拿著手槍型十字弓抵住艾米的頭。喬吉娜站在她母親旁邊，艾米把小女孩緊緊抱在胸口。哎呀，小女孩的神智似乎完全恢復了，只是馬上就被迫面臨這番恐怖的情景。

至於康莫德斯的左邊，第二名日耳曼人運用類似的擒拿人質姿勢，制伏了里歐．華德茲。

我掐緊拳頭。「太邪惡了！康莫德斯，放他們走！」

「哈囉，萊斯特！」康莫德斯眉開眼笑。「你及時趕上好玩的遊戲！」

39

這僵持局面別用閃光燈，拜託哦。我的錯。哈

泰麗雅的手指緊緊勾住弓弦。一串汗珠像月水一樣散發銀光，在她的耳側勾勒出輪廓。

「你下令，」她對我說：「我會在這個低能皇帝的兩眼之間轟出一個洞。」

這提議很吸引人，不過我知道那是虛張聲勢。泰麗雅完全像我一樣害怕失去里歐和艾米……特別是可憐的喬吉娜，她已經歷了太多苦難。我也猜想，我們沒有任何一種武器能殺死康莫德斯這種不死之身，更別提他還有兩名護衛。無論攻擊速度有多快，都不可能救出我們的朋友。

喬瑟芬移動她握住衝鋒槍的位置。她的工作服噴濺了不少黏液、塵埃和血跡，銀色短髮因為汗溼而閃閃發亮。

「寶貝，不會有事，」她喃喃說著：「保持冷靜。」我不確定她的說話對象究竟是艾米、喬吉娜，還是她自己。

在她旁邊，卡呂普索的雙手凍結在半空中，彷彿站在自己的織布機前面，考慮該織什麼才好。她定睛看著里歐，以極其微小的幅度搖搖頭，也許要告訴他：「別當白痴。」（她一天到晚對他這樣說。）

里提爾西斯站在我旁邊，他的腳傷又開始流血，血跡滲出繃帶。他的頭髮和衣物都遭到燒灼，看似經歷過火焰噴射器的攻擊，身上的「剝玉米人」上衣很像烤過的棉花糖表面，只剩「玉米」這個詞還看得見。

從他劍刃的血跡判斷，我猜他要爲康莫德斯臉上那道可怕的新砍痕負起責任。

「沒有比較好的解決方法，」里提對我喃喃說著：「總有人要死。」

「不，」我說：「泰麗雅，放下你的弓。」

「你說什麼？」

「喬瑟芬，你的槍也一樣。拜託。」

康莫德斯笑起來。「對呀，你們全都應該聽萊斯特的話！還有，親愛的卡呂普索，如果你打算再一次召喚那些風精靈，我絕對會在這裡殺了你的小朋友。」

我瞥了女巫一眼。「你召喚一個精靈？」

她點頭，心煩意亂，搖晃身子。「小小一個。」

「不過更重大的問題是，」里歐大喊：「我才不是小朋友。我們才不會把什麼『對我的小朋友說哈囉』當一回事。」他舉起兩隻手掌，不過壓制的人把他的脖子扣得更緊。「況且，各位，沒關係。所有事情都在我的掌握中。」

「里歐，」我語氣平靜地說：「現在有個身高超過兩百公分的野蠻人拿著十字弓抵住你的頭耶。」

「是啦，我知道，」他說：「這全都包括在計畫之內！」

說到「計畫」這個詞，他用很誇張的方式對我眨眼。里歐要不是眞的擬好計畫（不太可能，畢竟這麼多星期以來，我知道他大多仰賴吹牛、講笑話和即興發揮），不然就是期待我來擬定計畫。這實在令人超沮喪的。很多人經常犯這種錯，我之前可能提過了，不能因爲我是天神，你就期待我應該給你答案啊！

康莫德斯舉起兩根手指。「阿巴翠斯，如果那個半神半人再講一句話，我准許你射殺他。」野蠻人咕噥表示贊同。里歐閉緊嘴巴。我從他的眼神看得出來，即使面臨死亡威脅，叫他忍住不要搞笑回擊也很困難。

「好了！」康莫德斯說：「就像萊斯特還沒來之前的討論，我需要寧默心的記憶寶座。它在哪裡？」

感謝眾神……寶座仍然藏得好好的，這就表示梅格還可以用它來治療心靈。得知這件事讓我像是吃了定心丸。

「你是要告訴我，」我問：「你用盛大的武力包圍這個地方、入侵進來，結果連一張椅子都找不到？而你剩下的就只有這樣，兩個愚蠢的日耳曼人和一些人質？你是哪門子的皇帝啊？哎呀，你的父親，馬可．奧里略，他才配得上皇帝的稱號。」

他的表情充滿敵意，眼神變得黯淡。我回想起有一次在康莫德斯的作戰帳篷裡，有個僕人不小心將紅酒潑灑到我朋友的袍子上，當時康莫德斯也露出同樣的陰沉眼神，拿一只鉛質酒杯差點把那個男孩打死。回顧當時，我身爲天神，竟覺得那件事只是稍微令人反感而已。而現在我知道，有些事眼看著就要激發康莫德斯的殘酷行爲了。

「萊斯特，我還沒完成呢，」他咆哮說：「我得承認，這間天殺的房子比我想像的更加難纏。這都要怪罪我的前任司令官亞拉里克，他眞是糟透了，完全沒有準備。我只好殺了他。」

「太過份了。」里提爾西斯喃喃說著。

「不過呢，我的大部分武力只是迷路了，」康莫德斯說：「他們會回來。」

「迷路？」我看著喬瑟芬。「他們去哪裡？」

她的目光緊盯著艾米和喬吉娜，但似乎對答案引以爲傲。「根據小站告訴我的訊息，」她說：「他的怪物部隊大約有半數都掉進一條巨大的滑道，標示著『洗衣間』。其他部分最後到了火爐室。從來沒有人能從火爐室全身而退。」

「無所謂！」康莫德斯氣呼呼地說。

「而他的傭兵，」喬瑟芬繼續說：「受困在印第安納會議中心。這個時候呢，他們正在努力搞清楚方向，想辦法穿越家飾和花園貿易展的樓層。」

「士兵是消耗品！」康莫德斯尖叫說。鮮血從他臉上的新傷口滴下來，噴濺到他的盔甲和袍子上。「你這裡的朋友不可能隨便就有人取代。記憶寶座也不行。那麼來談個交易吧！我會帶走寶座，也會殺了女孩和萊斯特，並把這棟房子夷爲平地。這是預言叫我做的，而我絕對不會跟神諭討價還價！作爲交換，你們其他人可以自由離開。我不需要你們。」

「喬。」艾米唸她的名字像是發號施令。

也許她的意思是這樣：「你不能讓他贏。」或者：「你不能讓喬吉娜死掉。」無論是哪一種意思，我在艾米臉上看到她以前身爲年輕公主、不顧自己的凡人人生從懸崖縱身跳下的同一種神情。她不在意死亡，只要那是她的意願就行。這三千年來，她眼中的堅定光芒一點都沒有變得黯淡。

光……

一道寒顫沿著我的背脊直竄而下。我還記得馬可·奧里略曾對他兒子說過一些話，那些話後來在他的《沉思錄》書中成爲至理名言：「試想你已然死去。你已活過自己的一生。現在，帶著僅餘的事物，好好活著。無法傳遞光明的事物自成黑暗。」

康莫德斯痛恨那種忠告。他覺得那很令人窒息、自以爲是，根本不可能辦到。什麼叫做「好好活著」？康莫德斯打算活到永遠，他會以群眾的怒吼和壯觀的華麗光彩驅散黑暗。

可是他不能產生光。

小站與他不一樣。馬可·奧里略一定會稱讚這個地方。艾米和喬瑟芬帶著她們僅餘的時光好好活著，替每一個來到這裡的人創造光明。難怪康莫德斯這麼痛恨她們；難怪他堅決要摧毀這股力量，因爲這對他產生莫大的威脅。

而最重要的是，阿波羅是掌管光明的天神。

「康莫德斯。」我盡全力挺直身子，雖然沒有令人刮目相看的身高。「這是唯一的條件。你會放走你的人質。你會空手離開這裡，而且再也不會回來。」

皇帝笑了。「這番話如果來自天神，而不是長滿青春痘的青少年，聽起來比較令人膽怯。」

他的日耳曼人維持面無表情，看來受過良好訓練，但還是微微洩露出輕蔑的恥笑。他們並不怕我。以現在來說，這樣很好。

「我仍然是阿波羅。」我伸展雙臂。「這是你自動離開的最後機會。」

我察覺到皇帝的眼神閃過一絲懷疑。「你要怎樣……殺了我嗎？萊斯特，我和你不一樣，我擁有永生不死之身，我不會死。」

「我不需要殺你。」我走向前，站在餐桌邊緣。「仔細看著我。老朋友，你不認得我的神聖天性嗎？」

康莫德斯嘖嘖出聲。「我認得那個趁我洗澡掐死我的叛徒；我認得那個所謂的『天神』，他承諾要賜福給我，結果拋棄我！」他的語氣因痛苦而緊繃，拚命用傲慢與輕蔑的態度掩飾內心的痛苦。「我只看到一個肌肉鬆弛、外表醜陋的青少年。你也需要好好理個頭髮。」

「我的朋友們，」我對其他人說：「我要你們遮住自己的眼睛。我準備要顯露真實的天神形貌。」

里歐和艾米不想當笨蛋，立刻緊閉眼睛。艾米也用手掩住喬吉娜的臉。我希望餐桌這一側的朋友也聽進去了。我必須相信他們都很信任我，儘管我有那麼多缺點，儘管我長得這副拙樣。

康莫德斯嘲笑幾聲。「萊斯特，你全身溼答答，還沾滿蝙蝠大便。你是個可悲的孩子，被迫穿越黑暗。那黑暗依然留在你心底。我看出你眼中的恐懼。阿波羅，這才是你的真實形貌！你是個騙子！」

阿波羅。他終於叫出我的名字。

我看得出他努力隱藏的恐懼，還有他的敬畏感。我還記得特洛佛尼烏對我說的話。他說康莫德斯會派遣僕人去洞穴索求答案，但他絕不會自己前去；他很需要黑暗神諭，但是同樣害怕神諭對他顯現的方式，害怕蜂群會吞噬他最深層的恐懼。

我通過那段經歷活下來了，但那經歷他絕對不敢嘗試。

「好好看著。」我說。

康莫德斯和他的手下大可避開目光，但是沒有。他們帶著驕傲與輕視，接受我的挑戰。

我的身體變得過熱，每一個粒子都引發連鎖反應，就像全世界最強力的閃光燈泡。我以強大的光輝轟擊整個房間。我變成純然的光。

持續的時間只有幾微秒，接著出現尖叫聲。日耳曼人往後跳，他們手上的十字弓胡亂發射。其中一箭咻地掠過里歐的頭，射中沙發。另一支箭射中地面而斷裂，碎片散落在磁磚地板上。

戲劇化的情節演到最後，康莫德斯用兩隻手掌緊緊壓住自己的眼窩，尖聲叫喊：「我的眼睛！」

我的力量漸漸消失。我抓住桌子以免跌倒。

「現在安全了。」我對朋友們說。

里歐從壓制者手中掙脫出來，撲向艾米和喬吉娜，他們三人跌跌撞撞逃離康莫德斯和他的手下。那些人差不多瞎了，一邊踉蹌一邊哀嚎，蒸汽湧出他們的眼窩。

現在壓制者和人質原本站立的磁磚地板燒灼出人形輪廓，磚牆上的細節顯露出超高清晰度，最靠近的沙發布從本來的暗紅色變粉紅色。康莫德斯的紫袍則漂白成很淺的淡紫色調。

我轉向我的朋友。他們的衣服也變淡成好多種色調，面向前方的頭髮受到強光照射而變白了，不過他們全都很聰明，緊緊閉上眼睛。

泰麗雅滿臉驚訝地注視我。「剛才到底是怎樣？你爲什麼像烤過一樣？」

我低頭一看。眞的，我的皮膚現在是楓樹樹皮的顏色，原本的樹葉和樹汁敷料燒光了，留下徹底痊癒的手臂。我覺得這副模樣看起來很不錯，不過還是希望能變回天神，免得發現剛才這樣害自己罹患可怕的皮膚癌。遲至現在，我才意識到自己置身於多大的險境。我竟然奮力顯露出眞實的天神形象。我變成純粹的光。愚蠢的阿波羅！驚人、奇妙、愚蠢的阿波羅！這副凡人身軀實在不該傳送那樣的力量，我很好運沒有像古董的閃光燈泡立刻燒個精光。

康莫德斯大聲哀號。他抓住手邊能摸到的東西，剛好是他的一個日耳曼人，然後把盲眼的野蠻人高舉到頭頂上。「我會摧毀你們所有人！」

他把那個野蠻人扔向泰麗雅出聲的方向。既然我們看得一清二楚，當然輕輕鬆鬆就往旁邊散開，免得變成保齡球瓶。那個日耳曼人撞到對面的牆壁，由於扔擲的力道太大，他碎裂成光芒四射的黃色粉末，在磚牆表面留下一幅美麗的表現主義抽象畫。

「我不需要眼睛就能殺你們！」康莫德斯拿著劍向上揮砍，削掉餐桌的一大塊。

「康莫德斯，」我警告說：「你會離開這個城市，而且再也不回來，否則我不會只奪走你的視力。」

他衝向我。我往旁邊跨步。

泰麗雅射出一支箭，但康莫德斯移動得更快。那支箭射中第二個日耳曼人，他驚訝地咕噥一聲，雙膝跪下，然後碎裂成粉末。

康莫德斯絆到一張椅子，面朝下跌在客廳地毯上。我要聲明一點：如果有人看不見東西，而你看到他苦苦掙扎，絕對不能幸災樂禍喔，不過面對眼前的罕見情況，我實在忍不住。假如有人活該要仆街，那個人一定是皇帝康莫德斯。

「你一定會離開，」我再對他說一次：「不會再回來。你在印第安納波利斯的統治時期結束了。」

「這裡叫『康莫德安納波利斯』！」皇帝掙扎著站起來。他的盔甲多了一些新刮痕，臉上的砍傷沒有比較好轉，蓬亂鬍子很像髒兮兮的登山客，上面黏了一個毛氈小玩偶，可能是喬吉娜做的吧。

「阿波羅，你什麼都沒有贏，」他咆哮說：「你根本不知道東方和西方各有什麼樣的情況等著你的朋友！他們會死。他們所有人都會！」

里歐．華德茲嘆了口氣。「好吧，各位。這眞的玩夠了，不過我準備好要把他的臉熔掉，可以嗎？」

「等一下。」里提爾西斯說。

劍客走向他的前老闆。「康莫德斯，趁你還能走的時候趕快走。」

「孩子，我栽培你，」皇帝說：「我把你從黑暗中拯救出來。我是你的第二個父親。我給了你人生的目標啊！」

「第二個父親甚至比第一個父親更爛，」里提說：「而且我已經找到新目標了。」

康莫德斯向前衝，瘋狂揮舞著劍。

里提避開了。他走向喬瑟芬的工作間。「來這裡，新海克力士。」

康莫德斯上鉤了，急忙朝里提的聲音衝去。

里提蹲下身子，他的劍刃劃過皇帝的屁股。「陛下，走錯路囉。」

皇帝踉蹌跌進喬瑟芬的焊接台，接著往後退，摔到一個圓鋸上面；算他運氣好，這時圓鋸沒有轉動。

里提爾西斯移動到巨大玫瑰花窗底部。我領悟到他的盤算，只聽見他大喊：「來這裡，馬桶！」

皇帝咆哮著衝過去，里提往旁邊一閃。康莫德斯以高速直直撞向窗戶。他也許有機會懸崖勒馬，不過到了最後一秒，卡呂普索的雙手輕輕一彈，一股風勢帶著康莫德斯向前。那位新海克力士，羅馬的天神皇帝，撞碎了六點鐘位置的玻璃，墜入虛空之中。

40

不，莎士比亞
別把抑揚五步格
吐到我臉上

我們聚集在窗戶邊緣往下看。到處都沒看到皇帝的蹤影。我們有些朋友站在下方的環形車道上，帶著困惑的神情抬頭看我們。

「也許先給點小警告吧？」傑米喊道。

他用電流把敵人解決完畢。他和獵女・卡瓦斯基毫髮無傷，此刻站在碎玻璃散落而成的馬賽克圖案中央。

「康莫德斯在哪裡？」我問。

獵女聳聳肩。「我們沒看到他。」

「你是什麼意思？」我追問。「就理論來說，他才剛從這片窗戶飛出去啊。」

「不對，」里歐更正說：「是『就里提』來說，他從這片窗戶飛出去。我說得對不對？老兄，有幾招真是超漂亮。」

里提點頭。「謝啦。」

他們互擊拳頭，彷彿兩人過去幾天從未談論到自己有多想殺死對方。他們一定可以當很棒的奧林帕斯天神。

「好了。」泰麗雅說。我的太陽衝擊光讓她的頭髮得到灰色的新點綴，看起來頗爲迷人。

「我想，我們應該要到鄰近區域掃蕩一下。如果康莫德斯還在某處……」她低頭望著南伊利諾街。「等一下，那個是梅格？」

三個卡波伊圍著轉角處，飄在空中扶著梅格．麥卡弗瑞，害她很像正在玩身體衝浪（或者桃子衝浪）。我差點從窗戶跳出去找她，接著才想起自己不能飛。

「記憶寶座，」我對艾米說：「我們立刻需要！」

我們在房子正面的門廳與卡波伊碰面。其中一個桃子已經從賓士車的駕駛座底下取出多多納之箭，而且用牙齒咬著，活像海盜的同夥。他把箭交給我。拿回這支箭，我不確定究竟要感謝他還是咒罵他，不過還是放回我的箭筒妥善保管。

喬瑟芬和里歐從旁邊一個房間趕過來，兩人合力搬著我熟悉的背負物，也就是記憶寶座。他們把椅子放在一塊還在燜燒的波斯地毯正中央。

三個桃子寶寶小心翼翼地把梅格放到椅子上。

「卡呂普索，」我說：「筆記簿呢？」

「準備好了！」她揮動手上的小本筆記簿和鉛筆。我深深覺得她去讀高中一定是優等生，每次上課之前都會事先預習！

我跪在梅格旁邊。她的皮膚太藍了，呼吸也太急促。我用雙手捧著她的臉，檢查她的眼睛。她的瞳孔縮得很小，意識也似乎不斷退縮，愈來愈不清醒。

「梅格，不要離開我，」我懇求說：「現在所有朋友都圍繞在你身邊。你在寧默心的寶座上。說出你的預言吧！」

梅格猛然坐直身子，雙手緊抓住椅子側邊，彷彿有一道強烈的電流掌控著她。

我們全都往後退，在她四周圍成粗略的圓圈，看著她嘴裡噴出黑煙，纏繞住她的雙腿。

她說話時，謝天謝地不是用特洛佛尼烏的聲音，只是一種低沉、中性的單調聲，很適合德爾菲神諭的聲音。

記憶產生之字句開始燃燒，
新月之前登上惡魔山。
矮小醜陋領主將面臨可怕挑戰，
直至屍體塞滿台伯河不計其數。

「喔，不，」我喃喃說著：「不，不，不。」

「怎樣？」里歐追問道。

我瞥了卡呂普索一眼，她激動地猛寫個不停。「我們需要更大本的筆記簿。」

「你是指什麼意思？」喬瑟芬問。「預言肯定說完了啊……」

梅格倒抽一口氣，然後繼續說：

然此刻太陽必沿其路線向南行，
穿越黑暗迷宮前往灼熱死亡之地。
尋找白色快馬主人，

並向他取得字謎宣告人之聲息。

我已經有好幾個世紀沒聽過這種形式的預言了，不過我熟悉得很。眞希望我能阻止這樣的公開吟誦，不讓梅格承受痛苦，但實在無計可施。

她渾身顫抖，徐徐道出第三段詩節：

萊斯特必前往西方宮殿；
狄蜜特之女尋找她的古老根源。
偶蹄單獨引領確知方向，
穿上汝自身敵人之靴行走路途。

接著，恐怖的狀況達到最高點，她吐露出很有韻律感的兩句：

待三位皆已知且活抵台伯河，
直至那時開始搖擺阿波羅。

黑煙漸漸消散。我衝向前，讓梅格癱倒在我懷裡。她的呼吸已經比較均勻，皮膚也比較溫暖。感恩命運三女神，預言已然驅除。

里歐第一個發言。「那到底是啥？預言有買一送三的喔？行數超多的耶。」

「那是十四行詩，」我說著，但依然無法置信。「願眾神幫助我們；那是莎士比亞風格的十四行詩。」

我本來以爲多多納之箭的五行打油詩已經很糟了，但是一首完整的莎士比亞式十四行詩，有完整的結構和結尾雙句，還有抑揚五步格？這麼恐怖的東西只有特洛佛尼烏的洞穴才說得出來。

我想起以前曾經與威廉．莎士比亞辯論過無數回合。

「威廉，」我說：「沒有人會接受這種詩！嗒噠，嗒噠，嗒噠，嗒噠，嗒噠。這是哪門子的節奏啊？」

我是要說，現實生活沒人這樣說話啊！

唔……事實上，我最近剛寫的詩句正是抑揚五步格。這種東西是會傳染的。噁！

泰麗雅把她的弓甩上肩。「那整個是一首詩？不過有四個不同段落耶。」

「對，」我說：「十四行詩只用來傳達最精心闡述的預言，包含很多個段落，不斷向前推進。我很怕那些詩句全都不是很好。」

梅格開始打呼。

「晚一點再來分析我們的厄運，」我說：「應該讓梅格休息……」

我的身體選擇在這時停機。我對它要求太多，現在它反抗了；我往側邊倒下，梅格也摔落在我身上。朋友們連忙衝向前，我感覺到他們把我輕輕抬起，恍惚之餘，我不禁懷疑自己正在桃子衝浪，或者說不定宙斯把我召回天界了。

接著，我看到喬瑟芬的臉隱約出現在上方，很像美國羅斯摩爾山的總統臉部雕像，原來是她送我穿越走廊。

「這一位送去醫務室，」她對旁邊的某個人說：「而且……噢，臭死了。他絕對需要好好洗個澡。」

睡了幾個小時都沒有作夢，接著洗了泡泡浴。

我的朋友們，這裡不是奧林帕斯山，不過很接近了。

到了傍晚，我穿著乾淨衣物，沒有要凍成冰棒，聞起來也不像洞穴裡的排泄物。我的肚子裝滿了蜂蜜和新鮮出爐的麵包。我在小站裡閒晃，只要有能力的地方就幫忙。保持忙碌很不錯，讓我不會針對黑暗預言的詩句想太多。

梅格在客房舒舒服服休息，由桃子、桃子和另一個桃子提高警覺守護。

阿蒂蜜絲的獵女隊負責照顧傷者，由於人數太多，小站的醫務室必須擴增成兩倍大。而在外面，大象莉維亞協助清運，把環形車道上損壞的車輛和殘骸移走。里歐和喬瑟芬花了整個下午收集巨龍非斯都的零件，他們對我說，非斯都遭到徒手拆毀，動手的正是康莫德斯本人。幸好里歐似乎認爲這樣頂多有點煩，不算是慘劇。

「嗯，老兄，」我趨前慰問時，他這麼說：「很容易就可以把它組裝起來。我重新設計，所以它就像樂高套件，設計成可以快速組裝！」

他回去幫忙喬瑟芬。喬瑟芬正在操作起重機，把非斯都的左後腿從聯合車站的鐘塔上面吊起來。

卡呂普索則是突然冒出一陣空氣魔法，召喚了很多風精靈，把玫瑰花窗的玻璃碎片重新組合起來，然後她就因爲力氣耗盡而迅速癱倒。

莎莎莎莎莎拉、傑米和泰麗雅．葛瑞斯掃蕩周圍街道，尋找康莫德斯的任何跡象，但皇帝就這樣消失了。我想起很久以前赫米塞和帕耳忒諾斯跳出那道懸崖時，我救她們的方法是讓兩人幻化成光。難道像康莫德斯這樣的「準天神」，能夠對自己施展同樣的神力？無論事實如何，我都猜想，我們還沒看到老朋友新海克力士的結局。

日落時分，我獲邀參加葛萊芬埃洛伊茲的小型家族追思會。小站的所有人都很願意前來向牠的犧牲致上敬意，但艾米解釋說，大批群眾會讓阿貝拉爾不高興，牠原本心情就已經夠差了。獵女．卡瓦斯基在鳥舍裡負責孵蛋勤務（戰鬥開打前，埃洛伊茲的蛋已先移到安全的保存地點），我則在屋頂上與艾米、喬瑟芬、喬吉娜和卡呂普索會合。我和卡呂普索擔任榮譽親屬，畢竟是我們去動物園執行救援任務；悲傷的鰥夫阿貝拉爾默默看我們兩人把埃洛伊茲的遺體輕輕放到花園裡一塊休耕土壤上。

死後的葛萊芬變得異常輕盈。牠們的靈魂脫離後，身體變得乾燥，只留下毛皮、羽毛和中空的骨頭。我們往後退，看著阿貝拉爾慢慢爬向牠配偶的遺體。牠豎起翅膀，接著最後一次把嘴喙輕輕塞進埃洛伊茲的頸部羽毛。牠的頭往後仰，發出撕裂心肺的尖鳴。那樣的叫聲好像在述說：「我在這裡。你在哪裡？」

然後，牠縱身飛入空中，消失在低矮的灰色雲層裡。埃洛伊茲的遺體碎裂成灰。

「我們會在這塊園圃種植貓薄荷。」艾米抹掉臉頰上的一滴淚珠。「因爲埃洛伊茲很愛貓薄荷。」

卡呂普索用袖子擦乾眼淚。「聽起來眞好。阿貝拉爾去哪裡？」

喬瑟芬掃視雲層。「牠會回來。牠需要時間。那顆蛋還要好幾個星期才孵化，我們會幫牠好好照顧。」

一想到父親和蛋孤單生活在這世上，我突然感到說不出的悲傷。不過我也知道，牠們可以期盼在小站這裡擁有最親愛的大家庭。

簡短儀式期間，喬吉娜一直以憂慮的眼神看著我，她的手上不經意搖晃某種東西。是娃娃嗎？我沒有眞的很注意看。這時，喬瑟芬拍拍她女兒的背。

「沒關係，寶貝，」喬瑟芬向她保證，「去吧。」

喬吉娜拖著腳步走向我。她穿著一套乾淨的工作服，在她身上比在里歐身上好看多了。她的一頭棕髮剛洗乾淨，顯得比較豐盈，臉色也粉嫩許多。

「我的兩位媽媽告訴我，你可能是我爸。」她喃喃說著，沒有迎上我的目光。

我吞了口口水。多年來，這種情景我經歷過無數次；但是身爲萊斯特．巴帕多普洛斯，我覺得比平常更加尷尬笨拙。「喬吉娜，我……我可能是。我不知道。」

「凱伊。」她拿起手上握住的東西，那是用毛氈做的娃娃；她把娃娃塞進我手裡。「這是爲你做的。等你離開，你可以隨身帶著。」

我檢視那個娃娃。不是很大，類似薑餅人的輪廓，用鐵絲和彩虹色絨毛製成，關節的地方黏了幾根鬍鬚……等一下。喔，天啊，這正是原本黏在康莫德斯臉上的同一個小娃娃。我猜一定是康莫德斯衝向玻璃時掉下來的。

「謝謝你，」我說：「喬吉娜，如果你眞的需要我，如果你眞的想聊聊……」

「不，我很好。」她轉過身，跑回喬瑟芬的懷裡。

喬瑟芬親吻她的頭頂。「寶貝，你表現得很棒。」

她們轉身走向樓梯。卡呂普索對我詭異一笑，然後跟著離開，留下我單獨和艾米在一起。有好一段時間，我們一起默默站在花圃旁邊。

艾米拉緊身上穿的獵女隊銀色舊外套。「埃洛伊茲和阿貝拉爾是我們在這裡最早的朋友，當時我們剛接管小站。」

「我很遺憾。」

在夕陽的照耀下，她的灰髮閃耀著鋼鐵般的光澤。她的皺紋看起來更深邃，她的臉也更加憔悴和疲倦。她這段凡人的人生還能活多久……再二十年？對於永生不死之身來說，那只是一眨眼的功夫。然而，面對她放棄我所賜予的神性，我再也無法生氣了。阿蒂蜜絲顯然很了解她的選擇。阿蒂蜜絲，她迴避所有形式的浪漫愛情，卻能理解艾米和喬瑟芬值得一起變老。我也必須接受這點。

「赫米塞，你把這裡建立得很棒，」我說：「康莫德斯無法摧毀它。你們會把失去的東西恢復得很好。我羨慕你。」

她擠出微微一笑。「阿波羅陛下，我從沒想過能在你口中聽到這種話。」

阿波羅陛下。

這個頭銜不適合我，感覺很像戴了好幾個世紀的帽子……感覺太大、不切實際而且頭重腳輕，像是伊莉莎白一世時代的帽子，莎士比亞經常戴那種帽子遮掩禿頭。

「黑暗預言怎麼樣？」艾米問：「你知道那代表什麼意思嗎？」

我看著一根遺落在泥土上的葛萊芬羽毛。「只知道一些。沒有全懂。也許夠多了，足以擬定計畫。」

艾米點點頭。「那麼，我們最好召集所有的朋友。可以在吃晚飯時討論。除此之外……」

她輕輕搥我的手臂一拳，「那些紅蘿蔔可不會自己削皮喔。」

41 預言不能配豆腐素火雞和餅就給我點心

但願命運三女神把所有的根莖類蔬菜送入塔耳塔洛斯深淵。關於這事，我言盡於此。

到了晚餐時間，大廳已經大致恢復原狀。

就連非斯都也差不多重組完成，太令人驚奇了。它現在停在屋頂上享受大桶的機油和塔巴斯克辣醬。里歐似乎對自己努力的成果非常滿意，不過還在尋找最後幾塊遺失的零件。他花了整個下午繞著小站團團轉，一邊大喊：「如果有人看到大概這麼大的青銅腎臟，拜託告訴我！」

獵女隊如同原本的習慣，分成好幾群散落在大廳周遭，不過現在加入一些我們從康莫德斯的牢房救出來的新成員。並肩作戰建立了友誼。

艾米坐在晚餐桌首指揮若定。喬吉娜躺在艾米腿上睡著了，她面前堆了一整疊著色書和彩色筆。泰麗雅．葛瑞斯坐在另一頭，像轉動陀螺一樣轉著匕首的刀尖。喬瑟芬和卡呂普索並肩坐著，兩人仔細研究卡呂普索的筆記，討論著預言詩句的各種可能解釋。

我坐在梅格旁邊。不然還會有誰？她似乎完全恢復了，多謝艾米的治療。（在我的建議下，治療梅格期間，艾米把原本養在醫務室的治療用蛇移走。我怕麥卡弗瑞醒來看到蛇會驚慌失措，然後把牠們全部變成鼠尾草盆栽。）她的三個桃子精靈隨從目前都離開了，前往水果的異次元境域。

我這位年輕朋友胃口大開，比平常更加狼吞虎嚥。她把豆腐素火雞和醬汁塞進嘴裡，一副偷偷摸摸的樣子，彷彿又回到以前半野生的街頭頑童狀態。我讓自己的雙手遠離她。

最後，喬瑟芬和卡呂普索從黃色的筆記簿中抬起頭來。

「好了。」卡呂普索深深呼出一口氣。「阿波羅，我們已經解讀出一些詩句，不過需要你幫忙。也許你可以開始對我們說明特洛佛尼烏洞穴裡發生的事。」

我瞥了梅格一眼。如果詳細敘述我們的恐怖冒險經歷，我很怕她會帶著盤子爬到桌子底下，對我們怒吼說，我們是不是想要趕她出去。

她只是打個嗝。「記得不多。說吧。」

我說明如何在特洛佛尼烏的請求下讓神諭洞穴倒塌。喬瑟芬和艾米看起來沒有很高興，不過也沒有大喊或尖叫。喬瑟芬的衝鋒槍安全放在廚房的槍櫃裡。我只希望父親宙斯聽說我毀了神諭時，也會像這樣表現得很冷靜。

艾米環顧整個大廳。「現在我才想起來，在戰鬥開打之前，就沒有看到阿伽墨得斯了。有人看到嗎？」

沒有人提出無頭橘色鬼的目擊報告。

艾米摸摸女兒的頭髮。「我不介意神諭遭到摧毀，但我很擔心喬吉娜。她總覺得自己和那個地方有關聯。至於阿伽墨得斯……她非常喜歡他。」

我看著熟睡的女孩。我很努力，大概第一百萬次了，想要看出她與我的天神樣貌神似之處，不過要相信她與萊斯特．巴帕多普洛斯有關還比較簡單。

「我最不希望看到的，」我說：「就是對喬吉娜造成更多痛苦。不過我想，摧毀洞穴有其必要。不只爲了我們，也是爲了她。或許可以避免她更進一步。」

我回想起女孩房間牆上的黑暗蠟筆圖畫，那時她身陷預言所造成的瘋狂與痛苦。我希望，也許吧，藉由讓我帶著那個醜醜的毛氈娃娃離開，喬吉娜企圖把她的整個經歷送走。只要用幾罐粉彩油漆，喬瑟芬和艾米現在可以給她全新的臥室牆壁畫布。

艾米和喬瑟芬彼此交換眼神。她們似乎默默達成共識。

「那好吧，」喬瑟芬說：「關於那則預言……」

卡呂普索大聲讀出那首十四行詩。聽起來並沒有比剛才發布的時候更歡樂。

泰麗雅轉動她的刀尖。「第一個詩節提到新月。」

「指的是期限，」里歐猜測說：「永遠都有該死的期限。」

「可是下一個新月再過五個晚上就到了。」泰麗雅說。

你要相信阿蒂蜜絲的獵女隊隨時掌握月相變化。

沒有人歡欣鼓舞地跳上跳下，也沒有人這樣大吼大叫：「萬歲！又要在短短五天之內阻止另一場大災難！」

「屍體塞滿台伯河。」艾米把她的女兒抱得更緊一點。「我猜台伯河指的是小台伯河，也就是加州朱比特營的屏障。」

里歐皺起眉頭。「對喔。矮小醜陋領主……那一定是指我的好夥伴法蘭克．張。而且惡魔山，那是大波羅山，剛好就在營區附近。我討厭大波羅山。我曾經在那裡與烤玉米捲餅大戰一回合。」

喬瑟芬看似想要詢問他是什麼意思，接著決定不要問。算她聰明。「所以，新羅馬的半神半人即將遭到攻擊。」

我忍不住發抖，一部分原因是預言的字句，另一部分則是豆腐素火雞的肉汁沿著梅格的下巴往下滴。「我相信第一段詩節是一個整體。它提到『記憶產生之字句』。鳥身女妖艾拉在朱比特營，她用照相般的記憶重建出庫米女先知的預言書，那些內容失傳很久了。」

梅格抹抹她的下巴。「啥？」

「細節現在不重要啦。」我作勢要她繼續吃。「我是這樣猜想的，三巨頭打算燒毀朱比特營，藉此排除威脅，所以『記憶產生之字句開始燃燒』。」

卡呂普索皺起眉頭。「五天。我們該怎麼警告他們才來得及？所有的通訊媒介都失效了。」

我覺得這點令人極度憤怒。身為天神，我大可彈彈手指，利用風、夢境，或者我光榮本尊的現形，立刻傳送訊息到全世界。而現在，我們陷入癱瘓狀態。向我展現一點善意的天神就只有阿蒂蜜絲和布里托瑪爾提斯，但我無法期待她們展現更多，免得害她們遭受懲罰，像宙斯對我的懲罰這麼嚴重。就算是布里托瑪爾提斯，我也不會期望她受罰。

至於凡人的科技，對我們全都沒用。在我們手中，電話會故障和爆炸（我的意思是，比凡人碰到的故障和爆炸更嚴重），電腦也會熔化。我曾考慮在街上隨便拉個凡人說：「嗨，幫我打個電話。」但是他們要打給誰？加州的隨便一個人？既然大部分的凡人都找不到朱比特營，這訊息又要怎麼一路傳遞過去？況且，就連這樣的嘗試都會讓無辜的凡人面臨風險，可能會遭到怪物攻擊、天打雷劈，以及超過上網流量的高昂費用。

我瞥了泰麗雅一眼。「獵女隊可以行進那麼遠嗎？」

「在五天之內？」她皺起眉頭。「如果我們一路超速，也許可以。如果一路上都沒有遭遇攻擊……」

「那種事從來沒發生過。」艾米說。

泰麗雅將她的刀子平放在桌上。「更大的問題是，獵女隊必須繼續執行自己的任務。我們得去尋找『透墨索斯惡狐』[91]。」

我盯著她。我好想請梅格命令我打自己一巴掌，只是想確定我沒有困在惡夢裡。「透墨索斯惡狐？你們一直在獵捕那隻怪物？」

「恐怕是喔。」

「但是不可能獵到啊！而且超可怕！」

「狐狸很可愛。」梅格表示。「問題在哪？」

我好想說明在古代的時候，透墨索斯惡狐摧毀了多少城市，又是如何狂飲受害者鮮血、如何將希臘戰士敵人碎屍萬段，但我不想毀了大家的豆腐素火雞晚餐。

「重點是，」我說：「泰麗雅說得對，獵女隊已經幫了這麼多忙，我們不能再要求更多。她們有自己的問題要解決。」

---

[91] 透墨索斯惡狐（Teumessian fox）是希臘神話裡的怪物，號稱永遠沒有人能抓到牠。另外有隻獵犬叫萊拉普斯（Laelaps），號稱什麼獵物都抓得到。這一犬一狐展開永恆的追逐。

「真的很棒，」里歐說：「泰麗雅，你為我們做得夠多了。」

泰麗雅歪著頭。「華德茲，我們每天生活都這樣，不足為奇。不過你確實欠我一瓶德州辣醬，你對我說過。」

「那可以安排一下喔。」里歐打包票說。

喬瑟芬交叉雙臂。「好是好啦，不過我們還是陷入同樣的困境。要怎麼在五天內傳送訊息去加州？」

「我。」里歐說。

我們全都盯著他。

「里歐，」卡呂普索說：「我們花了六個星期才從紐約到這裡耶。」

「對啦，不過那是因為有三名乘客，」他說：「而且……沒有惡意喔，其中一人還是前任天神，幫我們引來各式各樣的負面注意力。」

這點我無法反駁。在那趟旅程中，大多數攻擊我們的敵人都是這樣尖叫著自我介紹：「是阿波羅！殺了他！」

「我飛得很快又輕盈，」里歐說：「我以前自己一個人飛過那樣的距離。我辦得到。」

卡呂普索看起來很不高興。她的臉色變得只比手上的黃色筆記紙稍微淡一點。

「嘿，火辣寶貝，我會回來啦，」他保證說：「只是會比較晚註冊春季學期！你可以幫我趕上家庭作業的進度。」

「我討厭你。」她嘀咕著說。

里歐捏捏她的手。「況且，能再看到海柔和法蘭克很棒啊。加上蕾娜，不過我還是很怕那個女孩。」

我想，這個計畫讓卡呂普索太苦惱了，因此風精靈沒有把里歐拎起來，讓他撞穿玫瑰花窗飛出去。

泰麗雅．葛瑞斯指著筆記簿。「所以，我們把一段詩節弄清楚了。喔耶。其他怎麼樣？」

「我很擔心，」我說：「其他是關於我和梅格。」

「對啊，」梅格贊同說：「把餅乾遞過來好嗎？」

喬瑟芬把籃子遞給她，然後帶著敬畏的眼神，看著梅格把餅乾一塊接一塊塞進嘴裡。

「那麼，關於太陽向南走那一句，」喬瑟芬說：「阿波羅，那是指你。」

「顯然是，」我表示同意。「第三位皇帝一定在美國西南部某處，在所謂的『灼熱死亡之地』。我們要穿越迷宮到達那裡……」

「那個迷宮。」梅格說。

我感到不寒而慄。我們上一次穿越迷宮的經過依然記憶猶新……在德爾菲洞穴裡曲折前進，聆聽我的宿敵匹松在頭頂上方呼溜滑行、嘶嘶作響。我希望，至少這一次，我和梅格不會因爲兩人三腳比賽而綁在一起。

「西南部的某處，」我繼續說：「我們一定要找到字謎的宣告人。我相信那是指『歐律斯拉俄亞的女先知』，另一個古老的神諭。我……我不太記得她的事……」

「好驚人啊。」梅格嘀咕著。

「不過大家都知道她是用『離合詩』的方式發布預言……也就是字謎。」

泰麗雅瞇起眼睛。「聽起來不妙。安娜貝斯對我說過，她曾在迷宮裡面遇到斯芬克斯。謎語，迷宮，字謎……不了謝謝。給我某種可以射中的東西吧。」

喬吉娜在夢中低聲啜泣。

艾米親吻女孩的額頭。「還有第三個皇帝？」她問：「你知道他是誰嗎？」

我在心裡反覆思索預言的語句：「白色快馬主人。」那樣並沒有把範圍縮小。大多數的羅馬皇帝都喜歡把自己描述成戰無不克的將軍，騎著他們的駿馬穿越羅馬。第三段詩節有個部分讓我覺得很不安：「前往西方宮殿……穿上汝自身敵人之靴。」我無法抽絲剝繭想出答案。

「梅格，」我說：「『狄蜜特之女尋找她的古老根源』那句怎麼樣？你在西南部有家人嗎？你記得以前去過那裡嗎？」

她對我顯露出謹慎的眼神。「沒。」

接著，她又塞了另一塊餅乾到嘴裡，像是表達反抗：「再叫我講話啊，笨蛋。」

「嘿，再說啦。」里歐彈彈手指。「下一句『偶蹄單獨引領確知方向』。那表示你會有個羊男？他們是嚮導，對吧，就像黑傑教官？那就像，他們的專長。」

「正確，」喬瑟芬說：「不過呢，我們在附近地區沒有見過羊男，可能有……」

「好幾十年了吧。」艾米幫忙講完。

梅格吞下大團的碳水化合物。「我會負責找到。」

我沉下臉。「怎麼找？」

「就是會嘛。」

梅格．麥卡弗瑞，一個講話少但打嗝多的女孩。

卡呂普索翻到筆記簿的下一頁。「只剩下結尾的兩句：『待三位皆已知且活抵台伯河，直至那時開始搖擺阿波羅』。」

里歐輕彈手指，開始在他的座位上手舞足蹈。「老兄，開始吧。萊斯特需要多一點搖擺。」

「唔。」我覺得不太能掌握這主題。一九七三年，球風火合唱團[92]聽了我的試唱，拒絕讓我加入，原因就是我不會搖擺，到現在我仍然覺得很心痛。「我相信那兩句的意思是，我們很快就會知道三位皇帝的身分。等我和梅格在西南部完成下一個任務，就可以跋涉到朱比特營，活著抵達台伯河；到時候，我希望能找到方法恢復原本的榮光。」

「透過『搖擺胡說』[93]。」里歐唱著。

「閉嘴。」我咕噥說。

沒人對十四行詩提出進一步闡述。沒人自願幫我承擔這項危險的任務。

「好吧！」喬瑟芬朝餐桌用力一拍。「誰想吃紅蘿蔔蛋糕搭配火烤蛋白霜當甜點？」

那天晚上月亮一升起，獵女隊就離開了。

即使疲倦，我也覺得需要為她們送行。我發現泰麗雅．葛瑞斯在環形車道監督她的獵女隊，她們跨坐到一群獲得自由的戰鬥鴕鳥背上。

「你信任牠們可以騎乘？」我以為只有梅格．麥卡弗瑞這麼瘋狂。

泰麗雅挑挑眉毛。「受訓作為戰鬥用途不是牠們的錯。我們會騎乘一陣子，讓牠們慢慢恢

---

[92] 球風火合唱團（Earth, Wind & Fire）是知名美國樂團，曲風包含放克、節奏藍調、靈魂等，對黑人流行音樂影響深遠，團員常一邊唱一邊搖擺舞動。

[93]〈搖擺胡說〉（Jive Talkin'）是美國比吉斯合唱團的一首歌，比吉斯也深受球風火合唱團的影響。

復，然後找個安全的地方放走，讓牠們平靜生活。我們經常處理野生動物。」

獵女隊已經讓這些鴕鳥脫離頭盔和有刺鐵絲，也把裝在嘴喙裡的鋼牙移除掉，讓這些鳥看起來自在多了，也（稍微）比較沒有殺氣。

傑米穿梭於鴕鳥群之間，拍拍牠們的脖子，以撫慰人心的語調對牠們說話。他一身清爽，穿著棕色西裝，即使歷經早晨的戰鬥仍然毫髮無傷。到處都沒看到他那支奇怪的青銅曲棍球球棍武器。所以，神祕的歐魯傑米是格鬥高手、會計師、魔法戰士，以及馴鴕鳥師。不知為何，我沒有覺得很驚訝。

「他要跟你們走嗎？」我問。

泰麗雅笑起來。「沒有。他只是幫我們準備就緒。似乎是個好人，但我覺得他不是獵女隊的料。他甚至不是，呃……希臘羅馬派的，對吧？我的意思是，他不是你們奧林帕斯天神的後代。」

「對，」我贊同說：「他來自完全不同的傳統和血脈。」

泰麗雅的短髮宛如尖刺，在風中微微波動起伏，彷彿反映出她的不安。「你是指其他地方的神。」

「當然。他提到約魯巴，不過我承認自己對他們的風俗習慣了解得非常少。」

「那怎麼可能呢？其他的天神神系彼此互相支持？」

我聳聳肩。我經常對凡人的想像力這麼有限感到很吃驚，彷彿這世界是個「非此即彼」的命題。有時候，人類似乎受困於自己的想法，就像他們受困於自己的臭皮囊。不過提醒你，並不是說天神就比較好啦。

「怎麼會不可能呢？」我反駁說：「在古代，這是基本常識。每一個國家，有時候是每一個城邦，都有自己的天神神系。我們奧林帕斯眾神習慣住的地方，附近永遠都有，嗯……競爭者。」

「所以，你是太陽神，」泰麗雅說：「不過，有些其他的文化也有太陽神？」

「完全正確。相同實質的不同表現形式。」

「我不懂。」

我伸展雙手。「泰麗雅．葛瑞斯，坦白說，我不知道該怎麼解釋才會更清楚。不過可以肯定的是，只要身為半神半人夠久，你就會了解：你活得愈久，這世界就顯得愈詭異。」

泰麗雅點點頭。所有的半神半人都不會反駁這種陳述。

「那麼聽好了，」她說：「等你們前往西方，如果到達洛杉磯，我弟弟傑生在那裡。他和他的女朋友派波．麥克林一起去上學。」

「我會看看他們好不好，」我保證說：「而且傳達你的愛。」

她的肩膀肌肉放鬆了。「謝啦。而且，如果我與阿蒂蜜絲女神講到話……」

「好。」我努力嚥下喉頭的哽咽。「噢，我好想念我姊姊。「代我向她表達最大的祝福。」

她伸出手。「阿波羅，祝好運。」

「你也一樣。祝你們獵狐狸愉快。」

泰麗雅苦笑一下。「那會很愉快嗎？我很懷疑，不過謝啦。」

我目送阿蒂蜜絲的獵女隊離開，她們騎著一群鴕鳥，沿著南伊利諾街向西奔馳，彷彿要去追逐新月。

42

離別的鬆餅
需要嚮導帶路嗎？
檢查那番茄

隔天早上，梅格把我踢醒。「該上路了。」

我的眼皮倏然睜開。我坐起來，嘴裡忍不住呻吟。身爲太陽神的時候，能夠睡到很晚是罕見的樂事。如今我在這裡只是個凡人，大家卻一直在天剛破曉的時候叫我起床。我已經花了好幾千年負責破曉，實在很厭倦了。

梅格站在我床邊，身穿睡衣和紅色高筒球鞋（天神啊，她穿那樣睡覺？），一如以往流著鼻水，手上拿著吃到一半的綠蘋果。

「我想，你沒有幫我送早餐來？」我問。

「我可以拿這顆蘋果丟你。」

「算了。我起床。」

梅格離開去沖澡。沒錯，有時候她眞的會沖澡。我換好衣服，儘可能打包好，然後前往廚房。

我吃鬆餅時（好吃），艾米哼著歌，在廚房裡忙得砰砰響。喬吉娜坐在我對面畫著色畫，腳踝叩叩敲響她的椅腳。喬瑟芬站在她的焊接台那邊，開心焊接金屬層板。卡呂普索和里歐

（他拒絕對我說再見，因爲認爲我們很快就見面）站在廚房流理台前，爭辯著里歐前往朱比特營的路上應該打包什麼東西，然後互扔培根。一切都顯得好舒適、好家常，害我很想自願洗盤子，如果那樣表示我可以多待一天的話。

里提爾西斯端著一大杯咖啡坐到我旁邊。他參與戰鬥的傷口大多縫好，不過整張臉看起來還是很像倫敦希斯洛機場的複雜跑道系統。

「我會照顧她們。」他指著喬吉娜和她的兩位母親。

喬瑟芬或艾米會想要受到「照顧」嗎？我懷疑。不過我沒有向里提爾西斯指出這點。他需要自己好好學習如何適應這個環境。就算是我，光輝榮耀的阿波羅，有時候也必須探索新事物。

「我很確定你會在這裡過得很好，」我說：「我信任你。」

他苦笑一下。「我不懂爲什麼。」

「我們有共同的背景……我們都是專制父親的兒子，也都因爲做了錯誤的選擇遭到誤導、背負重大壓力。不過我們在自己的天賦方面很有才華。」

「而且長得很帥？」他對我歪嘴一笑。

「當然囉，沒錯。」

他用雙手捧著咖啡杯。「謝謝你。給我第二次機會。」

「我相信要給機會。還有第三次和第四次機會。不過我每隔一千年只原諒一個人，所以接下來的幾千年可別搞砸了。」

「我會謹記在心。」

在他背後最近的走廊上，我看到鬼魅的橘光一閃而過。我請求離開，去進行另一次艱難的道別。

阿伽墨得斯在窗前徘徊，從那裡可以俯瞰環形車道。他的發光外衣在靈界的風中陣陣飄動。他伸出一隻手抵著窗台，彷彿扶著自己就定位。他的另一隻手拿著神奇八號球。

「我很高興你還在這裡。」我說。

他沒有臉可以看表情，不過姿勢顯得悲傷和無奈。

「你知道特洛佛尼烏的洞穴發生的事，」我猜測說：「你知道他走了。」

他欠個身表示確認。

「你的兄弟要我告訴你，他很愛你，」我說：「他對你的命運感到很抱歉。而我也想要道歉。你死的時候，我沒有聆聽特洛佛尼烏的祈求去救你。我覺得你們兩個應該要面對搶劫的後果。但這樣……這樣實在是非常漫長的懲罰。也許太長了。」

鬼魂沒有回應。他的形體閃爍飄忽，彷彿靈界的風勢變強了，要把他拉開。

「如果你願意，」我說：「等我重新得到神性，我會親自拜訪冥界，請求黑帝斯讓你的靈魂前往埃利西翁(94)。」

阿伽墨得斯把神奇八號球遞給我。

「啊。」我拿起球，最後一次搖晃它。「阿伽墨得斯，你的願望是什麼？」

答案從水裡漂浮出來，骰子小小的白色表面密密麻麻寫著粗黑字體：「我會前往必去之處。我會找到特洛佛尼烏，彼此照顧，因為我們兄弟以前不行。」

他原本抓住窗台的手放開了。風勢帶著他，於是阿伽墨得斯在陽光下化為塵埃。

我登上小站的屋頂與梅格．麥卡弗瑞會合，這時太陽已經升起。

她穿著莎莉．傑克森給她的綠色洋裝，搭配她的黃色緊身褲，現在都縫好、洗淨。高筒球鞋原本沾到的泥巴和糞便也全部刷洗乾淨。在她臉的兩側，彩虹色的毛氈與頭髮編織在一起，無疑是喬吉娜送的臨別時髦禮物。

「你感覺怎麼樣？」我問。

梅格交叉雙臂，盯著赫米塞的番茄園圃。「是啊，還好。」

我想她的意思是：「我才剛發瘋、吐出預言，而且差點死掉。你問我這問題是怎樣？難道期待我不會揍你嗎？」

「那麼……你有什麼打算？」我問：「爲什麼是屋頂？如果我們要找迷宮，難道不該去一樓嗎？」

「我們需要羊男。」

「對，不過……」我環顧四周，沒看到艾米的花圃長出羊男。「你打算怎樣……」

「噓。」

她蹲在番茄植株旁邊，伸手壓壓泥土。土壤隆隆作響，開始向上抬升。我一度很怕是新的卡波伊衝出來，帶著發亮的紅眼睛，而且全部的語彙就只有「番茄」！

不過植物反倒分開了，泥土也滾向旁邊，顯露出一個年輕男子側睡的模樣。他看起來大

94 埃利西翁（Elysium），希臘神話中永遠的樂土，是行善、有德及正直之人與英雄死後的歸所。

約十七歲，也許更年輕。他身穿黑色的無領外套，裡面是綠色襯衫，牛仔褲套在他腿上顯得太寬鬆。他的鬈髮上面戴著一頂紅色針織帽，下巴留著邋遢的山羊鬍，運動鞋上方的腳踝覆蓋著厚厚的棕色毛皮。這個年輕男子要不是很喜歡粗毛襪，不然就是羊男假扮成人類。

他看起來隱約有點面熟，接著我發現他的懷裡抱著東西……是白色的食物紙袋，來自「國王烤玉米捲餅」。啊，對喔，喜歡吃烤玉米捲餅的羊男。已經過了好幾年，不過我現在想起他了。

我驚訝地轉身看著梅格。「這位是很重要的羊男啊，事實上他是『野地之神』。你怎麼找到他的？」

她聳聳肩。「我只是想找適當的羊男，猜想就是他了。」

羊男醒過來嚇了一大跳。「我沒有吃它們！」他大喊：「我只是……」他眨眨眼，坐起來，一堆培養土從他的帽子滑落下來。「等一下……這不是棕櫚泉。我在哪裡？」

我面露微笑。「哈囉，格羅佛．安德伍德，我是阿波羅。這位是梅格。而你呢，我的幸運朋友，你受到召喚，要帶領我們穿越迷宮。」

太陽神試煉

闇黑預言

文 / 雷克・萊爾頓　譯 / 王心瑩

主編 / 林孜懃　副主編 / 陳懿文
封面設計 / 唐壽南
行銷企劃 / 鍾曼靈
出版一部總編輯暨總監 / 王明雪

發行人 / 王榮文
出版發行 / 遠流出版事業股份有限公司　104005 台北市中山北路一段11號13樓
電話：(02)2571-0297　傳真：(02)2571-0197　郵撥：0189456-1
著作權顧問 / 蕭雄淋律師
輸出印刷 / 中原造像股份有限公司
□ 2018年 2 月 1 日 初版一刷
□ 2023年 9 月10日 初版六刷

定價 / 新台幣320元 (缺頁或破損的書，請寄回更換)

ISBN 978-957-32-8213-6
ylib 遠流博識網 http://www.ylib.com　E-mail:ylib@ylib.com
遠流雷克萊爾頓奇幻欄 http://www.facebook.com/thekanefans

THE TRIALS OF APOLLO: THE DARK PROPHECY

國家圖書館出版品預行編目（CIP）資料

太陽神試煉.2,闇黑預言 / 雷克.萊爾頓（Rick Riordan）著;王心瑩譯. -- 初版. -- 臺北市:遠流, 2018.02

面； 公分.

譯自：The trials of apollo : the dark prophecy

ISBN 978-957-32-8213-6(平裝)

874.57 107000166